ullstein

Das Buch

Martha Horst braucht dringend Erholung – doch was tun, wenn sich die Kurklinik als ein Käfig voller Narren entpuppt? Martha trifft die eingebildete Kranke Marlies Schön, der eigentlich nichts fehlt außer ihrem inhaftierten Sohn. Zwischen zwei Migräneanfällen erzählt Marlies von ihrer ach so glücklichen Ehe und verliebt sich dann ausgerechnet in Silvio Dorn, den die Frauen umschwärmen wie Motten das Licht. Während für Dorn Arbeit ein Fremdwort ist, sammelt Bauunternehmer Leitner Herzinfarkte wie Trophäen. Statt sich zu entspannen, träumt er davon, die Kurklinik eigenhändig einzurüsten. Und mittendrin tobt Professor Soltei, der Patienten als wandelnde Geldscheine betrachtet. Er kennt nur ein Ziel: Ruhm und Reichtum. Was als ganz gewöhnliche Kur beginnt, endet mit Flucht, Scheidung, einer großen Liebe und einer faustdicken Überraschung für alle – eben im ganz normalen Wahnsinn.

Die Autorin

Manuela Golz, 1965 geboren, veröffentlichte 2006 mit großem Erfolg ihren ersten Roman *Ferien bei den Hottentotten*. Sie arbeitet in der Erwachsenenbildung und lebt mit ihrem Mann in Berlin.

Von Manuela Golz ist in unserem Hause bereits erschienen:

Ferien bei den Hottentotten

Manuela Golz

Fango Forever

Roman

Ullstein

Besuchen Sie uns im Internet:
www.ullstein-taschenbuch.de

Umwelthinweis:
Dieses Buch wurde auf chlor- und säurefreiem Papier gedruckt.

Originalausgabe im Ullstein Taschenbuch
1. Auflage Oktober 2007

Umschlaggestaltung: HildenDesign, München
Titelabbildung: © HildenDesign, München
Satz: Pinkuin Satz und Datentechnik, Berlin
Gesetzt aus der Caslon
Druck und Bindearbeiten: Ebner & Spiegel, Ulm
Printed in Germany
ISBN 978-3-548-26676-3

In Liebe für Norbert und den Lilalaunebären.
Ihr ruht in mir wie Sonnenlicht.

Martha Horst war für ihr Gewicht eine Idee zu klein geraten. Wobei sie nie ernsthafte Versuche unternommen hatte, dies durch Diäten zu ändern. Während der Schwangerschaft hatte sie reichlich zugenommen, doch schon wenige Monate nach der Geburt hatte sie ihre ursprüngliche Körperform wieder. Das genügte ihr.

Dietmar, ihr Mann, hatte sich einen Jungen erhofft. Als Martha ein Mädchen zur Welt brachte, konnte er seine Enttäuschung kaum verhehlen. Beim Durchtrennen der Nabelschnur sagte er, man müsse sich damit abfinden, dass es »nur ein Mädchen« sei. Martha, ermattet von einer langwierigen Geburt, erwiderte bloß: »Wir sind hier nicht bei ›Wünsch dir was‹, Hauptsache, gesund.«

Als Lisa in das Alter kam, in dem Mädchen ihre Väter mit einem Lächeln, einem dicken Schmatzer auf die Wange oder einem theatralischen Seufzer lässig um den Finger wickeln können, wuchs Dietmar seine Tochter ans Herz. Er erlaubte ihr alles, während ihre Mutter sich im Hintergrund um den Alltag kümmerte, um Essen, Wäsche, Kindergeburtstage.

Sie hatten eine kleine Näherei, in der Martha und eine Hilfskraft arbeiteten. Dietmar betrieb Akquise, ab und zu mit der kleinen Lisa auf dem Arm, was den Umsatz des Geschäftes enorm ankurbelte. Am Nachmittag kümmerte sich Martha liebevoll um ihre Tochter. Dietmar führte die Bücher.

Eines Morgens, Martha war schon in der Näherei, wollte

Lisa nicht zur Schule. Sie klagte über Kopfschmerzen. Dietmar gab sofort nach und erlaubte der damals Elfjährigen, zu Hause zu bleiben. Lisa bekam Fieber, Dietmar wartete ab. Das Fieber stieg rasant. Er rief Martha an und sagte, das Kind habe »etwas Temperatur und Kopfschmerzen«. Martha wollte es genauer wissen. Als Dietmar zu Lisa ins Zimmer kam, schlief sie. Er wollte das Kind nicht wecken und sah fern. Später rief Martha noch einmal an.

»Alles in bester Ordnung«, sagte Dietmar.

»Wie hoch ist denn das Fieber nun?«, fragte Martha in mütterlicher Sorge.

»39 Grad«, log Dietmar, der sich nicht die Blöße geben wollte, nicht gemessen zu haben. Sie schlief doch so schön.

»Hat sie noch Kopfschmerzen?«

»Woher soll ich das wissen, sie schläft«, antwortete Dietmar etwas barsch. Er spürte, dass Martha genauere Auskünfte haben wollte.

»Sie schläft seit heute Morgen mit 39 Grad Fieber?! Mensch, Dietmar, sie muss was trinken. Bitte sorge dafür, dass sie trinkt!«

»Ja«, antwortete er und machte sich auf den Weg. Erst mal hören, ob seine Prinzessin überhaupt etwas trinken wollte. Das Fieber schien nicht gestiegen zu sein, aber jetzt maß er trotzdem. Geschickt zirkelte er das Thermometer in ihre Achselhöhle. Lisa schlief weiter. 40,8 Grad Celsius. Dietmar wurde unruhig. Martha hatte recht, sie musste trinken! Er versuchte Lisa zu wecken. Vergeblich. Er schüttelte sie. Keine Reaktion. Er rief Martha an.

»Mach Wadenwickel! Hol den Arzt!«

Er machte die Wadenwickel, scheute sich jedoch, den Arzt zu holen. Martha rief noch einmal an. Es sei alles besser, versicherte Dietmar, der unruhig zwischen Bergen von kalten Handtüchern saß.

»Wirklich?«

»Ja doch. Das Fieber ist gefallen.« 40,5 Grad Celsius zeigte das Thermometer. Martha kam nach Hause. Sie warf nur einen kurzen Blick auf das Kind und rannte zum Telefon. Zehn Minuten später lag Lisa mit einer schweren Hirnhautentzündung auf der Intensivstation, wo sie tagelang um ihr Leben rang. Dietmar war dem nicht gewachsen. Er saß zu Hause vor dem Telefon und wartete. Martha wich nicht von Lisas Bett. Sie streichelte ihr das blasse Gesicht und als die Schwestern Martha erklärten, dass es helfen könne, wenn sie mit dem Kind spreche, las Martha ihr stundenlang Geschichten vor und sang Lieder bis zur Heiserkeit. Dietmar hatte schon alle Hoffnung aufgegeben, als Lisa endlich aus dem Koma erwachte. Martha weinte vor Glück und rief sofort ihren Mann an. Als sie wieder ins Zimmer kam, streckte die Kleine suchend ihr Händchen aus. Martha ergriff es dankbar und Lisa sagte, aus der Ferne wieder auftauchend: »Papi?«

Nach ihrer Entlassung brauchte Lisa noch viel Pflege und Aufmerksamkeit. Der Vater fühlte sich überfordert. Martha blieb zu Hause bei ihrer Tochter und nähte, wenn Lisa schlief, oft bis tief in die Nacht. Dann wollte Dietmar plötzlich eine Arbeit in einer anderen Stadt annehmen.

»Aber was ist mit Lisa?«, versuchte Martha ihn umzustimmen. »Sie braucht dich doch.«

»Ich kann das nicht, stundenlang mit ihr sprechen üben und so«, sagte er.

»Aber sie wird gesund, du hast doch gehört, was die Ärzte gesagt haben. Es braucht nur ein bisschen Zeit.« Dietmar schüttelte nur den Kopf.

»Und was wird aus der Näherei?«, fragte Martha weiter.

»Du machst das schon«, antwortete Dietmar nur und zog seiner Wege.

Lisa verstand nicht, warum sie den Vater nur noch selten sah.

»Warum arbeitet Papa woanders?«

»Da musst du ihn selber fragen«, sagte Martha zu ihr. Denn sie wusste selbst keine erträgliche Antwort. Dietmar Horst kam immer später nach Hause, manchmal blieb er über Nacht fort.

Die Abbuchungen auf dem gemeinsamen Girokonto ließen Martha erahnen, dass seine Arbeit zwei Beine hatte und weiblich war. Eines Abends hatte sie genug von dem fremden Geruch an ihrem Mann und brachte die andere Frau zur Sprache. Dietmar redete nicht lange drumherum. Er wisse nicht, wie es dazu habe kommen können, schließlich liebe er Martha.

»Du armes Wesen«, sagte Martha halb im Ernst, halb im Scherz.

Dietmar erbat sich Bedenkzeit, er könne sich nicht entscheiden. Martha schob die Ehebetten auseinander und wurde immer stiller. Dietmar kam noch seltener nach Hause.

»Mama, wo ist Papa?«

»Papa muss viel arbeiten.«

Die erste Zeit war Martha wie gelähmt. Immer wieder stellte sie sich Dietmar mit der anderen Frau vor, Arm in Arm, lachend durch die Gassen schlendernd. Sie wurde fast verrückt vor Schmerz und dann tat sie das, was man in einer solchen Situation so tut. Sie aß Pralinen in Großhandelsmengen, lag so lange in der Badewanne, bis sich die Hornhaut an den Hacken löste, sah sich Sissy-Filme an und öffnete nur noch sporadisch die Post.

Martha stellte sich die neue Frau schlank und jung vor. Federnd spazierten sie zum See und fütterten die blöden Enten. Dabei lachte sie ihn mit einem blendend weißen Gebiss an und fand ihn »süß«. Vermutlich flüsterte die schlanke, junge Frau ihm ins Ohr: »Mit dir will ich alt werden«, ohne zu ahnen, wie viel Last das tatsächlich mit sich bringen konnte. Die jungen Dinger sagten so etwas leicht dahin. Aber was würde sein, wenn er als haarloser Greis mit zitternder Hand nach seinem Prostatamittel verlangte?

Nach einem halben Jahr hielt Martha es nicht mehr aus. Eines Morgens ging sie nicht in die kleine Näherei, sondern fuhr Dietmar hinterher. Einmal drehte er sich plötzlich um, aber da hielt Martha sich im letzten Moment die Zeitung vors Gesicht und Dietmar setzte seinen Weg fort. Später blieb er vor dem Juwelierladen stehen, in dem sie ihre Eheringe gekauft hatten. Martha, die ihn von der gegenüberliegenden Straßenseite beobachtete, überfiel ein Gefühl von Übelkeit. Dieses Gefühl verstärkte sich, als Dietmar ein Restaurant betrat, in dem er mit Martha früher essen gegangen war. Dieser einfallslose Schuft, dachte sie.

Wie ein Dieb spähte Martha durchs Fenster, um die neue Frau an seiner Seite zu sehen. Doch als Martha die beiden endlich erblickte, musste sie lachen. Dietmars neue Flamme sah aus wie ein erlöschendes Fegefeuer. Das beruhigte Martha, ohne dass sie sagen konnte, warum. Gutgelaunt fuhr sie nach Hause. Sie kaufte frisches Obst und Gemüse, warf die angebrochenen Pralinenschachteln in den Müll, nahm ein Orangenblütenbad, rasierte sich die Beine und ging zum teuersten Friseur der Stadt.

Wenn Dietmar jetzt gelegentlich heimkehrte, war sie entspannter, was ihn einerseits wunderte, ihm andererseits auch Mut machte, häufiger zu kommen. Er schenkte Martha Theaterkarten, führte sie zum Essen aus und manchmal brachte er sogar Blumen mit. Er kam wieder früher nach Hause und blieb nur noch selten über Nacht weg.

»Was ist mit Papa los?«, fragte Lisa, der die Wandlung ihres Vaters nicht verborgen geblieben war.

»Dein Vater ist ein alter Narr«, antwortete Martha lachend.

Dietmar und sie sprachen nicht über die andere. An der Art, wie er sich um sie bemühte, spürte Martha, dass es ihm leidtat.

»Wir haben zu wenig miteinander gesprochen«, sagte sie eines Abends zu ihm. Dietmar nickte. »Ich habe übrigens gemerkt, dass du mir hinterhergefahren bist.«

»Wirklich?«

»Ja. Und ich war froh.«

Dann küsste er sie zum ersten Mal seit sechs Monaten. Nach weiteren sechs Monaten begannen Martha und Dietmar gemeinsam, die Pubertät ihrer Tochter zu verfluchen. Aus dem netten kleinen Mädchen wurde eine Clearasil-Dauerbenutzerin. Nichts konnte man ihr recht machen. Marthas Essen war »eklig«. Die Aufforderung der Mutter, das Zimmer aufzuräumen, »vollkommen indiskutabel«.

»Das ist mein Zimmer und da kann ich machen, was ich will!«, antwortete sie dann.

»Aber nur so lange, bis die Ratten rausgelaufen kommen«, erwiderte ihre Mutter mehr im Scherz.

Was aber ein Türenschlagen von Seiten der Tochter nach sich zog. Es gab Szenen, die mit schöner Regelmäßigkeit wiederkehrten. Bevorzugt am Wochenende.

»Mama! Wo ist meine Bluse?!«

»Ich nehme an, in der Wäsche«, antwortete Martha ruhig, in Erwartung eines weiteren hysterischen Anfalls ihrer Tochter.

»O Mann! Da liegt sie ja echt super!«

»Lisa, du hast doch nicht nur eine Bluse. Nimm eine andere.«

»Aber nur eine, die zu dieser Hose hier passt«, erklärte Lisa ihrer Mutter etwas zu laut.

»Dann musst du eben lernen, deine Wäsche selbst zu waschen«, schlug Martha zum wiederholten Mal vor.

»Was soll ich denn noch alles machen?«, beklagte sich

daraufhin Lisa, deren einzige Lebensaufgabe darin zu bestehen schien, den Jungs der oberen Klassen zu gefallen.

Auch der Vater wurde gelegentlich zur Zielscheibe ihrer Launen.

»Papa, ich bitte dich! Was heißt hier, ich soll um 22 Uhr zu Hause sein? Ich bin fast 15 und gehe klar auf die 16 zu. In zwei Jahren bin ich volljährig.«

»Ich habe 22 Uhr gesagt und dabei bleibt es«, erwiderte Dietmar.

»Das kannst du mir nicht wirklich antun, Papa!«

»Noch ein Wort und du gehst gar nicht zum Konzert.«

»Was ist nur aus dir geworden, Papa?!«

»Ein besorgter Vater!«

»Du willst mich ja bloß einsperren!«

»Quatsch.«

»Du liebst mich nicht mehr!«

»Hör auf mit dem Unsinn, Lisa.«

Ein funkelnder Blick, der das Zeug zum Großfeuer hatte, und stundenlange Inbesitznahme des Telefons waren die Folge. Dietmar und Martha waren froh, dass sie enger zusammengerückt waren. So ließen sich die Launen des Pubertätszombies besser ertragen. Nach einer dieser unsinnigen Streitereien mit Lisa klingelte es eines Tages an der Tür von Familie Horst.

Dietmar öffnete. Martha und Lisa hörten eine laute Frauenstimme, einen stotternden Dietmar, ein Türenschlagen und dann den Schrei eines Babys. Martha und ihre Tochter warfen einen fragenden Blick in den Flur.

»Was ist das?«, fragte Lisa angewidert.

Das Baby schrie aus Leibeskräften. Dietmar hielt es wie ein hochexplosives Paket in der Hand und sah hilflos seine Frau an. Martha rannte vor die Haustür und erblickte nur noch die Rücklichter eines Wagens mit dem Kennzeichen einer anderen Stadt.

»Mama, tu doch was«, bat Lisa, die das Geschrei des Kindes nicht aushielt. Martha nahm Dietmar das Bündel ab und beruhigte den Säugling rasch. Es war ein Junge. Die Eheleute sprachen kein Wort und sahen einander fassungslos an.

»Wie lange wollt ihr noch so dasitzen?«, fragte Lisa schließlich.

»Gute Frage«, erwiderte ihre Mutter.

Dietmar ging ins Schlafzimmer und weinte den Rest des Abends. Martha versorgte den Säugling und suchte währenddessen nach der richtigen Frage.

»Dietmar, was hat das zu bedeuten?«

Schluchzend brachte er hervor: »Das ist mein Sohn. Ich soll mich um ihn kümmern. Hier sind die Papiere.«

Zitternd zeigte er auf den Zettel am Nachttisch. Martha blickte in ein völlig verzweifeltes Gesicht. Ohne weiter nachzudenken, sagte sie: »Wir schaffen das schon.« Dabei dachte sie an eine Übergangslösung bis … bis wann eigentlich?

Von heute auf morgen wurde Martha zum zweiten Mal Mutter, mit 48 Jahren. Anfangs war sie so überrascht, dass sie wochenlang keinen klaren Gedanken fassen konnte und fast mechanisch den neuen Mitbewohner versorgte. Nur einmal bekam sie einen riesigen Wutanfall: bei der Anmeldung des Jungen im Standesamt.

Der Standesbeamte versuchte noch, sie umzustimmen: »Aber überlegen Sie doch mal, das ergibt einen doppelten Horst, so können Sie das Kind doch nicht nennen!«

Dietmar Horst nickte dem Standesbeamten flehentlich zu, damit dieser die unangenehme Zeremonie nicht noch weiter in die Länge zog.

»Doch, doch, Horst ist ein schöner Name«, sagte er und starrte auf den elektrischen Bleistiftanspitzer auf der Fensterbank, als könne er ihn Kraft seiner Gedanken in Gang setzen.

»Na gut«, meinte der Standesbeamte und so kam das Kind auch namentlich in der Familie an: Horst, Horst.

Lisa forderte täglich, dass »der komische Besucher« genauso schnell wieder verschwinden sollte, wie er aufgetaucht war. Aber Horst blieb und bald war klar, dass es kein gewöhnliches Kind war. Der kleinlaute Erzeuger hoffte lange, dass sich das noch geben würde. Aber es gab sich nicht. Horst war ein Kind mit Down-Syndrom.

Dietmar ging wieder in die andere Stadt.

»Mama, wo ist Papa?«

»Arbeiten, Kind.«

Er kehrte nicht mehr nach Hause zurück, überwies Geld und einige Monate später kam die Nachricht von seinem Tode. Er hatte sich eine Erdbestattung gewünscht, aber Martha bestand auf einer Einäscherung.

»Ist billiger und die paar Reste brauchen keinen ganzen Sarg.«

Dietmar hatte wohl den Zug übersehen.

Lisa verzieh ihrer Mutter nie, dass sie Horst bei sich behielt. »Warum bleibt der bei uns?«, fragte sie ihre Mutter vorwurfsvoll.

»Er ist dein Bruder«, erklärte Martha.

»Er ist ein gottverdammter Bastard, von einem gottverdammten Scheißvater!«, schrie Lisa. Daraufhin bekam sie die erste und einzige schallende Ohrfeige ihres Lebens. »Schlag mich ruhig. Ich werde nicht stillhalten, so wie du all die Jahre! Der hier ...«, und sie zeigte mit ausgestrecktem Finger und angewidertem Gesicht auf Horst, »... nimmt nur Platz weg und hat einen tierischen Knall.«

»Wie stellst du dir das eigentlich vor? Soll ich ihn verkaufen?! Außerdem hat dein Vater testamentarisch verfügt, dass ...«

Lisa fiel ihr schreiend ins Wort: »Das ist mir scheißegal, was mein Vater testamentarisch verfügt hat. Entweder schmeißt du den Blödmann da auf der Stelle raus oder ich gehe!«

Lisa war damals 20 Jahre und ließ sich von ihrer Mutter nichts mehr sagen. Nicht einmal die Uhrzeit. Horst war vier Jahre alt und liebte Martha wie sich selbst. Am nächsten Morgen traf Martha eine Entscheidung.

»Horst bleibt hier.«

»Was?! Ich fasse es nicht! Du setzt mich vor die Tür und behältst den Mongo?!«

»Lisa, du kannst gerne bleiben. Aber dann musst du lernen, mit Horst zu leben.«

»Niemals!«

Lisa zog aus. Marthas Leben wurde ruhiger. Sie hatte schon befürchtet, dass Lisa ihr die schmutzige Wäsche noch bis ans Grab bringen würde.

Die Missverständnisse zwischen Mutter und Tochter wuchsen weiter, nachdem Lisa an der Seite eines graumelierten Sportwagenfahrers Platz genommen hatte. Der Mann hieß Hans Joachim Spiekering und trug goldene Ketten um seinen dicken Kehlkopf, so dick wie Halsbänder für ausgewachsene Rottweiler. Lisa nannte ihn zärtlich Hajolein. Hajolein versprach, Lisa zu heiraten. Er würde den Bund der Ehe mit ihr schließen, sobald seine Scheidung durch sei. Aber Noch-Frau Spiekering dachte nicht daran, ihren breiten Hintern aus dem Haus im Rotlichtbezirk zu bewegen. Hajolein wusste Abhilfe und mietete eine kleine Wohnung. Seither lebte Lisa ungeniert von seinem Geld und seiner Geilheit.

* * *

Martha arbeitete seit dem Tod ihres Mannes in einer Wäscherei. Die kleine Schneiderei musste sie aufgeben. Dietmar hatte es mit dem Führen der Bücher nicht immer ganz genau genommen. Kurz nach seinem Tod fiel das auch dem Finanzamt auf und Martha stand von heute auf morgen vor der Pleite. Das bescheidende Inventar der Schneiderei wurde versteigert. Was blieb, waren Schulden. Hans Joachim Spiekering bot Martha eine gutbezahlte Stelle bei einem »Geschäftskollegen« an. Ein phantastisches Angebot, das Martha sofort ausschlug.

»Hajolein will dir doch nur helfen«, sagte Lisa beleidigt.

Auf diese Hilfe verzichtete Martha leichten Herzens. Sie nahm lieber die schlechtbezahlte Stelle in der Wäscherei an, was sich im Nachhinein als Glücksfall herausstellte. Die Wäscherei hatte ihren Sitz in einem vornehmen Viertel der Stadt. Martha wusch und bügelte die Wäsche von Herrschaften, denen sie am liebsten mit einem Hofknicks begegnet wäre. Sie war in ihrer Arbeit sehr genau und das schätzte sowohl die Kundschaft als auch die Chefin der Wäscherei, Frau Bogener.

Manchmal nach Feierabend gönnte sich Martha ihren ganz persönlichen Spaß. Sie zog dann die Pelzmäntel der Kundinnen an und trank aus einem Sektglas Kamillentee. So saß sie auf ihrem Schemel und war froh über ihre Arbeit. Wo sonst hätte sie einen Nerzmantel anziehen können?

Eines Abends wurde sie von Frau Bogener überrascht.

Die zwinkerte nur mit den Augen und sagte: »Den trage ich ab und zu auch ganz gerne.« Dann hielt sich Frau Bogener ein exklusives Abendkleid vor den Körper. »Ist das nicht verrückt, 1500 Euro für diesen Fummel auszugeben?!«

Martha lachte herzhaft und Frau Bogener bot ihr das Du an. Die beiden Frauen stießen mit süßem Kirschlikör auf ihre Freundschaft an.

»Wer Sorgen hat, hat auch Likör. Ich bin die Hannelore. Prost.«

»Und ich bin die Martha.«

Hannelore Bogener erfuhr von Marthas Lebenssituation.

»Aber die Mutter von dem Jungen muss doch Unterhalt zahlen, oder?«

»Offiziell bin ich die Mutter.«

»Oh«, meinte Hannelore und schenkte die Gläser nach. »Prost, Martha, auf deinen Horst.«

»Prost, Hannelore.«

»Ziemlich feige, dein Dietmar, oder?« Martha zuckte mit den Schultern.

»Ich glaube, Dietmar war nur ein bisschen doof.«

»Auf deinen doofen Dietmar, Prost«, sagte Hannelore und erhob ihr Glas erneut.

»Prost, Hannelore.«

Die beiden Frauen schmiedeten bis in den späten Abend hinein Pläne. Schließlich schlug Hannelore vor, eine kleine Näherei in die Wäscherei zu integrieren.

»Und das Ganze machen wir an der Steuer vorbei. Du zahlst den Herrschaften vom Amt schon genug«, sagte sie mit einer Bestimmtheit, die keinen Widerspruch zu dulden schien. »Dir gehören da schon die Türklinken«, bekräftigte sie. »Prösterchen, Martha!«

»Prost.«

Und so ging Martha, berauscht vom Likör und beschwingt von dem Gespräch, nach Hause.

Martha träumte davon, einmal mit Horst zu verreisen. Und am Urlaubsort würde sie ein Konzert besuchen. Mit großem Orchester und Musik, »wo alle im Orchester kräftig ackern müssen«. Für diese Reise sammelte Martha Kleinmünzen in einer großen Haushaltstasse. Am Ende des Monats rollte sie das Geld und brachte es stolz zur Bank. Bis sie genug zusammenhaben würde, lieh sie sich Videokassetten in der Stadtbücherei, um gewissenhaft ihr zukünftiges Reiseziel auszusuchen. Blühende Pracht der

Lüneburger Heide; Rothenburg ob der Tauber, eine Stadt voller Charme; Hameln und der Rattenfänger und das schöne Engadin wurden ihre Lieblingskassetten.

Einmal in der Woche sah Martha sich ein besonderes Konzert an. Sonntags band sie gegen 11.45 Uhr ihre Kittelschürze ab, richtete sich das Haar, nahm zwei Piccoloflaschen aus dem Kühlschrank und ging hinüber zu ihrer Nachbarin, Sabine Haferkamp. Die hatte den größeren Fernseher und war meistens noch dabei, Marmorkuchen aus der Verpackung zu hebeln und ihn auf einer Platte anzurichten. Dann gingen die beiden Frauen ins Wohnzimmer und sahen sich das Sonntagskonzert an. Nach dem Konzert nahm Martha die Reste vom Kuchen für Horst mit. Frau Haferkamp war ein paar Jahre jünger als Martha, trotzdem nannte Horst sie immer Oma Sabine. Die beiden Frauen hatten es aufgegeben, den Jungen von der biologischen Unmöglichkeit seiner Idee zu überzeugen.

»Wenn der Junge doch eine Oma haben will«, hatte Martha irgendwann resigniert gesagt, »dann geben wir ihm halt eine.«

Horst war im Grunde sehr umgänglich. Lediglich unvorhersehbare, größere Veränderungen konnten zu Komplikationen führen. Als Martha eines Tages völlig überraschend ins Krankenhaus kam, war sie zunächst in großer Sorge. Aber Horst, in völliger Verkennung seiner Lage, bot sich sofort an, auf die arme Oma Sabine aufzupassen.

»Das ist aber nett von dir, Horst«, sagte Sabine geistesgegenwärtig zu ihm. Sie hielt ihn eine Woche bei Laune und bedankte sich überschwänglich für die geschälten Äpfel, täglich fünf Stück.

»Einen musst du für Mama essen, einen für dich und drei für mich«, erklärte Horst ihr.

»Und warum für dich so viele?«

»Das weißt du nicht? O Mann! Ist doch logologisch, damit ich noch wachse«, erwiderte Horst ungehalten.

»Ach so, ja natürlich, oberlogologisch«, sagte Sabine und tat, wie ihr geheißen.

So war dafür gesorgt, dass Martha beruhigt ihren Blinddarm zur Hölle schicken lassen konnte. Sabines Bedarf an Äpfeln war nach der Woche allerdings langfristig gedeckt. Und weil Horst so wunderbar auf Oma Sabine aufgepasst hatte, durfte er sich etwas wünschen.

»Ich will Fußballspieler werden«, sagte er.

»Fußballspieler?!«

»Fußballspieler.«

Martha tat ihr Möglichstes und übte mit Horst, so gut es eben ging. Anfangs hatte Horst große Probleme, den Ball überhaupt zu treffen. Oft rannte er auch ohne Ball Richtung Tor.

»Wo ist der Ball, wo ist der Ball?«, schrie er dann beunruhigt. Wenn man ihm nicht sofort einen Ball zuwarf, schrie er: »Der Ball ist tot, tot, tot!« Horst litt keineswegs unter seinem Verhalten, die Trainer der Vereine schon.

»Kommen Sie wieder, wenn er etwas weiter ist«, sagten sie Martha überall.

Eines Abends lag Horst weinend in der Badewanne.

»Was hast du, Horst?«

»Die Bälle wollen mich nicht. Sie sind immer weg«, sagte er.

»So ein Unsinn. Du musst einfach mehr üben.«

»Aber mit mir übt doch keiner«, entgegnete Horst schluchzend.

So ging es nicht weiter. Dann hatte Martha eine Idee. Sie verteilte in einer Selbsthilfegruppe für betroffene Eltern Handzettel: »Suche behinderte Fußballmannschaft für meinen Sohn (Kind mit Down-Syndrom, vermutlich Stürmer).« Von da an trainierte Martha zweimal in der Woche eine Truppe Fußballer mit Down-Syndrom. Nach einem Jahr waren alle damit einverstanden, dass nur noch ein Ball im Spiel sein sollte und dass Beißen als Foul galt. Trotzdem fanden sich keine Gegner.

Einmal bot Martha ihre »Behindis«, wie sie die Truppe liebevoll nannte, als Balljungen beim FC Schwandern an. Nach langem Üben und einigem Hin und Her durften die Jungs an die Seitenlinien, ohne Eintritt bei einem Freigetränk für jeden. Martha hatte heimlich einen Pokal besorgt: Für die besten Balljungen. Der Schiedsrichter überreichte den Pokal feierlich und die Jungs waren außer sich vor Begeisterung. Nachdem Martha alle im weiten Rund des Stadions wieder eingefangen hatte, wurde beschlossen, dass jeder Balljunge den Pokal für eine Woche behalten durfte. Horst führte darüber penibel Buch. In acht Wochen wäre er wieder dran.

Zweimal pro Woche brachten die Eltern ihre Söhne zu Martha, die dann mit der umtriebigen Truppe auf die grüne Wiese ging. Sie ließ an jeder Kreuzung durchzählen, ob noch alle da waren. Es war nicht immer leicht, den Überblick zu behalten.

»1, 24, 8, 0, 3, 7, 6, 5. Alle da«, gab einer der Jungs an jeder Ampel die Meldung ab. Oder auch nicht.

Aus dem Augenwinkel zählte Martha lieber selbst durch. Auf der Wiese angekommen, ging es erst mal ans Aufwärmen. Dafür ließ Martha die Jungs rückwärts von einer Seite auf die andere gehen. Das führte anfangs zu zahlreichen Purzelbäumen, übte aber die Koordination. Wenn einer von den Dickeren nicht mehr wollte, lockte sie ihn: »Wenn du noch einmal rüberrennst, darfst du im Tor stehen und Oliver Kahn sein.« Wobei sie das Wort »stehen« aussprach, als löste es alle Probleme der Welt. Die Normalgewichtigen lockte sie eher so: »Los, noch ein Mal rüber und du wirst Kevin Kurányi!« Ihren Horst konnte sie motivieren mit:

»Na, Herr Netzer, geht's noch?« Und so bekamen die Jungs neue Namen und im Spiel kam es vor, dass ein im wahren Leben graumelierter Gerd Müller zu dem jungen, aufgehenden Stern am Stürmerhimmel, Kevin Kurányi, sagte: »Du alter fauler Sack, beweg dich!« Einer der Jungs hatte die Tour de France verfolgt und nannte sich vorübergehend Jan Ullrich. Als die Tour zu Ende war, wollte er allerdings lieber Lance Armstrong genannt werden.

Im Winter bauten sie Schneemänner, auf die sie dann mit den Fußbällen schossen; Oder sie versuchten sich gegenseitig mit dem Schlitten ins Tor zu schieben, was meistens in kleineren Raufereien endete, die Martha mit einem schneidenden Pfiff aus ihrer Trillerpfeife beendete. Anschließend verteilte sie an alle gelbe Karten und die Kontrahenten mussten sich die Hände reichen. Wenn die Witterung zu schlecht war, hockte die Truppe in Marthas kleinem Wohnzimmer und ließ sich bei Keksen und einem Glas Milch Jerry-Cotton-Krimis vorlesen.

Die Jungs liebten Martha. Respektvoll sagten sie »Chefin« zu ihr. Außer Horst. Der sagte Mutti. Kurz vor Weihnachten erwischte Martha ihren Horst und einen Fußballkameraden vor ihrem Kleiderschrank. Horst war gerade dabei, eines ihrer Kleider aus dem Schrank zu ziehen.

»Was soll das?«, fragte sie und bemühte sich, ihre Überraschung zu verbergen.

»Ach nichts«, sagte Horst und hängte das Kleid wieder weg.

»Chefin, hast du auch eine Jacke?«, fragte der Kumpel.

»Eine Jacke?« Martha überlegte.

Sie hatte nur eine einzige vernünftige Jacke. Also gab sie den beiden Jungs eine alte, viel zu große Jacke von Dietmar, von der sie sich aus Sentimentalität nicht trennen konnte. In der Jacke hatte er sie damals hochschwanger ins Krankenhaus gefahren.

»Hier, die ist schön«, sagte sie.

Die beiden Jungs nahmen die Jacke mit in Horsts Zimmer. Nach einer Weile hing sie wieder in Marthas Schrank.

Zu Weihnachten legten die Jungs ihr Taschengeld zusammen und schenkten Martha einen Trainingsanzug. Lila-orange, raschelnd und zwei Nummern zu groß. Ein selten schönes Stück. Sie hatten sich leider an der Größe der Jacke orientiert. Aber Martha freute sich sehr und liebte diesen Trainingsanzug.

Horsts Begeisterung für den Fußball wurde von Jahr zu Jahr größer. Er lieh sich in der Bücherei unzählige Fußballbücher. Martha las ihm vor und so kannte sie die meisten Bundesligaspieler mit Namen, ebenso wie Alter, Verein und bevorzugte Spielposition. Horst hatte ein ungewöhnliches Fußballquiz entwickelt. Er nannte einen Torschützen, die entsprechende Spielminute und den Torwart der gegnerischen Mannschaft. Seine Mutter musste darufhin sagen, welches Spiel es war. Einen Extrapunkt gab es, wenn Martha auch den Endstand der Partie wusste. Bei vier Punkten bekam sie einen Kuss. Manchmal auch bei einem Punkt, manchmal jedoch erst nach zehn Punkten. Wie das Kuss-Punkte-System funktionierte, blieb allerdings Horsts Geheimnis. Um bei ihrem Sohn keinen schlechten Eindruck zu hinterlassen, las Martha heimlich alles über Fußball, was sie finden konnte. So war sie im Laufe der Jahre zu einem wandelnden Fußballlexikon geworden.

Martha ging inzwischen auf die 60 zu und spürte, wie der Zahn der Zeit auch an ihr zu nagen begann. Eines Tages schlug die Hausärztin eine Kur vor. »Dann kommen Sie mal raus, Frau Horst.« Ihr Sohn war begeistert, konnte er doch wieder auf Oma Sabine aufpassen, und er durfte sich etwas wünschen. Martha hoffte inständig, dass er nicht Boxer werden wollte. Horst wollte ein Spiel des AC Mailand im dortigen Stadion sehen.

»Mailand? Das ist doch in Italien.«

»Kann sein«, sagte Horst.

»Warum denn ausgerechnet Mailand?«, fragte Martha überrascht.

»Weil die so schöne rot-schwarze Trikots haben.«

»Aber der FC Schwandern hat doch auch ganz schöne Trikots«, versuchte Martha ihren Schützling umzustimmen.

Horst erbat sich Bedenkzeit. Nach 30 Sekunden Bedenkzeit änderte er seinen Wunsch.

»Ein Spiel der Champions League will ich sehen.«

Martha nickte erleichtert.

»Aber die Trikots müssen rot und schwarz sein«, ergänzte Horst.

Der Form halber teilte Martha auch ihrer Tochter mit, dass sie zur Kur fuhr. Aber Lisa war es egal, ob ihre Mutter zur Kur oder zum Mond fuhr, solange sie nicht ihre Blumen gießen musste.

* * *

Martha stieg aus dem Zug. Es war ein Bahnhof, wie Horst ihn auf seiner verstaubten Märklin-Eisenbahnerplatte stehen hatte. Rechts standen Kühe, die einander anzuöden schienen. Am Ende des Bahnsteiges versuchte eine rot-weiße Bake die wenigen ankommenden Gäste aufzuhalten. Vergebens. Alle liefen um die Bake und missachteten das Schild »Überqueren der Gleise verboten. Lebensgefahr!«.

Martha betrat das Bahnhofshäuschen. Es war leer und atmete den Charme einer Seilbahnstation der frühen 60er Jahre. Ein Schild »Fahrplanauskunft« hing trotzig neben einer Pressspanplatte, die das Fenster des Fahrkartenschalters auf ewig verschloss. Vergilbte Plakate, die einmal zum »bunten Abend« und zum »Tanz in den Mai« eingeladen hatten, wellten sich von den Wänden.

Vor dem Bahnhof kündigte ein unübersehbares Schild vollmundig den Namen des vorbeiziehenden Flusses an, für dessen Überquerung die Schrittlänge eines Erwachsenen völlig ausreichend gewesen wäre. Hier also soll ich mich erholen, dachte Martha und machte sich auf den Weg zur Kurklinik, die wenige hundert Meter vor ihr aus der grünen Wiese ragte. Ein Betonklotz, der aussah, als könne er unter der Erde als Atombunker dienen.

Martha hatte sich Kurgäste schwächlich und an Gehhilfen gefesselt vorgestellt. Doch bei der Anmeldung stand sie hinter einem hochgewachsenen, sehr attraktiven Mann um die 50.

»Sind Sie Kurgast?«, fragte Martha den Mann.

Der nickte nur.

»Ich bin auch zur Kur hier«, fuhr sie unbeirrt fort.

»Ach was«, sagte der Mann und drehte sich demonstrativ von Martha weg.

»Eitler Fatzke«, sagte Martha zu sich selbst.

»Was haben Sie da eben gesagt?«, fragte der Vordermann irritiert.

»Nichts«, antwortete Martha und blätterte gelassen im Hausprospekt.

»Ich bin doch nicht taub«, sagte der Mann und sah ihr direkt ins Gesicht.

Sie blickte ihn an und erwiderte seelenruhig: »Was fragen Sie dann so doof, Sie haben doch genau verstanden, was ich gesagt habe.« Das fängt ja gut an hier, dachte Martha und schüttelte den Kopf.

* * *

Der »eitle Fatzke« hieß Silvio Dorn und war eigentlich ein Typ, auf den Frauen fliegen. Wenigstens kurzfristig. Viele Frauen waren, im wahrsten Sinne des Wortes, durch seine

Hände gegangen. Er liebte Sex. Alles andere interessierte ihn nur peripher. Dieser Wesenszug blieb den Frauen nicht allzu lange verborgen. Und so kam es, dass Silvio Dorn nach seiner ersten großen Liebe, Svenia, keine richtige Partnerin mehr gehabt hatte. Er war damals 18 Jahre alt gewesen, Svenia 28. Die Beziehung hatte länger gehalten, als alle erwartet hatten: sieben Jahre.

Aber nach Svenia hielt es keine Frau mehr länger mit ihm aus. Silvio maß dem keine große Bedeutung bei und fing an, es für ein Naturgesetz zu halten. Die Frauen kamen und gingen wie die Jahreszeiten. Aber jetzt, so kurz vor seinem 50. Geburtstag, fragte er sich plötzlich, warum er keine Familie gegründet hatte.

Einmal war er kurz davor gewesen, Vater zu werden. Er überlegte lange, ob er sich reif genug fühlte, ob das Geld für drei reichen würde, ob noch eine bessere Frau kommen könnte, ob es gut sei, in diese Welt ein Kind zu setzen, und ob er in der Lage sein würde, Windeln zu wechseln, ohne dem Nachwuchs die Hüftgelenke auszukugeln. Zwischenzeitlich hatte die Frau eine Entscheidung getroffen, gegen ihn.

Silvio Dorn war Geiger. Ein viertklassiger Stehgeiger, der beim 80. Geburtstag irgendeiner Patentante Dvořáks »Humoresque« spielte und dafür 20 Mark oder später Euro zugesteckt bekam. Ab und an begleitete er Lucio, den Besitzer seiner Stammkneipe, mit der Geige, um sich am Abend die Zeit zu vertreiben. Lucio sang herzzerreißende sizilianische Liebeslieder und träumte von einem eigenen Café in Rom.

Wenn Silvio die abgeknabberten Olivenkerne auf dem Tresen betrachtete, malte er sich aus, was aus ihm hätte werden können, wenn nicht dieser schwarze Tag in seinem Leben gewesen wäre.

Es war ein Musikwettbewerb, für den der damals weltberühmte Dirigent Herbert von Karajan seinen Namen und ein Jugendfoto beigesteuert hatte. Silvios Eltern hatten ihrem einzigen Sohn, in den sie all ihre Lebenshoffnungen setzten, jahrelang sündhaft teuren Einzelunterricht bei einem berühmten russischen Konzertgeiger ermöglicht. Der russische Geiger war ein Ausnahmetalent, aber auch ohne jedes pädagogisches Geschick. Vor dem Auftritt hatte Silvio Dorn Lampenfieber.

»Wenn du bist aufgeregt bei Auftritt, stell Karajan in Unterhosen dir vor. Ist auch nur eine Mann.«

»Ich weiß nicht«, hatte Silvio unsicher gesagt.

»Doch, doch. Ist gute Idee. Vertrau mir. In Unterhose Karajan macht keine Angst.«

Als Silvio mit der Nummer 174 auf der Bühne stand, saß nicht Karajan vor ihm, sondern eine Frau mit den Augen eines paarungsbereiten Frosches. Das ängstigte den Knaben noch mehr. Silvio spürte, wie sich seine Hände verkrampften. Er fand die einfachsten Töne nicht mehr und dann fiel ihm der Ratschlag des Lehrmeisters ein. Während er überlegte, ob es statthaft sei, sich anstatt Karajan die Frau in Unterhosen vorzustellen, mahnte sie ihn zu Eile.

»Nun mach schon, du bist hier nicht der Einzige. Also los.«

Silvio hatte sich gerade entschlossen, die ungeduldige Frau gedanklich mit einer feingerippten Männerunterhose zu versehen, als sich ihm die nächste Frage aufdrängte. Stand sie jetzt mit freiem Oberkörper vor ihm oder trug sie einen BH? Über dieser Frage lief seine Vorspielzeit ab. Er stümperte noch rasch zwei Takte aus dem Instrument. Dann kam Nummer 175 auf die Bühne. Silvio war damals 14 Jahre alt. Seine Eltern verstanden die Welt nicht mehr. Der Vater fühlte sich persönlich getroffen vom desolaten Auftritt seines Sohnes und drohte, keinen weiteren Unterricht zu finanzieren. Silvio nahm es gelassen, aber genau diese Gelassenheit ließ den Vater noch wütender werden.

»Ihr habt mich doch nie gefragt, ob ich wirklich Geige spielen will«, suchte Silvio das Gespräch mit seinen Eltern. »Aber Silvio, Schatz, die Kindergärtnerin hat gesagt, dass du auf dem Glockenspiel immer die richtigen Täfelchen triffst. Ohne Noten, nur nach Gehör.«

»Mama, das Glockenspiel war bunt. Ich habe mir die Farben gemerkt. So wie hundert andere Kinder auch!«

»Ja, aber du warst schneller als die anderen. Und Geige spielen hat dir von Anfang an Spaß gemacht«, sagte sein Vater.

»Es hat mir Spaß gemacht, weil …« Silvio zögerte.

»Weil was?«, fragte sein Vater fordernd.

Silvio befürchtete, dass seine Eltern ihn nicht verstehen würden, aber er sagte es trotzdem.

»Es hat mir Spaß gemacht, weil ich verliebt war in meine erste Geigenlehrerin. Fünf lange Jahre. Ich habe nur für sie geübt. Ich wollte so oft wie möglich zu ihr.«

Die Mutter legte sich die Hand aufs Dekolleté und schüttelte den Kopf.

»Silvio, als Siebenjähriger kann man sich doch unmöglich schon verlieben.«

»So ein Unsinn! Du warst ein musikbegeisterter kleiner Junge. Das war alles und wir haben dich gefördert, wo es nur ging«, sagte sein Vater.

»Ach. Und warum wollte ich dann nicht mehr Geige spielen, als meine erste Lehrerin wegging?«

»Weil du in die Pubertät gekommen bist und da machen Kinder unangenehme Dinge durch. Ist doch ganz normal, dass ein Zwölfjähriger mal nicht üben will«, erklärte seine Mutter.

»Ich wollte Volleyball spielen«, entgegnete Silvio.

»Das hätte uns gerade noch gefehlt, Volleyball! Und dann wolltest du noch Eis laufen! Das wäre viel zu gefährlich für deine Finger gewesen«, meinte der Vater verständnislos.

»Aber genau das war ja das Problem. Immer war alles andere zu gefährlich für meine Finger!«

»Da hat dein Vater aber recht, Silvio-Schatz. Es war viel zu gefährlich. Das hast du ja auch bald eingesehen und brav weitergeübt.«

Silvio machte eine wegwerfende Handbewegung. Er war schon lange fertig mit seinen Eltern. Aber noch war er ein paar Jahre zu jung, um sie tatsächlich hinter sich lassen zu können.

»Ich glaube, ihr habt mich nie verstanden«, sagte er und ging in sein Zimmer.

Er hörte noch, wie sein Vater ihm hinterherrief, er sei ein Versager und unter diesen Umständen bezahle er ihm nicht eine Stunde Unterricht mehr. Ab sofort. Darüber war Silvio erleichtert. Doch das Verhältnis zwischen Vater und Sohn war von da an sehr angespannt.

»Du musst Papa auch verstehen«, erklärte ihm seine Mutter. »Sieh mal, Silvio: Papa hat für dich auf ganz viel verzichtet und jetzt ist er enttäuscht. Wir haben uns einen gebrauchten Opel gekauft, obwohl Papa sich doch eigentlich immer einen BMW erträumt hat. Aber die letzte Geige war so teuer. Er wollte nur, dass du es einmal besser hast als er.«

Mit 18 Jahren ertrug Silvio seinen Vater nicht mehr und zog mitsamt der teuren Geige bei seiner ersten große Liebe ein, der 28-jährigen Svenia.

Er war Svenia einfach vors Auto gelaufen. Obwohl er sich verletzt hatte, entschuldigte er sich dauernd bei ihr.

»Es tut mir leid. Ist was am Auto?«, fragte er beim Aufstehen.

Er wollte partout nicht ins Krankenhaus. Also nahm sie ihn mit zu sich nach Hause und kümmerte sich um seine Schürfwunden. Noch in derselben Nacht kümmerte sie sich auch um seine seelischen Wunden. Zum ersten Mal hörte ihm jemand zu.

»Zieh doch aus bei den Alten«, sagte sie leichthin.

»Wo soll ich denn hin?«, fragte er wie ein Verstoßener.

»Du kannst fürs Erste bei mir wohnen«, bot sie ihm an.

Sie sei nicht oft zu Hause. Nach ihrem ersten Kuss brauchte er nicht länger zu überlegen. Er nahm an. Sie fand es schön, dass Silvio da war, wenn sie tief in der Nacht von ihrer Arbeit nach Hause kam. Manchmal holte er sie auch ab. Sie strippte in einem edlen Club. Vater Dorn nannte es »einen ordinären Puff« und Svenia »eine gottverdammte Nutte«, was jedoch nicht den Tatsachen entsprach. Aber Tatsachen waren noch nie seine Sache gewesen.

»Tatsache ist das, was ich sage, und damit basta.«

So erreichte das Verhältnis zwischen Vater und Sohn einen Tiefpunkt, von dem es sich nicht mehr erholte.

Silvio bekam ganz neue Lust am Geigenspiel, im wahrsten Sinne des Wortes. Zu Hause strippte Svenia exklusiv zu seiner Musik. Der geheime Traum eines 18-Jährigen wurde wahr. Aus dem privaten Vergnügen entwickelten Svenia und Silvio eine erfolgreiche Geschäftsidee. Svenia strippte, Silvio spielte live im Hintergrund und das Publikum raste vor Begeisterung. Entsprechend üppig war die Bezahlung. Die Einnahmen wurden geteilt. Silvio kaufte einen neuwertigen schwarzen BMW und stellte ihn dem Vater wortlos vor die Tür. Auf die Motorhaube sprayte er mit rotem Glitzerlack: Gruß, dein Versager!

Silvio blühte neben Svenia auf. Sie akzeptierte ihn so, wie er war, und führte ihm tabulos Herz und Hand im Liebesspiel. Sie ließ keinen Leistungsgedanken im Bett aufkommen und machte aus ihm einen virtuosen Liebeskünstler. Die beiden verdienten sehr viel Geld und Silvio übersah die Zeichen der Zeit. Svenia träumte von einem anderen Leben, während Silvio unablässig von Svenia träumte.

An ihrem 35. Geburtstag entschied sich Svenia, ihrem Leben eine Wende zu geben. Sie begann, Sozialpädagogik zu studieren. Dafür wechselte sie den Ort und zu Silvios großem Schmerz auch den Partner. Wochenlang irrte er ziellos durch die Stadt. Er wusste nicht, wohin mit seinem Kummer, und wartete verzweifelt, dass ihn der Schlag treffen möge – für einen kerngesunden 25-Jährigen eher eine unrealistische Art, sein Leben zu beenden. Das sah Silvio nach drei Monaten auch ein. Doch er wollte wenigstens verstehen, wie eine so große Liebe enden konnte, und begann, selbst Sozialpädagogik zu studieren. Er begriff schon nach dem ersten Semester, dass seine Fragen hier nicht beantwortet würden. Dafür hatte der riesige Frauenüberschuss in dem Studiengang sein Gutes. Silvio liebte sich die Trauer mit Hilfe zahlloser Kommilitoninnen einfach weg. Er spürte, dass der rege Zuspruch auch mit seiner Musik zu tun hatte. Wenn er sagte, er sei Geiger, schienen die Frauen schneller schwach zu werden. Vielleicht erhofften sie sich von einem Streicher besondere Zärtlichkeiten. Und diesbezüglich enttäuschte er sie nie. Er hatte den Ruf eines Casanovas und offiziell wollte keine der angehenden Sozialpädagoginnen etwas mit ihm zu tun haben. Inoffiziell gaben sie sich die Klinke in die Hand, denn er hatte etwas, was den meisten jungen Männern fehlte. Er konnte sich in die Sexualität von Frauen einfühlen.

Nach fast zehn Jahren Studium führte die Universität eine Höchststudienzeit ein und Silvio Dorn wurde zwangsexmatrikuliert. Alles, was ihm blieb, waren seine Geige und eine Menge bedeutungsloser Liebschaften.

Hin und wieder bekam Silvio durch glückliche Umstände ein seriöses Engagement. Ab und an buchte man ihn als Studiomusiker. Einmal sprang er sogar bei den Münchner Philharmonikern ein, nachdem fast die Hälfte der Geiger unter einem Magen-Darm-Virus litt. Als sich aber herumsprach, womit er früher sein Geld verdient hatte, ließen die Anfragen nach. Das finanzielle Polster aus der Zeit mit

Svenia war längst aufgebraucht und Silvio war gezwungen, Musikunterricht zu geben.

Eigentlich war er nicht hinreichend qualifiziert für die Stelle an der Musikschule, aber die Leiterin der Schule erlag seinem Charme. Er war so ungeeignet für das Unterrichten wie ein Känguru fürs Schwimmen. Da er es jedoch immer wieder verstand, seine Chefin spektakulär aus ihrem tristen Ehealltag zu reißen, verzieh sie ihm jahrelang so manche Entgleisung im Job. Er hatte sich angewöhnt, die Schüler zunächst eingehend, um nicht zu sagen inquisitorisch, zu befragen, ob sie auch wirklich von sich aus Geige lernen wollten. Viele Eltern hielten die Befragungen ihrer Kinder lange Zeit für einen pädagogischen Kniff des eigensinnigen Lehrers. Doch ab und an gab es Ärger. Silvio verabscheute Eltern, die Kinder zum Spielen eines Instruments zwingen wollten, und brachte das deutlich zum Ausdruck.

»Kommen Sie wieder, wenn der Junge groß genug ist, um selbst zu entscheiden, was er spielen will.«

Es gab immer wieder Beschwerden über ihn, was nicht verwunderte, wenn er ehrgeizige Mütter mit »Üben Sie lieber selbst und lassen Sie das Kind was Vernünftiges lernen« verabschiedete.

Anlässlich seines zehnten Dienstjubiläums in der Musikschule schenkten ihm die Kollegen eine silberne Anstecknadel in Form einer Geige. Doch nachdem Silvio einmal mit der Nadel die Spritzdüsen seiner Scheibenwaschanlage am Auto eingestellt hatte, war sie hoffnungslos verbogen und führte ein Einsiedlerdasein im Handschuhfach. Dann wurde ein Turbostaubsauger der Tankstelle ihrer habhaft. Das klappernde Geräusch registrierte Silvio Dorn mit einem Wohlgefühl.

Eines Morgens konnte Silvio seinen Hals nicht mehr bewegen. Die gesamte Diagnostik ergab nichts, außer eine leichte Abnutzungserscheinung der Halswirbelsäule, wie sie jedem Endvierziger zugestanden hätte. Eine Moorpackung jagte die nächste, Krankengymnasten versuchten, durch Handauflegen oder rohe Gewalt eine Besserung herbeizuführen. Nach drei Monaten schlug ihm die Krankenkasse eine Kurmaßnahme vor, um seine Arbeitskraft wiederherstellen zu können.

Silvio Dorn war sich unsicher, ob er seine Arbeitskraft überhaupt wiederherstellen wollte. Andererseits begann ihn seine Stammkneipe zu langweilen und er wollte neue Menschen, bevorzugt Frauen, kennenlernen.

Doch gleich zu Beginn seiner Kur stand eine stramme kleine Frau hinter ihm, die seinem Beuteschema kein bisschen entsprach. Zu allem Überfluss hatte sie ihn auch noch eitler Fatzke genannt.

Aber Dorn war selbstkritisch genug, um zu wissen, dass sie nicht ganz unrecht hatte, und so wandte er sich Martha wieder zu und sagte: »Ich heiße übrigens Dorn, Silvio Dorn.«

»Ich bin Martha. Martha Horst.«

Sie gaben sich die Hand. Martha hielt seine Hand kurz fest und begann sie zu befühlen.

»Ist was?«, fragte Dorn irritiert.

»Bauarbeiter sind Sie nicht«, sagte Martha, als hätte sie gerade eine tödliche Krankheit ausgeschlossen.

»Stimmt. Ich bin Streicher.«

Martha verstand Streichler. »Igitt!«, rief sie und ließ die Hand sofort los. »Was ist denn das für ein ekliger Beruf?«

»Was ist daran eklig, ein Instrument zu spielen?«, fragte Dorn fassungslos zurück.

»Ein Instrument!«, rief Martha entsetzt, in Erwartung, Dorn würde sich schon am ersten Tag als Exhibitionist outen.

»Geige«, erklärte Dorn und hoffte, damit auf mehr Verständnis zu stoßen. Dann lachte Martha los. Dorn verstand zwar nicht, warum, aber ihr Lachen war so herzhaft, dass es ihn und fast alle Umstehenden ansteckte.

Nur eine Frau unter den Wartenden blieb scheinbar ungerührt. Marlies Schön stand mit ihrem riesigen Samsonite-Koffer am Ende der Schlange und versuchte, einer beginnenden Migräneattacke die Stirn zu bieten. Marlies Schön wurde ihrem Namen optisch nicht ganz gerecht, denn ihre obere Zahnreihe lag deutlich über ihrer Unterlippe. Hase war hier kein Kosename, sondern die sehr bildhafte Beschreibung ihres Kieferstatus.

Diese dauernden Migräneattacken waren einer der zahlreichen Gründe, warum Marlies Schön zur Kur aufgebrochen war. In den letzten beiden Jahren war es ihr zunehmend schlechter gegangen.

»Mal ehrlich, kaufst du dir die Krankheiten irgendwo?«, hatte ihr Mann Eberhard eines Abends halb im Scherz, halb im Ernst gefragt.

Ihre Ehe lag in Trümmern. Sie hatten sich nichts mehr zu sagen. Wenn man es genau betrachtete, hatte Eberhard seiner Frau Marlies nichts mehr zu sagen. Das wollte sie nicht wahrhaben, denn sie hatte ihrem Mann allerhand zu erzählen. Aber Eberhard ging ihr so oft wie möglich aus dem Weg. Er war als Großhandelskaufmann tätig und seine tagelange Außendiensttätigkeit erlebte er wie Urlaub. Wenn er nach Hause kam, saß sie im Wohnzimmer und tat so, als ob sie ein Buch las.

»Hallo, mein Schatz. Hattest du anstrengende Tage?«, fragte sie mechanisch.

»Es ging so. Und du?«

Er ließ sich ein Bad ein und in das Rauschen des Wassers hinein gab Marlies ihr medizinisches Bulletin zum Besten. Denn auch Marlies war viel unterwegs gewesen.

Beim Orthopäden, beim Internisten, beim Gynäkologen, beim Gastroenterologen, beim Hals-Nasen-Ohren-Arzt, beim Allergologen, beim Dermatologen, beim Rheumatologen und beim Augenarzt. Es gab keine Körperöffnung, durch die nicht ein Gerät geschoben worden war. Von einigen dieser Untersuchungen besaß Marlies Videokassetten. Wenn Eberhard tagelang geschäftlich unterwegs war, sah sich Marlies gern ihr körperliches Innenleben mit Hilfe des heimischen Videogerätes an. Obwohl sie inzwischen das Schlafzimmer mit ihren Röntgenbildern hätte tapezieren können, konnten die Ärzte keine krankhaften Befunde entdecken.

Die Migräneattacken, die Verstopfungen und das Gefühl, irgendetwas stimme nicht, blieben trotz aller ärztlichen Bemühungen ihre ständigen Begleiter. Aber es gab auch Momente in denen Marlies Schön ihr Leben genoss. Wenn der Chefarzt ihr persönlich die Hand schüttelte, man das Einzelzimmer für sie freiräumte und sie an der Schlange der Wartenden vorbeiführte. Sie war Privatpatientin und darauf war sie stolz. Sehr stolz.

Schließlich schickte ihr Hausarzt sie zu einem Neurologen, der auch Facharzt für Psychiatrie war.

»Aber ich bilde mir das doch alles nicht ein«, protestierte Marlies zunächst. Nach einem Blick auf die Visitenkarte von Professor Doktor med. Doktor phil. Waldler stimmte sie jedoch zu. Ein Arzt mit so vielen Titeln musste einfach gut sein.

Professor Dr. Dr. Waldler ließ Marlies viel reden, meistens 50 Minuten lang. Außerdem verschrieb er ihr kleine Pillen, die sie allabendlich in den lang vermissten Schlaf katapultierten. Professor Dr. Dr. Waldler war es auch, der die Kur vorschlug. Marlies willigte unter der Bedingung ein, dass sie danach wieder in seine Praxis kommen dürfe, und der Herr Professor nickte sparsam.

Als Marlies ihrem Mann mitteilte, dass sie zur Kur müsse, huschte ein Strahlen über sein Gesicht.

»Du scheinst dich ja zu freuen«, sagte sie in der Hoffnung, er würde ihr davon abraten.

Stattdessen meinte Eberhard nur: »Schön für uns, wenn dein Professor meint, etwas Abstand würde uns nicht schaden.«

Marlies war skeptisch. Abstand hieß für sie Verlust.

»Vielleicht sollte ich dich lieber nicht so lange allein lassen, Schatz.« Eberhard schwieg. »Du kommst doch ohne mich gar nicht klar«, sagte sie.

»Mach dir um mich keine Sorgen«, antwortete Eberhard strahlend.

Er nahm sich extra frei, um Marlies persönlich zur Bahn zu bringen. Bei der formellen Verabschiedung am Bahnsteig hatte sie kein gutes Gefühl. Als der Zug sich in Bewegung setzte, hoffte sie auf ein letztes Winken von ihm. Vergebens.

Und nun befand sie sich im Foyer der Klinik und wartete ungeduldig auf den Zimmerschlüssel. Marlies empfand es als Zumutung, mit Kassenpatienten in einer Reihe zu stehen. Zumal sie nicht mehr viel Zeit zu verlieren hatte. Dank ihrer langen Migräneerfahrung wusste sie, dass sie jetzt nur noch 30 Minuten Zeit hatte, um ein Bett in einem dunklen Raum aufzusuchen und sich danach einige Stunden wie tot zu fühlen.

»Dauert es noch lange da vorne?«, fragte sie mit auffallend hoher Stimme über die Wartenden hinweg.

Silvio Dorn musterte die Zwischenruferin. Es war nicht so, dass Marlies ihm auf Anhieb gefiel, eher fühlte er sich hin- und hergerissen. Zwischen ihrer guten Figur und den erschreckend weit vorstehenden Oberzähnen.

Als ob Martha seine Gedanken lesen konnte, sagte sie: »Von vorne ganz hübsch, von der Seite gewöhnungsbedürftig.«

Dorn schmunzelte.

»Es dauert so lange, wie es eben dauert«, sagte eine etwas übermüdete Frau Bertram hinter der Rezeption.

In dem Moment lief Helmut Siedler an der Rezeption vorbei. Er war Hausmeister der Klinik und gerade auf dem Weg zu einem Fußballspiel, um dort als Linienrichter einzuspringen. Helmut Siedler war einer, den man um alles bitten konnte. Ob es das Entrümpeln eines überschwemmten Kellers war, das Einfangen einer wild gewordenen Hauskatze, das Abschleppen eines Wagens bei Dunkelheit auf unbeleuchteter Landstraße, das Reparieren der 20 Jahre alten Waschmaschine oder wie heute das Linienrichterdasein bei einem Kreisligaspiel der dritten Männermannschaft. Helmut Siedler trug ein Sweatshirt mit dem Konterfei von Donald Duck, was in Anbetracht seines fortgeschrittenen Alters nicht ganz passend wirkte.

Frau Bertram hinter der Rezeption bat ihn flehentlich: »Herr Siedler, können Sie mir kurz helfen, bitte.« Sie winkte mit einem Berg von Zetteln.

»Na gut, aber schnell. Ich muss los«, antwortete er.

»Sie sind ein Schatz. Danke!« In Richtung Martha sagte sie: »Für Frau Horst Zimmer 334.«

Helmut Siedler wollte gerade Marthas Koffer nehmen, aber die Entschlossenheit, mit der sie sich an ihren Koffer klammerte, ließ ihn von seinem Vorhaben Abstand nehmen .

»Das kann ich selbst«, sagte Martha.

Marlies Schön erkannte ihre Chance, trat aus der Reihe, drückte Helmut Siedler ihren Koffer in die Hand und fragte in Richtung Rezeption, welche Zimmernummer die Privatpatientin von Professor Dr. Dr. Waldler, Marlies Schön, habe.

»Sie sind noch gar nicht dran«, sagte die Dame hinter der Rezeption.

»Ist doch egal«, meinte Helmut Siedler, dem Marlies'

Koffer bereits am Arm baumelte und den es zu seinem Fußballspiel drängte. »Welche Nummer hat die Frau?«

»Zimmer 336«, gab die Herrin der Zimmerverteilung nach und reichte Marlies Schön den Schlüssel. Marlies war dankbar für die unerwartete Hilfe.

»Wissen Sie, zu Hause macht das mein Mann. Wir sind seit über 25 Jahren verheiratet. Richtig glücklich verheiratet.«

Dann schimpfte sie über das faule Personal der Klinik. Helmut Siedler trug ihr den Koffer bis vor die Zimmertür. Hier standen bereits zwei weitere Koffer von Marlies, die der Versandservice schon gestern geliefert hatte.

»Haben Sie Ihr Zimmer auch auf diesem Flur?«, fragte Marlies.

»Nein«, antwortete er knapp. Ungeschickt versuchte sie, die Tür zu öffnen. Der Hausmeister fragte sich, ob tatsächlich *alle* schlanken, blondierten Damen zu dumm waren, den Schlüssel in die richtige Richtung zu drehen.

»Verdammt noch mal, warum geht das Ding nicht auf?«, schimpfte Marlies.

»Das Ding nennt sich Tür«, sagte Helmut Siedler ungeduldig und bekam Angst um sein Türschloss. Er drängte sie zur Seite, drehte am Schlüssel und schon war die Tür auf. Marlies stolzierte ins Zimmer wie zur Besichtigung einer Hotelsuite der Oberklasse. Nach vier Schritten hatte sie ihr neues Reich abgemessen. Helmut Siedler wuchtete den Koffer auf einen Stuhl und schob die beiden anderen ins Zimmer.

»Oh, wie aufmerksam von Ihnen. Ich heiße übrigens Marlies.«

Helmut Siedler wandte sich zum Gehen. Er nickte nur flüchtig, um endlich an die Seitenlinie seines Fußballplatzes an der alten Dorfstraße eilen zu können. Aber Marlies wollte wenigstens einen Satz aus dem vermeintlichen Kurgast herausbekommen.

»Und wie heißen Sie?«

Aber Helmut Siedler wollte kein Gespräch, er wollte weg. »Ich heiße nicht Marlies«, sagte er, eilte hinaus und schloss die Tür hinter sich. Marlies war beleidigt.

»Da wäre ich jetzt nicht draufgekommen«, rief sie ihm schnippisch nach.

Sie öffnete den Koffer und begann, ihre Kleidung in den viel zu kleinen Schrank zu hängen. Ordnung musste sein. Dann sah Marlies Sterne vor ihren Augen und legte sich aufs Bett. Sie versuchte zu schlafen, vergebens. Von irgendwoher hörte sie Geschirrklappern, Menschen lachten, ein Traktor fuhr vorbei, ein Hund bellte. Nebenan ging die Tür. Das musste Frau Horst sein. Sie hatte gespürt, dass diese kleine, dicke Person dem gutaussehenden Mann an der Rezeption etwas über sie gesagt hatte. Er hatte daraufhin in ihre Richtung gelächelt. Sicherheitshalber hatte Marlies zurückgelächelt.

Marlies fand es allerhand, dass sie als Privatpatientin den Flur mit gewöhnlichen Patienten teilen musste. Na ja, wahrscheinlich hatte sie dafür das größere Zimmer. Sie klappte ein Auge auf und ließ ihren einäugigen Blick durch den Raum wandern. Er war sehr übersichtlich gestaltet. Ein Tisch, ein Stuhl, ein Schrank, ein Bett, eine Dusche und ein Klo ohne Fenster. Marlies hasste Toiletten ohne Fenster. Die Entlüftung sprang immer viel zu spät an. Dann brummte sie ewig weiter, wenn geruchstechnisch sowieso nichts mehr zu retten war. Wie im Knast, dachte sie und begann zu weinen. Sie dachte an ihren Sohn, ihren Mann, ihr Haus und an ihre Ehe. Vor zwei Jahren war das Familienglück einer schweren Belastungsprobe ausgesetzt gewesen.

* * *

Es war der 4. April und Eberhard wurde 44. Weil das Datum so originell war, hatten Schöns zum großen Gartenfest geladen. Die meisten der 44 geladenen Gäste waren schon da, als die Polizei klingelte. In der Hand einen Durchsuchungsbefehl für das gesamte Haus nebst Garten, Geräteschuppen und Garage.

Die Polizei fand rasch, was sie suchte: zehn Kilogramm Kokain in der Bodenplatte vom Fußballkicker des Sohnes, acht Kilogramm reines Heroin unter zwei gelockerten Bodenkacheln im elterlichen Badezimmer und 15 Kilogramm Marihuana in den verwaisten Hasenstallungen. Marlies schwor den Gästen beim Augenlicht ihres Mannes, dass es sich nur um ein Missverständnis handeln könne. Ihr Sohn studiere in Holland, schließlich wolle er Großhandelskaufmann werden wie sein Vater. Und wenn er wirklich mal in einem dieser Coffee-Shops gewesen sein sollte, dann sicherlich nur als Kaffeetrinker. Einige Gäste wollten das Augenlicht des Gastgebers nicht gefährden und fragten nicht weiter nach, andere hatten plötzlich noch einen wichtigen Termin und so löste sich die Party auf, bevor sie begonnen hatte.

Marlies stand wochenlang unter Schock. Aber bald musste sie erkennen, dass sich ihr Prachtjunge tatsächlich weniger mit Handelsbeziehungen der Textilindustrie im Rahmen des europäischen Großhandelsrechtes befasst hatte denn mit Drogenhandel. Das teure Auslandssemester in Kolumbien war dem Studium des Jungen nicht wirklich förderlich gewesen. Allerdings sprach er danach »ausgezeichnet Spanisch«, wusste Marlies dem Richter zu erzählen. Bei ihrer Befragung hatte sie zunächst ihre eigene prekäre Lage übersehen.

»Frau Schön, Sie müssen nicht aussagen«, erklärte ihr der Richter.

»Ich habe nichts zu verbergen.«

Marlies wurde gebeten, das Verhältnis zu ihrem Sohn genauer zu beschreiben, was sie gerne und sehr ausführlich tat.

»Ich kenne meinen Jungen, das können Sie mir glauben, Herr Richter. Er hat nie Geheimnisse vor uns gehabt. Er ist immer ein so guter Junge gewesen, das müssen Sie mir glauben. Ich würde noch heute alles für ihn tun.«

»So, so«, erwiderte der Staatsanwalt und erhob sich von seinem Stuhl. »Haben Sie ihm auch geholfen, die Drogen im Haus zu verstecken?«

»Äh, nein. Davon hat er nichts erzählt.«

»Aber Sie sagen, er hatte keine Geheimnisse vor Ihnen und da soll er von über 30 Kilogramm Drogen nichts erzählt haben?«

»Äh nein. Also, ich habe es nicht gewusst. Ich weiß aber nicht, ob vielleicht mein Mann mit ihm darüber gesprochen hat. Obwohl, ich kann es mir nicht vorstellen. Das Verhältnis der beiden ist nicht so glänzend wie zwischen mir und dem Jungen. Ich habe mich ja immer um alles gekümmert.« Marlies nestelte an einem Taschentuch herum.

»Aber was er in Kolumbien gemacht hat, wissen Sie?«, fragte der Richter.

»Er hat da Spanisch studiert und, wie ich schon sagte, er spricht jetzt ausgezeichnet Spanisch. Ich glaube, sogar fließend.«

»Und in Holland hat er Holländisch studiert«, rief der Staatsanwalt mehr scherzend dazwischen.

»Nein. Da hat mein Junge ein Praktikum gemacht in einer Firma, die im europäischen Ausland …«

»Jetzt hören Sie aber mal auf«, fuhr der Staatsanwalt dazwischen. »Ihr Sohn hat weder Spanisch studiert noch ein Praktikum gemacht! Er hat einen schwunghaften Handel mit Drogen betrieben!«

»Na, das müsste ich als Mutter doch wissen«, sagte Marlies überzeugt. »Glauben Sie mir, Herr Staatsanwalt, Sie sind da auf dem völlig falschen Dampfer.«

»Ach ja? Und wie kommen dann acht Kilogramm reines Heroin in Ihr Badezimmer?!«

»Nun, ähm …« Sie sah zu ihrem Sohn hinüber, der die ganze Zeit nichts weiter tat, als aus dem Fenster zu starren. »Also, ich kann nur sagen, mein Junge tut so etwas nicht!«

Auf Anraten seines Anwaltes hatte der Junge schon bei seinen polizeilichen Vernehmungen ein umfassendes Geständnis abgelegt, was Marlies auch wusste. Sie wollte es jedoch nicht wahrhaben und verstieg sich auf die abstruse Vorstellung, ihr Sohn sei zu dem Geständnis genötigt worden.

Am Abend nach der Urteilsverkündung sagte sie zu ihrem Mann: »Und was, wenn die Polizei ihn zu diesem merkwürdigen Geständnis gezwungen hat?«

»Jetzt spinnst du völlig«, erwiderte Eberhard nur.

»Aber die brauchen auch ihre Erfolge«, insistierte Marlies.

»Hör auf damit! Unser Sohn ist ein Drogendealer. Warum glaubst du es nicht endlich?«, fragte er fast schon verzweifelt.

»Weil ich, ganz im Gegensatz zu dir, an das Gute in ihm glaube.«

Eberhard sagte dazu nichts mehr und schickte sich an zu gehen.

»Wo willst du hin, Eberhard?«

»Zum Sport«, antwortete er knapp und verließ kopfschüttelnd das Haus. Es war Mittwoch und da traf er sich immer mit Freunden zum Squashspielen.

»Dass du an einem solchen Tag überhaupt zum Sport gehen kannst«, rief sie ihm noch hinterher, aber Eberhard war schon in der Garage und hörte nichts mehr.

Neun Jahre Haft für gewerbsmäßigen Großhandel mit

Drogen, das war das niederschmetternde Ergebnis. Marlies fand das »für die paar Gramm völlig überzogen«.

An jenem 4. April war es abends zum heftigen Streit zwischen den Eheleuten gekommen. Zum ersten Mal in all den ach so glücklichen Ehejahren schrie Marlies ihren Eberhard an. Er habe dem Jungen schon immer zu wenig Taschengeld gegeben.

»Du hättest ihn doch am liebsten noch jeden Morgen zur Berufsschule gefahren«, konterte er.

»Da siehst du mal, wie wenig du dich für deinen Sohn interessiert hast. Berufsschule war nur einmal in der Woche! Und überhaupt, wer hat denn nach der Operation an seinem Bett gesessen und …«

»Jetzt fang nicht wieder damit an, Marlies«, fiel er ihr ins Wort, »das ist über 20 Jahre her.«

»Deswegen ist es aber nicht ungeschehen! Dir ist doch nicht einmal aufgefallen, dass seine Hoden nicht ins Säckchen gewandert sind!«

»Du hast mich doch nie an ihn rangelassen!«, schrie Eberhard nun ebenfalls.

»Weil du ihn nie wirklich haben wolltest.«

Marlies war damals 16 und Eberhard 19 Jahre jung gewesen. Als sie ihm endlich die missliche Lage gestand, war sie im fünften Monat und Eberhard träumte noch von großen Reisen und schönen Frauen. Die jeweiligen Eltern redeten so lange auf den jungen Mann ein, bis er glaubte, auch formell zu seiner Verantwortung stehen zu müssen.

»Wer hat ihm denn den Floh mit einem Auslandsstudium ins Ohr gesetzt?«, kreischte Marlies.

»Ich wollte doch nur, dass der Junge mal etwas Abstand von uns bekommt.«

»Von uns? Von mir wolltest du ihn wegdrängen. Einzig und allein von mir! Und das ist dir ja auch gelungen!!!«

Es klingelte an der Haustür.

»Es hat geklingelt«, sagte Eberhard betont sachlich.

»Was?«, fragte Marlies irritiert, die gerade so schön in Fahrt gekommen war.

Es habe geklingelt, wiederholte Eberhard und trat hinaus in den Garten. Er wollte jetzt keine Gäste mehr empfangen. Marlies richtete ihre Haare, wischte sich eine Träne weg und ging zur Tür. Der Partyservice stellte vertragsgemäß 44 Erdbeersorbets mit Schokostreusel auf die verwaisten Tische. In jedem Sorbet steckte eine brennende Wunderkerze. Marlies war so beeindruckt von dieser organisatorischen Meisterleistung, dass sie innehielt.

»Sieh nur, wie schön das aussieht, Ebi.«

Der Jubilar deutete ein Nicken an, steckte dem Partyservice ein Trinkgeld zu und zog sich ins Haus zurück. Unter Tränen begann Marlies, die Sorbets zu essen. Nach dem vierten wurde ihr klar, dass sie die restlichen 40 beim besten Willen nicht schaffen würde. Sie fror die Sorbets in ihrer 5-Sterne-Gefriertruhe, selbstverständlich mit Stromsparstufe Doppel A, ein.

Seit ihr Sohn im Gefängnis saß, litt Marlies unter diversen Krankheiten, für die sich keine organischen Ursachen finden ließen. Weil sie zunehmend das Gefühl bekam, alle anderen hielten sie für eine eingebildete Kranke, war sie fast erleichtert gewesen, als der Gynäkologe im letzten Sommer einen Knoten in ihrer Brust ertastet hatte. Wie eine Trophäe hatte sie Eberhard den Befund auf den Tisch gelegt. Die Röntgenkontrolle ergab jedoch, dass es sich um eine harmlose Fettgeschwulst handelte. Damit war der Status quo der eingebildeten Kranken wiederhergestellt.

* * *

Marlies lag auf dem Bett ihres sehr überschaubaren Kurzimmers und kämpfte mit dem Kopfkissen, welches ein Eigenleben zu haben schien. Wie sie es auch presste, drückte, knickte, es blieb viereckig. Hätte sie das vorher geahnt, hätte sie ihr antiallergisches Doppeldaunenkissen von zu Hause mitgebracht. Noch immer sprang der Mann mit dem Presslufthammer durch ihren Kopf. Nebenan rauschte die Dusche. Das darf doch nicht wahr sein, stöhnte Marlies vor sich hin. Sie schlug mehrmals mit der Faust gegen die Wand. Martha hörte nichts. Fröhlich summend, mit ihrer rosa Duschhaube bewaffnet, stand sie unter dem warmen Wasserstrahl. Sie wusste ihren Sohn Horst gut versorgt und zum ersten Mal im Leben hatte sie ein eigenes Zimmer. Hier würde sie nicht kochen müssen und konnte morgens eine Stunde länger schlafen. Sie fühlte sich wie in einem Luxushotel und strahlte übers ganze Gesicht, als sie am Nachmittag zur aufnehmenden Ärztin geführt wurde.

* * *

»Guten Tag, Frau Horst. Mein Name ist Heitermann.«

Martha musste lachen. »Heitermann?!«

»Hermine, um genau zu sein«, sagte die Ärztin lächelnd.

»Hermine Heitermann, wie kann man denn so heißen?«, fragte Martha.

»In Erinnerung an meine Großmutter«, antwortete Frau Doktor Heitermann, die es offensichtlich gewohnt war, mit ihrem Namen Heiterkeit zu verursachen.

»Machen Sie sich nichts daraus«, entgegnete Martha. »Wissen Sie, wie mein Sohn heißt?«

»Nein. Aber Sie werden es mir bestimmt gleich verraten«, sagte Frau Doktor Heitermann gespannt und sah über ihre Brille zu Martha hinüber.

»Er heißt Horst.« Die Ärztin verstand den Witz nicht.

»Sie heißen doch auch Horst. Was ist daran so komisch?«, fragte sie.

»Er heißt von vorne *und* von hinten Horst.«

»Ihr Sohn heißt Horst Horst?« Martha nickte kichernd.

»Wie kann man denn seinen Sohn nur Horst Horst nennen?«, fragte Frau Doktor Heitermann kichernd.

»Das kam so«, hob Martha an.

Als sie mit ihrer Geschichte fertig war, fragte die Ärztin, warum Martha das auf sich genommen habe. Sie sagte, dass Horst am wenigsten für alles könne und ihr Mann zwar Fehler gemacht habe, aber er sei kein schlechter Mensch gewesen und sie habe ihn »irgendwie immer noch geliebt«.

Frau Dr. Heitermann unterhielt sich lange mit ihrer neuen Patientin und Martha war froh, dass ihr jemand zuhörte, ohne alles besser zu wissen. Schließlich fasste sie Vertrauen zu der Ärztin. Sie habe einen Wunsch.

»Raus mir der Sprache, Frau Horst.«

»Horst fängt bald an, schwimmen zu lernen. Na ja, und … Also, ich kann nicht richtig … eigentlich gar nicht … wie sieht das aus, wenn seine Mutter mit Schwimmflügeln hinterherhechelt?«

»Sie können nicht schwimmen?« Martha schüttelte den Kopf.

»Nein. Mein Sohn heißt Horst Horst und ich kann nicht schwimmen. Werde ich jetzt verhaftet?«

Frau Dr. Heitermann lachte.

»Im Schwimmbad vom Nachbarort gibt es Schwimmkurse für Erwachsene. Ich werde mal sehen, ob ich da was für Sie machen kann. In unserem Becken können Sie für die Aquagymnastik stehen.«

Martha war froh, dass sie endlich einmal mit ihrem drängenden Problem rausgerückt war.

»Wenn Sie Fragen haben oder Sorgen, Frau Horst, dann kommen Sie einfach zu mir.«

»Vielen Dank.«

Martha verabschiedete sich fröhlich und machte sich auf

den Weg, um den Ort zu erkunden. Unterwegs kaufte sie ein Veilchen, ein Rätselheft und eine Postkarte für Horst.

»Lieber Horst, bin gut angekommen, habe ein eigenes Zimmer mit Dusche, Wetter ist prima. Einen Kuss auf deine Denkerstirn gibt dir, Mutti.« Um Sabine Haferkamp vor dem Schlimmsten zu bewahren, fügte sie hinzu: »P.S.: Denk bitte dran: Kinder wachsen auch ohne Äpfel.«

Im Zimmer stellte sie den Blumentopf auf ihren Nachttisch. Dann legte sie sich aufs Bett und wartete, Rätsel lösend, aufs Abendbrot. Zwischendurch hörte sie, wie nebenan das Telefon klingelte.

»Ja bitte, Schön.«

»Guten Tag, Frau Schön, hier ist Elsa Meyering, Sekretariat von Professor Soltei. Ich begrüße Sie herzlich in unserer schönen Kurklinik am Waldessaum. Der Herr Professor erwartet Sie in 30 Minuten zur Aufnahmeuntersuchung im Dachgeschoss, Zimmer eins.«

»Ja gut. Ich komme«, antwortete Marlies und erhob sich mühsam.

Ihr schmerzender Kopf war noch immer mit dem restlichen Teil ihres Körpers verbunden. Leider, denn inzwischen hatte sich noch ein Gefühl von Übelkeit hinzugesellt. Marlies wäre viel lieber in ihrem Bett geblieben. Aber einen Professor ließ man nicht warten. Sie zwang sich ins Bad und bereitete ihr Gesicht, so gut es eben ging, auf die erste persönliche Begegnung mit Professor Doktor Soltei vor.

* * *

Professor Soltei lenkte seinen schwarzen Porsche einhändig auf den Parkplatz. Er war verstimmt. Elsa hatte ihn aus einem Essen mit Bürgermeister Humpe geholt. Sie hatte behauptet, er habe eine Patientin vergessen. Als ob er jemals irgendetwas vergessen würde! Professor Soltei fragte sich, wofür er eigentlich eine Sekretärin bezahlte, mit der es immer wieder Ärger gab.

»Sie ist privatversichert«, hatte Elsa am Telefon gedrängt.

»Also gut, sagen Sie ihr, ich bin in 30 Minuten da.«

So konnte Soltei wenigsten in Ruhe den Hauptgang beenden. Er würde fünf Minuten zur Klinik brauchen, wenn die Straße frei war, drei Minuten. Zehn Minuten Untersuchung und dann wäre er zum Dessert wieder da.

Er nahm die Treppe hinauf ins Dachgeschoss zu seinem großzügig ausgestatteten Büro mit herrlichem Ausblick über die Landschaft. Grußlos ging er an Elsa vorbei. Bevor er sich mit der Patientin befasste, rief er rasch seine Frau an und bat sie, seine Hemden aus der Reinigung mitzubringen.

Diana Soltei war ausgesprochen hübsch. Die Männer drehten sich nach ihr um und ihr Gatte registrierte die neidischen Blicke der anderen mit Genugtuung. Sie war Stewardess und er First-Class-Kunde gewesen. Auf einem Langstreckenflug von den USA nach Europa lud er sie auf seine Yacht in Hamburg ein. Sie kam und ging nicht mehr weg.

Drei Monate später forderte er sie in der Umkleidekabine des Alsterkaufhauses auf, seine Frau zu werden. Noch während sein warmer Samen ihre Oberschenkel hinunterlief, sagte Diana ja. Was blieb der Tochter eines versoffenen Eisenflechters und einer Schuhverkäuferin auch anderes übrig? Damals dachte Diana, Professor Doktor Stefan Soltei sei die Chance ihres Lebens. Aber es dauerte nicht lange, bis ihr erste Zweifel kamen.

Ein Jahr danach, mit noch nicht ganz 40 Jahren, übernahm er die Klinikleitung. Er war jung, dynamisch, erfolgreich und ohne Skrupel. Eigentlich fehlte ihm Berufserfahrung für diese Position, aber glückliche Umstände hatten ihn trotzdem auf den Posten befördert, denn die Klinik stand damals unter großem öffentlichem Druck. Es war ruchbar geworden, dass der vorherige Leiter, Professor Schiffer, seinen Herzinfarkt nicht, wie zunächst behauptet wurde, beim Golfspielen erlitten hatte. Als er plötzlich diesen brennenden Schmerz in der Brust verspürte, saß der 60-jährige Schiffer gemeinsam mit zwei gerade mal 18-jährigen russischen Mädchen im Whirpool des Bürgermeisters.

Die Geschichte hatte schnell die Runde gemacht. Überregionale Zeitungen berichteten über den peinlichen Vorfall. Zahlreiche Briefe trafen ein. Einige, vor allem männliche Mitglieder des Gemeinderates, wurden unruhig. Bürgermeister Ambrosius Humpe gab an, die beiden Mädchen für Nichten von Professor Schiffer gehalten zu haben, und tat entsetzt. Es kamen Briefe im Namen der Bundesversicherungsanstalt für Angestellte, im Namen der Landesversicherungsanstalt für Arbeiter, im Namen der Ersatzkrankenkassen, von einigen Privatkassen und schließlich auch von der Bundesärztekammer. Der Tenor der Briefe war eindeutig. Der alte Chef musste weg, wenn die Klinik noch weitere Kurgäste haben wollte. Wie ein Wink des Schicksals lag plötzlich die Bewerbung von Professor Doktor Stefan Soltei vor. Einer, der nicht verstrickt war in den Filz des Landkreises, habilitiert in den USA. Seine Forderungen waren hoch und seine Qualifikation nicht ausreichend. Aber in der Not zögerte man nicht, den alten Klinikchef durch den unbekannten Professor Soltei zu ersetzen. Der geforderte Neuanfang war gemacht. Dabei war niemandem aufgefallen, dass sämtlich Briefe, die die Absetzung des alten Chefs forderten, in Hamburg abgeschickt worden waren.

* * *

Es klopfte.

»Herein.«

»Frau Schön ist da, Herr Professor.«

Marlies schwankte in den Raum und hielt sich an einem kleinen Rollkoffer fest. Sie kämpfte mit der Übelkeit.

Reiß dich bloß zusammen, beschwor sie sich selbst, lächelte und sagte: »Schön, Sie zu sehen, Herr Professor.«

Sie streckte ihm die Hand zum Handkuss entgegen. Er schüttelte sie und fragte sich, warum in Gottes Namen sie den Koffer dabeihatte.

»Bitte nehmen Sie doch Platz, Frau Schön. Was führt Sie zu uns?«

Marlies hob den kleinen Rollkoffer auf den Nachbarstuhl, öffnete ihn, legte Berge von Röntgenaufnahmen, einen vollen Leitzordner und einige Videokassetten auf den Schreibtisch.

»Seit zwei Jahren habe ich folgende Beschwerden …«

Sie begann, ihre Krankengeschichte vor Professor Soltei auszubreiten. Nach zehn Minuten unterbrach er sie. Das Dessert und der Bürgermeister warteten nicht ewig auf ihn.

»Meine liebe Frau Schön. Das Beste wird sein, wenn Sie mir Ihre ganzen Unterlagen hierlassen und ich sie mir erst mal in Ruhe anschaue, dann sehen wir weiter.«

»Na gut, vielleicht haben Sie recht Herr Professor«, antwortete Marlies enttäuscht und begann, sich im gleichen Atemzug zu entkleiden.

»Was machen Sie da?«, fragte Soltei ungeduldig.

»Sie müssen mich doch noch untersuchen. Ich habe Tarifklasse IB. Die beinhaltet die Untersuchung durch den Chefarzt. Sie sind doch der Chefarzt.«

Soltei nickte. Er ließ Marlies Schön vor sich auf- und abgehen. Bekleidet war sie mit schwarzer Spitzenunterwäsche, was seine Ungeduld dämpfte. Eigentlich war sie ganz hübsch, jedenfalls bis zum Hals. Er schielte in die Patientenakte auf ihr Geburtsdatum. Sehr gut gehalten, dachte er und sah sich Marlies plötzlich weniger unter medizinischen, denn unter männlichen Aspekten an.

»Bücken Sie sich mal bitte nach vorne«, bat er höflich. »Kommen Sie mit den Händen auf den Boden?«, fragte er und stellte sich so nah wie möglich hinter sie, ohne sie zu berühren.

Marlies wollte einen guten Eindruck hinterlassen und zwang sich mit aller Kraft nach unten. Gleich würde ihr Kopf zerspringen, da war sie sich sicher. Professor Soltei starrte auf ihren Hintern.

»Halt, so bleiben«, befahl er ihr. Aber sosehr er sich auch konzentrierte, sein Glied rührte sich einfach nicht. »Kommen Sie noch einmal hoch und bücken sich bitte gleich wieder.«

Marlies Schön tat, wie ihr geheißen. Beim zweiten Versuch kam sie noch weiter nach unten und Professor Soltei konnte ihre Schambehaarung erahnen. Aber sein kleiner Freund schwieg trotzig.

»O.k. Frau Schön, Sie können wieder hochkommen«, sagte er enttäuscht.

Marlies spürte, noch eine falsche Bewegung und sie würde sich im Zimmer des Chefarztes übergeben. Wie peinlich.

»Den Rest können Sie bestimmt auch morgen untersuchen«, sagte sie hastig und stieg mit letzter Kraft in ihre Sachen.

»Selbstverständlich«, sagte Professor Soltei. »Elsa wird Sie auf Ihr Zimmer begleiten. Elsa!!!«

»Vielen Dank, Herr Professor, das ist nicht nötig.«

Soltei machte sich daraufhin mit einem »schönen Abend noch« auf den Weg zu seinem Dessert und Marlies tastete sich in ihr Zimmer zurück. Nachdem sie sich in dem Klo mit der miserablen Lüftung übergeben hatte, fiel sie wieder in ihr Bett.

* * *

Martha wurde vom Gewürge im Nebenzimmer aus ihren Gedanken geschreckt. Hatte sie das Abendessen verpasst? Sie sah auf die Uhr, Viertel nach fünf Uhr. Es war also noch eine Viertelstunde Zeit. Sie schlüpfte in ihre Schuhe und machte sich auf den Weg zum Speisesaal. Vorher ging sie an ihrem Postfach vorbei, um ihren Plan für die erste Woche abzuholen. Massagen, Aquagymnastik, Rückentraining, Entspannungsverfahren. Zu ihrem Missfallen stand dort auch: Diätberatung. So ein Unsinn, Diäten versauen einem das ganze Leben, murmelte Martha vor sich hin, sehr zur Freude der umstehenden Frauen.

Der Eingang zum Speisesaal war schwarz vor Menschen. Wahrscheinlich hatten alle wahnsinnigen Hunger, weil sie mittags nur Salatblätter und Obst zu Essen bekamen. Das Ergebnis solcher Kost war, dass man wieder Hunger bekam, kaum hatte man den Teller auf das Abräumband gestellt. Martha hingegen aß »lieber zweimal richtig«. Rasch fand sie ihren Tisch und las die beiden anderen Namensschilder. Herr Börner, Herr Dorn. Börner sagte ihr nichts, aber Dorn kam ihr bekannt vor. Neben ihrem Namensschild standen sechs Eier mit jeweils einem Kleckschen Kaviar. Martha fand Kaviar schrecklich. Für sie war er nichts anderes als tausend kleine tote Fische. Diese Vorstellung ließ sie immer wieder aufs Neue erschaudern. Schlimm genug, dass ihre Diät gleich am Abend mit Eiern begann, aber der Kaviar schlug dem Fass den Boden aus. Ihre Chefin, Hannelore Bogener, schwor auf Eierdiäten. »Das macht einen schlanken Fuß«, behauptete sie immer und verspeiste tagelang Eier in allen Variationen. Also gut, dachte sich Martha und nahm auch hier ihr Schicksal an. Mit einem Löffel schubste sie die Kaviarhäufchen von den sechs Eierhälften und aß diese ohne großen Genuss auf. Auf die sechste Eihälfte hätte sie gerne verzichtet, aber was sein musste, musste sein. Sie wollte nicht gleich am ersten Abend unangenehm auffallen. Damit schien ihr Abendbrot beendet.

Dann betrat Silvio Dorn den Saal. Martha erkannte ihn sofort, heftete den Blick auf ihn und war gespannt, wo dieser »eitle Fatzke« wohl landete. Schließlich stand er direkt vor ihr.

»Guten Abend, ist das Tisch vier?« Martha nickte.

»Mein Name ist Dorn, Silvio Dorn. Frauen nennen mich Silvio.«

»Ich weiß. Ich heiße immer noch Martha Horst. Mich nennen alle Frau Horst«, sagte sie, nicht ganz ohne Ironie in der Stimme.

Jetzt erkannte Dorn sie wieder.

»Richtig, Sie standen heute Mittag an der Rezeption hinter mir. Und, schon eingelebt?«

»Es geht so.«

Dann kam Harald Börner. Börner war schon seit einer Woche hier und kannte die Gepflogenheiten genau. Er ließ seinen Blick suchend über den Tisch streifen.

»Gibt es heute hier keine Eier?«, fragte er.

»Als ich kam, standen keine da«, sagte Dorn. Die beiden Männer sahen Martha an.

»Hm«, machte sie und ließ betreten ihren Blick zwischen Börner und dem Kaviarhaufen vor ihrer Nase hin- und herwandern.

Börner erklärte ihr, dass ein Teller in der Mitte des Tisches normalerweise für alle sei. Dann setzte er sich, starrte auf den Kaviarhaufen und sagte: »Ich heiße übrigens Börner. Harald Börner.«

Es blieb unklar, wem er sich vorgestellt hatte, den Tischnachbarn oder den vielen toten Fischen.

* * *

Börner war eigentlich ein richtig netter Kerl. Allerdings wusste er das gut hinter einer Fassade aus Arroganz zu verbergen. Es war die Folge einer chronischen Unzufriedenheit, die mit seiner Heirat begonnen hatte, ihn aber blöderweise auch nach der Scheidung nicht verließ. Woraufhin Börner der Verdacht beschlich, es könnte mit ihm persönlich zu tun haben. Um das herauszufinden, war er hier.

Harald Börner hatte seine Exfrau während des Medizinstudiums kennengelernt. Er fand Simone »irgendwie ganz nett« und es sprach nichts gegen eine Ehe, also heirateten sie.

Sie brachte einen beachtlichen Bausparvertrag und einen unerzogen Hund mit in die Ehe ein. Der Bausparvertrag war fällig und der Hund großzügigen Auslauf gewohnt. Also bauten sie ein stattliches Haus, im obersten Stockwerk mit Fenstern rundum. Simone und Harald Börner lebten so nebeneinanderher, ohne sich daran sonderlich zu stören. Sie hatten all das, was ein Arztehepaar eben so hatte. Schwarze, ausladende Ledercouch, Perserteppich, offener Kamin, einen Mercedes der S-Klasse, einen Oldtimer Golf Cabrio, eine Dauerkarte für die Philharmoniker, einen großen Garten, den ein Gärtner bestellte, und eine Putzfrau, die über Steuerkarte arbeitete.

Simone liebte Kinder, Harald konnte Kinder nicht ausstehen. Wobei er nicht wusste, ob das schon immer so gewesen war oder erst, seit seine Frau Kinderärztin geworden war. Schon aus Trotz entschied er sich für die Internistenausbildung. Ansonsten gab es keine großen Streitigkeiten.

Im Laufe der Jahre schien es günstiger zu sein, eine Gemeinschaftspraxis zu eröffnen, ökonomischer eben. Das Wartezimmer wurde schnell zum Spielzimmer. Im Flur hingen lustige Holzfiguren an den Wänden. An der Theke der Arzthelferinnen schwebten Luftballons. Die eleganten silbernen Reflexhammer wurden durch quietschgrüne ersetzt, die Stethoskope waren beklebt mit Comicfiguren und die Deckenlampen kamen als Bananen daher, um die selbstgebastelte Mobiles ihre Kreise zogen.

Nach kurzer Zeit fühlte Harald Börner sich überflüssig. Er war nicht überrascht, als seine Frau davon sprach, sich scheiden zu lassen. Sie einigten sich über ihre Scheidung genauso schnell wie über ihre Hochzeit. Er behielt das Haus, dafür blieb sie in den Praxisräumen mit allem Drum und Dran.

Börner nahm eine Stelle bei einem Rentenversicherungsträger an. Bezahlt nach BAT, Angestellter im öffentlichen Dienst, das war nicht gerade die Erfüllung seiner verwegensten Träume, aber er hatte ein ruhiges Arbeitszimmer ohne Kindergeschrei. Er entschied nun über Kur- und Rentenanträge. Dies tat er in aller Regel nach Aktenlage, ohne die Betroffenen je zu Gesicht zu bekommen. Das gefiel ihm gut, denn eigentlich konnte er kranke Menschen nicht mehr sehen. Er hatte genug von den Diabetikern, die dem Arzt das Sahnebaiser gesunddiskutieren wollten. Eigentlich träumte er von einer anderen Medizin. Er wollte wissen, warum einige Menschen gesund blieben und andere sich trotz aller ärztlichen Warnungen zugrunde richteten. Aber irgendwie war er von seinem Weg abgekommen. Nun hatte er sich selbst zur Kur geschickt. Er wollte in Ruhe über alles nachdenken, fernab von seiner akkurat geschnittenen Gartenhecke und den endlosen Aktenzeichen.

* * *

Für diese Ruhe nahm Börner in Kauf, dass diese kleine neue Frau an seinem Tisch alle Eier aufgegessen hatte. »Das tut Ihrem Cholesterinspiegel bestimmt nicht gut«, sagte er und zog sich den verwaisten Kaviarhaufen heran.

»Glauben Sie mir, Eieressen ist nicht mein Hobby. Ich heiße übrigens Martha Horst. Und das hier«, sie nickte in Richtung Dorn, »ist Silvio Dorn. Er sagt, Frauen nennen ihn Silvio. Ich weiß nicht, wie Sie ihn als Mann nennen sollen.«

Börner lachte herzhaft. Dorn bekam einen hochroten Kopf. Dann kam die Bedienung mit einem Brotkorb und Belag.

»Salate bekommen Sie an der Salatbar dort hinten und hier drüben gibt es Tee«, säuselte sie und rollte den scheppernden Essenwagen zum nächsten Tisch.

Am Nachbartisch blieb der Platz von Marlies Schön frei. Sie war frühzeitig in einen traumlosen Schlaf gesunken. Die Folge war, dass sie gegen drei Uhr am Morgen hungrig erwachte. Sie schaltete den Fernseher ein. Zunächst war nur der Ton zu hören. Immer wieder forderte eine Frau: Ruf an! Marlies, neugierig geworden, wen sie anrufen sollte, wartete gespannt auf das Bild. Schließlich kam eine Dame mit Peitsche ins Bild. Sie trug eine spärliche Lederbekleidung. Das Gesicht war hinter einer ebenfalls schwarzen Maske versteckt. Marlies brauchte eine Weile, bis sie den Inhalt der Dauerwerbesendung verstand. Angewidert schaltete sie weiter und landete beim Verkauf der Künstlerpuppe Klausi für sagenhafte 89 Euro, sie war aus Biskuitporzellan. Außerdem gab es ein von Hand gefertigtes Puppenbett aus Rattan für 54 Euro, in das man eine Puppe von 56 Zentimeter Höhe hineindrapieren könne, wenn man denn wolle. Marlies schaltete weiter. Auf dem nächsten Fernsehkanal wurden 50 atmungsaktive Frischhaltebeutel in drei Größen zum sensationellen Tagesangebot von 19 Euro offeriert. Die

Frischhaltebeutel verhinderten angeblich, dass der Feldsalat nach zwei Tagen von unten braun wurde. Und man konnte ihn wiederverwenden.

Gar nicht schlecht, dachte Marlies, nur dass sich ihr Mann Eberhard leider nicht dafür interessieren würde. Er befand ohnehin, dass Marlies »viel zu viel Grün im Kühlschrank« habe. Ein Heilpraktiker hatte ihr erklärt, dass irgendwelche Radikale Energie aus ihrer Leber zögen. Sozusagen radikale Diebe. Deswegen sei ihr Körper aus dem Gleichgewicht geraten. Abhilfe schafften gebratene Auberginen, die vorher 30 Minuten in Buttermilch eingelegt werden mussten, oder in Olivenöl gebratene Grünkernkeimlinge. Allein bei dem Wort Grünkernkeimlinge leuchteten Marlies' Augen vor Glück. Seit dem Besuch beim Heilpraktiker hatte sie sich, sehr zum Leidwesen ihres Mannes, intensiv mit biologisch-dynamischer Ernährung befasst. Unter anderem musste die dicke Dampfwurst stark gekrümmten Sojawürstchen weichen, statt Feierabendbier wurde Rote-Bete-Saft eingeschenkt und die Salzstangen ersetzte sie durch schlappe Möhrenstreifen. Marlies starrte fasziniert auf die Frischhaltebeutel im Fernsehen und füllte sie gedanklich schon mit Gemüse. Sie wählte die eingeblendete 0800-Nummer. Es ratterte noch in der Leitung, als der Anruf entgegengenommen wurde. So verstand Marlies nur noch: »… und was kann ich für Sie tun?«

»Guten Morgen. Mein Name ist Schön. Ich würde gerne 50 Frischhaltebeutel bei Ihnen bestellen«, sagte sie und fingerte ihre Kreditkarte aus dem Portemonnaie.

»Wie bitte, was wollen Sie?!«

»Die atmungsaktiven Frischhaltebeutel zum Tagesangebot von 19 Euro.«

»Äh, wie war der Name?«, fragte die Stimme verwundert.

»Schön. Marlies Schön«, erwiderte Marlies und dachte,

dass die Dame vom Kundendienst wahrscheinlich ziemlich müde sei.

»Einen kleinen Moment bitte«, sagte die Stimme am anderen Ende.

Marlies starrte auf den Hinweiszettel am Nachttisch. *Bei Telefonaten außerhalb der Klinik wählen Sie bitte die 9 vor. Die Rezeption erreichen Sie rund um die Uhr mit den Ziffern 08.* Schlagartig wurde Marlies klar, dass ihre Gesprächspartnerin drei Stockwerke unter ihr an der Rezeption saß.

»Frau Schön, sind Sie noch dran?«, fragte die Dame von der Rezeption der Kurklinik.

»Äh, ja. Ich wollte eigentlich die Beutel fürs Gemüse bestellen, weil ich nicht mehr schlafen kann, und … also … ich hatte Migräne und bin dann ins Bett … das heißt, erst war ich beim Professor und dann war mir so übel … also … die Beutel sind im Fernsehen.«

»Frau Schön, es ist drei Uhr morgens, ist bei Ihnen alles in Ordnung?«, fragte Frau Bertram.

»Ja, danke. Alles bestens«, antwortete Marlies.

»Fühlen Sie sich in irgendeiner Weise unwohl?«, hakte Frau Bertram pflichtbewusst nach.

»Nein. Mir geht es blendend«, erwiderte Marlies mit Nachdruck und hängte ein.

Erst jetzt fiel Marlies auf, dass sie gar nicht wusste, wie ihr heutiger Tagesablauf aussehen würde. Elsa, die Sekretärin von Professor Soltei, hatte ihr erklärt, alles Weitere würde sie am Abend in ihrem Postfach finden. Marlies schlüpfte in ihre Schuhe und machte sich auf den Weg dorthin. Die Postfächer hingen neben der Rezeption.

»Hallöchen«, winkte Marlies der Dame an der Rezeption zu. Frau Bertram sah sie skeptisch an. »Ich bin die Verrückte mit den Frischhaltebeuteln«, scherzte Marlies und öffnete ihr Postfach.

Der heutige Tag sollte mit einer Massage beginnen.

Sehr schön, sagte sich Marlies, ging auf ihr Zimmer zurück und begann zu duschen. Martha tauchte langsam aus ihrem Schlaf auf und glaubte ihren Ohren nicht zu trauen. Wasserrauschen um halb vier Uhr in der Frühe. Sind hier eigentlich alle krank?, fragte sie sich und versuchte, noch einmal in den Schlaf zurückzufinden.

* * *

Als Marlies den Frühstücksraum betrat, war sie eine der Ersten. Ein paar müde Kurgäste saßen bereits da. Auf dem Tisch stand ein Korb mit weißen Brötchen. Als die Bedienung eine Kaffeekanne dazustellte, fragte Marlies, ob es auch Vollkornbrötchen zum Frühstück gebe.

»Selbstverständlich«, sagte diese und ging weiter.

»Und wo?«, rief Marlies der Kellnerin hinterher.

»Im Korb.«

Marlies wühlte in dem Korb herum. Tatsächlich, am Boden lagen Vollkornbrötchen. Sie testete die Brötchen auf ihre Frische, indem sie alle einmal drückte.

»Musst du alle Brötchen angrabbeln?«, fragte eine Stimme hinter ihr.

Marlies fühlte sich erwischt. Was sollte sie sagen? Ich bin staatlich geprüfte Brötchenfrischeüberprüferin? Die andere Frau setzte sich.

»Neu hier, wa?« O Gott, dachte Marlies. Eine Berlinerin. Auch das noch. Sie bemühte sich, die Fassung zu bewahren.

»Ich bin gestern angereist.«

»Und ham Se och 'n Namen?«

»Schön, Marlies Schön.«

Die andere Frau musterte Marlies lange, dann meinte sie, dass sie zu dem Namen »mal nüscht« sagen würde. Nach einer Weile, fügte sie hinzu: »Ick bin Lotte.«

Marlies fühlte sich sichtlich unwohl und zog es vor zu schweigen.

Lotte hieß eigentlich Charlotte Jaschke. Sie arbeitete in einer Kantine für Müllwerker, wo sie ein strenges Regiment führte. Sie war berühmt, aber auch berüchtigt bei der ausschließlich männlichen Kundschaft. Wenn sie deren Finger für zu schmutzig befand, schickte sie die Männer rigoros zum Händewaschen. Wer sich weigerte, erhielt kein Essen. So einfach war das.

»Mit die Dreckpfoten jibts nix.« Dennoch war sie beliebt. Denn sie peppte die langweiligen Soßen auf, würzte die Speisen nach, gab doppelte Portionen aus und schenkte verbotenerweise das ein oder andere Bier ein. Dafür mussten die Männer ihre Tabletts »picobello« abgeben und die Tische selbst abwischen. Auf einen der Müllwerker, Rolf, hatte Charlotte ein Auge geworfen. Weswegen sie zu ihm besonders pampig war. »Na, Rolfi, willste deine Wampe oder die Leber ufffüllen?« In Berlin bahnte man Beziehungen eben anders an. Sie suchte für Rolfi immer das beste Stück heraus und gab ihm mehr Beilagen als den anderen. Wenn niemand hinsah, schummelte sie ihm ein Stück Schokolade aufs Tablett.

»Biste det erste Mal uff Kur?«, fragte Charlotte die Neue an ihrem Tisch.

»Ja«, antwortete Marlies knapp und begann mit dem Frühstück.

»Ick bin schon dit dritte Mal und damit och dit letzte Mal hier«, sagte Lotte und bedeckte ihr Brötchen mit einem beachtlichen Marmeladenberg. Während sie sich fast die Hälfte des Brötchens in den Mund schob und dabei die Marmelade aus ihren Mundwinkeln quoll, redete sie weiter: »Ick hab's am Darm.« Schmatz, schmatz. »Aber mit die Hämorrhoiden ist besser jeworden. Ick glob, dit ist wegen den andern Essen hier.«

Alles, was mit Verdauung und Ernährung zu tun hatte, fand auch Marlies interessant. Immerhin hatten sich verschiedene Gastroenterologen seit zwei Jahren mit ihrem Darm befasst, ohne sie von ihrem namenlosen Leiden erlösen zu können.

»Bekommt man hier auch Einläufe?«, fragte Marlies aus einem tiefen Bedürfnis heraus.

»In meenen Allerwertesten kommt keen Schlauch mehr rin.«

Das hielt Marlies für grundfalsch und ließ nicht locker. »Ich kann aus Erfahrung berichten, dass ein Einlauf sehr wirkungsvoll ist, wenn man ihn jeden zweiten Tag macht. Was glauben Sie, was da alles rauskommt!«

Lotte schlürfte ihren Kaffee. Dann sagte sie: »Wat soll da schon rauskommen? Scheiße.«

Damit war das Gespräch fürs Erste beendet.

Schließlich stand Lotte auf. »Ick jeh jetzt mal een uff Nejer machen.«

»Wie bitte?«, fragte Marlies erstaunt.

»Ick mach Moorbad«, erklärte Lotte und ging.

Nach und nach kamen weitere Kurgäste herein. Am Nachbartisch nahm Silvio Dorn Platz. Er nickte Marlies zu.

»Haben wir uns nicht gestern schon an der Rezeption gesehen?«, fragte sie lächelnd.

Dorn konnte sich nicht erinnern und zuckte nur die Schultern. »Ich weiß nicht«, sagte er zunächst, aber in Anbetracht der großräumigen Gebissausstattung seiner Gesprächspartnerin dämmerte es ihm dann doch.

»Doch, doch, Sie standen neben der Frau …, wie hieß sie doch gleich?«, fragte Marlies.

»Meinen Sie Frau Horst?«, fragte Dorn.

»Ja richtig, die Frau Horst«, sagte Marlies, als habe er ein schwieriges Rätsel gelöst.

»Mein Name ist Dorn, Silvio Dorn. Wie war Ihr Name?«

»Marlies Schön.«

»Richtig, jetzt erinnere ich mich. Der Mann hat Ihnen die Koffer nach oben gebracht.« Das Gespräch stockte, da ihr nichts einfiel. Schließlich fuhr er fort: »So, so, Sie sind also Frau Schön. Das ist ja ein schöner Name!«

Oft schon hatte Marlies dieses Wortspiel über sich ergehen lassen. Und das Schlimme daran war, dass sie wusste, der Spruch galt nur ihrem Namen und nie wirklich ihrem Aussehen. Gequält lächelte sie Dorn zu.

»Ich habe Sie gestern Abend gar nicht hier gesehen«, meinte er.

»Ich hatte noch einen Termin bei meinem Professor«, sagte Marlies mit Betonung auf *meinem Professor*.

»Hatten Sie keinen Hunger?«, fragte Dorn.

»Ich achte sehr auf meine Linie. Nach 18 Uhr esse ich nichts mehr«, antwortete Marlies und strich sich langsam über ihre schmale Taille.

»Abendbrot ist um 17.30 Uhr«, sagte Dorn.

»Tja äh, manchmal esse ich auch nach 17.30 Uhr nichts mehr«, stammelte Marlies. »Ich muss jetzt zur Massage gehen«, sagte sie schließlich und stand auf.

»Die hatte ich schon vor dem Frühstück. Massage ist gut. Ich kann meinen Hals schon viel besser bewegen, sehen Sie«, sagte er und wiegte seinen Kopf hin und her.

»Was ist daran so besonders?«, fragte Marlies abfällig, da sie glaubte, gesundheitlich wesentlich Schlimmeres durchgemacht zu haben.

»Das ging monatelang gar nicht. Ich konnte den Hals praktisch nicht mehr bewegen.«

»Sie Armer, das ist ja schlimm«, erwiderte Marlies ohne jedes Mitgefühl in der Stimme. Denn wirklich bemerkenswert fand sie nur ihre eigenen Erkrankungen, von denen die Ärzte stur behaupteten, es handele sich lediglich um Unpässlichkeiten. Der Form halber fragte sie noch, wie es denn dazu gekommen sei.

»Berufskrankheit«, antwortete Dorn knapp.

»Darf ich fragen, was das für ein Beruf ist?«, erkundigte sich Marlies.

»Ich bin Geiger«, sagte Dorn betont lässig.

»Ach, ein Streicher, interessant«, meinte Marlies.

Nun doch neugierig geworden, blieb sie stehen. Ein Geiger, wie romantisch. Dorn spürte sofort den Streichereffekt, wie er es nannte. Auf einmal fand Frau Schön ihn anziehend. Er kannte dieses Phänomen.

»Interessant«, wiederholte sich Marlies und setzte sich zu Dorn an den Tisch. Offensichtlich erwartete sie Einzelheiten. Dorn tat ihr den Gefallen.

»Nach Karajans Tod war es mental zunächst schwer für mich. Wenn man einen so großartigen Mentor verliert, dann hinterlässt das eine Lücke tief in einem.«

Marlies hing ihm an den Lippen wie der Asthmatiker am Sauerstoffgerät. Sie hatte Dorn eher im Verdacht gehabt, Versicherungsvertreter zu sein.

»Ach, Sie kannten Heribert von Karajan?«

»Herbert, nicht Heribert. Ich lernte ihn mit 14 Jahren auf einem Wettbewerb kennen. Er war wie ein väterlicher Freund für mich.« Dorn sah, wie ihre Augen immer größer wurden, ihr Mund stand offen.

»Mein lieber Herr Dorn, Sie sehen mich entzückt. Ich gehe seit Jahren, ach, was sage ich, seit Jahrzehnten zu den Konzerten in unserer Stadthalle. Da höre ich regelmäßig das Freizeitorchester der Schwabinger Hausbuben, das Feuerwehrquartett und letztens war sogar Hans Christoph Sörenzeisig da!«

Dorn fand es etwas despektierlich, dass Marlies ihn mit irgendeinem Freizeitorchester, das im akustischen Niemandsland einer Stadthalle auftrat, gleichsetzen wollte. Er schwieg. Marlies spürte, dass sie einen Fehler gemacht hatte. Dorn war plötzlich so abweisend. Wer weiß, wen sie da vor sich hatte.

»Sind Sie heute noch befreundet mit Herrn Karajan?«

»Nein. Herbert ist tot«, erwiderte Dorn mit einem Seufzer.

»Ach wie schade«, sagte Marlies.

Dorn nickte und sagte: »Gott sei ihm gnädig.«

»Und wie ging es bei Ihnen weiter?«, fragte Marlies vorsichtig.

Dorn lehnte sich genüsslich zurück. Jetzt würde er dieser Dorfgans zeigen, was die wirklich große Welt war. Er holte zweimal theatralisch tief Luft und dann begann er zu erzählen.

»Nach einem unserer gemeinsamen Konzerte in Tokio nahm mich Herbert von Karajan beiseite und sagte: ›Silvio, deine Geige liebt dich.‹ Da wusste ich, die Musik ist mein Weg. Ich spielte in den großen Konzerthäusern dieser Welt.«

»Haben Sie auch mit André Richelieu gespielt?«, fragte Marlies mit glänzenden Augen.

Dorn stutzte. Hatte sie ihn tatsächlich nach Richelieu gefragt? Er wusste gar nicht, dass der Kardinal auch Geige gespielt hatte. Erschwerend kam hinzu, dass er, wenn er mit Armand Jean du Richelieu gespielt hätte, heute nicht hier säße, sondern seit einigen hundert Jahren mit Regenwürmern auf Du und Du wäre. Er ahnte, wen sie meinte, ließ sie aber zappeln.

»Richelieu?«, fragte er noch einmal nach.

»So ein schlanker Geiger mit dunklen Locken«, sagte Marlies, noch immer mit leuchtenden Augen.

»Rieu. Sie meinen André Rieu«, stellte Dorn sachlich fest.

Marlies überlegte. Hieß er tatsächlich nur Rieu? Aber André war sein Vorname, das wusste sie sicher.

»Na, Sie wissen schon, wen ich meine«, sagte Marlies rasch. »Und, haben Sie mit ihm gespielt?«

Dorn lehnte sich zurück und genoss ihre Neugier. Dann meinte er betont langsam, es könne sein, dass ein Herr Rieu im Vorprogramm zu einem seiner Konzerte gespielt habe. »Ich könnte es jetzt aber nicht beschwören.«

Marlies staunte nicht schlecht. Da saß sie schon am ersten Tag so mir nichts, dir nichts neben einem solch berühmten Musiker und zu Hause langweilte sie sich seit Jahren mit Großhandelskaufmann Eberhard.

»Da ist Ihre Frau bestimmt mächtig stolz«, sagte Marlies neidisch.

»Ich bin nicht verheiratet«, erwiderte Dorn mit traurigem Augenaufschlag.

Marlies stutzte. Ein unverheirateter Geiger, wie konnte so etwas sein? Einen so gutaussehenden männlichen Single um die 50 gab es nur in Filmen. Alleinstehende Frauen kannte sie zu Genüge. Und wenn sie sich die Körperformen dieser Frauen betrachtete, wurde ihr alles klar. Wenn man statt täglich, stündlich 1000 Kalorien zu sich nimmt, verlassen einen die Männer eben. Daran glaubte Marlies wie die Katholiken ans Fegefeuer. Sicher, es gab auch Männer, die von oben ihre Füße nicht mehr sehen konnten, aber das war etwas ganz anderes, fand Marlies. Die einzige spontane Erklärung für Dorns Singledasein war: Homosexualität. Angewidert lehnte sich Marlies so weit wie möglich zurück. Eine Berlinerin und ein Schwuler mit ihr unter einem Dach. Der Tag konnte von jetzt an nur noch besser werden. Dorn spürte ihr plötzliches Misstrauen und dachte, wahrscheinlich hält sie mich für einen Weiberhelden.

Er neigte sich etwas vor und sprach leise, als ob er ihr ein großes Geheimnis offenbaren würde: »Mein Beruf ließ das leider nicht zu. Andauernd ist man unterwegs. Konzerte in Paris, München, London, New York, Tokio. Ich lebte quasi in Hotels. Mein Freund Lucio …«

»Pavarotti?«, fragte Marlies aufgeregt dazwischen und legte ihre Hand aufs Dekolleté. Dorn widersprach nicht.

»Also mein Freund Lucio hat gesagt, er liebe die Frauen, aber vergöttere die Musik. Mir geht es da ähnlich. Ich habe eine unstillbare Sehnsucht nach Frauen, ich begehre sie mit jedem Brusthaar, wenn ich es einmal so offen sagen darf. Frauen sind etwas Wunderbares. Meine große Bestimmung im Leben aber ist die Musik.«

Marlies war tief beeindruckt. Sie glaubte Dorn jedes Wort. Jetzt fiel ihr auch auf, wie gut er aussah. Ähnelte er nicht ein wenig Richard Gere? Ach was, er sah noch besser aus als Richard Gere. Sie lächelte ihn an und strahlte.

»Müssen Sie nicht los?«, riss Dorn sie aus ihren Träumen.

»Was, wer, ich, wohin?«

»Zur Massage.«

»Ach ja, richtig«, erwiderte Marlies, stand auf und nickte ihm kurz zu.

»Schönen Tag noch«, sagte Dorn und sah ihr unauffällig hinterher. Nette Figur, dachte er und wandte sich seinem Frühstück zu.

* * *

»Guten Morgen, ich bin Inge, Ihr Masseur«, sagte eine Männerstimme, die in einem Frauenkörper steckte. »Ziehen Sie sich aus, Unterhose anlassen. Dann legen Sie sich hier auf die Bank.« Inge warf Marlies ein Badelaken zu. »Hier, drunterlegen!«

Marlies tat wie ihr geheißen. Gerade als sie anfing zu frieren, kam Inge wieder.

»Gut, dass Sie kommen, mir ist kalt.«

»Ihnen wird gleich warm«, erwiderte Inge und krallte ohne Vorankündigung ihre Hände in Marlies' Rücken. Marlies erschrak und drehte sich um. Waren das die Hände von Inge? Oder gehörten sie einem ehemaligen Ingo?

»Umdrehen!«, befahl das massierende Etwas barsch.

Der Druck war fast unerträglich, aber Marlies riss sich zusammen. Bloß nichts sagen. Vielleicht sollte das alles so sein. Ein Geiger würde sie bestimmt anders berühren, zart. Inge macht ihre Arbeit. Nach einer Weile fragte Marlies, ob es auch mit etwas weniger Druck ginge.

»Nein. Umdrehen!«, war die eindeutige Antwort.

»Ich finde es aber etwas zu stramm«, klagte Marlies.

Jetzt wurde es Inge zu bunt. »Das ist hier kein Streichelzoo. Das ist Massage.«

»Aber ich wollte doch nur …«

»Sie können sich ja beschweren gehen«, unterband Inge jedes weitere Wort.

Herrgott, was waren diese umoperierten Männer empfindlich, dachte Marlies. Wahrscheinlich stimmte was mit ihren Hormonen nicht. »So war es ja nicht gemeint«, sagte sie und ergab sich ihrem Schicksal.

Nach 20 Minuten schien der Spuk vorbei zu sein. Inge entließ Marlies aus ihren Schraubstockhänden.

»Wird kurz mal kalt«, sagte sie. Und während Marlies sich fragte, wie kalt, schüttete Inge ihr eine beachtliche Menge Franzbranntwein über den Rücken. Kaum dass Marlies den Schreck überwunden hatte, drosch Inge wie ein wild gewordener afrikanischer Trommler auf ihren Rücken ein und sagte anschließend knapp: »Fertig. Aufstehen!« Dann rief sie: »Nächster!«, in einer Lautstärke, als ob ihr Opfer auf der anderen Straßenseite stehen würde.

* * *

Während Marlies Schön die Massage über sich ergehen ließ, wurden Martha Horst, Silvio Dorn und einige andere Neuankömmlinge in die Benutzung der Fitnessräume eingewiesen. Ein durchtrainierter Physiotherapeut namens Kai demonstrierte zunächst eine »kleine Übung für die Waschbärbäuche«. Die Frauen kicherten. Die Männer protestierten, schwiegen dann aber rasch betroffen, als sie den Waschbrettbauch ihres Vorturners sahen. Kai machte die Übung vor und zählte dabei die Muskeln auf, die an dieser Übung beteiligt waren. Einige überraschte es, wie viele Muskeln sie allein in der Bauchregion haben sollten.

Anschließend ermittelte Kai für alle Teilnehmer den optimalen Trainingspuls, um die individuelle Belastungsgrenze auf dem Fahrradergometer einstellen zu können. Schnell musste er feststellen, dass einige Teilnehmer ihren idealen Trainingspuls schon allein durch das Betätigen der Feststellschraube des Sattels erreichten. Martha erstaunte ihn jedoch. Sie hatte zwar Übergewicht, radelte aber allen sinnbildlich davon. Die Wattleistung war beeindruckend. Das regelmäßige Training mit ihren Behindis hatte Spuren hinterlassen.

Andere Frauen hingegen blieben mit ihren Armbändern an der einzigen Steckverbindung des Fahrradergometers hängen. Am Lenker verdrehten sie sich die Handgelenke so unglücklich, dass sie das Training abbrechen mussten. Einige mühten sich redlich. Die meisten aber verabscheuten das Training, weil die Justierschrauben ihnen die langen Fingernägel spalteten und der Schweiß das Make-up ruinierte.

Es war Martha die Dorn zuflüsterte: »Die meisten haben ihren Kopf nur für die Frisur.« Dorn lachte laut auf. »War ein schmutziger Witz«, sagte Martha erklärend in die Runde.

Am Ende der Einführung hatten die meisten Frauen

es eilig, aus »der Folterkammer« zu kommen, während die Männer mit Kai über Hebelgesetze und Zugkraftgurtung fachsimpelten.

* * *

Silvio Dorn und Martha Horst trafen zufällig gleichzeitig zum Mittagessen im Speisesaal ein. Dorn sah aus wie ein Dressman und Martha trug ihren riesigen, raschelnden, lila-orangefarbigen Trainingsanzug.

»Na, wie war es?«, fragte Harald Börner die beiden.

»Sie machen uns für die Tour de France fit«, antwortete Dorn mit leicht ironischem Unterton.

»So schlimm ist es nun auch wieder nicht«, erwiderte Martha.

Am Nachbartisch fragte Lotte unüberhörbar: »Wat isn dit da?«, und sah gebannt in Richtung Saaltür.

Dorn, Börner und Martha folgten ihrem Blick. Marlies Schön kam herein. Sie trug ein hautenges glitzerndes Cocktailkleidchen. Professor Soltei sah ihr unauffällig vom Gang aus durch die Glastür hinterher. Er war entzückt. Vielleicht hatte sein kleiner Freund gestern nur einen schlechten Tag gehabt. Er ließ seine Zunge über die Oberlippe gleiten und beschloss, die Untersuchung der Patientin Schön so rasch wie möglich fortzusetzen.

»O Gott, für den Trainingsanzug brauchen Sie einen Waffenschein«, sagte Marlies Schön im Vorübergehen zu Martha und setzte sich an den Nebentisch.

Lotte fand das fies. Sie besaß einen ähnlichen Trainingsanzug. In den Farben Grün und Braun.

»Wat isn los, ham wa heute noch Kundschaft?«, fragte sie unüberhörbar und starrte Marlies an.

Martha musste grinsen. Marlies ignorierte die Frage und setzte sich.

»Ihre Kinder müssen ja vor Stolz platzen bei so einer attraktiven Mutter«, sagte Dorn, dem das Wasser im Munde zusammenlief.

Börner lachte. »Was ist denn das für ein Spruch! Ihre Kinder müssen ja vor Stolz platzen«, äffte er ihn nach. Marlies Schön lächelte milde. Wie, um den Unsinn zu beweisen, fragte Börner noch, ob Marlies überhaupt Kinder habe.

»Ja, einen Sohn.« Und um mit ihrem Alter kokettieren zu können, schob sie noch nach: »Einen erwachsenen Sohn.«

»Und wat arbeitet der?«, mischte sich Lotte ein.

»Äh, der handelt. Also er ist Kaufmann im Handel, Ausland«, stotterte Marlies, überrascht von der Frage.

»Wo denn?«, fragte Dorn, um sich auch am Gespräch zu beteiligen.

»In Holland.«

»Womit handelt man denn in Holland, wenn nicht mit Drogen?«, fragte Börner, der einen Scherz machen wollte.

Marlies spürte ein plötzliches Ziehen hinter einem Auge. Ihr Magen krampfte sich zusammen. Nach außen blieb sie gelassen. »Er handelt mit Stoff. Ich meine, mit Rohstoffen.«

»Rohstoffen? Kann er denn davon leben?«

»Und wie er davon leben kann«, antwortete Marlies mit einem ironischem Unterton in der Stimme, der sie selbst überraschte.

»Lebt er in Holland?«, fragte Martha.

»Das kann man wohl so sagen.« Das Pochen hinter Marlies' Auge nahm zu. Sie kniff es leicht zusammen und rieb sich die Stirn.

»Ist Ihnen nicht gut?«, fragte Börner.

»Danke, es geht schon.« Um das Gespräch von sich wegzulenken, wandte Marlies sich an Martha. »Und, haben Sie auch Kinder?«

»Ja, zwei, ein Mädchen und einen Jungen. Meine Tochter

ist 26 Jahre. Sie lässt sich von einem alten Mann aushalten. Und unter uns, ich halte sie für ein bisschen doof.«

Marlies fand das ungeheuerlich. Wie konnte eine Mutter so über ihr Kind reden? Marlies vertrat den Standpunkt, dass Eltern ihre Kinder immer bedingungslos lieben müssen, auch wenn sie in den letzten zwei Jahren selbst am meisten unter diesem Standpunkt gelitten hatte.

»Und wie alt ist Ihr Sohn?«, fragte Börner nach.

»Der ist zehn Jahre«, antwortete Martha ohne jede Regung in der Stimme.

»Wie jehtn dit?«, fragte Lotte sichtlich irritiert. Man sah, wie alle zu rechnen begannen.

»Da hatten Sie die 40 doch schon deutlich überschritten, oder?«, fragte Börner mehr aus medizinischem, denn aus moralischem Interesse.

Martha nickte und sagte: »Um ehrlich zu sein, war ich näher an den 50 dran als wie von den 40 weg.«

Marlies lief es kalt über den Rücken. Nicht wegen der späten Mutterschaft. Es bereitete ihr körperliches Unbehagen, die Wortkombination ›als wie‹ zu hören.

»Martha, man sagt nicht ›als wie‹«, ermahnte sie die Frau am Nachbartisch. Entweder sagt man wie oder man sagt als. Aber bitte sagen Sie nie wieder ›als wie‹.« Und um ihrer Bitte Nachdruck zu verleihen, schüttelte Marlies sich.

Lotte verdrehte die Augen. »Is hier Schule, oder wat?«, und wandte sich kopfschüttelnd ihrem Essen zu.

Marlies hörte, wie sich Dorn, Börner und Martha am Nachbartisch angeregt über den Kuralltag austauschten. Lotte hingegen klärte Marlies über ihre gelegentlich träge Darmtätigkeit auf. »Am schlimmsten is ja, wenn it tagelang nich flutscht, wa.«

Dann hetzte ein weiterer Kurgast, Herbert Leitner, an den Tisch.

»Hallo, Frau Charlotte«, sagte er und setzte sich. Erst als er seine Serviette aufgeschlagen und die ersten Bissen gegessen hatte, bemerkte er den Neuling am Tisch. »Oh, ein neues Gesicht«, sagte er und schaufelte das Essen in sich hinein, als wolle er einen Geschwindigkeitsrekord aufstellen. »Ich bin Herbert«, brachte er gehetzt hervor.

»Guten Tag. Mein Name ist Schön, Marlies Schön«, sagte sie. Sie ekelte sich vor Herbert Leitner, dem die Suppe am Kinn herunterlief und in dessen Schnauzbart Kartoffelreste hingen.

»Heute angekommen?«, fragte er telegrafisch.

Marlies nickte.

»Wird Ihnen gefallen hier. Nettes Haus.« Er wischte sich den Mund ab, stand auf und nahm einen Apfel aus dem Obstkorb. »Wegen der Vitamine«, sagte er, warf den Apfel in die Luft, klopfte zum Abschied auf den Tisch und ging schnellen Schrittes hinaus.

»Was war das?«, fragte Marlies entsetzt.

»Herbert«, antwortete Charlotte seelenruhig. Herbert sei immer im Stress, erklärte sie.

»Das habe ich gesehen«, sagte Marlies und sah staunend auf den leergefegten Teller ihres Tischnachbarn.

Kurz vor Ende des Mittagessens trat eine Krankenschwester an den Tisch der beiden Frauen und bat Marlies, sich am Nachmittag bei Professor Soltei einzufinden.

»Donnerlippchen zum Professor höchstselbst. Du bist wohl wat janz besondret«, bemerkte Charlotte staunend.

»Privatpatientin«, sagte Marlies mit hochgereckter Nase und fragte sich, wie lange sie es wohl mit einer Berlinerin, einem Essenstopfer und einer Frau in einem lila-orangefarbenen Trainingsanzug aushalten würde.

Den Anblick ihrer Mitstreiter musste sie erst mal verdauen. Sie ging auf ihr Zimmer und versuchte, Eberhard anzurufen, um ihm ihr Leid zu klagen. Er war nicht da. Also hinterließ sie eine Nachricht auf dem Anrufbeantworter und wartete auf den nächsten Programmpunkt.

* * *

Schon am Nachmittag traf man sich bei der Aquagymnastik wieder. Lotte hatte ihren Kopf unter eine gelbe Badekappe mit abstehenden blauen Gummirosen gezwängt. Die Rosen rankten sich kreisförmig um die Ohren.

»Dass es diese Kappen noch gibt«, sagte Martha erstaunt.

»Is von Muttern«, erklärte Lotte.

»Trotzdem chic«, sagte Martha und ging mutig über die Treppe ins Wasser.

Frau Doktor Heitermann hatte gesagt, sie könne stehen, und darauf vertraute Martha. Zu Unrecht, wie sich rasch herausstellte.

»Noch ein paar Schritte vor!«, rief die junge Trainerin vom Beckenrand.

Plötzlich war der Boden unter Marthas Füßen weg. Sie fuchtelte wild mit den Armen.

»Müssen Sie denn so spritzen? Meine Frisur!«, rief Marlies Schön empört. Sie hatte sich die Haare aufwendig nach oben drapiert.

Martha trieb immer weiter in die Tiefe des Schwimmbades.

»So ist gut, Frau Horst, immer kräftig nach oben die Arme und jetzt alle!«, rief die junge Trainerin vom Beckenrand. Laute Musik wurde eingeschaltet. »Und eins und zwei und eins und zwei … wir recken die Arme, als ob wir die Decke berühren wollen … und eins und zwei … nicht vergessen, die Beine treten auf der Stelle im Wasser und eins und zwei … nicht ganz so wild, Frau Horst«, ermahnte sie Martha und rief weiter, »… und eins und zwei … und hoch die Arme!«

Dann waren Marthas Arme verschwunden. Noch unter Wasser hörte sie die Musik.

»Frau Horst?«, rief die Trainerin fragend.

Martha sank langsam auf den Schwimmbadboden hinunter und als sie den Boden unter ihren Füßen spürte, katapultierte sie sich mit einem Stoß wieder nach oben. Sie holte tief Luft, tauchte ins Wasser, ließ sich wieder auf den Beckenboden sinken und katapultierte sich erneut an die Wasseroberfläche. Der Auftritt von Martha störte den Ablauf der Stunde erheblich. »Sehr witzig, Frau Horst«, sagte die Trainerin genervt.

Beim dritten Auftauchen gelang es Martha, ihrer misslichen Lage Ausdruck zu verleihen. »Hilfe!«

Harald Börner erkannte den Ernst der Lage, tauchte hinunter und zog sie in den flachen Teil des Beckens. Martha röchelte. Die junge Trainerin war in Trainingskluft ins Becken gestürzt und kniete voller Sorge im flachen Wasser vor Martha.

Als die endlich wieder richtig Luft bekam, sagte sie: »Sind Sie eigentlich nur blöde?«

»Aber … ich meine, können Sie denn nicht schwimmen?«

»Die Heitermann hat mir gesagt, ich könnte im Becken stehen«, keuchte Martha.

»Aber dafür müssten Sie ab dort«, die Trainerin zeigte auf die Beckenmitte, »mindestens 2,30 Meter groß sein.«

»Will die mir sagen, das lag jetzt an meiner Größe?«, schimpfte Martha los.

»Nein, natürlich nicht«, versuchte Börner die zitternde Martha zu beschwichtigen. Er wollte nicht, dass sie sich in der momentanen Situation weiter aufregte.

Gemeinsam hoben sie die erschöpfte Martha an den

Beckenrand. Nur Marlies rührte sich nicht und rief aus einiger Entfernung: »Mir wird kalt, wann geht es hier endlich weiter?«

Die Trainerin erhob sich als Erste. »Moment, ich bin gleich wieder da«, sagte sie und verschwand klatschnass in der Umkleidekabine.

Martha erhob sich ebenfalls und machte sich direkt auf den Weg zu Frau Doktor Heitermann. Börner rief ihr noch etwas hinterher, aber Martha hörte nichts mehr.

Tropfnass im Badeanzug baute Martha sich bedrohlich nah vor der Ärztin auf. »Aber sonst geht es Ihnen gut?«, fragte Martha ernsthaft verstimmt.

Die Ärztin verstand nicht. Im selben Moment klingelte das Telefon. »Heitermann.« Ja, Frau Horst stünde vor ihr. »O Gott, das ist ja schrecklich. Wieso 2,30 Meter? … Seit wann denn das? … der Umbau, ach ja … richtig.«

Die Ärztin legte auf und starrte Martha an, als sei sie eine Erscheinung. Inzwischen hatte sich unter Martha eine beachtliche Pfütze auf dem Teppich gebildet.

»Frau Horst, ich weiß überhaupt nicht, was ich sagen soll.« Die Ärztin kämpfte mit den Tränen.

»Ich glaube, ich muss mich mal hinlegen«, sagte Martha, die spürte, dass ihr die Beine gleich den Dienst versagen würden. Der Schreck saß ihr noch immer in den Gliedern. Martha ließ sich einfach auf den Teppich sinken.

Frau Dr. Heitermann holte eine Decke und setzte sich dazu. »Frau Horst, ich weiß überhaupt nicht …«

»… was Sie sagen sollen, ich weiß«, fiel Martha ihr ins Wort. Sie spürte, dass die Ärztin geschockt war.

»Der Umbau letztes Jahr, den habe ich völlig vergessen … wenn Sie nun ertrunken wären …«

»Dann wäre ich jetzt tot«, sagte Martha sachlich.

Die Ärztin rollte mit den Augen.

»Wenn Sie ein freies Bett brauchen, dann können Sie

das auch anders anstellen«, sagte Martha, eigentlich um einen Scherz zu machen.

Aber der Ärztin war nicht zum Scherzen zumute. Unter Tränen sagte Frau Doktor Heitermann, wie leid es ihr tue und dass es dafür keine Entschuldigung gebe.

»Ach Gott, Kindchen, nun weinen Sie mal nicht gleich wegen mir. Ich bin ja noch da«, versuchte Martha nun ihrerseits, die Ärztin zu beruhigen.

»Ich habe auch schon für den Schwimmkurs gesorgt. Einzelunterricht«, stotterte die Ärztin hilflos.

»Na prima, wenigstens kann ich den noch wahrnehmen.«

»Warten Sie, ich hole Ihnen einen Bademantel«, bot Frau Doktor Heitermann an und erhob sich.

»Ein Schnaps wäre mir lieber«, sagte Martha.

Die Ärztin verließ den Raum. Nach einer Weile kam sie mit einer Flasche Schnaps wieder. Sie goss Martha ein Wasserglas randvoll ein.

»Prost, Frau Doktor.« Martha nahm einen kräftigen Schluck und hielt der Ärztin den Rest hin. »Hier, trinken Sie mal: auf mein Leben.«

Die Ärztin trank ohne Zögern und schenkte nach. Die beiden Damen machten es sich mit der Flasche gemütlich im Zimmer. Martha lag mit ihrer Decke auf dem Teppich, Frau Doktor Heitermann auf der Liege.

»Man gut, dass ich so kräftige Beine habe«, sagte Martha und betrachtete ihre Beine.

Die Ärztin sah von oben herunter und sagte: »Stimmt. Ist bestimmt vom Fußball.« Sie stellte das Glas zur Seite, nahm einen Schluck direkt aus der Flasche und reichte sie Martha hinunter. Dann griff sie Martha ans Bein und meinte: »Vielleicht ein bisschen zottig.«

Martha kicherte und sagte, das habe sie auch schon gedacht. Aber man könne das gut verstecken. »Schauen Sie mal.« Sie rollte sich in die Decke ein und war nicht mehr zu sehen.

In dem Moment riss Professor Soltei die Tür zum Sprechzimmer auf. »In Amerika würde man Sie dafür zehn Jahre ins Gefängnis bringen! Sagen Sie mal, Heitermann, sind Sie wahnsinnig! Eine Patientin, die nicht schwimmen kann, zum …« Soltei hielt inne und sah verwundert unter der Liege eine Decke, die sich bewegte.

»Es ist alles bestens«, sagte die Decke.

Soltei blickte misstrauisch seine Mitarbeiterin an, die sich um eine aufrechte Sitzposition auf der Liege bemühte.

»Chef, das ist Frau Horst«, stellte sie vor.

»Und Sie müssen der Herr Professor sein«, sagte Martha etwas lallend von unten und lugte unter der Decke hervor.

»Stimmt es, dass sie nicht schwimmen kann?«, fragte Soltei in Richtung der Ärztin.

Frau Doktor Heitermann setzte zur Wahrheit an: »Also, Chef, Frau Horst kann tatsächlich nicht schwimmen und das hat sie mir …«

»… nicht gesagt«, vervollständigte Martha den Satz. »Ihre sehr freundliche Mitarbeiterin konnte das nicht wissen. Sie hat mich gefragt, ob ich schwimmen kann, und ich habe gesagt: wie ein Fisch. Und jetzt bin ich hier, um mich dafür bei ihr zu entschuldigen.«

»Ja, genau«, schaltete Frau Doktor Heitermann blitzschnell. »Und deswegen habe ich Ihre Ärztin gezwungen, mit mir einen Kleinen zu trinken. Entlassen Sie mich jetzt, Herr Professor?«, fragte Martha und rollte sich aus der Decke.

»Quatsch« war alles, was Soltei sagte. Er war unsicher, wem er mehr glauben sollte. Der Trainerin aus dem Schwimmbad oder der Patientin auf der Decke. Warum zum Teufel hockte die überhaupt auf dem Boden und die Heitermann auf der Liege? Wenn die Horst sie in Schutz nahm, hatte er wieder nichts gegen die Ärztin in der Hand. Aber er wusste, dass die Heitermann merkwürdige Sachen machte. Erst vor ein paar Tagen hatte sie einen Einbeinigen in die Mountainbike-Gruppe gesteckt. Die EEG-Ableitungen versuchte sie gerne mit dem EKG-Lineal auszuwerten. Statt zum Orthopäden schickte sie Patienten zum Optiker. Sie schloss ihr Arztzimmer nicht mehr ab, weil sie Schlüssel verlor wie Kinder Milchzähne. Sie hatte einen unerzogenen Hund, Max, den die Patienten alle süß fanden. In einem unbeobachteten Moment hatte Max sogar zwei Kaffeesahnebehälter geleert und anschließend den gesamten Eingangsbereich mit seinem Durchfall verkleidet. Von da an hatte der Hund Hausverbot.

So manche ihrer Patientenkarteien enthielten Einkaufszettel, Tankquittungen, Pflanzkarten und Kekskrümel. Oft sah man die Heitermann auf der Suche nach ihrem Auto durch den Ort irren. Aber die Patienten mochten sie. Sie war der heimliche Star der Klinik. Sie bekam Blumensträuße, Berge von Dankeskarten und allerhand Konfekt zugesteckt, das sie gerne auf der Heizung vergaß. Und das Schlimmste für Soltei war, dass er dieser Ärztin nicht kündigen konnte.

»Noch Fragen?«, wollte Martha wissen.

Soltei drehte sich wortlos um und ging.

Frau Doktor Heitermann ließ sich auf den Teppich nieder, küsste Martha auf die Stirn und sagte: »Sie sind ein Schatz, Frau Horst.«

Damit war die erste Stunde Aquagymnastik endgültig ad acta gelegt.

* * *

Nach dem Anruf der jungen Aquatrainerin war Soltei wie von der Tarantel gestochen losgerannt. Sie hatte Frau Doktor Heitermann nicht denunzieren wollen. Sie hatte nur Angst, ihre Probezeit nicht zu bestehen, und gleich gemeldet, dass auf der Akte kein Vermerk »Nichtschwimmer« gewesen sei.

»Jetzt mache ich die Heitermann fertig«, hatte Soltei triumphierend gerufen. In der Eile des Aufbruchs hatte er vergessen, die Internetverbindung zu beenden. Elsa kam mit der Post ins Zimmer und sah auf den PC ihres Chefs. Der Anruf hatte Soltei offensichtlich aus seinen Aktiengeschäften gerissen. Das Aktienkonto wies 200 000 Euro in Wertpapieren und fast 600 000 Euro Barvermögen auf. Elsa staunte nicht schlecht. Aber man munkelte schon lange, dass Soltei bei der Übernahme der Klinik einen Vertrag bekommen habe, wie er im Kurgeschäft noch nie vergeben worden war. Damals war Eile geboten. Die Klinik stand unmittelbar vor der Schließung und Soltei galt als Retter. Er krempelte die gesamte Klinik um, ließ einen Wellnessbereich für solvente Barzahler bauen und vergrößerte das Schwimmbad. Es gab einige aufwendig gestaltete Suiten mit angeschlossenem Gourmetrestaurant, ausschließlich gedacht für eine zahlungskräftige Klientel. Für diese Kurgäste gab es auch eigene Massagezimmer und eine märchenhaft ausgestaltete Dachterrasse. Bald erzielte die Klinik Gewinne. Damit waren der Landrat und die übrigen Gemeindevertreter überzeugt, sie hätten den richtigen Mann erwählt.

Die Mitarbeiter aber fühlten sich ans Feudalwesen erinnert. Vorbei war es mit dem beschaulichen Kurleben, mit mündlichen Absprachen und fröhlichen Betriebsfeiern. Solteis Sparmaßnahmen waren berüchtigt. Zur Weihnachtsfeier gab es geschmierte Brötchen und Sekt aus Pappbechern statt Wein und Gänsebraten. Das Personal sollte plötzlich Parkgebühren für die hauseigenen Plätze bezahlen, jede Briefmarke belegen und Essensreste wurden nicht mehr an den Zoo gespendet, sondern an die umliegenden Schlachtereien verkauft. Die hauseigenen Tiere, Hasen, Wellensittiche, einige Hamster und ein Hund, wurden unter dem Personal verteilt. Korrekt gesagt, verkauft. Soltei befand deren Unterhalt für zu teuer.

»Das ist doch Unsinn«, hatte Frau Doktor Heitermann gesagt. Die Tiere täten vielen Patienten gut. Aber Soltei wollte von derlei »neumodischem Kram« nichts wissen.

Im Vorzimmer hörte Elsa die Tür gehen. Das war bestimmt Marlies Schön, eine Privatpatientin, die Soltei gestern fast vergessen hatte. Dass er sie schon wieder einbestellt hatte, ließ vermuten, dass sie in einer besonderen Tarifklasse war.

»Hallo?«, rief Marlies.

Elsa legte die Post ab und ging ins Vorzimmer zurück.

»Guten Tag, Frau Schön. Der Herr Professor ist noch kurz im Haus unterwegs. Er kommt bestimmt gleich zurück. Möchten Sie einen Kaffee?«

»Gerne, aber ohne Zucker bitte«, sagte Marlies und setzte sich.

Es dauerte nicht lange, da tauchte Professor Soltei auf.

»Meine Liebe«, begrüßte er sie freundlich. »Schön, Sie zu sehen.« Er dirigierte sie unauffällig zur Liege und drückte sie sanft nieder. Dabei atmete er ihren Duft ein. Nicht schlecht, wie er fand. Er begann ein Gespräch über Belanglosigkeiten und bat sie nebenbei, das Kleid auszuziehen. »Sind Sie zufrieden mit Ihrem Aufenthalt bei uns?«

»Eigentlich schon«, antwortete Marlies mit einem Seufzer.

»Na, höre ich da ein Aber?«, fragte Soltei und begann, ihr den Bauch abzutasten.

Er hatte eisige Hände, aber Marlies sagte nichts. Sie

nahm allen Mut zusammen, um sich beim Professor zu beschweren.

»Ach wissen Sie, meine Tischnachbarin entspricht nicht ganz meinen Vorstellungen. Der Mann geht ja unter Umständen noch. Aber diese impermitente Frau! Nicht auszuhalten.«

Soltei registrierte, wie Marlies eine Gänsehaut bekam. Aber holla, dachte er, und führte die stehenden Härchen auf seine Ausstrahlung zurück.

»Impertinent, meinen Sie«, korrigierte er die Patientin und ließ von ihr ab.

Soltei schien mit der Untersuchung am Bauch fertig zu sein. Marlies streckte die Hand nach ihrem Kleid aus. Soltei griff danach und hielt es fest, um Marlies noch ein wenig betrachten zu können.

»Wer ist denn Ihre Tischnachbarin?«, fragte er.

»Eine Berlinerin, sie heißt Lotte.«

Soltei sagte der Name nichts. Er kannte nur die Privatpatienten namentlich. »Ach ja, die Frau Lotte.« Er hielt das Kleid noch immer fest und starrte seine Patientin unumwunden an. »Sie tun bestimmt viel für Ihre Figur«, erkundigte Soltei sich voller Charme.

Marlies strahlte. Endlich, endlich war es jemandem aufgefallen. Die jahrelange Mühsal des Kalorienzählens, die qualvolle Benutzung des Steppers und die morgendliche Gymnastik waren nicht umsonst gewesen. Er legte ihr Kleid auf den Stuhl und wies sie an, sich aufzusetzen. Während er angeblich ihre Halswirbelsäule untersuchte, starrte er über ihre Schulter auf die friedlich in ihrem roten Spitzen-BH ruhenden Brüste. Echt, dachte er zufrieden. Er hatte einmal eine Silikonbrust berührt und sich regelrecht erschrocken über deren Prallheit.

»Hier am Nacken sind Sie aber sehr verspannt, Frau Schön.« Er begann, sie leicht zu massieren. Langsam baute sich bei ihm eine Erektion auf. Marlies erzählte von ihren zahllosen Beschwerden.

»Haben Sie sich denn schon meine Röntgenbilder angesehen?«, fragte sie.

»Ja«, antwortete Soltei knapp, während er sich auf seinen kleinen Freund konzentrierte.

Er war nicht mehr der Jüngste und brauchte etwas Zeit. Plötzlich setzte sein Laptop eine Warnmeldung ab. AKKUS ENTLADEN, AKKUS ENTLADEN, AKKUS ENTLADEN. Erst jetzt fiel ihm ein, womit er zuletzt beschäftigt gewesen war. Ein Börsentermingeschäft.

»Sie entschuldigen mich kurz.«

Er ließ Marlies los, ging zum Schreibtisch, steckte hastig das Stromkabel ein und starrte auf den PC. Er drückte ein paar Tasten und sagte leise, aber für Marlies noch hörbar: »O Gott.«

Marlies griff sich ihr Kleid. Soltei blickte kurz zu ihr hinüber.

»Sie waren doch fertig«, fragte sie verunsichert.

»Ja«, sagte Soltei, der was ganz anderes im Kopf hatte.

Dann kam die Bestätigung seiner Order. Soltei ballte die Faust. Zutiefst befriedigt über einen vierstelligen Gewinn, wandte er sich wieder seiner Patientin zu, die sich inzwischen angezogen hatte.

»Kann ich noch etwas für Sie tun, meine liebe Frau Schön?«, fragte er.

Marlies stolperte über Solteis *noch etwas*. Bisher hatte Soltei noch gar nichts für sie getan. »Befreien Sie mich von dieser Lotte und setzen Sie mich neben Herrn Dorn«, bat sie mit Nachdruck.

Der Name Dorn sagte Professor Soltei auch nichts. Bei Männern interessierte ihn nur, dass sie keinen Herzinfarkt in der Klinik bekamen. Das gab bloß Ärger und lästige Nachfragen.

»Der gute Dorn. Ja, ja, so einer tut es den Frauen an«, ging er dennoch auf Marlies ein.

»Geiger sollen sehr sinnlich sein«, schwärmte Marlies. »Wussten Sie, dass er mit Lucio Pavarotti zusammengespielt hat?«

»Sie meinen Luciano Pavarotti?«

Marlies nickte. Soltei war überrascht.

»Ein guter Geiger, der Dorn«, sagte Soltei, um unauffällig weitere Details über den unbekannten Kurgast zu erfahren.

»Gut?! Das nennen Sie gut? Karajan war sein Freund und er hat Konzerte überall in der Welt gegeben. London, Paris, Tokio. Dorn war Erster Geiger bei den Philharmonikern. Pavarotti ist sein Duzfreund!« Marlies legte sich die Hand theatralisch auf die Wange, holte tief Luft und fragte, ob der Herr Professor das denn wirklich nicht gewusst habe.

»Doch, doch«, sagte Soltei. »Aber was glauben Sie, wen wir hier schon alles behandelt haben …«, sagte er bedeutungsschwer.

Marlies wartete auf weitere Ausführungen. »So, wen denn?«, fragte sie gespannt.

Doch Soltei legte seinen Finger auf ihre Lippen und sagte: »Schweigepflicht.« Marlies lächelte, als sei es ihr egal. In Wahrheit platzte sie vor Neugier. »Aber von Frau Lotte kann ich Sie befreien«, versprach Soltei und entließ Marlies mit einem eleganten Handkuss. Im Weggehen fragte Marlies erneut nach ihren Röntgenbildern. »Das nächste Mal, meine Teure«, antwortete Soltei und schloss die Tür.

Als Marlies weg war, nahm Soltei sich Elsa vor. »Sind denn hier heute alle verrückt!«

»Was ist denn jetzt schon wieder?«, fragte Elsa, die sich an die cholerischen Ausbrüche ihres Vorgesetzten gewöhnt hatte. »Warum hat mir niemand gesagt, dass wir den berühmten Silvio Dorn im Haus haben?«, tobte er los.

»Berühmt, für?«, fragte Elsa.

»Musik! Einer der bekanntesten lebenden deutschen Geiger steigt bei uns ab und man behandelt ihn wie einen normalen Kurgast.«

Elsa warf einen Blick in ihren Computer. »Der sitzt ja auch an einem ganz normalen Tisch, mit Frau Horst und Herrn Börner.«

»Aber nicht mehr lange. Ab sofort sitzt die Schön neben ihm.«

»Wie bitte?«, fragte Elsa.

»Elsa, Sie haben aber wieder eine lange Leitung heute! Sorgen Sie dafür, dass die Schön von Frau Lotte wegkommt … an den Tisch von dem Dorn.«

Elsa sah in ihrem Verzeichnis nach. »Eine Frau Lotte sitzt da nicht.«

»Herrgott, Elsa, muss ich alles alleine machen?«, sagte Soltei und drehte sich ungeduldig den Monitor zu. »Hier steht es doch, Tisch drei, Herbert Leitner, Marlies Schön und Charlotte Jaschke … und hier Tisch vier, Silvio Dorn, Martha Horst, Harald Börner.« Professor Soltei stutzte und las das Ganze noch einmal. »Schön sitzt am Tisch drei und Dorn am Tisch vier. Herrgott, was will die Schön eigentlich, die Tische stehen ja hintereinander?«, sagte er genervt.

»Erfasst. Und Tisch vier ist ein vollbesetzter Dreiertisch«, entgegnete Elsa.

»Egal«, donnerte Soltei los. »Dann setzen Sie eben die Heinz da weg!«

»Horst«, korrigierte Elsa.

»Heinz oder Horst, egal. Machen Sie einen Platz an dem Tisch frei!!!« Soltei war noch immer sauer, Elsa sich keiner Schuld bewusst.

»Dorn ist aber nicht privatversichert«, verteidigte sie sich.

»Ist das mein Problem?!«

»Ich weise Sie nur darauf hin, Herr Professor. Dorn ist ein normalsterblicher, pflichtversicherter Kassenpatient.«

»Ab jetzt wird er anders behandelt!«

»Als Privatpatient?«

»Als VIP! Wer weiß, wen der noch alles kennt. Er gehört in eine der Suiten! Spielt mit Leuten wie Karajan, Pavarotti und lebt bei uns auf zwölf Quadratmetern …«

»Karajan ist tot«, sagte Elsa trotzig, »und wenn Sie sich weiter so aufregen, werden Sie auch bald sterben«, ergänzte sie schnippisch.

»Elsa! Es reicht!«

»Ist ja schon gut. Ich kümmere mich darum.«

Professor Soltei verschwand in seinem Zimmer. Elsa telefonierte. »Frau Doktor Heitermann? Hier ist Elsa. Ist die Frau Horst noch bei Ihnen … sagen Sie mal, haben Sie getrunken? Ach was … heute Mittag Oma geworden … und gleich drei … na dann … wenn das kein Grund ist!«

Frau Doktor Heitermann reichte den Hörer weiter. Im Hintergrund hörte man Gesang, der Hörer fiel offensichtlich zu Boden. Etwas klirrte, ein Lachen sprang aus dem Hörer. Schließlich war Martha dran.

Sie bat Martha um den Sitzplatzwechsel. »Vielen Dank, Frau Horst. Ist auch nur zum Nebentisch … und herzlichen Glückwunsch zu den Enkelkindern … und dann gleich Drillinge! Also noch mal Glückwunsch auch von meiner Seite!«

Martha grölte los und brachte mit letzter Kraft ein »Danke« hervor, danach riss die Verbindung mit einem lauten Krach ab.

Elsa lächelte und dachte, die Heitermann ist die Schärfste. Wenn die Patienten was richtig Großes zu feiern haben, dann stößt sie sogar mit ihnen an!«

* * *

Stefan Soltei saß wieder hochkonzentriert vor seinem Laptop und war im Begriff, weitere Aktiengeschäfte zu tätigen. Da klopfte sein nächstes Opfer an die Tür. Irene Scholz, ihres Zeichens Diplompsychologin.

»Sie haben mir gerade noch gefehlt«, begrüßte er sie.

»Haben Sie Probleme?«, fragte Irene ironisch.

»Nein!«

»Es sieht aber ganz anders aus.«

»Ich habe keine Probleme«, unterbrach er sie und fügte ironisch hinzu, »auch nicht mit meiner Mutter.«

»Gut, dass Sie das mal ansprechen. Ich habe gelegentlich den Eindruck, dass Sie bei den Patientinnen etwas zu weit gehen«, Herr Professor.

»Ich gehe so weit, wie ich es als Leiter dieser Klinik, als Retter von 80 Arbeitsplätzen und als Ihr Vorgesetzter für richtig halte.«

Irene blieb ganz ruhig. Einfühlend, geduldig und nichts persönlich nehmend. Ganz wie sie es gelernt hatte. »Ich meine nur …«

»Sie können sich Ihre Meinung in den Arsch schieben.«

Irene lächelte milde. »Nein, Herr Professor, nicht anal, oral ist hier das Zauberwort.«

»Das ist mir scheißegal. Sagen Sie mir, was Sie wollen, und dann ist gut.«

»Ihr Ton gefällt mir nicht«, sagte Irene Scholz plötzlich scharf.

»Jetzt seien Sie nicht gleich wieder beleidigt«, entgegnete Soltei nun ruhiger. Andauernd hatte er solche Wortgefechte mit seiner, wie er sie heimlich nannte, Haus-und-Hof-Psychologin.

»Ich bin nicht beleidigt. Ich empöre mich nur über Ihren Umgangston. Und mit Verlaub, da bin ich nicht die Einzige.«

Soltei holte tief Luft. Die Scholz ging ihm mindestens

genauso auf die Nerven wie die Heitermann. Aber auch sie wurde er nicht los. Sie gehörte schon zum Inventar der Klinik.

»Liebe Frau Scholz, was kann ich für Sie tun? Bitte verraten Sie es mir«, lenkte er ein. Sie informierte ihn über einen Patienten, dessen Frau überraschend gestorben war. »Was will er dann noch hier? Soll er nach Hause fahren«, sagte Soltei gelangweilt.

»Er will jetzt aber nicht nach Hause«, erklärte Frau Scholz.

»Sondern?«

»Er will sich umbringen.«

»Na, das kann er doch auch zu Hause tun«, erwiderte Soltei ungerührt. Selbstmörder konnte er noch weniger ausstehen als Psychologen.

Irene Scholz verdrehte die Augen. »Wie wäre es mit einer Einweisung für den Mann?«, half sie ihm auf die Sprünge.

Jetzt verstand Soltei, was sie von ihm wollte. »Ach so. Daher weht der Wind. Eigengefährdung, alles klar. Sagen Sie das doch gleich. Wir sind hier nicht bei: Rate mal mit Rosenthal. Wie heißt der Mann?«

Irene Scholz gab ihm die Daten. Er ließ Elsa die Einweisung fertig machen und unterschrieb.

»Und Sie veranlassen mir dann alles Weitere«, sagte er. Frau Scholz war schon aus der Tür, als er ihr hinterherrief: »Und nehmen Sie nicht wieder eine teure Taxe. Der Hausmeister kann Sie fahren!«

»Helmut Siedler hat gleich Feierabend«, rief Elsa vom Nebenzimmer.

»Siedler hat Feierabend, wenn ich es sage. Und jetzt fährt er Sie zum Krankenhaus, ist das klar?!« Seine Stimmlage duldete keinen Widerspruch.

* * *

Zum Abendbrot fand Martha, wie besprochen, ihr Namensschild am Nachbartisch.

»Hallöchen«, sagte sie, vom nachmittäglichen Besäufnis mit der Ärztin noch etwas gekennzeichnet. »Man nennt mich Martha!«

»Ick bin Lotte. Tagchen.«

»Ich vermute, Berlinerin?«

»Jenau.«

»Reizend«, sagte Martha und ließ sich etwas plump auf den Stuhl fallen, wobei sie die Vase mit den künstlichen Blumen umstieß.

»Sie sind ja stürmisch«, sagte Herbert Leitner und stellte die Blumen wieder hin.

»Die feine Dame hat sich aus unsre Jesellschaft wohl entfernt«, sagte Lotte und ließ ihren Blick schweifen.

»Welche feine Dame?«, fragte Martha und kämpfte mit einem Schluckauf.

»Sie meint die Schön. Marlies Schön«, erklärte Herbert Leitner.

Martha lachte und wiederholte grinsend: »Feine Dame. Ich lach mich kaputt, feine Dame.«

»Ick bin jespannt, wo se sich nu hinplatziert.«

Kaum ausgesprochen, betrat Marlies den Saal und kam auf sie zu. Lotte dachte noch, dass da »wat falsch gelofen is«. Aber am Nachbartisch blieb Marlies stehen, sah mit Genugtuung auf den neuen Standort ihres Namensschildes und setzte sich neben Dorn.

»Guten Abend, Frau Schön«, sagte der ein wenig überrascht und sah zu Martha hinüber. Martha winkte ihm zu und nickte zum Zeichen, dass alles in Ordnung sei. Dann drehte Dorn sich wieder zurück und begann, sich mit Marlies zu unterhalten. Börner langweilte sich offensichtlich. Er faltete die Serviette zum Fächer und schob die Gewürzstreuer von rechts nach links und wieder zurück.

»Jotti nee, wat schmeißt die Schön sich an den ran«, kommentierte Lotte die Szene. Sie saß den beiden genau gegenüber. »Ick versteh so schlecht, wat se sacht«, bemängelte sie.

Martha neigte sich zurück. »Es geht um irgendwas mit …«

»… Urlaub«, hängte sich Herbert Leitner dazwischen, der etwas näher am Nachbartisch saß. »Sie war mal mit ihrem Mann auf den Malediven«, erklärte Leitner.

»Wo liecht'n dit?«

»Im Wasser«, sagte Martha kichernd.

Nach einer Weile reichte es Lotte. »Also dit is ja hier keen Zustand, fasst mal mit an«, forderte sie ihre Tischnachbarn auf und erhob sich.

Börner am Nebentisch begriff sofort, was Lotte vorhatte, stand auf, rückte zur Seite und machte Platz, um die Tische direkt aneinander stellen zu können. Martha Horst, Herbert Leitner und Charlotte Jaschke hatten im Handumdrehen einen Sechsertisch eröffnet. Sehr zum Missfallen von Marlies.

»Wir störn doch nich, wa? Is viel jemütlicher so. Ick bin Lotte.«

Dorn stellte sich vor. Er hatte nichts gegen die größere Runde einzuwenden. »Sie sind doch bestimmt aus Berlin«, fragte er und als Lotte nur die Augen verdrehte, schob er hinterher, »stimmt es oder habe ich recht?«

Lotte lachte. »Dit isn juter Spruch, stimmt oder hab ick recht, dollet Ding. Muss ick mir merken.« Lotte erzählte von ihrem Diabetes, als ob es sich bei der Zuckererkrankung um einen harterkämpften Pokal handelte.

Es wurde ein unterhaltsames Abendbrot, bei dem Marlies Schön allerdings nur selten, und wenn, dann mit großer Mühe, lachen konnte. Aus dem gewünschten Zweiergespräch mit Dorn war eine illustre, bisweilen laute Runde geworden, die sich durchaus amüsiert gegenseitig ihre körperlichen Leiden vorhielt.

»Bei meinem zweiten Herzinfarkt dachte ich, jetzt ist Schluss mit lustig. Seither rauche ich nur noch eine Schachtel am Tag und mache auf ruhig«, erzählte Herbert Leitner, der mit lippenstiftverschmiertem Hals aufgetaucht war, nachdem er den Nachmittag in den Armen einer »ganz exklusiven Dame« verbracht hatte.

»Aber das mit meinem Hals ist auch nicht ohne«, versuchte Silvio Dorn sich ins Gespräch zu bringen.

Alle hatten von ihren Krankheiten berichtet außer Marlies. Sie fühlte sich nicht wohl am Tisch.

»Und Sie?«, fragte Herbert Leitner schließlich Marlies. Die winkte nur ab und sagte, sie wolle heute nichts mehr erzählen.

»Die da«, Lotte nickte in Richtung Marlies, »steht uff Einläufe.«

Marlies wurde schwindlig. Sie wand sich. Na ja, so könne man es nun auch nicht sagen.

»War och nur 'n Scherz«, sagte Lotte. Alles lachte.

Marlies spürte, wie sich ein wohlbekannter Schmerz langsam, aber zielstrebig über die rechte Kopfhälfte auf ihr Auge zubewegte. O Gott, nicht schon wieder, dachte sie und führte den Schmerz auf den lauten Herbert Leitner zurück. Neben den beiden Herzinfarkten hatte Herbert Leitner eine Gerüstbaufirma.

»Die läuft wie geschmiert. Aufträge ohne Ende. Eigentlich kann ich mir die Kur gar nicht leisten, denn die Arbeit steht mir bis hier oben, Oberlippe Unterkante«, erklärte er.

Das entsprach nicht ganz der Wahrheit. Nicht die Arbeit, sondern der Konkursverwalter stand ihm bis »Oberlippe Unterkante«. Durch die heimliche Verpfändung des Hauses, das dummerweise seiner Frau gehörte, hatte Herbert Leitner das Schlimmste noch einmal abwenden können.

Aber als seine Frau von der Verpfändung erfuhr, zog sie aus. Vorübergehend, wie er hoffte. Er verstand nicht, dass sie so ein Theater machte. Sie würden das Haus schon nicht verlieren, hatte er versucht sie zu beruhigen. Aber sie ließ sich nicht beruhigen. Nicht mehr nach all dem, was sie mit ihm erlebt hatte. Zwei Firmenpleiten, eine Bewährungsstrafe wegen Urkundenfälschung und zwei Fahrverbote wegen Raserei. Zwei Monate lang hatte sie ihn tagtäglich von Baustelle zu Baustelle gefahren und er hatte sie vom Beifahrersitz aus nur beschimpft.

»Das ist keine Kriechspur, das ist eine Überholspur. Da wäre ich ja schneller zu Fuß«, und so weiter. Sein Lieblingssatz war: »Gib Gummi.«

»Herbert, ich fahre 140.«

»Darauf ist mein Wagen nicht eingerichtet!«

Als er das zweite Fahrverbot bekam, weigerte sich seine Frau, noch einmal den Chauffeur zu spielen. »Jetzt, wo ich dich brauche, fällst du mir in den Rücken«, hatte er geschimpft und sich einfach selbst hinters Steuer gesetzt.

»Herbert, das ist doch alles viel zu viel für dich. Was, wenn du noch einen dritten Herzinfarkt bekommst?«, hatte seine Frau gewarnt.

»Und wenn schon, aller guten Dinge sind drei«, hatte er geantwortet.

Zur Zeit kämpfte er um jeden Auftrag, egal wie klein er auch war. Die Kur kam ihm gar nicht gelegen. Aber Herbert Leitner würde auch diese Kur überstehen. Er hatte sich rasend schnell eingelebt in der Klinik und sorgte für gute Laune. Besonders bei sich selbst. Dauernd war er auf der Suche nach »was Lustigem«. Und weil nur das Kurleben an sich langweilig war, fand er genügend Kurgäste, die sich seinen Unternehmungen willig anschlossen. Ein Kegelabend, bei dem Frauen in Häschenkostümen von der Bahn gekegelt werden mussten, hatte er schon organisiert.

Der leicht übergewichtige Herbert Leitner sorgte selbst für die größte Überraschung. Bei der letzten Kegelrunde stand er mit rotgefärbtem Schnauzbart im roten Stringtanga zwischen den Hasen. Er habe, vor allem von den anwesenden Damen, viel Applaus für seine Einlage bekommen.

* * *

Als Silvio Dorn am Abend in sein Zimmer kam, fand er eine Nachricht vor. Die Klinikleitung bitte die bisherigen Unannehmlichkeiten zu entschuldigen. Ab morgen früh stünde ihm Zimmer 1B im Dachgeschoss des Südflügels zur Verfügung. Seine Sachen würden abgeholt. Dorn wunderte sich nicht sonderlich. Was sollte schon sein ... einer der üblichen Zimmerwechsel. Er hatte seinen Koffer sowieso noch nicht richtig ausgepackt.

Martha fiel, glücklich, den Aquagymnastikkurs überlebt zu haben, in ihr Bett und schnarchte die Holzwürmer aus den Löchern.

Marlies fand auf der Mailbox eine Nachricht ihres Mannes. »Dringend! Kann ich Kartoffeln in der Mikrowelle kochen? Erhol dich gut. Gruß, Ebi.«

Sie simste ihm die Antwort: »Ja. Deine Marlies.«

Herbert Leitner bereitete sich mit Hilfe von Hochglanzmagazinen eine Freude nach der anderen und schlief darüber befriedigt ein.

Harald Börner kritzelte melancholische Liebesgedichte in seinen Taschenkalender und überdachte sein Leben.

* * *

Charlotte Jaschke saß auf dem winzigen Balkon und rauchte trotz Rauchverbot. Sie dachte an Hotte. Eine ausladende, träge Deutsche Dogge, mit der sie seit einigen Jahren die

Wohnung teilte. Schuld daran war Rolfi, der Müllwagenfahrer aus ihrer Kantine. Irgendwann hatte sie ihren ganzen Mut zusammengenommen und Rolfi gefragt, was er denn sonst so mache außer arbeiten. Rolfi hatte einen Hund und ihr gesagt, sie könne doch mal vorbeikommen zum Hundeplatz. Er hatte das mehr so dahingesagt, um überhaupt etwas zu sagen. Aber da Charlotte ein Auge auf Rolfi geworfen hatte, nahm sie es für bare Münze. Nur, was sollte sie ohne Hund auf dem Hundeplatz? Lotte, nicht doof, ging zum Tierheim und wollte sich einen Hund quasi ausleihen. Wenn das mit Rolfi »in Sack und Tüten« war, würde sie den Hund wieder abgeben. Hotte war der hässlichste Hund, aber er schien auch am unkompliziertesten zu sein. Er hörte aufs Wort und trottete sofort neben Charlotte her, als sei sie seine leibliche Mutter. Die Mitarbeiter waren froh, dass sich noch jemand für Hotte gefunden hatte, denn der Rüde war optisch sehr gewöhnungsbedürftig. Aber das war Charlotte vollkommen egal. Sie brauchte nur einen Hund, um Rolfi gegenüber nicht »wie doof dazustehen«.

Dann war es so weit. Charlotte machte sich auf den Weg. Am Hundeplatz angekommen, winkte ihr Rolfi zu. Eigentlich sah man ihm die Überraschung sofort an. Charlotte aber deutete es als Freude, sie zu sehen. Das Nächste, was Rolfi tat, war, Charlotte seiner Frau vorzustellen.

»Du hast ne Ische?«, sagte Lotte verständnislos.

Rolfis Frau sagte nur unfreundlich: »Tag«, und Rolfi pfiff drei kleine Jungs zu sich.

»Das ist Robert, das ist Rainer und der hier«, er zerrte den Größten nach vorne, »ist Richard.« Rolfis Söhne.

»Ick fass it nich«, sagte Charlotte und machte auf dem Absatz kehrt. Sie wäre niemals auf die Idee gekommen, dass Rolf verheiratet sein könnte. Bei den Bergen an Schokolade, die er schweigend von ihr angenommen hatte! Von da an bekam Rolfi nur noch reguläre Portionen und mit der

Schokolade war es auch vorbei. Jetzt musste sie nur Hotte wieder loswerden. Auf dem Weg zum Tierheim geriet die träge Dogge unter die Zähne eines Kampfhundes. Nach dem fatalen Angriff sah Hotte von hinten genauso aus wie von vorne.

»So kann ick dir doch nicht abjeben«, stöhnte Charlotte und ging erst mal zum tiermedizinischen Dienst des Tierheimes.

Noch einmal versicherten ihr die Mitarbeiter, wie wunderbar sie es fanden, dass selbst Hotte noch ein neues Zuhause gefunden hatte. Als Charlotte den Behandlungsraum klammheimlich verlassen wollte, jaulte Hotte.

»Na, das scheint ja eine richtig große Liebe zu sein«, sagte der Tierarzt und bat Charlotte dazubleiben, bis die Wunden genäht waren.

»Jeben Se ihm doch ne Betäubung«, sagte Charlotte.

»Bekommt er auch, aber nur örtlich«, erwiderte die Assistentin und schob Charlotte auf einem rollenden Schemel zum Kopf von Hotte. Charlotte hatte das Gefühl, der Köter weine. Jetzt heult der och noch, dachte sie und brachte es anschließend nicht mehr übers Herz, ihn zurückzulassen.

Monatelang pflegte Charlotte bei ihren Spaziergängen zu fluchen. »Du Scheißtöle, wegen dir muss ick bei Wind und Wetter raus!« Den Besitzern von großen Hunden ging sie respektvoll aus dem Weg und denen mit den kleinen Hunden begegnete sie mit Verachtung. »Dit ist doch keen Hund, dit is'n Wischmob.« Manchmal sagte sie auch, sie habe gar nicht gewusst, wie groß Ratten werden können.

Hottes Bewegungsdrang hielt sich schon bald in überschaubaren Grenzen. Er lag am liebsten neben Frauchen auf der Couch und leckte ihr die Erdnussbutter vom Finger, manchmal auch vom Brot. Auf ihre Art begann Charlotte den Hund zu mögen und Hotte dankte es ihr mit bedingungslosem Gehorsam und einer Treue, wie sie nur Hunden zu Eigen ist.

Mit der Zeit litten der Hund und Charlotte unter allem, was Übergewicht so mit sich brachte. An Einsicht fehlte es ihr dagegen. Immer häufiger war ihr, wie sie es nannte, »plümerant«. Ärzte aber mied sie wie der Teufel das Weihwasser. »Mir jeht it doch jut, wat soll ick beim Arzt?« Eines Tages hörte das ihr vertraute Schwitzen nicht mehr auf. Sie trank literweise Wasser. Kurz bevor es um sie herum dunkel wurde, sah sie Hottes Speichel auf sich niedertropfen.

Als Charlotte wieder zu sich kam, lag sie auf der Intensivstation. Ihre erste Sorge galt »dem Köter«. Die Feuerwehrleute hatten Hotte in die Obhut des Tierheims gebracht, was seiner Herrin plötzlich gar nicht gefiel.

»Dit Vieh is der Einzige, der mich braucht«, jammerte sie.

Aber der Arzt erklärte ihr, sie könne nicht gleich nach Hause. »Sie haben zu viel Zucker im Blut gehabt und waren im Koma. Sie müssen lernen, mit dem Bluckzuckermessgerät umzugehen, sich selbst Insulin zu spritzen und Sie müssen Ihre Ernährung umstellen.«

Charlotte meinte nur: »Jibt schlimmeret.«

»Ja, leider auch bei Ihnen«, sagte der Arzt und erzählte was von Zufallsbefund und schwer zu behandeln, aber man werde das Möglichste tun. Schließlich wurde Charlotte Jaschke entlassen: direkt in die Klinik von Professor Soltei. Unmittelbar nach ihrer Ankunft sehnte sie sich nach einem doppelstöckigen Schinkenweißbrot mit Mayonnaise und nach Hotte.

* * *

Am nächsten Morgen kam Harald Börner zu seiner Erstuntersuchung. Er war zwar schon seit einer Woche hier, aber

Frau Doktor Heitermann musste bei seinem ersten Termin dringend ihre siebenjährige Nichte aus einem Baum retten, den zweiten Termin hatte Börner selbst vergessen und gestern hatte Frau Doktor Heitermann mit Martha Horst so viel Alkohol getrunken, dass sie auf der Liege eingeschlafen war.

»Guten Morgen, Frau Doktor«, sagte er und setzte sich gleich. Frau Heitermann hatte den Unterlagen bereits entnommen, dass Börner Arzt war und was er tat. »Ohne Doktor, wir sind ja schließlich Kollegen. Ist es nicht himmlisch, als Arzt ohne Patienten zu arbeiten?«, fragte sie ihn.

»Am Anfang war es das. Inzwischen weiß ich nicht mehr genau, ob es gut ist. Ganz ehrlich, manchmal fehlen mir die Patienten. Ich bin ja schließlich nicht Arzt geworden, um mich mit Akten zu unterhalten. Und wie ist es für Sie hier, in so einer Kurklinik?«, fragte er interessiert.

»Unter uns, es ist ein Irrenhaus«, antwortete die Ärztin ernsthaft.

Börner grinste. »Das ist mein Amt auch, nur dass es da fast alle wissen. Die Arbeiter, die Angestellten, die Antragsteller, der Hausmeister, die Stenotypisten, fast alle. Außer dem Leiter der Behörde. Der glaubt an den Wahnsinn, der sich da tagtäglich abspielt.«

Frau Doktor Heitermann lehnte sich zurück: »Erzählen Sie«, forderte sie ihren Kollegen auf.

»Ich hatte mal einen Frühberentungsantrag auf dem Tisch liegen, den ich sofort genehmigt hätte. Ein 58-jähriger Mann hatte bei einem Unfall einen Unterschenkel und ein Bein bis zum oberen Drittel des Oberschenkels verloren. Außerdem hatte er eine Sehkraft von nur noch 20 Prozent. Mein Chef meinte, der könne doch noch als Pförtner arbeiten, immerhin habe er noch ein Knie.«

Die Ärztin staunte.

Börner fuhr fort, von einem niedergelassenen Kollegen zu

erzählen. »Er meinte, seine Patientin müsse unbedingt mit dem Krankenwagen zu einer Tagesstätte gebracht werden. Die Krankenkasse bestand darauf, dass eine Taxe ausreichend wäre. Alle Argumente des Kollegen blieben ungehört.«

»Wo lag das Problem?«

»Die Frau hatte Alzheimer. Sie pflegte ins Taxi zu steigen und zu sagen: Fahren Sie mal los, ich sage Ihnen dann schon, wo lang. Einmal stieg sie im Nachthemd ein und verlangte den Pfarrer zu sprechen. Manchmal wollte sie ins Hilton gebracht werden, einmal nach Capri. Sie landete regelmäßig bei der Polizei.«

Die Ärztin konnte ein Lachen nicht mehr verbergen.

Börner machte eine wegwerfende Handbewegung. »Und wie ist es hier?«

»Bei uns in der Kurklinik ist es etwas anders. Alle wissen, es ist ein Irrenhaus, außer den Patienten«, sagte Frau Doktor Heitermann und fing an, herzhaft zu lachen. »Hier glauben die Patienten an die Anwendungen, die wir ihnen geben. Sie halten das Gemüse für frisch und die Vollkornbrötchen für gesund.« Frau Doktor Heitermann rückte wieder an ihren Schreibtisch heran. »Soll ich Sie untersuchen, Herr Börner?«

»Ist nicht nötig«, sagte er. »Ich habe nicht wirklich was. Ich will mich neu orientieren. Von mir aus nennen Sie es eine Sinnkrise«, sagte Börner halb im Scherz.

»Sinnkrise? Ich kann Ihnen nur raten: Lösen Sie die bald, sonst enden Sie noch so wie ich.« Wieder lachte Frau Doktor Heitermann. Dann hörte Börner ein Bellen.

»Was ist das?«, wollte er wissen.

»Was meinen Sie?«, fragte Frau Doktor Heitermann, ohne von ihrem Schreibtisch aufzusehen.

»Da ist ein Hund«, sagte Börner bestimmt.

»Ich bitte Sie, ein Hund im Sprechzimmer! Der Herr Professor wäre außer sich.«

Kaum hatte sie es ausgesprochen, wurde das Bellen unüberhörbar. Es kam aus einem Schrank. Dann hörte man ein Kratzen, der Schrank schaukelte ein wenig und schließlich ging die Tür wie von Geisterhand auf. Max sprang heraus, schwanzwedelnd der Ärztin direkt auf den Schoß.

»Tatsächlich, ein Hund«, sagte sie und kraulte dem Tier verlegen den Hals.

»Ganz fremd scheinen Sie dem Tier aber nicht zu sein«, sagte Börner.

»Nun … Er kennt mich … flüchtig.«

Börner war überrascht und gleichzeitig amüsiert. Einen Hund im Sprechzimmer eines Arztes, das hatte er noch nie erlebt. Es klopfte und ohne ein »Herein« abzuwarten, stand Helmut Siedler in der Tür. Max stürmte auf ihn zu. Offensichtlich war ihm auch der Hausmeister nicht unbekannt.

»Ich nehme an, Sie kennen das Tier auch nur flüchtig«, sagte Börner schmunzelnd.

Siedler ging darauf nicht ein und wandte sich an die Ärztin. »Entschuldigung für die Verspätung, Frau Doktor, aber ich musste im Südflügel schnell was reparieren. Da soll irgendein Wichtigtuer einziehen.«

»Das macht doch nichts«, erwiderte Frau Doktor Heitermann.

Herr Siedler öffnete vorsichtig die Tür, spähte nach rechts, spähte nach links, dann ging er rasch davon.

»Tschüs, mein Süßer«, rief die Ärztin hinterher und meinte damit Max.

Am Ende vom Flur hob Helmut Siedler den Hund hoch, versteckte ihn halbherzig unter seiner Jacke und schmuggelte ihn hinaus.

»Der Hausmeister ist so nett und nimmt den Hund morgens zu sich. Hunde sind hier eigentlich streng verboten«, erklärte die Ärztin.

»Das habe ich mir fast gedacht«, sagte Harald Börner.

»Seine Werkstatt ist im Nebengebäude, da kann Max bis mittags bleiben.«

Jetzt war Börner neugierig geworden. »Und was passiert dann mit dem Tier?«

»Wenn der Chef außer Haus Termine hat, nimmt ihn Elsa, seine Sekretärin. Das Zimmer vom Chef ist ja riesig, da legt sich Max gerne hin.«

»Im Haus sind Hunde verboten und der Hund hält ein Nachmittagsschläfchen beim Chef?!«

Frau Doktor Heitermann nickte. Der alte Chef habe den Hund geduldet. »Wie hatten ja noch andere Tiere. Das hat vielen Patienten gutgetan. Der Soltei hat aber alle Tiere verkauft. Die meisten ans Personal. Max blieb quasi an mir hängen. Wenn Elsa nicht kann, weil der Chef doch mal mittags im Hause ist, dann nimmt ihn einer aus der Physiotherapie. Wenn alle Kabinen belegt sind, muss Max zu den Küchenfrauen. Die beten dann immer, dass er was vom Mittagessen übriglässt.« Die Ärztin unterbrach sich selbst mit einem Lachanfall. Noch immer lachend, fügte sie hinzu: »Und am Abend macht er meine Wohnung unsicher.«

»Das nenne ich Jobsharing! Wie lange geht das schon so?«, fragte Börner fasziniert.

»Fast ein Jahr.«

»Und Ihr Chef merkt nichts davon?«

Frau Doktor Heitermann schüttelte den Kopf.

»Sagenhaft«, sagte Börner, der das Ganze immer amüsanter fand.

»Wenn Sie uns verraten, schicke ich Sie in die Ausdruckstanzgruppe«, drohte die Ärztin.

Börner lachte und schwor, seine Lippen seien versiegelt. Sie sprachen noch über seine Anwendungen.

»Sie müssen mir nachher nur unterschreiben, dass sie 20-

mal Sandbad hatten, das entspricht abrechnungstechnisch Ihren gewünschten zehn Massagen. Mit den Massagen liegen wir sonst schon außerhalb unseres Verordnungsbudgets. Aber keine Sorge, die Kassen wollen betrogen werden. O.k.?«

»O.k.«, antwortete Börner und verabschiedete sich gut gelaunt. Gerade als er die Tür öffnete, wollte Martha anklopfen.

»Guten Morgen, Herr Börner«, grüßte sie fröhlich. Sie hielt ihn am Arm fest und strahlend, als würde sie ihren zukünftigen Gatten vorstellen, sagte sie zu Frau Doktor Heitermann: »Das ist er übrigens.«

Börner starrte Martha an. »Was bin ich?«

»Na, mein Lebensretter!«

Börner zierte sich. »Ach Unsinn, das hätte doch jeder getan.«

»Außer der Trainerin«, scherzte Martha.

»Ach, Sie waren das«, sagte die Ärztin überschwänglich und stand auf. »Das haben Sie mir gar nicht erzählt!«

Börner wusste nicht, wie ihm geschah. Rechts von ihm stand Martha, links Frau Doktor Heitermann.

»Was wird das nun?«, fragte er irritiert.

Die beiden Frauen nickten sich zu und dann gaben sie dem Lebensretter stereo laut schmatzende Küsse auf die Wange.

»Das ist ja hier wie im Sündenbabel«, sagte Börner nicht ohne Freude in der Stimme. Die Frauen lachten.

Er ließ sich von der Heiterkeit anstecken und sagte: »Ich muss Ihnen etwas gestehen, meine Damen.«

»Was?«, fragten beide gleichzeitig.

»Gruppensex im Alter, mach ich nur mit Walter«, sagte er mit hoher Stimme, drehte sich aus den Armen der beiden Damen und machte sich betont hinternwackelnd auf den Weg zum Frühstück.

Die beiden Frauen winkten ihm schmunzelnd hinterher. Dann gingen sie ins Sprechzimmer.

* * *

Martha hatte eine Nachricht in ihrem Postfach gefunden. »Ich sollte mich bei Ihnen melden«, sagte sie beim Hinsetzen.

»Ja, richtig. Wenn Sie noch interessiert sind, können Sie nächste Woche mit dem Schwimmkurs anfangen, Frau Horst. Ich wollte nur fragen, ob es Ihnen passt, wenn dafür Ihre Ernährungsberatung ausfällt.«

»Das macht gar nichts«, erwiderte Martha in einem Ton, der erahnen ließ, dass sie sehr froh darüber war. »Wo muss ich hin zum Schwimmen?«, fragte sie.

»Das Schwimmbad liegt etwas weiter weg. Der Herr Siedler, unser Hausmeister, muss an dem Tag in die Stadt und würde Sie um 13 Uhr hinfahren, aber erst gegen 16 Uhr wieder abholen können. Der Schwimmkurs dauert leider nur eine Stunde.«

»Das macht nichts, dann spare ich mir auch gleich noch das Fatburning«, sagte Martha fröhlich. »Ich weiß sowieso nicht, was das sein soll, Fatburning. Ich finde, dass es unanständig klingt.«

»Das hat unser Chef aus Amerika mitgebracht«, erklärte die Ärztin.

»Ich verstehe es trotzdem nicht. Es klingt, als ob die Dicken verbrannt werden sollen«, sagte Martha. »Und Sie wissen ja, was der Bauer nicht kennt, frisst er nicht. Apropos Essen, bin ich am Tag des Schwimmkurses zum Abendessen wieder da?«

»Ja, sicher. Und dann gibt es da noch was, Frau Horst«, sagte die Ärztin zögerlich.

»Vergessen Sie nicht, ich bin gestern fast ersoffen, was

soll mich da noch erschüttern«, ermunterte Martha Frau Doktor Heitermann zum Weiterreden.

Die Ärztin erklärte ihr, dass das, was sie da gerade taten, eigentlich verboten war und dass der Herr Professor davon nichts erfahren dürfe. »Sie müssten mir am Ende der Kur unterschreiben, dass Sie immer bei der Ernährungsberatung und beim Fatburning waren, und mir vier zusätzliche Sandbäder bestätigen, die sie aber nicht kriegen, weil wir damit den Schwimmkurs bezahlen. Das erste Sandbad hätten Sie dann, theoretisch, heute Nachmittag.«

Martha ließ die wirre Nachricht sacken. Als sie merkte, dass sie den Inhalt nicht recht begriff, nickte sie nur und sagte: »Von mir aus auch das.«

»Herr Siedler holt Sie um 13 Uhr am Speisesaal ab.«

Martha überlegte. »Siedler? Ist das nicht der, der mir eben mit dem Hund unter der Jacke entgegengekommen ist?«

»Ach, Herr Siedler hat einen Hund«, sagte Frau Doktor Heitermann betont desinteressiert, »also das kann ich mir fast nicht vorstellen.«

»Und trägt er sonst nicht diese Donald-Duck-Shirts?«, fragte Martha nach.

»Kann sein«, antwortete die Ärztin.

»Finden Sie nicht, dass er dafür schon ein bisschen alt ist?

»Alt? Er ist 64.«

»Ich weiß nicht so recht.« Martha schien Helmut Siedler, der einen Hund unter der Jacke versteckte und Donald-Duck-Shirts trug, nicht ganz geheuer zu sein.

»Keine Angst, Herr Siedler ist eine wirklich gute Seele«, beruhigte Frau Doktor Heitermann die misstrauische Martha.

»Na gut. Ich will es wagen, mit ihm zu fahren«, sagte Martha und machte sich auf den Weg zum Frühstück. An der Tür drehte sie sich noch einmal um. »Und vielen Dank, Frau Doktor.«

»Gern geschehen. Tschüs, Frau Horst.« Kaum dass Martha weg war, wühlte Frau Doktor Heitermann unter einem Berg von Papieren und Zeitungen einen Hefter hervor. Sie hatte im Laufe der Jahre ein eigenes Abrechnungssystem entworfen, das nur wenige verstanden. Dann rief sie Elsa an. »Guten Morgen, Elsa, ich bin es, Heitermann.« Sie versicherte sich, dass Elsa frei sprechen konnte, denn was jetzt kam, war der alltägliche konspirative Abrechnungswahnsinn.

Elsa zog einen Schreibblock aus der Lade und machte sich bereit zum Mitschreiben. »Schießen Sie los, Frau Doktor, ich höre.«

»Also, wir haben bei Harald Börner 20 Sandbäder auf zehn Massagen, bei Martha Horst den Schwimmlernkurs für vier Sandbäder und drei Fatburner. Dann habe ich hier noch eine Diabetikerin, Charlotte Jaschke. Sie könnte in die Ernährungsberatung von Frau Horst und wir hängen ihr gleich noch den Schlingentisch an, dann haben wir ein kleines Polster.«

»Für den Schlingentisch brauchen Sie aber eine Diagnose an der Wirbelsäule«, gab Elsa einen Hinweis.

»Richtig.« Frau Doktor Heitermann wühlte in Papierbergen herum, fand aber offensichtlich nicht das, was sie suchte. »Elsa, wie alt ist denn Frau Jaschke schnell noch mal?«

Elsa ließ ihre Finger über den PC fliegen. »52 Jahre«, antwortete sie.

»Da wird sie schon irgendwas an der Wirbelsäule haben.«

»Also gut, Frau Doktor, den Schlingentisch auf Jaschke und einen Fatburner packen wir ins Depot. O.k.?«

»Wunderbar!«

»Ich buche das dann um.«

Die Ärztin versuchte, die Wünsche der Patienten zu erfüllen, egal was die Krankenkassen dazu sagten. Sie handelte nach dem Motto: Wer sich wohl fühlt, wird schneller gesund. Die Folge war, dass kaum eine Abrechnung den wahren Leistungen entsprach. Durch dieses eigene Abrechnungssystem gelang es, den ein oder anderen sozialen Notfall über die Klinik zu versorgen.

»Übrigens, dem Bruder von Inge, der Masseurin, geht es besser, aber er bräuchte noch eine Packung von dem Antirheumatikum.«

»Ist er inzwischen krankenversichert?«

»Leider nein. Aber ich habe schon nachgesehen. Da ist ein neuer: Dorn, Silvio. Der hat als Einweisungsdiagnose unter anderem HWS-Syndrom«, erklärte Elsa.

»Das passt doch wunderbar. Dann schreiben wir das unter seinem Namen auf«, stellte die Ärztin zufrieden fest.

»Aber machen Sie um Himmels willen keinen Aktenvermerk, Frau Doktor«, insistierte Elsa.

»Wieso nicht?«

»Der Dorn wird als VIP vom Chef behandelt«, erklärte die Sekretärin.

»Bei mir steht er als Kassenpatient«, wunderte sich die Ärztin.

»Ist er auch. Aber er soll ein berühmter Geiger sein.«

»Von mir aus kann er der Kaiser von China sein, Hauptsache, er braucht, zumindest theoretisch, ein Antirheumatikum. Sonst noch was, Elsa?«

»Ja. Max muss nächste Woche bei Herrn Siedler bleiben. Erst ist der Chef im Haus, am nächsten Tag ist die Physiotherapieabteilung voll und in der Küche hat sich für Mittwoch das Gesundheitsamt angesagt.«

Auch das noch. Hoffentlich hatte Frau Horst nichts gegen Hunde, dachte die Ärztin und hängte mit einem kurzen Gruß ein.

Am Frühstückstisch traf Martha wieder auf Harald Börner.

»Eine tolle Ärztin, nicht wahr?«, sagte Martha beim Hinsetzen zu ihm.

»Stimmt«, antwortete Börner.

»Von wem reden Sie denn?«, fragte Marlies Schön neugierig.

»Von Frau Doktor Heitermann«, sagte Martha.

»Heitermann ... Heitermann ...«, wiederholte Marlies den Namen, als ob ihre Erinnerung dadurch einsetzen könnte. »Tut mir leid, aber Heitermann sagt mir gar nichts.«

»Sie hat ihr Zimmer gleich hier vorne am Ende vom Flur, neben dem Schwesternzimmer«, erklärte Martha.

Jetzt schien Marlies ein Licht aufzugehen. »Ach so, hier unten. Dann macht sie vermutlich nur die Kassenpatienten«, sagte sie etwas abschätzig und wühlte ein makrobiotisch korrektes Produkt aus dem Brötchenkorb hervor. »Gibt es hier keine Margarine?«, fragte sie in die Runde.

Börner sagte: »Ich glaube, nebenan liegt noch welche«, und blieb sitzen.

Dorn war mit dem Umrühren seines Kaffees vollauf beschäftigt und ließ sich auch nicht beirren, als Marlies bei ihm nachfragte, ob da drüben tatsächlich noch Margarine liege. Er zuckte nur die Schultern und wandte sich wieder seinem schwarzen Getränk zu.

»Musste wohl selbst uffstehen«, sagte Lotte trocken.

Marlies erhob sich zähneknirschend. Als sie beim anderen Tisch stand, rief Lotte ihr zu, sie solle »man gleich« die Marmelade mitbringen. Widerwillig tat sie es.

»Haben Sie nicht Zucker?«, fragte Börner.

»Und Lust uff Marmelade«, sagte Lotte und leerte das Marmeladenschälchen auf ihrem Brötchen. Dann fuhr sie mit dem Finger in dem Schüsselchen herum und leckte ihn genüsslich ab.

* * *

Am Vormittag trafen sich Martha Horst, Marlies Schön, Charlotte Jaschke und andere Frauen zum Nordic Walking.

»Sind hier nur Weiber?«, fragte Charlotte irritiert den Physiotherapeuten Kai, der sich abmühte, den Damen Sinn und Zweck der folgenden Übung zu erläutern.

»Die Einführung machen wir getrennt. Später walken wir mit den Männern«, antwortete Kai.

»Wieso diese Trennung?«, fragte jemand mit enttäuschtem Unterton.

»Damit die Frauen sich anfangs nicht genieren müssen«, erklärte Kai.

»Warum sollten wir uns genieren?«, fragte Martha erstaunt.

Im selben Moment verlor Marlies Schön beim Überstreifen der Schlaufen das Gleichgewicht und stürzte mit einem spitzen Schrei auf eine andere Frau. Beide rissen eine dritte Mitstreiterin zu Boden.

»Schon gut«, sagte Martha und sah ihre Frage damit als beantwortet an.

Als Charlotte die Stöcke in die Hand nahm, fragte sie scherzend nach den Skiern.

»Mein Gott sind Sie dumm«, sagte eine athletische Mitstreiterin abschätzig.

Daraufhin stach Charlotte spontan der Frau die Spitze ihres Stockes mit voller Absicht in die Wade. »Oh, 'tschuldigung«, sagte sie und ging vorsichtshalber in Deckung.

Marlies Schön hatte sich wieder aufgerappelt und betrachtete entsetzt den roten Punkt an der Wade der Athletin. »Sind Sie gegen Tetanus geimpft?«, fragte sie mit sorgenvollem Blick. Die Athletin nickte. Gott sei Dank, dachte Marlies.

Eine andere Frau weigerte sich, die Schlaufe des Stockes um ihr Handgelenk zu legen, wegen der Armbanduhr.

»Was, wenn meine Uhr kaputtgeht?«, fragte sie mit vorwurfsvoller Stimme in die Gruppe hinein.

»Nehmen Sie doch Ihre Uhr ab«, schlug Martha vor.

»Aber dann weiß ich nicht, wie spät es ist«, erwiderte die Frau.

»Ja, dann weiß ich auch nicht«, sagte Martha kopfschüttelnd.

»Wenn ich die Damen noch einmal um Aufmerksamkeit bitten dürfte«, versuchte Kai sich wieder Gehör zu verschaffen. »Die Spitzen der Stöcke sollten beim Bodenkontakt nicht nach vorne weisen, sondern leicht nach hinten zeigen, wenn Sie sie vor Ihren Beinen einstechen.«

»Nicht nach vorne weisen, aber doch vor die Beine, wie soll denn das gehen?«, fragte Marlies und starrte auf ihr Sportinstrument, als würden die Stöcke ihr die Antwort sagen.

»Schauen Sie mal her, Frau Schön«, sagte Kai und demonstrierte die richtige Stockhaltung. »So.« Er ging voran, die Frauen taten es ihm gemächlich nach.

»Ach so meint er das«, sagte Marlies am Ende der Reihe zu sich selbst und stach als Einzige die Spitze der Stöcke nach vorne weisend ein. Nach fünf Minuten war die Einführung beendet. Jetzt waren die Herren dran.

* * *

Die Männergruppe hatte ganz andere Sorgen. Hier wollte man wissen, aus welchem Material die Stöcke waren, bei welcher Belastung der Stock brechen konnte und wie viel Kilogramm auf der Stockspitze beim Abdrücken ruhte.

Herbert Leitner trug ein Stirnband und hatte sich zusätzlich Bleigewichte um die Knöchel gewickelt.

»Ich muss schneller abnehmen«, erklärte er dem überraschten Kai.

»Wie viel Gramm haben Sie da an den Beinen?«, fragte Kai.

»Zwei Kilo auf jeder Seite«, antwortete Leitner mit leuchtenden Augen.

Mit großer Mühe konnte Kai den eifrigen Schützling davon überzeugen, die Gewichte wieder abzulegen.

»Also, meine Herren. Es ist wichtig, dass die Spitzen der Stöcke beim Bodenkontakt nicht nach vorne weisen, sondern vor ihren Beinen leicht nach hinten zeigend einstechen.«

»Wie groß darf der Winkel maximal sein?«, fragte ein bebrillter Mann aus dem Hintergrund.

»So«, sagte Kai und demonstrierte auch hier die korrekte Stockhaltung.

Die Männer taten es ihm gleich und machten sich auf den Weg. Rasch entbrannte ein Wettkampf.

»Los, wer zuerst vorne an der Brücke ist!«, rief jemand und alle marschierten los. Manche begannen zu rennen. Ohne Rücksicht auf Verluste holten sie mit den Stöcken aus, als wollten sie ihre Gegner erstechen.

Kai rief noch: »Halt!« Aber es war zu spät. Er hastete den Männern hinterher und wies sie an, sich der Frauengruppe am Haupteingang anzuschließen.

Als Marlies in der heranstürmenden Männergruppe Silvio Dorn entdeckte, stolperte sie sich zu ihm durch.

»Hallo, Herr Dorn«, sagte sie und stellte einen ihrer Stöcke mit Macht auf seinem Fuß ab. Dorn zuckte zusammen. »Oh, das tut mir leid«, entschuldigte sich Marlies.

»Macht doch nichts«, sagte Dorn zähneknirschend und wandte sich von ihr ab.

»Na, keen Erfolg jehabt?«, raunte Charlotte der in die Frauengruppe zurückkehrenden Marlies zu.

»Ich weiß nicht, was Sie meinen«, entgegnete Marlies und bemühte sich, entspannt auszuschauen.

Schließlich setzte sich die Gruppe in Bewegung. Vorne die Männer, hinten die Frauen.

»Ich habe schon einen Puls von 184«, sagte Leitner stolz und preschte an die Spitze des Zuges. Andere Männer hetzten hinterher. Bei einigen schlugen die Pulsuhren Alarm, was sie geflissentlich überhörten. Kai hatte alle Hände voll zu tun, die Truppe auf ein vernünftiges Tempo zu bringen. Er stellte sich dem vordersten Teil der Gruppe in den Weg und ließ die anderen aufschließen. Nun ging es etwas ruhiger zu.

Die Frauen plauderten, soweit es ihre Luft zuließ, über dies und das.

»Schauen Sie mal, Kleeblätter«, sagte Martha zu ihrer Nachbarin und ließ sich kurz auf der Wiese nieder, um ein vierblättriges Kleeblatt zu finden. Dann rollte sie das Feld von hinten auf. Als sie Herbert Leitner an der Spitze des Zuges überholte, erschreckte der sich.

»Martha, ich glaube es ja nicht! Wo kommen Sie denn her?!«

»Von ganz hinten, Sie lahme Ente«, sagte Martha und kniff ein Auge zu.

Nach 50 Minuten war der Spuk vorbei und man ging durch ein Spalier von alteingesessenen Kurgästen zurück ins Haus.

* * *

In den ersten Tagen waren die neuen Kurgäste überwiegend mit sich selbst beschäftigt. Neugierig wurden sie von den alten Hasen vor Ort beäugt. Einige schlossen Wetten über die Neuankömmlinge ab. Wer würde als Erster gegen seinen Diätkostplan verstoßen und mit lechzender Zunge und hektischem Blick im gegenüberliegenden Café Röber Torten vernichten? Wer von den Neuen würde zuerst Besuch bekommen? Und wer könnte zu einem zeitlich begrenzten Stelldichein bereit sein?

Es wurde aufs Genaueste beobachtet, wer heimlich Lebensmittel aus dem Speisesaal schmuggelte. Das war, abgesehen von einem kläglichen Apfel, verboten. Aber im Laufe der Zeit entwickelten viele Kurgäste Methoden, um das Verbot zu umgehen. Manche taten es geschickt, indem sie die Lebensmittel in ihren großräumigen Pullovern davontrugen. Andere waren weniger geschickt, sie wickelten ein Brot in Papiertaschentücher ein und pressten es dann in ihrer Hand auf die Größe einer Streichholzschachtel zusammen. Es gab allerdings auch eine Handvoll erlesener Menschen, allesamt Männer, die einen vorzüglichen Draht zum Küchenpersonal hatten und damit fast aller leiblichen Sorgen entledigt waren. Einige Wenige gingen die erste Zeit leer aus und wälzten sich nachts mit knurrendem Magen im Bett. Sie huschten dann in der nachmittäglichen Ruhepause zum Kleinkrämer hinüber, um sich Vorräte für die Abendzeit zu besorgen. Abends war es am schlimmsten mit dem Hunger. Die Küche war ab 19 Uhr verwaist und der Supermarkt lag unerreichbar fern. Also hoffte man, im Krämerladen das ein oder andere Stück Schokolade ergattern zu können. Doch sie machten die Rechnung ohne die Mittagspause des Ladens, kehrten mit hängenden Köpfen zurück und schworen: »Morgen nehme ich mir aber auch was mit!«

Die neuen Kurgäste waren leicht zu erkennen. Sie schlurften nicht im Bademantel mit um den Hals geworfenen Handtüchern durch die Gänge: Die Neuen trugen den Bademantel über dem Arm und das Handtuch schützten sie in einer Sporttasche oder einer Plastiktüte vor den Blicken der anderen.

Neue Kurgäste klopften an die Türen der Anwendungszimmer. »Guten Tag, mein Name ist Schön. Ich habe gleich einen Termin zum Stangerbad.«

»Warten Sie draußen, Sie werden aufgerufen«, meldete sich eine Stimme hinter dem Vorhang.

»Ich wollte ja nur sagen, dass ich da bin«, verteidigten sich die Neuen dann meistens. Oder sie sagten kleinlaut »Entschuldigung« und setzten sich peinlich berührt auf den erstbesten Stuhl. So etwas passierte nur den Neuen. Die anderen hatten gelernt, geduldig zu warten. Auf das Klappen der Nachbartür, auf den Essensplan, auf das Wetter, auf Post, auf eine frei werdende Parkbank, auf all das, was kommen oder gehen könnte. Ihre Uhren tickten langsamer.

Es gab einige Anzeichen dafür, ab wann neue Kurgäste zu alten Kurgästen wurden, nämlich dann, wenn Sie begannen, öffentlich über ihre Verdauung zu sprechen, sich vom anderen Geschlecht tief ins Auge blicken ließen oder eine Anwendung wegen »Unpässlichkeit« einfach sausen ließen.

Wenn die Kurgäste aufhörten, flaschenweise das umsonst angebotene Quellwasser in ihrem Zimmer zu horten, hatten sie die Hälfte ihrer Kurzeit meist schon hinter sich gelassen. Dann saßen sie nun ihrerseits mit Bademänteln vor Behandlungszimmern und beobachteten die Neuankömmlinge mit einer gewissen Arroganz.

So war auch die erste Woche für Martha Horst vergangen. Ab und zu war sie durch die Gänge geirrt. Erstaunlicherweise gab es Zeiten, in denen sie niemand in den Fluren traf, den sie hätte fragen können. Letztendlich führten alle Wege der Klinik wieder an der Rezeption in der Empfangshalle vorbei. Und die Frau dort wusste immer, wo es langging. Martha hatte sich gut eingelebt und war mit ihren unmittelbaren Tischnachbarn zufrieden. Charlotte Jaschke war schon länger da, ebenso Harald Börner und Herbert Leitner. Sie, Marlies Schön und Silvio Dorn waren am selben Tag angekommen. Gleich am ersten Abend hatte Marlies Schön gefehlt, kurz darauf war Silvio Dorn verschwunden. Aber jetzt saßen sie wieder alle am Tisch und das freute Martha, auch wenn sie Marlies Schön »irgendwie schwierig« fand.

* * *

Eine Woche später, um Punkt 13 Uhr, stand Herr Siedler an der Tür zum Speisesaal. Er erkannte Martha sofort wieder. Sie hatte ihr Gepäck gegen sein Vorhaben, es ihr aufs Zimmer zu tragen, verteidigt wie eine Mutter ihre Jungen. Solche Frauen waren selten in der Kur, vielleicht auch selten im Leben. Letzteres vermochte Helmut Siedler nicht zu beurteilen.

Martha kam zögerlich auf ihn zu. »Herr Siedler?«

»Ja. Und Sie sind bestimmt Frau Horst.« Martha nickte. »Dann kommen Sie mal mit.«

Marlies Schön beobachtete, wie die beiden verschwanden.

»Haben Sie das gesehen?«, fragte sie überrascht in die Tischrunde.

»Was?«, fragte Börner.

Marlies konnte es nicht fassen. Silvio Dorn verhielt sich ihr gegenüber noch immer zurückhaltender, als es ihr lieb war. Beim gemeinsamen Nordic Walking war er ihr aus dem Weg gegangen und zum Mittagessen war er nicht erschienen, und das, ohne sich bei ihr abzumelden. Diese kleine, dicke Frau dagegen hatte schon nach einer Woche einen Verehrer. Furchtbar, dachte sie.

»Was haben wir gesehen?«, fragte Harald Börner nach.

»Ach nichts«, sagte Marlies schließlich verstimmt.

»Haben Sie Angst vor Hunden?«, fragte Helmut Siedler auf dem Weg zum Auto. »Kommt drauf an. Mit einem Kampfhund kann ich mich nicht anfreunden, aber sonst habe ich keine Angst vor Hunden«, erwiderte Martha. »Dann ist ja gut. Ich habe nämlich noch einen Hund dabei. Ist nicht meiner. Aber ich muss mich heute um ihn kümmern.«

Kaum dass er den kleinen Lieferwagen aufgeschlossen hatte, schoss Max heraus, sprang an Martha hoch und wedelte mit dem Schwanz.

»Huch«, sagte Martha, überrascht von der Vehemenz des kaum kniehohen Tieres. »Das ist kein Kampfhund, das ist ein Tanzhund«, stellte sie fest und versuchte, den Hund mit Streicheln, Schubsen und Festhalten ins Auto zu bugsieren. »Wie heißt er denn?«

»Max«, antwortete Helmut Siedler und startete den Wagen.

»Max? Wenn der Max heißt, heiße ich Moritz«, entgegnete Martha, die noch nie gehört hatte, dass ein Hund Max hieß.

Helmut Siedler lachte. »Doch, er heißt wirklich Max.« Sie fuhren los. Am Innenspiegel hing eine Stofffigur von Donald Duck, im offenen Handschuhfach lag ein abgegriffener Comic.

»Und wem gehört der Hund?«

»Eigentlich allen, aber hauptsächlich Frau Doktor Heitermann. Max war jahrelang quasi der Klinikhund. Doch der neue Chef wollte das nicht mehr. Das ganze Personal mochte den Hund, aber keiner konnte ihn zu sich nehmen. Schließlich hat sich die Ärztin erbarmt, weil sie nicht wollte, dass der Hund in ein Heim kam. Einige haben zusammengelegt und sie hat den Hund gekauft.«

»Gekauft? Sie haben den Klinikhund gekauft?«

Helmut Siedler hob die Augenbrauen. »War eben so. Ich habe drei Wellensittiche gekauft. Das Gepiepe ging mir anfangs ziemlich auf die Nerven. Ich glaube, das geht gegen jede Lärmschutzverordnung. Die Viecher haben eine Hektik verbreitet, das glaubt man nicht. Die wetzen auf ihren Stangen hin und her, als ob sie Kilometergeld kriegen würden. Alles knabbern sie an. Sie kommen grundsätzlich in die Mauser, wenn man gerade gesaugt hat. In den Käfig gehen sie nur, wenn sie es wollen. Eigentlich machen sie nur Mist.« Helmut Siedler hielt kurz inne. Dann meinte er: »Aber ich habe mich an die zwei gewöhnt.«

»Zwei? Ich denke, es sind drei«, fragte Martha nach.

»Einer ist vor ein paar Monaten gestorben. Tat mir richtig leid. Vielleicht hat er den Stress mit den anderen beiden Piepmätzen nicht ausgehalten«, erklärte Helmut Siedler mit Trauer in der Stimme. Als er sich wieder gefasst hatte, sagte er: »Und der Hund ist eben an der Ärztin hängengeblieben. Wenn ein Krokodil zu verkaufen gewesen wäre, hätte sie das vermutlich auch genommen. Haben Sie Haustiere?«

»So was Ähnliches. Ich habe einen Sohn. Aber ich habe mich inzwischen auch an ihn gewöhnt.«

Helmut Siedler lachte. »Wie alt ist er denn?«

»Zehn Jahre.« Helmut Siedler nahm es gelassen auf. »Sie sagen ja gar nichts«, bemerkte Martha, die zumindest merkwürdige Blicke gewohnt war. Sie ging inzwischen auf die 60 zu und ihr Sohn war zehn, da wunderte sich die gemeine Bevölkerung.

»Was soll ich dazu sagen? Groß werden sie alle. Spielt er Fußball?«

»Er versucht es. So gut es eben geht. Er hat ein paar Probleme mit dem Ball und den Regeln. Aber das macht nichts.

Die anderen Spieler haben ähnliche Probleme. Wenn ich denen sage, sie sollen einmal übers Feld rennen und zurück, dann muss ich jeden einzeln antreiben.«

»Sie müssen die einzeln antreiben?«, fragte Helmut Siedler mit Betonung auf dem Sie.

»Ja, ich«, antwortete Martha mit Betonung auf ich. »Ich bin ihre Trainerin. Es ist eine Truppe Jungs mit Down-Syndrom, die kein Verein haben wollte. Also habe ich das übernommen. Unsere Siege sehen anders aus und das ist auch gut so.«

Helmut Siedler war überrascht. Er hatte der kleinen dicken Frau zugetraut, einen Handarbeitskreis zu leiten, aber eine Fußballmannschaft zu trainieren?

»Wie lange machen Sie das schon?«, fragte er.

»Seit fast vier Jahren, zweimal in der Woche.«

»Toll!«

»Haben Sie auch Kinder?«, fragte Martha.

»Ja, eine Tochter. Sie wird 30.«

Helmut Siedler und Martha Horst sprachen über dies und das. Er fuhr einen Umweg. Dennoch verging die Fahrtzeit wie im Fluge. Helmut Siedler staunte nicht schlecht über Marthas Fußballwissen. Noch nie in seinem ganzen Leben hatte er sich mit einer Frau so gut über Fußball unterhalten können. Schließlich standen sie vor dem Schwimmbad.

»Sie haben mich gar nicht gefragt, was ich hier mache.« Sie wies mit dem Kopf in Richtung Eingang.

»Was soll man in einem Schwimmbad schon machen? Schwimmen lernen«, erwiderte Helmut Siedler völlig unaufgeregt. Martha nickte. »Muss Ihnen nicht peinlich sein«, sagte Helmut Siedler.

»Ist mir auch nicht peinlich«, log Martha und stieg aus.

Helmut Siedler begleitete sie zum Eingang. Ihnen kam ein Mann um die 40 entgegen.

»Tag, Herr Siedler, wir haben uns ja lange nicht gesehen!« Die beiden Männer schüttelten sich die Hände, sie kannten sich offensichtlich.

»Die Ärztin hat endlich einen Abrechnungsweg gefunden für den Schwimmkurs«, sagte der Hausmeister.

»Aber das ging doch sonst auch völlig problemlos. Was ist mit Schiffer nur los?«

»Schiffer ist seit einem Jahr weg vom Fenster.«

Man sah dem Mann an der Tür seine Verwunderung an. »Wie, weg vom Fenster?«

»Wir haben einen neuen Klinikchef. Wussten Sie das nicht, Frank?«

Der Mann schüttelte den Kopf. »Nein. Wie ist der Neue?«

»Nicht zu empfehlen«, antwortete Helmut Siedler und man merkte, dass er das Thema nicht vertiefen wollte. »Das hier ist übrigens Frau Horst«, sagte er und wandte sich zum Gehen. »Ich hole Sie nachher wieder ab.«

»Danke!«, rief Martha ihm hinterher.

»Tag, Frau Horst. Ich bin Frank Schröder. Sie können mich aber gerne Frank nennen. Ich bin Ihr Schwimmlehrer.«

Er zeigte Martha, wo sie sich umziehen konnte und erwartete sie im Schwimmbad. Sie waren die Einzigen im Gebäude.

»Wir öffnen erst um 14.30 Uhr«, sagte Frank, der ihren irritierten Blick bemerkte. Dann begann die erste Unterrichtseinheit. »Also, Frau Horst: Schwimmen ist mehr, als sich im Wasser fortzubewegen. Schwimmen ist ein Traum von Leichtigkeit und Schweben.«

Martha sah ihn zweifelnd an. »Leichtigkeit? Schweben? Letzte Woche hatte ich den Eindruck, es ist eher was Schweres und schnell Sinkendes!«

»Warten Sie nur ab«, erwiderte Schröder und ging mit ihr ins Nichtschwimmerbecken. »Wer zuerst auf die andere

Seite rennt«, sagte er plötzlich und sprintete durchs Wasser.

Martha blieb stehen. Erst als sie sah, dass Frank Schröder auch auf der anderen Seite stehen konnte, lief sie ihm nach. Sicher war sicher.

»Was ist los, Frau Horst?«

»Vorsicht ist die Mutter der Porzellankiste«, sagte sie nur und rief dann, »eins, zwei, drei und los!« Als Frank sie überholte, hielt sie ihn fest und sagte: »Moment mal, was ist das an der Decke?« Frank schaute irritiert nach oben, Martha rannte weiter und riss auf der anderen Seite wie ein Sieger die Arme in die Höhe. »Gewonnen!«

Sie hatten viel Spaß. Gegen Ende der Stunde nahm Frank Schröder sie auf die Arme und schob sie wie einen *toten Mann* durchs Wasser.

»Machen Sie mal die Augen zu ... merken Sie, wie leicht es ist?«

Nach einer kurzen Zeit hatte Martha sich daran gewöhnt. »Herrlich«, seufzte sie und ließ sich durchs Wasser tragen. Am Ende der Stunde fühlte Martha sich entspannt wie schon lange nicht mehr. »Frank, das war wunderbar!«

»Bis Herr Siedler kommt, können Sie gerne bei mir bleiben. Im hinteren Teil des Aufsichtshäuschens steht ein Fernseher und in der Gaststätte bekommen wir Pizza. Umsonst.«

Martha wurde rot. Eigentlich war Pizza nichts für sie. Aber sie war so zufrieden mit sich, dass sie einschlug.

»O.k. Aber nur, wenn Sie mich nicht an diesen doofen Professor Soltei verraten«, sagte sie, eher um einen Scherz zu machen.

Frank Schröders Mine wurde starr. »Professor wer?«, fragte er.

»Soltei«, antwortete Martha.

»Steffen Soltei?«

»Ich weiß nicht … nein, ich glaube, er heißt Stefan … oder doch Steffen?« Martha überlegte. »Tut mir leid, ich weiß es nicht genau.«

Frank Schröder ließ Martha wortlos stehen und ging zum Telefon. »Guten Tag, Klinik am Waldessaum, mein Name ist Bertram, was ich kann ich für Sie tun?«

»Wie heißt Ihr Chef?«, fragte Frank Schröder ohne lange Vorrede. »Das ist Professor Soltei.«

»Mit Vornamen?«, fragte er ungehalten.

»Stefan«, antwortete Frau Bertram.

Frank Schröder hängte, ohne ein weiteres Wort zu verschwenden, ein. Stefan, nicht Steffen. Aber der Nachname, Soltei … Soltei, Steffen, Stefan, was für ein Zufall. Jahrelang hatte Frank Schröder nach Steffen Soltei gesucht. Aber er war wie vom Erdboden verschwunden. Dann hatte er aufgegeben und wollte die unsägliche Vergangenheit ruhen lassen. Aber jetzt, wo der Name unvermittelt auftauchte, spürte er seinen Jagdeifer erwachen. Schlagartig. Er würde sich diesen Stefan Soltei mal ansehen. Sollte ihn das Schicksal so nah an seinen früheren Freund, der ihn so schmählich im Stich gelassen hatte, herangeführt haben?

Martha hatte inzwischen eine Pizza besorgt und machte sich darüber her. Frank Schröder setzte sich daneben. Er konnte vor Aufregung nichts essen.

»Sagen Sie mal, Martha, was wissen Sie von diesem Soltei, wie sieht er aus?«

Wenn sie letzte Woche gewusst hätte, dass sie heute jemand nach einer Personenbeschreibung fragen würde, hätte sie besser aufgepasst, aber so … Auch in Anbetracht des Alkoholisierungsgrades bei ihrer Begegnung mit Soltei, konnte sie nicht viel erzählen. Eine entscheidende Information hatte sie jedoch.

»Ich glaube, er war in Amerika.«

Amerika, dachte Frank fast schon erleichtert. Das würde

erklären, warum er ihn nicht gefunden hatte und von Steffen über Steven zu Stefan war es nicht weit! Er brauchte ein Foto von Soltei. Hektisch fingerte er am Computer herum. Im Internet fand er, was er suchte. Eine Beschreibung der Klinik und ein gestochen scharfes Bild des neuen Klinikleiters: Professor Doktor Stefan Soltei, studierte Medizin in den USA, lehrte an der Universität von … und leitete dort … Gleicher Jahrgang, Bingo. Er war es. Steffen, ich habe dich, murmelte Frank Schröder triumphierend.

Er kehrte zu Martha zurück, riss sich ein Stück aus ihrer Pizza und sagte. »Sie sind gut, Martha, richtig gut!«

Martha spürte, dass Frank Schröder sich freute. Sie wusste nur nicht, worüber.

* * *

Frank Schröder erinnerte sich an seinen früheren Freund. Attraktiv, ein Frauenschwarm. Immer etwas nachlässig gegenüber seinen Pflichten, dafür umso freizügiger, wenn es ums Vergnügen ging. Der Vater ein reicher Geldsack.

Frank ging freiwillig in Museen und gerne in die Schule. Er trieb Sport und engagierte sich im Tierschutz. Steffen interessierte sich für Mädchen und schnelle Autos. Er setzte Schnecken auf Gleise und wartete, ob sie es schafften, vor dem Zug zu flüchten.

Viele fragten sich, wie Steffen sein Abitur bestehen wolle. Aber er bestand es, dank Franks großzügiger Unterstützung. Zum Abitur schenkte der Vater den beiden Jungen eine Reise nach Barcelona. Er wusste genau, wem der Sohn sein Abitur zu verdanken hatte. Aber Frank durfte nicht mitfahren. Die Eltern verboten es ihm. Es gehörte sich nicht, solche Geschenke anzunehmen. Nach dem Abitur wollte Frank Sport und Steffen Humanmedizin studieren. Natürlich Humanmedizin. Wobei das nicht unbedingt

Steffens Wunsch war. Die Eltern erwarteten, dass ihr einziger Sohn Arzt wurde. Punkt. Lange redete Steffens Vater auf Frank ein, er solle auch Humanmedizin studieren. Er würde ihn unterstützen wie einen zweiten Sohn. Vermutlich hoffte Soltei senior, dass der leibliche Sohn auf diese Art eine Chance hatte, durchs Studium zu kommen. Aber Frank wollte nicht. Während Steffen auf seinen Studienplatz wartete und diese Wartezeit sehr genoss, studierte Frank Sport und mistete nebenbei im städtischen Zoo die Giraffenställe aus.

Steffen hatte immer wunderbare Ideen. Nichts war ihm heilig, alles schien ihm möglich. Dafür bewunderte Frank seinen Freund. Und für diese Bewunderung zahlte Frank vor mehr als 15 Jahren einen hohen Preis. Seine Frau verließ ihn kurze Zeit nach dem Unglück. Nach ihrem letzten Besuch hatte er bereits damit gerechnet. Sie war auffallend rund geworden, sechster, siebter Monat, und Frank Schröder hatte objektiv keinen Beitrag dazu leisten können. Denn er saß seit einem Jahr im Gefängnis. Ein paar Tage später kam der Brief vom Rechtsanwalt. Seine schwangere Frau hatte die Scheidung eingereicht.

Nach insgesamt dreieinhalb Jahren Haft wurde er auf Bewährung entlassen. Soltei war wie vom Erdboden verschwunden. Niemand wusste, wo er geblieben war. Doch jetzt spielte Frank das Schicksal in die Hände. Noch einmal durchlebte er das damalige Geschehen.

* * *

Steffen hatte die Idee und er, Frank, den Schlüssel. Frank schrieb bereits an seiner Diplomarbeit und war frisch vermählt. Steffen studierte im ersten Semester Humanmedizin und hatte zahlreiche lose Frauenbekanntschaften. Er suchte mal wieder das Besondere: Candle-Light-Dinner vor dem Gehege der Giraffen, klassische Musik, im Hintergrund Palmen.

Nach Schließung des Zoos für die Öffentlichkeit ließ Frank seine Frau und Steffen mit irgendeiner Freundin herein. Steffen fand es »noch cooler«, wenn man das Candle-Light-Dinner *ins* Freigehege der Giraffen verlegen würde. Frank zögerte.

»Was soll schon schiefgehen? Sei keine Memme!«

»Ich weiß nicht«, hatte Frank zögerlich gesagt.

»Ach komm, jetzt versau uns nicht den Spaß!«

Frank ließ sich überreden und so betraten sie das Gehege. Schon beim Entzünden der ersten Kerze scheuten die Tiere. Frank wollte die Aktion abbrechen, aber Steffen blieb hart.

»Ruhig Blut, die kriegen sich schon wieder ein.«

Aber die Tiere kriegten sich nicht wieder ein. Im Gegenteil. Es brach Unruhe aus und Steffen Soltei war der Erste, der die Flucht ergriff. In seiner plötzlichen Hektik verstand er den Schließmechanismus nicht mehr, mit der Folge, dass die Giraffen aus dem Gehege flüchten konnten.

»Scheiße!«, fluchte Frank, der sofort erkannte, was passiert war. »Andersherum«, rief er ihm noch zu.

Aber es nutzte nichts. Giraffe für Giraffe rannte hinaus. Frank hastete zum Telefon.

»Was machst du da?«, fragte Steffen und riss Frank das Telefon aus der Hand.

»Ich rufe die Feuerwehr und den Tierarzt. Die Tiere müssen eingefangen werden. Wir können die nicht frei herumlaufen lassen.«

»Aber das ist der Zoo, warum sollen Tiere hier nicht herumlaufen? Irgendeiner fängt die morgen schon wieder ein«, entgegnete Steffen Soltei wie selbstverständlich.

Frank wurde wütend. »Bist du bescheuert?!« Die beiden jungen Männer fingen an zu streiten, es kam zu Handgreiflichkeiten. »Gib mir sofort das Telefon zurück, du Arsch!«

Steffens Freundin, von der später niemand mehr den Namen wusste, hatte sich bereits verdrückt. Franks Frau versuchte die beiden Männer zu trennen. Vergebens. Schließlich alarmierte sie von einem öffentlichen Fernsprecher aus die Feuerwehr. Frank riss sich von Steffen los und rannte zum Tierarzt, der auf dem Gelände wohnte. Und Steffen? Der fuhr nach Hause.

Frank versuchte, gemeinsam mit dem Tierarzt zu retten, was zu retten war. Er nahm das Betäubungsgewehr, um zu verhindern, dass die Giraffen vom Gelände fliehen konnten. Aber der Streit mit Steffen hatte zu viel Zeit gekostet. Zwei Giraffen waren bereits an der Hochspannungsleitung einer nahe gelegenen Straßenbahn verendet. Zudem hatten die Giraffen in ihrer Panik das Gatter der Pinguine zerstört. Schnurrstracks watschelten die fröhlichen Tiere zum nahe gelegenen Wasserfall und rutschten, eine neue Freiheit vermutend, zuversichtlich hinunter. Im Wasser bewiesen die Eisbären rasant, dass sie keine Vegetarier waren.

Noch in der Nacht wurde Frank Schröder verhaftet. Seine Frau schwor, dass Steffen Soltei die Idee zum Candle-Light-Dinner gehabt und die Türen des Geheges geöffnet hatte. Aber was war die Aussage einer Ehefrau schon wert? Frank verweigerte die Aussage. Sein Anwalt hatte ihm erklärt, es sei nicht gut, alles auf einen Flüchtigen abzuwälzen. Es sei eine Frage der Zeit, bis man Soltei fassen würde. Aber Soltei blieb wie vom Erdboden verschwunden. Hausfriedensbruch und schwere Sachbeschädigung. Die Sachbeschädigung bezog sich auf die Tiere und die Oberleitungen der Straßenbahn. Der Schaden betrug mehrere Hunderttausend Mark. Vier Jahre Haft ohne Bewährung.

Als er aus der Haft entlassen wurde, standen die Rechtsanwälte und Versicherer des Zoos vor seiner Tür. Andere Leute zahlen Alimente für lebende Kinder. Frank Schröder zahlte den Rest seines Lebens für zwei tote Giraffen und 14 verspeiste Pinguine.

* * *

Silvio Dorn staunte, als er sein neues Domizil betrat. Er verfügte nun über ein geräumiges Schlafzimmer und einen zweiten lichtdurchfluteten Raum mit Ledersofa und großen Vasen, in denen ausladende Blumensträuße steckten. Auf dem Tisch eine Schüssel mit frischem Obst. Von seinem Zimmer aus führte eine Treppe nach oben, direkt auf die Dachterrasse. Liegestühle mit großen Schurwolldecken, über jeder Liege eine kleine Markise und ein phantastischer Blick über die Landschaft waren die ersten Dinge, die Dorn sah. Etwas seitlich befand sich ein großzügiger Whirlpool. Dorn drückte den roten Knopf, nichts passierte. Er zog die Schuhe aus, krempelte die Hosenbeine hoch und stellte sich auf die erste Stufe des Whirlpools. Dann fing es wie von Zauberhand an zu sprudeln. Dorn verließ die Stufe, der Sprudel stoppte. Er stellte seine Beine erneut auf die erste Stufe, es sprudelte wieder los. Das hatte er noch nicht erlebt. Ein Whirlpool, der sich allein durchs Betreten in Bewegung setzte. Er wiederholte das Spiel immer wieder. An, aus, an, aus. Dabei bemerkte er nicht, dass inzwischen eine junge Frau in knapper Kleidung die Dachterrasse betreten hatte. »Guten Tag, mein Name ist Mandy. Sie haben einen Wunsch?«

»Wunsch?«, fragte er überrascht und wandte sich Mandy zu.

»Sie haben geläutet«, sagte Mandy und deutete auf den roten Knopf neben dem Whirlpool. Jetzt verstand Dorn.

»Welche Wünsche erfüllen Sie denn?«, fragte er schmunzelnd.

»Eigentlich fast alle.«

Dorn lächelte Mandy zu, was ihr den Mut gab, Dorn nach einem Autogramm zu fragen. Autogramm? Dorn war irritiert. Aber er fasste sich schnell und griff nach dem Stift an der Außentasche ihrer Hose. Mandy hielt ihm einen Zettel hin. Dorn schrieb: *Für die bezaubernde Mandy – Silvio Dorn.* Sie bedankte sich mit einem angedeuteten Knicks und erkundigte sich erneut nach seinem Wunsch. Spontan fiel Dorn nur »Kaffee« ein.

»Caffè macchiato, Caffè Latte, Espresso, Hochlandkaffee, Malzkaffee, Milchkaffee?«, fragte Mandy lächelnd. So eine Auswahl hatte er im Speisessaal nicht erlebt. Da gab es einfach nur Kaffee. Er hatte keine Ahnung, was das alles sein sollte, aber er entschied sich für einen Hochlandkaffee.

»Möchten Sie ihn schwarz, mit Milch, mit Sahne 10% Fettgehalt, Sahne 20% Fettgehalt, extrafett, mit Zucker oder Süßstoff?«

»Schwarz«, antwortete Dorn und legte sich auf eine der Liegen. Er blickte in den Kurpark und fragte sich, wie er wohl zu dieser Ehre gekommen war. Erst jetzt sah er, dass jede Liege mit einem roten Knopf, Telefon und Kopfhörern ausgestattet war. Über die Kopfhörer konnte man verschiedene Musikprogramme auswählen. Er wartete gespannt auf seinen Kaffee und begann das Ganze schon jetzt für einen Irrtum zu halten. Als Mandy zurückkam, hatte sie verschiedene Zeitschriften und Zeitungen dabei. Sie legte sie auf Dorns Tisch ab und fragte, was er heute Abend speisen möge. Dabei leierte sie eine Reihe von Gerichten herunter, von denen Dorn nicht wirklich wusste, was sich hinter ihnen verbarg. Und so wählte er »das zweite Gericht«.

Er überlegte noch, wie Frau Jaschke auf ein Fünfgängemenü an ihrem Tisch reagieren würde. Vermutlich langt sie über den Tisch zum Probieren und sagt: Wat solln dit sein?, dachte Dorn. Da sagte Mandy zu ihm: »Von Ihrer

Zimmertür aus rechts, am Ende des Ganges, befindet sich das Restaurant.«

»Danke, Mandy«, erwiderte Dorn erstaunt und wandte sich Tagträumen zu, über die er zum späten Nachmittag hin einschlief. Als er erwachte, bemerkte er, dass eine Zauberhand ihn zugedeckt hatte. Auf dem Tisch stand ein köstlicher Kirschmuffin. Dorn biss hinein und sah, wie sich ein schwarzer Porsche rasch auf einer Landstraße von der Klinik entfernte.

* * *

Am frühen Abend machte sich Professor Soltei schlechtgelaunt auf den Weg nach Hause. Er war extra über Mittag in der Klinik geblieben, um in Ruhe mit Helmut Siedler weitere Umbauarbeiten besprechen zu können. Der aber war verschwunden. Angeblich in der Stadt, um irgendwelche Ersatzteile zu besorgen. Soltei war außer sich vor Wut. Elsa, seine Sekretärin, behauptete allen Ernstes, er, Soltei selbst, habe den Auftrag dafür erteilt. Warum sollte er das tun, wenn er doch mit Siedler reden wollte?

Statt mit den Gemeinderatsmitgliedern zu Mittag zu essen, hatte er seine Zeit damit verbracht, auf die Rückkehr eines widerborstigen Hausmeisters zu warten. Zum Glück war er ihn bald los. In diesem Jahr ging Helmut Siedler in Rente, dann würde sich Soltei einen Hausmeister suchen, der ihn nicht dauernd auf Arbeits- und Tarifverträge hinwies.

Zu Hause wartete Diana auf ihn. Sie hatte etwas von einem Möbelstück und fühlte sich auch so. Poliert, sauber und schweigsam. Stefan aß meistens in der Klinik oder im Gemeindehaus. Ab und zu kochte sie für den alten Gärtner. Dann saß sie mit ihm in der Designerküche und ließ ihn detailliert über die Hinterhältigkeit des Borkenkäfers und das Ausmaß der Ameisenstraße am Oleanderbusch berichten.

Diana wusste wenig vom früheren Leben ihres Mannes. Als sie ihn kennenlernte, war er schon Professor, lebte in den USA, hatte ein Haus in Hamburg und flog immer First Class. Sie wusste, dass er Börsengeschäfte tätigte, aber wirklich daran teilhaben ließ er sie nie. »Davon verstehst du nichts.« Er behandelte sie wie eine minderbemittelte Zwölfjährige und das ärgerte Diana zunehmend. Anfangs war ihr das nicht aufgefallen, aber im Laufe der Zeit konnte sie es nicht mehr übersehen.

Eines Tages hatte sie ihn gebeten, ihr Geld zu geben, damit sie auch an der Börse spekulieren könne. Stefan hatte sie ausgelacht.

»Da kann ich das Geld auch gleich aus dem Fenster werfen!« Er öffnete das Flügelfenster und ließ imaginäre Scheine hinausflattern. »Diana, wie kommst du nur auf solchen Unsinn?«, sagte er dann etwas zu laut und schloss das Fenster.

Diese Szene war der Tropfen, der das Fass endgültig zum Überlaufen zu bringen drohte. Diana stand wortlos auf und begann, ihren Koffer zu packen, als Soltei ihr ins Zimmer folgte.

»Was machst du da?«

»Ich lasse mich von dir nicht mehr wie ein dummes Mädchen behandeln! Ich soll nicht arbeiten und dir den Haushalt führen. Wozu eigentlich, du bist ja nie da.«

»Ich bin doch jetzt da«, sagte Soltei.

»Wir haben ein riesiges Haus, ich soll aber keine Leute einladen!«

»Jetzt mach aber mal einen Punkt, Diana. Was ist mit deiner Freundin aus der Sauna? Jede Woche sitzt du mit ihr im teuersten Restaurant des Ortes herum.«

»Du sagst es. Ich sitze nur herum!« Diana packte weiter,

dann meinte sie, dass es ein Fehler gewesen sei, ihn zu heiraten. »Schon die Hochzeit selbst hätte mir eine Warnung sein müssen«, sagte sie unter Tränen und packte weiter.

Sie hatten in kleinem Kreis geheiratet. Sehr kleinem Kreis. Diana, Stefan und zwei Trauzeugen. Wildfremde Menschen, die er vor dem Standesamt angesprochen hatte und die für 50 Euro ihre Unterschrift leisteten. Später ärgerte er sich darüber, weil er bemerkte, dass er gar keine Trauzeugen gebraucht hätte. »Die 50 Euro hätten wir besser verbrannt, dann wäre uns wenigstens warm gewesen«, sagte er scherzhaft. Diana konnte nicht lachen. Die Hochzeitsreise sollte später stattfinden. Dann aber ganz groß. Das war nun fast zwei Jahre her. Den ersten Hochzeitstag hatte er vergessen und ihr am nächsten Tag ein sündhaft teures Kollier geschenkt, das sie vor lauter Sorge, es zu verlieren, nie trug. In der muffigen und engen Umkleidekabine eines Kaufhauses hatte er ihr den Antrag gemacht. Was ein Ehevertrag war, wusste sie nicht genau, aber sie vertraute ihm und unterschrieb.

Inzwischen wusste Diana, was der Ehevertrag bedeutete. Nach einer Scheidung hatte sie finanziell nichts von Stefan zu erwarten. Aber inzwischen war ihr das egal.

»Ich habe die Nase voll. Ich werde wieder fliegen«, sagte die ehemalige Stewardess bestimmt.

Soltei setzte sich, denn er spürte, es war ihr ernst. Und er brauchte sie hier vor Ort. Einen Sitz im Gemeinderat bekam er nur als verheirateter Klinikleiter.

»Aber Schatz, ich liebe dich doch«, lenkte er ein.

»Ich will mein eigenes Geld verdienen«, forderte sie. Mit großer Mühe gelang es ihm, Diana im Haus zu halten. Er richtete ihr eine kleine Boutique ein, in der sie frei schalten und walten konnte, wie sie es für richtig hielt. Und in den nächsten Wochen war er häufiger zu Hause. Er ging davon aus, dass Diana mit der Boutique bankrottgehen würde. Innerlich gab er ihr ein halbes Jahr. Gedanklich hatte er das investierte Geld schon in der nächsten Steuererklärung abgesetzt.

Seit dieser Auseinandersetzung war ihr Verhältnis kurzfristig besser geworden. Das Thema Nachwuchs wies er aber weiterhin vehement zurück. Kinder seien unnötiger Ballast. Nach und nach ließen seine Aufmerksamkeiten nach und er blieb wieder länger in der Klinik, ging regelmäßig zum Golfen und traf sich häufig mit »wichtigen Entscheidungsträgern« des Ortes.

* * *

Er fuhr, wie immer viel zu schnell, auf das Grundstück und sprang aus dem Auto. »Hallo, Schatz!«, rief er schon beim Aufschließen der Tür.

»Hallo«, sagte Diana, nahm ihm das Jackett ab, hängte es weg und schlüpfte dann selbst in eine Jacke.

»Wie war dein Tag?«, fragte Stefan Soltei seine Frau mehr aus Gewohnheit, denn aus wirklichem Interesse.

»Ich habe einen Einbrecher erschossen«, log Diana Soltei, um das monotone Begrüßungszeremoniell einmal anders zu gestalten.

»So, so«, erwiderte ihr Mann geistesabwesend und nahm sich einen Saft aus dem Kühlschrank.

Diana schüttelte nur den Kopf. »Hatten wir Post?«, fragte er.

»Liegt auf dem Tisch. Ich muss ins Geschäft«, rief sie ihm vom Flur aus.

»Was ist los? Karin wieder krank?!«

Karin war ihre Mitarbeiterin. Und eigentlich war nicht Karin krank, sondern ihre Tochter. Sie hatte ein schweres chronisches Leiden und nicht immer gelang es Karin, eine Pflegekraft zu organisieren. Aber mit derlei Details wollte sich Stefan Soltei nicht befassen. Karin hatte das Problem beim Einstellungsgespräch nicht verschwiegen. »Was nutzt es, wenn ich es Ihnen nicht sage, Sie merken es ja doch irgendwann«, hatte sie zu Diana gesagt. Und genau wegen dieser Offenheit hatte Diana die junge Frau eingestellt.

»Die ist zu oft krank. Wirf sie raus«, rief Soltei seiner Frau hinterher. Ohne ein weiteres Wort fiel die Tür ins Schloss. Stefan Soltei nahm die Post vom Tisch und setzte sich in einen Sessel. Er öffnete einen Brief ohne Absender und ohne Briefmarke.

Lieber Steffen, allein bei der Anrede beschleunigte sich sein Puls. Er musste tief Luft holen. Bilder tauchten vor seinem geistigen Auge auf. Unter anderem zwei bescheuerte Giraffen, die mit verdrehten Augen ihren Kopf auf einer Hochspannungsleitung abgelegt hatten. Ihm brach der Schweiß aus … *Lieber Steffen, ich freue mich zu hören, dass du dich etabliert hast. See you later, alligator. Gruß, Frank.* Das war alles. Scheiße, dachte Soltei und blieb wie ein Stein auf dem Sofa sitzen.

* * *

Martha saß neben Helmut Siedler im Wagen und war zufrieden.

»Sie strahlen ja richtig«, sagte er.

»Es war einfach herrlich. Der Frank ist ein richtig netter Mensch«, erzählte Martha.

»Das bin ich auch«, rutschte es Helmut Siedler raus.

Martha lachte. »Im Gegensatz zu Ihrem Chef, oder?«

Siedler nickte nur. Er konnte Soltei nicht ausstehen, aber er war auch nicht der Typ, der vor Kurgästen über den Professor herzog. Das gehörte sich nicht. Und so kam er wieder auf das Thema Fußball zu sprechen. Martha spielte mit ihm das Quiz von Horst. Er konnte nicht eine Frage beantworten.

»Es ist völlig verrückt, dass Sie und Ihr Sohn das alles wissen«, kommentierte er schließlich. »Haben Sie schon mal überlegt, damit bei ›Wetten dass?‹ aufzutreten?«

»Nein«, antwortete Martha. Wobei Helmut Siedler nicht der Erste war, der ihr diese Frage stellte. »Können wir noch kurz anhalten? Ich brauche Postkarten.«

»Na klar«, sagte Helmut Siedler, der sich freute, mit Martha noch ein wenig Zeit verbringen zu können. Er hielt an und sie kaufte ein paar »normale« Ansichtskarten sowie eine unglaublich hässliche im Stil der 70er Jahre, deren Ränder sich schon nach oben bogen. Das Anschriftfeld war vergilbt. Zu sehen war ein Blumenbeet, umgeben von Betonsteinen, um das orangefarbene Stühle standen.

»Horst findet das toll«, entschuldigte sich Martha für die Auswahl der Karte. *Lieber Horst, weiter alles bestens, Wetter immer noch gut. Ich lerne hier Schwimmen (vermutlich mit Erfolg). Sag Sabine einen lieben Gruß. Kuss auf die Denkerstirn, Mutti.* Das mit der Denkerstirn musste sein, denn Martha wusste, dass Horst quietschen würde vor Vergnügen. Einmal hatte ein Mitschüler ihm *du* auf die Stirn schreiben wollen. Das dauerte Horst aber zu lange und so stand nur D da. In der Hektik war das D etwas rund geraten und sah aus wie ein O. Und weil der Junge Spaß am Bemalen von Horsts Stirn gefunden hatte, malte er das O aus. Es sah aus, als hätte er ein Loch im Kopf. Und das blieb auch eine ganze Weile dort, denn der Stift war absolut wasserfest. Tagelang jammerte Horst: »Die sagen alle, ich habe ein Loch im Kopf, Mama.«

Um ihn zu trösten, sagte Martha: »Eine schöne Denkerstirn entstellt nichts.« Das »Loch im Kopf« verblasste, die »Denkerstirn« blieb.

Als sie, pünktlich zum Abendessen, vor der Klinik ankamen, nahm Helmut Siedler seinen ganzen Mut zusammen.

»Frau Horst, kann ich Sie mal was fragen?«

»Ja«, erwiderte Martha, die sich für die Fahrt bereits bedankt hatte und am Gehen war.

»Würde es Ihnen was ausmachen ... also, ich meine, würde es Ihnen Spaß machen ... Sie interessieren sich doch für Fußball.«

»Ja«, erwiderte Martha erneut und wartete gespannt, was Helmut Siedler ihr mitteilen wollte.

»Also, ich meine, wenn Sie Zeit haben ... und auch Lust ...«

Helmut Siedler stockte. Er sah Martha hilflos an, sie blickte gespannt zurück. Beide schwiegen. Max saß auf dem Beifahrersitz und sah interessiert zwischen Helmut Siedler und Martha Horst hin und her. Dann fragte Martha, wozu sie Zeit haben sollte.

»Zum Fußballspiel. Also, ich meine, zum Zusehen bei einem Fußballspiel«, stammelte Helmut Siedler.

»Gerne«, antwortete Martha und freute sich über die Einladung. »Sagen Sie mir Bescheid, wann?«

»Na klar«, erwiderte Helmut Siedler und tippte sich an die Schirmmütze.

Beschwingt ging Martha in den Speisesaal und Helmut Siedler fuhr mit Max zu Frau Doktor Heitermann.

* * *

Die anderen saßen bereits am Tisch.

»Guten Abend, allerseits«, sagte Martha schwungvoll in die Runde.

Marlies Schön hatte durchs Fenster beobachtet, wie Martha sich von Helmut Siedler verabschiedet hatte, nachdem sie endlich aus seinem Auto gestiegen war. Die hängt ja wie eine Klette an dem Mann, dachte sie und bekam schlechte Laune.

Silvio Dorn fehlte am Tisch. Warum nur kam er nicht?

»Weiß einer, wo Herr Dorn geblieben ist?«, fragte Börner in die Runde.

Marlies fühlte sich ertappt. »Woher soll ich das wissen?«, fragte sie pikiert.

»Ich habe doch gar nicht Sie direkt gefragt. Es war nur so allgemein. Heute Mittag war er auch schon nicht da«, entgegnete Börner entschuldigend.

»Ach so«, antwortete Marlies und rührte den Tee in ihrer Tasse schwindlig.

»Ick frage mir, wer dit sonst wissen soll, wenn nich die da«, sagte Charlotte Jaschke und nickte Richtung Marlies. Aus ihrem Mund klangen die Worte irgendwie obszön.

»Vielleicht geht es Herrn Dorn nicht gut«, warf Martha eine neue These in den Raum.

»Da wäre er ja hier nicht schlecht aufgehoben«, entgegnete Marlies ironisch und löste den dritten Zuckerwürfel im Tee auf.

»Da wär ick mir nich so sicher. Wer wees, vielleicht is it hier für unverheiratete Männer jefährlicher als anderswo.« Charlotte wollte damit nichts Bestimmtes gesagt haben. Sie wollte sich nur am Gespräch beteiligen.

»Sie haben doch heute Vormittag beim Nordic Walking neben ihm gestanden«, sagte Martha. »Hat er Ihnen da nichts gesagt?«

»Was sollte er mir denn sagen?!«

»Wie es ihm geht, zum Beispiel«, meinte Harald Börner.

»Aber warum sollte Herr Dorn das ausgerechnet mir sagen?«, fragte Marlies eine Spur zu laut.

»Wat regste dir so uff?«

»Ich rege mich nicht auf!«

Marlies klappte ihr Brot zusammen, wickelte es in eine Serviette und verabschiedete sich. Schnurstracks ging sie zur Rezeption und brachte die Zimmernummer von Silvio Dorn in Erfahrung. Als sie am Südflügel ankam, war die Serviette eine innige Verbindung mit dem Brot eingegangen. Die Glastür zum Südflügel war verschlossen. Sie bestand abwechselnd aus einem breiten Streifen Milchglas und einem schmalen Streifen Klarglas. Marlies heftete ihre Augen auf einen Klarglasstreifen, wofür sie sich auf die Zehenspitzen stellen musste. Dann sah sie, wie Silvio Dorn aus einem Zimmer kam und auf das andere Ende des Flures zulief.

Zuerst rief sie ihm nach: »Hallo, Herr Dorn, guten Abend, Herr Dorn!«

Er reagierte nicht. Sie klopfte gegen die Glastür. Dabei fiel ihr das Brot aus der Hand. Sie sprang hoch und versuchte, durch den nächsthöheren Spalt der Klarglasscheibe einen weiteren Blick auf Dorn zu erhaschen. Als sie auf dem Teppich landete, machte es flatsch und die Brotscheibe hatte sich unappetitlich um ihre Schuhspitze gedreht. Marlies bemühte sich ungeschickt, mit dem anderen Fuß das Brot abzustreifen. Und als sie damit fertig war, war Silvio Dorn entgültig verschwunden. Angewidert sammelte Sie die Brotreste ein, wischte mit einem Fitzelchen Serviette die Schuhspitze notdürftig ab und ging frustriert auf ihr Zimmer.

Dorn nahm im Restaurant des Südflügels Platz. Dabei nickte er einem anderen Gast zu, der zwei Tische weiter saß. Der nickte nicht zurück, was Dorn jedoch nicht kümmerte. Genüsslich trank er den empfohlenen Wein und wartete gespannt auf sein Abendmahl. Kurz zuvor hatte er sich noch unwohl gefühlt, weil er gespürt hatte, dass irgendein Irrtum vorliegen musste. Aber inzwischen hatte er sich mit seiner neuen Lage gut arrangiert.

* * *

Professor Stefan Soltei schlief schlecht in dieser ersten Nacht, nachdem er den kurzen Brief von Frank Schröder gelesen hatte. Sehr schlecht. Immer wieder wurde er wach und malte sich aus, was Schröder alles anrichten könnte. Strafrechtlich war die Sache längst verjährt. Aber er könnte seinen Ruf ruinieren und ihn damit um die Früchte seiner Arbeit bringen. Soltei erzielte sagenhafte Einnahmen mit der Klinik. Das letzte Quartal lag weit über den Erwartungen und das aktuelle verhieß ähnlich gute Zahlen. Noch ein, vielleicht zwei Jahre und er hätte endgültig ausgesorgt.

Ausgerechnet jetzt tauchte der ewige Verlierer Frank Schröder wieder auf. Viele Jahre nach dieser unsäglichen Zoogeschichte. Ja sicher, er selbst, hatte die Tiere aus dem Gehege gelassen, aber nur weil Frank ihm den Schließmechanismus nicht richtig erklärt hatte. Und dessen blöde Frau hatte nichts Besseres zu tun gehabt, als die Feuerwehr zu holen, und ihr kleiner lieber Gatte hatte allen Ernstes versucht eine Giraffe einzufangen, die schon längst ihr Leben an der Oberleitung einer Straßenbahn ausgehaucht hatte. Alle zu doof, ihre Hälse zu retten, dachte Stefan sarkastisch und stöhnte kurz auf.

»Was hast du?«, fragte Diana in die Dunkelheit hinein. Sie spürte, dass ihren Mann etwas beunruhigte. Zum ersten Mal hatte er im Bett einen echten Hänger gehabt.

Damals war er zur nahe gelegenen Straßenbahnhaltestelle gelaufen. Immer und immer wieder sah er nun das Gesicht der verendenden Giraffen vor sich. Mit diesem Bild im Kopf war an eine ordentliche Erektion beim besten Willen nicht zu denken.

Diana streichelte ihn. »Ist es wegen der Arbeit?«

Soltei schwieg und drehte sich von ihr weg.

»Stefan, ich spüre doch, dass etwas nicht stimmt mit dir.«

»Ach ja, dann mach doch den Spürhund!«

»Was ist nur los mit dir?«, fragte sie besorgt.

»Nichts. Schlaf weiter«, befahl er ihr, erhob sich und verließ das Schlafzimmer.

Sie schlüpfte in ihr seidenes Nachthemd und wusste nicht, was sie an seiner Seite noch sollte.

Soltei musste sich gut überlegen, wie er vorgehen wollte, wenn Frank bei ihm auftauchte. Wie hatte er ihn nur gefunden nach all den Jahren? Egal, denn dass Frank sich irgendwann bei ihm melden würde, da war sich Stefan alias Steffen Soltei absolut sicher gewesen.

Er erinnerte sich an ihre gemeinsame Zeit, die keine schlechte gewesen war. Allerdings hatten sie mehr von seinen Späßen, seinen Ideen, seiner Lust auf Verstöße gelebt. Denn Frank war ein korrekter Mensch. Er stellte sich nie ins Halteverbot, entschuldigte sich, wenn er einen Spieler gefoult hatte, und sagte seinen Eltern immer hübsch die Wahrheit. Soltei war das glatte Gegenteil.

Als 17-Jähriger wollte er zu einer Prostituierten, wie ein richtiger Mann eben. Doch alleine traute er sich nicht und so nahm er Frank mit. Er musste ihn einladen, weil Frank nie Geld hatte. Während Soltei sich amüsierte, sprach Schröder mit seiner Dame über Kunstgeschichte.

»Du hast was gemacht?«

»Mich mit ihr über Kunstgeschichte unterhalten. Wusstest du zum Beispiel dass …« Soltei unterbrach ihn. »Du hast dich mit ihr über Kunstgeschichte unterhalten«, stellte er fassungslos fest. »Und sonst?!«

»Nichts und sonst.« Wehmütig dachte Soltei an das verschenkte Geld und meinte nur, typisch Frank. Sie hatten so viel zusammen erlebt und waren wie Brüder geworden, aber unterschiedlich wie Tag und Nacht blieben sie bis zum letzten Treffen. Nach der Geschichte war Soltei sofort in die USA geflogen. Er wollte bleiben, bis Gras über die Sache gewachsen war. Aber immer, wenn etwas Gras gewachsen war, kam irgendein Kamel und fraß es wieder ab. Viele Menschen trauten Frank Schröder eine solche Tat nicht alleine zu. Selbst ein deutsches Nachrichtenmagazin hatte sich unter dem Titel »der betrogene Täter« mit der Geschichte befasst und alle möglichen Theorien breitgetreten. Deswegen kehrte Soltei nicht so bald zurück. Sein Vater sorgte dafür, dass er sein Medizinstudium in den USA wiederaufnehmen konnte. Als Soltei von der baldigen Verurteilung Frank Schröders erfuhr, fühlte er sich nur bestätigt in seinem Handeln. Schön blöd, für so ein bisschen Schuld ins Gefängnis zu gehen, aber das sah Frank ähnlich.

* * *

Als Professor Soltei am nächsten Morgen die Klinik betrat, war er übermüdet. Er war in Sorge, dass eines Tages ein Erpresserbrief auftauchen würde, und so sagte er zu Elsa, dass sie in nächster Zeit seine private Post nicht öffnen sollte.

»Haben Sie das verstanden?!«

»Natürlich, Herr Professor«, antwortete Elsa, die vermutete, ihr Chef habe sich pornografisches Material bestellt.

»Übrigens ist gestern Abend ein neuer Gast angekommen, Bertram Bachel. Wann wollen Sie ihn untersuchen?«

»Privatversichert?«

»Noch besser: ohne Versicherung, er zahlt selbst und kommt auf Empfehlung von Bürgermeister Humpe. Er will sich vier Wochen entspannen und hat um absolute Ruhe gebeten.«

Anstatt sich zu freuen, sagte Soltei nur: »Na gut. Dann legen Sie ihn mir für morgen rein. Egal wann, aber nicht mittags, da treffe ich mich selbst mit dem Bürgermeister.«

Der Bürgermeister hatte Soltei eingeladen, um über eine Verbesserung des Kulturangebotes im Ort zu sprechen. Elsa trug Bertram Bachel für den nächsten Morgen einen Untersuchungstermin ein. Komischer Name, dachte Soltei und besah sich seine Post. Nichts Auffälliges dabei. Vielleicht morgen, vielleicht auch erst übermorgen. Oder nächste Woche? Das Warten zerrte schon jetzt an seinen Nerven. Elsa kam herein.

»Was ist denn noch?«, fragte er unwirsch.

»Ich wollte nur fragen, was jetzt mit Herrn Dorn wird.«

»Dorn?« Der Name sagte Soltei nichts. Er war mit anderen Dingen befasst.

»Silvio Dorn, der Geiger«, half Elsa ihm auf die Sprünge.

»Ach so der. Was soll mit ihm sein?«

»Wer macht die Aufnahmeuntersuchung mit ihm? Er ist nicht privatversichert, Sie wollten ihn aber wie einen VIP behandeln«, sagte Elsa.

Soltei holte tief Luft und donnerte los: »Wenn ich sage«, und Professor Soltei betonte das ICH lautstark, »er wird wie ein VIP behandelt, dann wird er wie ein VIP behandelt, ausnahmslos!«

»Also Untersuchung bei Ihnen«, sagte Elsa seelenruhig und ging wieder hinaus. Gerade als sie die Tür zu Solteis Zimmer schließen wollte, kam Helmut Siedler ins Sekretariat.

»Guten Morgen«, sagte der frohgelaunt zu Elsa.

Soltei schoss aus seinem Zimmer heraus. »Ob das ein guter Morgen wird, werden wir noch sehen! Wo waren Sie gestern Nachmittag, Siedler?!«

»In der Stadt, Ersatzteile besorgen.«

»Ich halte Sie für einen faulen Sack, der sich andauernd Ausreden sucht, um bloß nicht zu arbeiten Siedler!«

»Ich weiß, Herr Professor«, erwiderte Siedler gelassen.

»Ihr steckt doch alle unter einer Decke!«, schrie Soltei, drehte sich um und schmiss seine Zimmertür von innen zu, dass die Wand wackelte.

»Was hat er denn?«, fragte Helmut Siedler.

Elsa zuckte mit den Schultern. »Vielleicht hat er gestern eine schlechte Platzrunde beim Golf gehabt«, gab sie zurück. »Was gibt es denn, Herr Siedler?«, fragte Elsa und schenkte sich und ihm eine Tasse Kaffee ein.

»Danke, Elsa«, sagte er und begann, einige Reparaturen im Haus abzusprechen. Außerdem glichen sie die Materialrechnung für eine Mischbatterie über 109 Euro aus.

In dem Moment, als Elsa ihm dafür Geld auszahlte, kam Soltei wieder heraus. »Was machen Sie da«, fragte er misstrauisch, als würde sein privates Geld über den Tisch gehen.

»Ich zahle 109 Euro Materialkosten aus«, antwortet Elsa ungerührt und zählte weiter das Geld ab.

»Aber auf Heller und Pfennig, hier wird nicht aufgerundet!«

Soltei hatte öfter schlechte Laune. Aber so wie heute hatte man ihn länger nicht erlebt. Elsa schob ihm die Quittungen rüber und legte Helmut Siedler Scheine und Münzen auf den Tisch. Solteis Wut schien ins Leere zu laufen.

»Und Sie sollten, anstatt hier meinen Kaffee zu trinken, endlich arbeiten gehen«, wandte er sich lautstark an Siedler. Dann verließ er sein Büro.

»Das muss ja eine hundsmiserable Platzrunde gewesen sein«, meinte Helmut Siedler nur und trank in Ruhe seinen Kaffee aus.

* * *

Nach dem Frühstück fanden sich einige Kurgäste, unter ihnen auch Herbert Leitner und Marlies Schön, zur Maltherapie ein. In der Mitte des Raumes stand ein großer Tisch voller Pinsel, Farben und Wassergläser. Frau Scholz, die Diplompsychologin, bedeutete den Anwesenden, sich zu setzen.

»Ich begrüße Sie recht herzlich zur ersten Stunde in unserem Zeichensaal.« Sie nahm einen Pinsel in die Hand und machte damit eine Bewegung wie ein Dirigent. »Keine Sorge, es geht hier nicht darum, perfekte Bilder zu malen. Vielmehr sollen Sie in die Lage versetzt werden, Ihren eigenen Gefühlen, Sehnsüchten, aber auch Ängsten Ausdruck zu verleihen.« Sie setzte sich an den großen Tisch in der Mitte des Raumes und stellte den Pinsel in eines der Gläser. »Hat jemand von Ihnen schon einmal an so einer Stunde teilgenommen?«, fragte sie in die Runde.

»Ja, da war ich elf Jahre alt und hatte so eine komische Kunstlehrerin, die sah aus wie Sie«, rief Herbert Leitner in Richtung von Irene Scholz, zur Erheiterung der anwesenden Männer. »Die hatte wirklich einmalige Dinger«, schob Leitner hinterher und deutete Brüste in Form einer überzüchteten Zucchini an.

Leitner lachte herzhaft über seinen Witz und ließ die imaginären Zucchinibrüste immer wieder vor- und zurückpendeln. Frau Scholz lächelte milde. Solche Witzbolde konnte sie ganz besonders gut leiden.

»Und wie sah Ihr Schwänzchen damals aus«, fragte sie zurück und zeigte zwischen Zeigefinger und Daumen einen kaum wahrnehmbaren Abstand.

Das saß, Herbert Leitners Lachen versiegte. Jetzt lachten dafür die anwesenden Damen. Vollkommen unpsychologisch war das, wie Irene Scholz sich sofort eingestand. Aber manchmal hatte sie einfach Lust, einen solchen Patienten abzukanzeln. Sie war schließlich auch nur ein Mensch. Warum die meisten Menschen glaubten, dass Psychologen alles verstanden, nie die Geduld verloren und unverheiratet oder dreimal geschieden waren, wusste sie auch nicht.

»Na, Herr Leitner, nehmen Sie es mal nicht persönlich. Das Schwänzchen wird doch noch gewachsen sein. Jedenfalls ein kleines Stückchen«, sagte eine Frau im hautengen Lederkostüm und fuhr sich mit der Zunge über die Lippen.

Frau Scholz verkündete gerade das Thema der ersten Stunde: Was bedeutet für Sie Glück? – als die Tür aufflog.

»Tagchen, bin ick hier richtig zum Malen?«

»O Gott«, stöhnte Marlies und starrte auf die Tischplatte. Nirgendwo schien sie vor dieser Frau sicher zu sein.

Die Psychologin begrüßte Charlotte Jaschke per Handschlag und wies ihr einen Platz neben Marlies zu.

»Da bin ick wieder«, sagte Charlotte zu ihr, grinste und kniff ein Auge zu.

»Das ist ja nicht zu überhören«, erwiderte Marlies knapp und rückte mit ihrem Blatt Papier ein Stück zur Seite.

Frau Scholz animierte die Teilnehmer zum Zeichnen. »Lassen Sie die Frage erst mal auf sich wirken: Was bedeutet für Sie Glück?« Sie sah in die Runde und wartete. »Wenn in Ihnen ein Bild aufsteigt, versuchen sie es zu Papier zu bringen. Es können auch nur Farben sein, eine Form, was auch immer Ihnen zum Thema Glück einfallen mag.«

Alle starrten Löcher in die Luft oder auf das Papier. Außer Herbert Leitner. Der begann sofort. Hektisch führte er den Pinsel. Nach fünf Minuten war er fertig. Es war ein etwas windschiefes graues Hochhaus mit etwas Braunem im Fenster, vermutlich Gardinen. Frau Scholz konnte Herbert Leitner überreden, ein zweites Bild zu malen. Charlotte Jaschke malte langsam, aber zielstrebig ein braunes Schaf, das die Beine eines Flamingos und Ohren eines Elefanten hatte.

Marlies grübelte lange, bevor sie den ersten Pinselstrich am unteren Rand des Blattes zog. Ein schnurgerader Strich in Hellbraun von links nach rechts quer über das ganze

Blatt. Darüber noch ein Strich und noch einer und noch einer, bis sie auf der Hälfte des Blattes angekommen war. Dann wechselte sie zur Farbe Blau. Strich für Strich, bis sie die obere Kante des Bildes erreicht hatte. Auf die braune Fläche setzte sie zwei schwarze Punkte. Das war alles.

Irene Scholz blickte lange auf dieses Bild. Sie drehte es. Betrachtete es seitlich von oben, von unten.

»Und?«, fragte Marlies in Erwartung eines Lobes.

Frau Scholz hatte nicht mal im Ansatz eine Idee, was das sein sollte. Vielleicht eine blau-braune Tapete mit Fliegenschiss, dachte sie. Es war heute einfach nicht ihr Tag.

»Ja ... sehr schön ... so individuell«, sagte sie ausweichend und ging zum nächsten Bild. Manchmal gab es Leute, die fielen einem psychologisch zwar auf, aber man wusste nicht, warum. Marlies Schön war so jemand.

Dann sah sie auf das Bild von Frau Jaschke. Ihre erste Idee zu dem seltsamen Wesen war: drogeninduziertes Phantasietier. Es war Hotte, die träge Deutsche Dogge.

Herbert Leitners zweites Bild stellte ebenfalls ein Hochhaus dar. Nur noch höher als das erste und mit grünen Gardinen.

»Dann sehen wir uns mal gemeinsam die Bilder an«, sagte Frau Scholz und überlegte, mit welchem Kunstwerk sie beginnen sollte.

Marlies hielt ihr Bild am höchsten, sie schien eine Schulnote zu erwarten.

»Haste fein jemacht«, kommentierte Charlotte und begann übergangslos von ihrem eigenen Bild zu erzählen. »Meen Glück is Hotte, der Hund. In natura sieht er besser aus. Der is für mir Glück, weil der wedelt och mitm Schwanz, wenn ick mal keene jute Laune habe. Im Jegensatz zu den Mann.«

Einige lachten los. Frau Scholz zügelte ihren Spaß an Charlotte Jaschkes Ausführungen, kreischte aber innerlich vor Vergnügen. Marlies ließ ihr Bild enttäuscht sinken und stützte ihre Stirn mit der Hand ab.

»Das Tier bedeutet für Sie also Vertrauen, Geborgenheit und Sicherheit«, fasste Frau Scholz zusammen.

Charlotte Jaschke nickte. »So kann mans och sagen.«

Dann wandten sich alle Herbert Leitners Hochhäusern zu.

»Ihr Glück sind die Hochhäuser?«

Herbert Leitner strahlte und nickte mehrfach.

»Er will wohl hoch hinaus«, versuchte Marlies eine Interpretation der sehr funktionalen Darstellungen. »Vielleicht hat er von oben alles besser im Blick, kann die Dinge seines Lebens überschauen«, ergänzte sie ihre Ausführung. Da alle anderen schwiegen, fuhr sie fort: »In so einem Hochhaus wohnen viele Menschen. Es ist wie eine große Familie, jeder kennt jeden.« Offensichtlich hatte Marlies keine Ahnung von der Anonymität in einem Hochhaus. »Man kann sich austauschen und trifft liebe Menschen, die sich freuen, dass man da ist. Wie in einer guten Familie. Wie in einer richtig guten Familie«, sagte sie mit Nachdruck. Sie geriet ins Schwärmen. »Man hat Freunde und fühlt sich wie in einer heilen Familie. Man wird gebraucht, anerkannt, geliebt. Überall sind Menschen, für die man etwas tun kann und die sich darüber auch freuen. Wie bei kleinen Kindern. Die sind so dankbar, wenn sie in einer heilen Familie aufwachsen.« Marlies war so gerührt von ihren eigenen Ausführungen, dass ihre Stimme zu zittern begann. Sie schluckte ein paarmal, um die plötzlich drängenden Tränen zurückzuhalten. »Das ist es, was ich darin sehe«, schloss sie ihre Rede mit leiser Stimme ab.

»Vielen Dank, Frau Schön. Das waren sehr einfühlende Worte«, sagte Irene Scholz und wandte sich Herbert Leitner direkt zu. »Und was bedeutet das Bild für Sie persönlich?«, fragte sie mit sanfter Stimme.

»Riesenaufträge«, erklärte Herbert Leitner mit leuchtenden Augen. »Ich habe nämlich eine Gerüstbaufirma und Hochhäuser einzurüsten ist das Geschäft meines Lebens!« Wenn man genau hinsah, konnte man erkennen, dass die Gardinen in den Fenstern Geldscheine darstellen sollten. Stockwerk um Stockwerk Geldscheine. Auf dem ersten Bild 50-Euro-, auf dem zweiten Bild 100-Euro-Scheine.

»Ah ja«, sagte Frau Scholz und fuhr sich mit der Hand ein paarmal über die Stirn, wie um Kopfschmerzen zu verjagen. Ihr fiel nur ein, dass sich Herr Leitner auch gleich von dem Hochhaus in den Tod stürzen könnte.

Dann wandte sie sich an Marlies. »Kommen wir zu Ihrem Bild, Frau Schön.«

Alle starrten auf das braun-blaue Bild mit den beiden schwarzen Punkten. Niemand sagte etwas.

»Manchmal muss man ein Bild ein wenig auf sich wirken lassen«, versuchte Irene Scholz die Stille zu überbrücken.

Alle schwiegen weiter. Charlotte Jaschke kaute an ihren Fingernägeln und spuckte die Reste neben ihren Stuhl. Herbert Leitner begann, ein drittes Hochhaus zu malen.

»Vielleicht kann uns die Künstlerin einen Tipp geben«, schlug ein Kurgast von der anderen Seite des Tisches vor.

»Urlaub«, sagte Marlies, die noch immer gegen die Tränen kämpfte.

»Das ist ein Strand und das Meer!«, rief jemand aus, als habe er gerade bei »Wer wird Millionär?« die letzte Frage gelöst.

»Richtig, das ist ein Strand und das Meer«, wiederholte Irene Scholz erleichtert, doch noch etwas aus dem Bild machen zu können. »Und bei der Interpretation des Bildes von Herrn Leitner«, sie zeigte auf die Hochhäuser, »haben wir ja bemerkt, wie sehr Ihnen, Frau Schön, die Zweisamkeit am Herzen liegt, Ihre Sehnsucht nach einem Menschen an Ihrer Seite, der Sie braucht, der Sie beschützt und anerkennt.«

Alle nickten zustimmend.

»Und die beiden Punkte dort, das sind Sie und Ihr Mann«, sagte ein Kurgast triumphierend.

»Richtig«, stimmten die anderen mit ein,

»Ja genau, das sind Sie mit Ihrem Mann!«, sagte auch Irene Scholz in die allgemeine Euphorie hinein.

Marlies Schön schüttelte den Kopf. »Das bin ich mit meinem Sohn«, erklärte sie und trotzte ihren Lippen ein Lächeln ab.

»Ah ja«, sagte Irene Scholz und verzichtete auf weitere Interpretationen.

»Wir sehen uns wieder am Dienstag. Ihnen allen noch einen schönen Tag.«

* * *

Bertram Bachel war ein unauffälliger, hagerer Mann mit einem Mittelscheitel, der durch eine Wasserwaage überprüft worden zu sein schien. Seine Haarfarbe lag zwischen braun und blond, seine Augen waren von einem trüben Grün durchdrungen.

»Guten Tag, Herr Bachel«, sagte Elsa freundlich und reichte ihm die Hand. Sie war ein wenig stolz, dem berühmtesten Mann des Landkreises persönlich zu begegnen. Aber Bachel starrte auf die Hand wie auf eine überdimensionale fünfbeinige Milbe. Er schlug nicht ein. Elsa führte ihn in das Zimmer von Professor Soltei.

»Der Chef kommt gleich. Sie können sich gerne hier setzen«, bedeutete sie ihm einen Platz auf der Couch.

»Danke, nein, ich stehe lieber«, erwiderte Bachel.

»Möchten Sie etwas trinken?«

»Nein, danke.«

»Sind Sie sonst mit allem zufrieden?«, mühte sich Elsa um das Gespräch.

»Ja, danke.«

Bachel besah sich gerade die bunten Bilder an den weißen Wänden, als Professor Soltei das Vorzimmer betrat.

»Elsa!?«, rief er sofort.

»Hier«, antwortete sie und machte sich rasch auf den Weg zum Chef. »Herr Bachel ist da«, flüsterte sie ihm zu, bevor er wieder wegen irgendeiner Kleinigkeit laut wurde.

»Wer?«

»Bertram Bachel, auf Empfehlung vom Bürgermeister«, flüsterte Elsa weiter.

Der Name Bertram Bachel klang in Solteis Ohren derartig künstlich, dass er sofort Frank Schröder hinter seiner Tür vor sich sah. Wer weiß, vielleicht hatte der schon längst mit Bürgermeister Humpe gesprochen und Humpe hatte ihm hier die Suite versprochen. Für das angebliche Elend, das Frank Schröder durch den Herrn Professor erlitten haben sollte. Soltei rechnete mit allem. Er lehnte die Tür zu seinem eigenen Zimmer an.

»Wie sieht er aus?«, fragte Soltei flüsternd.

Elsa zuckte mit den Schultern.

»Wie groß ist er?«

»Ungefähr so.« Elsa zeigte eine Handbreit über ihre eigene Körpergröße.

»Haarfarbe?«

»Braun.«

»Hell oder dunkel?«, fragte Soltei ungeduldig.

»Herrgott, er sitzt hinter der Tür, sehen Sie selbst nach«, erwiderte Elsa verständnislos.

Sie setzte sich an ihren Schreibtisch und machte Anstalten zu telefonieren. Soltei atmete tief durch. Gut, Elsa wollte ihm nicht helfen, dann würde er die Sache jetzt selbst in die Hand nehmen. Er stieß die Tür mit Wucht auf und sie prallte mit einem Knall innen an die Wand. Bachel fuhr vor Schreck zusammen. Nein, es war nicht Frank Schröder. Wer auch immer da stand, er war ein anderer, als Soltei befürchtet hatte. Entsprechend überschwänglich geriet ihm die Begrüßung.

»Mein lieber Herr Bachel, schön, Sie in unserem Haus begrüßen zu können.«

Er riss Bachel die Hand von der Seite hoch und drückte sie mehrfach. Bachel konnte Berührungen von fremden Menschen nicht ausstehen, sie machten ihn nervös. Er bekam hektische rote Flecken und der Schweiß brach ihm aus. Deswegen mied er jeglichen körperlichen Kontakt.

»Guten Tag, Herr Professor«, antwortete er schließlich, nachdem er den Schreck des Händedruckes einigermaßen überstanden hatte.

»Was führt Sie zu uns?«, fragte Soltei.

»Ich gehe demnächst auf eine Welttournee und brauche absolute Entspannung.«

»Was machen Sie denn, Herr Bachel?«

Bertram Bachel seufzte. Soltei war zwar neu im Ort, aber trotzdem hätte er den Namen Bachel kennen können.

»Ich bin Pianist«, antwortete er schließlich und fügte mit einem Schuss Arroganz hinzu, »mein Name ist in der Musikwelt weiß Gott nicht unbekannt. Außerdem bin ich persönlich mit Herrn Humpe bekannt, er hat Sie mir empfohlen.«

Jetzt sagte der Name Bachel auch Professor Soltei etwas. Bertram Bachel, der berühmte Pianist. Vor drei oder vier Jahren war er in New York an seinen Plakaten vorbeigelaufen. *»God ist back, Bachel plays piano.«* Gott ist wieder da, Bachel spielt Klavier.

»Ich habe Sie vor einigen Jahren in New York gesehen«, log Soltei.

Bachel nickte – »Kann sein. Ich habe vor einigen Jahren

dort mit den Bostoner Philharmonikern eine Konzertreihe gegeben, mit der wir dann auch nach Japan gegangen sind.«

Soltei fasste es nicht. Woher kannte ausgerechnet Bürgermeister Humpe einen solchen Mann?, schoss es ihm durch den Kopf. Humpe war ein Stammtischler, dem man nur schwer den kultivierten Herrn abnehmen konnte. Seit seiner Wahl zum Bürgermeister soff er statt Bier teuren Wein, aber das änderte nichts an seiner Bauernschläue. Humpes Alkoholkonsum war inzwischen so weit gediehen, dass er sich das erste Geschäftsessen auf den Mittag legen lassen musste, um nicht in den körperlichen Entzug zu fallen. Sein Alkoholproblem hinderte ihn aber nicht an der Ausübung seines Amtes. Im Gegenteil. Er war berühmt für seine Gesprächigkeit. Er konnte stundenlang reden, ohne dass jemand am Ende wusste, was er gesagt hatte, aber alle stimmten zu. Er hatte durchaus das Zeug, um zum bayerischen Landespolitiker aufzusteigen.

»Ach, der gute Humpe«, sagte Soltei.

Er mochte Humpe nicht, aber er war nun mal ein wichtiger Mann im Ort. Geschickt hatte Soltei sich ihm als Hausarzt anerboten und ihn aus einer kniffligen Situation befreit. Humpe hatte dankend angenommen. Denn nach dem Desaster mit Professor Schiffer, ausgerechnet in seinem Whirlpool, hatten sich die Wege von Humpe und Schiffer schlagartig getrennt und Humpe verlor seinen langjährigen medizinischen Berater. Die Wahrheit über seinen desolaten Gesundheitszustand wusste Humpe nun bei Soltei am besten verborgen.

Soltei bat Bachel, sich das Hemd auszuziehen. Während er ihn zur Liege hinübergeleitete, zerrte er sein Stethoskop aus der Tasche. Es hatte sich um den Reflexhammer gewickelt.

»So, so, Pianist«, murmelte Soltei, vertieft in den Versuch, die zwei Geräte voneinander zu trennen. Schließlich konnte er den Reflexhammer aus der Umklammerung des Stethoskopes befreien. Um das stockende Gespräch irgendwie wieder aufzunehmen, sagte er: »Dann kennen Sie bestimmt den Herrn Dorn. Er wohnt auch im Südflügel.«

»Dorn? Sagt mir nichts.«

»Der Geiger, Silvio Dorn.«

Bachel zuckte die Schultern. Soltei bat ihn, tief ein- und auszuatmen, und setzte das Stethoskop auf. Immer und immer wieder überlegte Soltei dabei, wo Frank Schröder wohl auf ihn lauern würde. Was wollte er von ihm? Vermutlich Geld. Was sonst?

»Mir wird schwindlig«, riss Bachel ihn aus seinen Gedanken.

»Ach ja, Sie können wieder normal weiteratmen, danke. Es ist alles bestens«, erklärte Soltei und beendete damit die sehr oberflächliche Untersuchung.

»Sie wirken abgespannt, Herr Professor«, sagte Bachel, dem die Fahrigkeit Solteis nicht entging. »Humpe hat mir versprochen, dass es kein Problem sei, mich im Kurhaus am Flügel üben zu lassen. Ungestört, versteht sich, deswegen bin ich bei Ihnen.«

»Alles kein Problem. Sie können spielen, wann immer Sie wollen, ein kurzer Anruf genügt«, sagte Soltei.

»Und ich bitte um absolute Diskretion bezüglich meiner Anwesenheit im Haus!«

»Selbstverständlich.« Soltei verabschiedete den seltsamen Gast und Bachel machte sich auf den Weg zum Südflügel.

* * *

Marlies Schön stolperte mit ihrem Therapiebild durch die Flure. Sie war aufgewühlt und dachte an ihren Sohn. Was, wenn er sein Leben ohne sie gestalten wollte? Zu Beginn seiner Haftstrafe hatte sie ihm fast täglich geschrieben. Sie klagte ihn nicht an, im Gegenteil. Sie sprach ihm Mut zu, dass auch diese schlimme Zeit vorbeiginge, und wenn er brav sei, würde man ihn bestimmt früher entlassen. Dann könnten sie wieder eine richtige Familie sein. Der Sohn schrieb nur selten und wenn, dann, weil er etwas brauchte: ein Zeitschriftenabonnement, einen Computer, ein Radio und anderes. Nach einem Jahr schickte er eine Werbepostkarte an seine Mutter mit der Bitte, sie solle aufhören, ihm zu schreiben. Sie ließ sich davon nicht beirren und schrieb ihm weiterhin, wenn auch nicht mehr so häufig.

Während sie an ihren Sohn gedacht hatte, war sie blind gelaufen, rechts, links, noch mal links, Treppe hoch und jetzt stand sie vor einem ihr unbekannten Fahrstuhl. Als sich die Tür öffnete, glaubte sie zunächst ihren Augen nicht zu trauen. Im Fahrstuhl stand Bachel. Überrascht über den plötzlichen Halt seines Fahrstuhls, starrte er Marlies direkt ins Gesicht.

»Sind Sie nicht Bertram Bachel, der Pianist?«

Bachel war wie versteinert und antwortete nicht.

»Ich fasse es nicht. Ich stehe mit Bertram Bachel an einem Fahrstuhl!«, rief Marlies laut aus.

Bachel legte den Finger an seine Lippen und nickte unmerklich. Am Ende des Flures kamen Menschen. Bachel wurde nervös.

»Das ist ja eine Überraschung!«, rief Marlies noch lauter, »Bertram Bachel im Fahrstuhl, nein!«

Bachel bat sie, nicht so zu schreien. Marlies betrat den Fahrstuhl, legte ihm vertrauensvoll die Hand auf die Schulter und kam mit ihrem Gebiss gefährlich nah an sein Gesicht heran. Bachel erstarrte. Von ihr erführe niemand etwas. Sie sei verschwiegen wie ein Grab. Er spürte, wie seine Hände zitterten, ihm brach der Schweiß aus, er schnappte nach Luft.

»Ist Ihnen nicht gut?«, fragte Marlies besorgt.

»Doch, doch«, antwortete Bachel und entwand sich mühevoll ihrer Berührung.

Er tupfte sich die Stirn mit einem Taschentuch ab. Er hatte das Gefühl, der Fahrstuhl würde immer kleiner.

»Wenn Sie mir vielleicht ein Autogramm geben könnten!« Marlies hielt ihm die Rückseite ihres Tuschebildes hin.

Bachel wollte die Situation so schnell wie möglich beenden und zückte einen Stift.

»Schreiben Sie doch bitte: ›Für meine große Musikfreundin Marlies.«

Er schmierte ihr das Autogramm auf das Blatt in der Hoffnung, der Spuk habe dann ein Ende.

Marlies zog seine Hand an sich und schüttelte sie. »Vielen, vielen Dank, Herr Bachel.« Er riss sich regelrecht von ihr los. Sie tätschelte ihm noch die Schulter: »Sie brauchen doch keine Angst vor mir zu haben.«

Dann schrie Bachel aus Leibeskräften: »Fassen Sie mich nicht an!«

Marlies zuckte zurück und entschuldigte sich bei Bachel, indem sie ihm die andere Schulter tätschelte.

»Loslassen!«, schrie Bachel erneut. Endlich öffnete sich die Fahrstuhltür und er sprang hinaus. Marlies wollte ihm schon hinterher, als er sie anfuhr: »Wagen Sie es nicht, mir zu folgen!«

Die Tür ging zu und er sah noch ein Winken, dann trat er in seine Suite. Er riss sich die Kleidung vom Leib. Sein gesamter Körper war übersät mit hektischen Flecken. Die »große Musikfreundin Marlies« hatte ihn an den Rand eines Nervenzusammenbruchs gebracht.

Marlies blieb wie vom Donner gerührt im Fahrstuhl stehen. Jetzt wurde ihr einiges klar. Vermutlich war Dorn mit seinem Kollegen Bertram Bachel beschäftigt und tauchte deswegen nicht mehr auf. Vielleicht waren die beiden sogar Freunde und erholten sich hier gemeinsam von anstrengenden Reisen durch die Welt der Musik. Die kurze Begegnung mit Bertram Bachel gab ihr neuen Schwung und ließ sie die trüben Gedanken an ihren Sohn vergessen. Sie teilte das Haus mit zwei Größen der Musikgeschichte, Silvio Dorn und Bertram Bachel. Das musste sie gleich weitererzählen.

* * *

Harald Börner saß bereits am Mittagstisch und löffelte seine Suppe.

»Sie werden nie erraten, mit wem ich mich gerade unterhalten habe«, sagte Marlies Schön. »Raten Sie mal, wer es war«, forderte sie Börner auf.

Wozu sollte er es raten, wenn sie ihm doch schon gesagt hatte, dass er es niemals würde erraten können, dachte Börner und schwieg.

»Nun raten Sie schon«, drängte Marlies.

»Robert de Niro«, antwortete Börner scherzhaft.

»Falsch«, sagte Marlies triumphierend. »Sie raten es nie!«

Börner machte weiter. »Eros Ramozotti?«

»Falsch, aber die Richtung ist gut. Es hat was mit Musik zu tun. Klassischer Musik.«

»Ach so, na das ist ja nicht schwer. Sie haben den Dorn getroffen«, meinte Börner gelangweilt, der Silvio Dorn für einen Angeber hielt. »Wo steckt denn Ihr großer Star?«, fragte er.

Diese Frage brachte Marlies für einen kurzen Moment aus dem Konzept. »Äh, Dorn … ja. Also, wie Sie das so sagen … so abfällig. Herr Dorn ist ein sehr berühmter Geiger! Ich habe ihn gestern erst wieder gesprochen.«

»So, was sagt er denn?«

»Na ja, also ich habe ihn mehr gesehen als gesprochen. Aber er war sehr beschäftigt und hatte auch gar keine Zeit. Er musste sich um seinen Besuch kümmern. Stellen Sie sich mal vor, wer gerade den Dorn besucht.«

Börner zuckte mit den Schultern. »Mutter Theresa?«

»Die hat doch nichts mit Musik zu tun. Außerdem ist sie tot.«

»Andrea Boccelli?«

Marlies schüttelte den Kopf und grinste.

»Nun sagen Sie es schon«, drängte Börner, dem langsam der Geduldsfaden riss.

»Bertram Bachel«, dröhnte es wie ein Paukenschlag aus Marlies heraus. »Und sehen Sie nur, was er mir geschrieben hat.« Sie hielt ihm ihr Tuschebild hin.

Der starrte auf das in Blau und Braun geteilte Bild. Inzwischen hatte sich Charlotte Jaschke eingefunden.

»Isn Strand mit Sohnemann«, erklärte sie dem ahnungslosen Börner und setzte sich.

Marlies nahm Börner das Bild aus der Hand und drehte es um. »Mensch, so rum«, sagte sie ungeduldig.

»Ach so«, meinte Börner und las langsam vor: »Für meine große Muskelfreundin …«

»Das heißt Musikfreundin«, korrigierte Marlies.

»Stimmt, jetzt, wo Sie es sagen. ›Für meine große Musikfreundin Marlies, Bertram Bachel.‹ Toll«, sagte Börner nicht ohne Ironie in der Stimme.

»Und deswegen hat Herr Dorn gerade keine Zeit für uns«, stellte Marlies zufrieden fest. Es lag also nicht an ihr, sondern an Bertram Bachel.

»Wer solln dit sein, Bachel?«, fragte Charlotte.

Sie wollte sich gerade Suppe nehmen, als sie versehentlich mit den Fingern in das Butterfässchen griff. In die Frage hinein kam Martha an den Tisch.

»Bachel? Bertram Bachel ist ein Klavierspieler«, antwortete sie und sah auf das Bild von Marlies.

Die war überrascht, dass Martha wusste, wer Bertram Bachel war. Charlotte Jaschke leckte sich die Butter von den Fingern.

»Das heißt nicht Klavierspieler, das heißt Pianist«, korrigierte Marlies sie.

Martha ging nicht weiter darauf ein und fragte nur: »Was ist denn mit dem Klavierspieler? Ist er tot?«

»Er hat sich hier im Haus mit Dorn getroffen«, erklärte ihr Börner. »Und Frau Schön hat ein Autogramm von ihm, hier, sehen Sie?«

Er nahm das Bild und reichte es Martha. Aber zwischen ihm und Martha hatte der liebe Herrgott Charlotte Jaschke mit ihren fettigen Fingern gesetzt. Sie stoppte das Bild. Marlies wollte noch rufen. Nein! Aber es war zu spät. »Für meine Mus… Muskel…«

Marlies riss Charlotte das Bild aus der Hand. »Das heißt Musikfreundin!!!«

»Is ja jut«, sagte Charlotte und wischte sich die Finger am Tischtuch ab.

Als Letztes hetzte Herbert Leitner an den Tisch. Schweißperlen standen ihm auf der Stirn.

»Was haben Sie denn gemacht?«, fragte ihn Harald Börner.

»Ich habe noch rasch ein Angebot geschrieben für eine große Wohnungsbaugesellschaft. Wenn die ihre Hochhäuser mal streichen wollen, dann brauchen die Gerüste ohne Ende!«, sagte Leitner.

»Und wann streichen die ihre Häuser?«, fragte Martha.

»Das weiß ich doch nicht. Aber wenn es so weit ist, dann bin ich da. Und Sie wissen doch: Früh nährt sich das Eichhörnchen. Noch früher der Leitner!« Herbert Leitner lachte laut auf.

»Aber heißt es nicht: Mühsam nährt sich das Eichhörnchen?«, fragte Martha.

»Quatsch«, erwiderte Leitner und schüttete sich den Rest der Suppe direkt aus dem Suppentopf auf seinen Teller. »Es heißt: Früh nährt sich das Eichhörnchen.«

Martha ließ es dabei bewenden, obwohl sie wusste, dass Leitner sich irrte. »Was der Bachel hier wohl macht?«, fragte sie in die Runde.

»Was interessieren Sie sich so für Herrn Bachel?«, sagte Marlies. »Interessanter ist doch, was Dorn hier macht!«

»Kur«, antwortete Börner knapp.

Marlies schüttelte heftig den Kopf. »Ich bitte Sie, Börner. Denken Sie doch einmal nach. Das ist doch kein Zufall mit Bertram Bachel!«

»Wenn Sie meinen«, gab Börner zurück und widmete sich endgültig seinem Mittagessen.

* * *

Professor Soltei betrat zögerlich das Wirtshaus und sah sich um. Frank Schröder jetzt und hier über den Weg zu laufen wäre denkbar ungünstig gewesen. Er musterte jeden Gast genau und sah dabei über den Bürgermeister hinweg. Erst mal das Gelände sichern, dachte er sich. So wie er es damals bei der Bundeswehr gelernt hatte. Humpe winkte ihm bereits zum zweiten Mal zu.

»Huhu, Herr Professor, hier bin ich.« Soltei ging zu ihm. »Brauchen Sie eine Brille, Herr Professor?«

»Tag, Herr Humpe«, sagte Soltei, setzte sich und schob eine leere Karaffe Wein zur Seite.

»Und, haben Sie schon mit Bachel gesprochen?«, fragte Humpe gespannt.

»Ja, heute Vormittag. Ein netter Mensch. Kultiviert, besonnen, sehr angenehm«, plauderte Soltei.

»Ich finde er hat einen ziemlichen Sockenschuss«, brachte Humpe seine Meinung auf den Punkt. »Ein komischer Kautz, der Bertram. Trägt er noch die Handschuhe?«, fuhr er fort und schob sich ein Stück trockenes Weißbrot ein.

»Handschuhe? Nein«, antwortete Soltei verwundert.

»Früher trug er immer Handschuhe. Überall und immer, außer am Klavier, und vielleicht hat er sie im Bett auch ausgezogen«, sagte Humpe.

Soltei begann die Speisekarte zu studieren, die er eigentlich auswendig kannte. »Woher kennen Sie den Bachel eigentlich?«, fragte er Humpe.

»Der ist früher mit meiner kleinen Schwester in eine Klasse gegangen. Seine Eltern waren einfache Leute. Der Vater war Hufschmied und die Mutter hat auf dem Markt verkauft. Der Bertram ist oft bei uns gewesen. Eines Tages hatte ich noch Klavierunterricht und der Bub hat zugehört.«

Soltei sah auf Humpes Pranken. »Sie haben Klavier gespielt?«, fragte er verwundert.

»Nicht lange«, antwortete Humpe und winkte den Kellner zum Bestellen heran. »Als ich fertig war, hat der Klavierlehrer noch irgendwas gespielt. Bertram hatte zugehört. Dann ging er ans Klavier und spielte das, was er gerade gehört hatte, nach. Einfach so. Allen war sofort klar, dass der Kleine ein Juwel war.« Humpe und Soltei bestellten. »Schade, dass immer die anderen so ein Glück mit ihren Kindern haben«, sagte Humpe. »Es gab nicht viele im Ort, die damals ein Klavier hatten, und so war der kleine Bachel oft bei uns. Mein Onkel, der Pfarrer, hat sich um den Jungen gekümmert. Die Eltern haben gar nicht verstanden, was ihr Sohn für ein Talent hatte.«

Die Wirtstür ging auf, reflexartig drehte sich Soltei um. Es war der Bierfahrer. Er nickte dem Bürgermeister kurz zu und verschwand dann im Keller der Gaststätte.

»Na ja. Die Eltern konnten den Bertram nicht fördern«, nahm Humpe den Faden wieder auf. »Also hat sich meine Familie seiner angenommen. Ohne uns wäre der Bertram nicht da, wo er jetzt ist. Ab und zu lässt er sich blicken. Bei allem Respekt vor seiner Kunst«, sagte Humpe und leerte sein Weinglas mit einem kräftigen Schluck, »aber der Bachel hat einen Schaden im Oberstübchen. Wer weiß, vielleicht hat er auf Tournee bei den Japsen zu viel rohen Fisch gegessen«, fügte er hinzu und schlug sich vor Lachen auf die Schenkel. »Nichts gegen die Japaner, aber das mit dem rohen Fisch ist doch widerlich«, bekräftigte Humpe seinen Widerwillen und orderte noch eine Karaffe Wein.

Dann kam er auf den eigentlichen Anlass ihres Treffens zu sprechen. Das Kulturprogramm des beschaulichen Kurortes müsse sich ändern. Soltei stimmte ihm zu. Er habe nichts gegen die Blockflötenkonzerte der Nichten des Bürgermeisters, aber er frage sich, ob das die Kurgäste wirklich hören wollten, sagte er.

Humpe nickte. »Seit Jahren gehen sie mir damit auf die Nerven. Haben Sie eine Vorstellung davon, wie es ist, wenn sie jeden Sonntag nach dem Kirchgang hören: Onkel Ambrosius, wir haben ein neues Stück eingeübt, das musst du dir anhören. Dann kriege ich schon so einen Hals.« Humpe deutete einen breiten Hals an. »Und wissen Sie, was das Schlimme daran ist, Professor?«

»Nein. Was?«

»Die Stücke klingen alle gleich!« Soltei musste schmunzeln. »Blockflöten gehören sowieso verboten, zusammen mit Xylophonen«, sagte Humpe.

»Aber sagen Sie mal, Bürgermeister, wenn Sie den Bachel kennen, warum bitten Sie ihn nicht darum, ein Konzert zu geben?«

»Schwierig. Solo darf er sowieso nicht ohne Zustimmung von oben auftreten. Da gibt es knallharte Verträge. Dagegen war selbst Ihr Jahrhundertding harmlos.« Humpe spielte auf Solteis Vertrag an. Er hatte sich Rechte in den Vertrag schreiben lassen, die normalerweise keine Gemeinde akzeptiert hätte. Aber die Zeit damals drängte und Humpe fühlte sich Soltei zu Dank verpflichtet. Also boxte er den Vertrag durch den Gemeinderat.

Soltei überlegte. »Darf er denn zu zweit auftreten?«

»Ich glaube, das ginge eher. Aber wer soll Bertram das Wasser reichen?«

Er habe zurzeit einen bekannten Geiger in der Klinik, erklärte Soltei. »Ein Duzfreund von Pavarotti. Vielleicht kann man ihn und Bachel zusammen auftreten lassen.«

Humpe bemächtigte sich in großen Bissen seines Jägerschnitzels. Die Soße tropfte ihm aus dem Mund. Schließlich konnte er ein Rülpsen nicht verhindern.

»Entschuldigung«, sagte er und spülte mit Wein nach. »Ich könnte versuchen, mit Bertram zu reden, und Sie reden mit dem … wie heißt der Mann?«, fragte er nach und schob sich eine ganze Kartoffel in den Mund.

»Dorn, Silvio Dorn. Er hat schon überall auf der Welt gespielt. Karajan war sein Mentor.«

Humpe nickte zufrieden. »Der Berliner Dirigent?«

»Karajan war kein Berliner. Er hat die Berliner Philharmoniker geleitet«, schloss Soltei eine der zahllosen Wissenslücken des Bürgermeisters.

»Ist doch wunderbar«, schnaufte Humpe zwischen zwei Bissen hervor. Professor Soltei war der richtige Mann am richtigen Ort. Er wusste, wie man diesem kleinen Kurort positive Schlagzeilen verschaffte. »Das müssten wir dann richtig groß aufziehen. Ich sehe schon die Schlagzeile vor mir: Kulturelle Sensation!« Humpe deutete mit der Hand in der Luft eine imaginäre Schlagzeile an. »Die Presse könnte ich übernehmen«, sagte er nebenbei.

Soltei stimmte sofort zu. Im Moment befand er es für

besser, wenn er selbst nicht in der Öffentlichkeit in Erscheinung trat.

»Mensch, Professor, das wäre doch ein Ding. Stellen Sie sich die Schlagzeile vor«, steigerte Humpe sich weiter in diese Idee hinein. »Starpianist trifft Stargeiger!« Am Ende war er von seinen eigenen Ausführungen so begeistert, dass er beim Gelingen dieses Projektes Soltei für einen Sitz im Gemeinderat vorschlagen wollte. »Hand drauf, Professor.«

Er schlug ein. Endlich, endlich dachte Soltei.

* * *

Nach dem Mittagessen stand Ballsport auf den Stundenplänen. Martha betrat die Sporthalle in ihrem raschelnden lila-orangefarbenen Trainingsanzug.

»Gott, Martha, haben Sie wirklich nur diesen Trainingsanzug?«, fragte Marlies Schön theatralisch.

»Kiek doch nich hin, wenn's dir stört«, sagte Charlotte Jaschke und rollte ihren beachtlichen Leib Richtung Hallenmitte.

Hier stand Kai, der neulich seinen Waschbrettbauch zur Schau gestellt und die Benutzung des Heimtrainers erläutert hatte. Er erinnerte sich sofort an Martha, weil sie so überraschend fit war.

»Na, Frau Horst, wieder fit wie immer?«, fragte er sie lächelnd, was Marlies aus dem Augenwinkel missbilligend registrierte. Kai rief die restlichen Damen und Herren zu sich in den Mittelkreis. Lässig saß er auf einem Basketball und begrüßte alle »zu einer fröhlichen Stunde«.

»Da habe ich meine Zweifel, mit der Fröhlichkeit«, sagte eine gestylte Frau, deren Turnschuhe jungfräulich weiß strahlten. Sie trug einen superteuren, offensichtlich nagelneuen Trainingsanzug einer edlen Sportmarke.

Marlies traute ihren Augen nicht, als sie die Frau sah.

Sie hatte den gleichen Trainingsanzug wie sie an. War das peinlich!

»Sie sehen aus wie Schwestern«, klatschte Börner belustigt in die Hände, als er den Zufall bemerkte.

Nachdem so ziemlich jeder einen Spruch über die sündhaft teure Einheitskleidung der beiden Damen gemacht hatte, ging es los. Kai stand auf, warf den Basketball lässig von einer Hand in die nächste und fragte, was das sei.

»Ein Basketball«, antwortete Marlies pflichtbewusst.

»Ach wat«, sagte Charlotte.

»Richtig«, erwiderte Kai und warf Marlies den Ball vorsichtig zu.

Damit hatte sie nicht gerechnet. Der Ball prallte an ihr ab wie an einer Häuserwand und rollte zu Börner. »Wo muss dieser Ball hin?«, setzte Kai sein Frage-Antwort-Spiel fort.

Martha wollte schon fragen, ob das Sport für geistig Behinderte sei, als eine junge, dürre Blondine mit piepsender Stimme fragte: »In das Tor da?«

»Nicht ganz«, sagte Kai. Dann wandte er sich Börner zu, der den Ball noch immer in der Hand hielt. »Herr Börner, was glauben Sie denn? Wo muss der Ball hin?«

Börner drehte sich wortlos um. Er ließ den Ball zweimal elegant auftippen und warf ihn dann aus beachtlicher Entfernung in perfekter Haltung in den Korb. »Da«, kommentierte er seinen Treffer.

Martha staunte und fragte, ob man den Korb für sie niedriger hängen könnte. Der Trainer verneinte lächelnd. Dafür wollte Martha dann aber wenigstens mit dem 1,90 Meter langen Harald Börner in einer Mannschaft sein.

»Er muss mich vor einer Niederlage retten«, sagte sie und tänzelte auf Börner zu.

»Aber gerne doch«, erwiderte der und deutete einen Diener an.

Marlies Schön fasste es wieder einmal nicht. Wie konnte

sich diese kleine, dicke Frau nur so schamlos an die Männer ranwerfen? Und das alles auch noch in diesem scheußlichen raschelnden Trainingsanzug. Zwei Mannschaften wurden aufgestellt. Charlotte Jaschke übernahm freiwillig die Rolle des Ersatzspielers.

»Ick wechsel mir ein, wenn icks für nötig halte«, sagte sie, legte sich auf eine Turnmatte und streckte alle viere von sich.

Der Trainer erklärte kurz die Regeln. Er wies darauf hin, dass Basketball ein kontaktarmes Spiel sei, grobe Körperberührungen seien ein Foul. Es ginge auch weniger um den Sieg als um Teamarbeit. Dann pfiff er das Spiel an. Eine nicht unerhebliche Anzahl von Teilnehmerinnen war kaum in der Lage, den Ball zu fangen. Entweder wichen sie ihm schreiend aus oder sie ließen ihn fallen, kaum dass er ihre Hände berührt hatte. Mit der Folge, dass andere tief gebeugt versuchten, den Ball wieder ins Spiel zu bringen. Am besten lief es zwischen Börner und Martha. Martha wusste gut mit dem Ball umzugehen. Sie griff ihn sich, spielte nach vorne auf den langen Börner und der machte den Korb. Wenn Marlies den Ball hatte, barg sie ihn in den Armen wie ein Kind und sah sich lange um.

»Frau Schön, Sie müssen auch abspielen«, erklärte Kai.

Die dürre Blondine rief sofort mit erhobenen, gekreuzten Händen: »Aber bitte nicht zu mir!«

Marlies lief mit dem Ball im Arm los.

»Frau Schön, Sie dürfen nicht so lange mit dem Ball im Arm laufen. Er muss tippen«, ermahnte Kai seine Schülerin.

Aber Marlies lies sich nicht beirren und lief bis unter den Korb. Dort nahm sie den Ball in beide Hände und warf ihn senkrecht von unten nach oben durch den Korb. Sie klatschte sich selbst Beifall, drehte sich um und fragte: »Na, wie war ich? War das nicht toll?«

»Das war leider falsch, Frau Schön«, sagte Kai. Der Ball müsse von oben nach unten durch den Korb fallen.

»Also Ihnen kann man aber auch nichts recht machen«, erwiderte Marlies beleidigt und drehte Kai den Rücken zu.

»Kommen Sie, Frau Jaschke, das macht total Spaß«, sagte Martha.

Charlotte hob mühsam ihren Kopf von der Matte. »Wenn's dir glücklich macht. Jib ma her die Murmel.«

Martha rollte ihr den Ball zu. Charlotte warf ihn scheinbar ziellos, aber mit Kraft in die Menge. Dann ließ sie sich sofort auf die Matte zurücksinken.

»Is dit anstrengend«, sagte sie im Liegen und konnte so den Weg des von ihr geworfenen Balles nicht mehr verfolgen.

Er traf Marlies am Hinterkopf. »Aua!« Alles lachte über diesen scheinbaren Zufallstreffer.

Außer Martha, die sich zu der taumelnden Marlies gesellte. »Haben Sie sich wehgetan, Frau Schön?«

Martha versuchte, Marlies zu stützen. Das fehlte ihr gerade noch. Sich von dieser Frau, vor der kein Mann sicher zu sein schien, helfen zu lassen.

»Herrgott, lassen Sie mich los, ich bin doch kein kleines Kind.«

»Ich wollte Ihnen nur helfen«, erwiderte Martha entschuldigend. »Das muss Ihnen doch eben sehr wehgetan haben.«

»Nein, hat es nicht. Es war wunderbar«, gab Marlies ironisch zurück. Sie wies Marthas Hand barsch zurück, taumelte gegen die Hallenwand und ließ sich langsam hinabgleiten, um sich zu erholen.

Martha reihte sich wieder in ihre Mannschaft ein und alle setzten das Spiel fort. Marlies sah hinüber zu Charlotte Jaschke, die sich zwischenzeitlich auf die Seite gelegt hatte. Sie grinste. Aber alles, was Marlies Schön erkannte, war eine riesenhafte Fratze aus Glasbausteinen mit gelben Augen, über denen sich grüne Sterne drehten. Dann wurde sei ohnmächtig. Ihre Ohnmacht wurde allerdings erst bemerkt, als die dürre Blondine mit einem lauten »iiihhhh« über ihre leblosen Beine stolperte. Als Marlies wieder zu sich kam, lag sie bereits auf einer Trage im Schwesternzimmer.

* * *

Soltei kehrte vom Essen mit Bürgermeister Humpe zurück und ging in sein Zimmer. Elsa war nicht da. Sobald sie Solteis Porsche unten gehört hatte, hatte sie rasch Max, den Klinikhund, in die Küche gebracht.

Als sie zurückkehrte, sagte Soltei: »Na, wieder Pause gemacht?!«

Elsa legte ihm wortlos die Akte von Silvio Dorn auf den Tisch. Missmutig nahm er sie hoch und blätterte darin.

»Was soll das, der Mann ist Kassenpatient«, sagte Soltei barsch.

»Sie wollten Herrn Dorn selbst untersuchen«, entgegnete Elsa.

»Seit wann untersuche ich Kassenpatienten!?«

»Silvio Dorn ist der Geiger«, sagte Elsa ruhig.

»Ach ja richtig.« Er hatte doch gerade eben Bürgermeister Humpe von dem Geiger erzählt. Soltei war nicht gut drauf. Er merkte selbst, dass er fahrig und unkonzentriert war in allem, was er tat.

»In 30 Minuten wagt er sich in Ihr Büro«, sagte Elsa nicht ohne Ironie.

An der Tür drehte sie sich noch einmal um und sagte Soltei, dass seine Frau angerufen habe und um Rückruf bitte. Er war genervt von ihren Anrufen. Was dachte sich Diana eigentlich, dass er den ganzen Tag nur Däumchen drehte? Er war ein vielbeschäftigter Mann und das sollte auch Diana endlich begreifen. Er rief nicht zurück und widmete sich seinen Aktiengeschäften. Ungewohnt konzeptlos kaufte er Aktienpakete, um sich kurz darauf über den Kauf zu ärgern. Er sah den Barbestand auf seinem Konto und dachte nach. Wie viel Geld würde Frank Schröder von ihm fordern? 10 000, 100 000 Euro? Könnte Frank überhaupt etwas fordern? Brachte er das fertig? Soltei konnte es sich kaum vorstellen. Aber vielleicht war sein ehemaliger Freund in der Haft endlich zu einem richtigen Mann geworden, dachte er ernsthaft. Und dann? Vielleicht hatte er Kontakte zu Schlägern geknüpft. Er phantasierte weiter. Was, wenn Frank nicht mehr der ewig nette Junge von nebenan war, sondern ein durchs Gefängnis verrohter Gewaltverbrecher?

Doch im Grunde hatte sich Frank Schröder nie durchsetzen können. Er wurde viel zu schnell weich. Einmal hatten sie in der Schule alle Stühle der Klasse auf den Tischen festgeklebt. Das war eine Gaudi. Aber als der Rektor mit Klassentadel drohte, ging Frank brav zu ihm und stellte sich. Niemand hätte ihnen etwas nachweisen können, doch Frank hielt es nicht aus und musste zum Rektor. Heldenhaft, wie er war, hat er alle Schuld auf sich genommen. So was Dummes, überlegte Soltei. Wegen der angeblichen Einzeltäterschaft bekam Frank einen völlig unnötigen Schulverweis. Das hätte er sich alles ersparen können, wenn er einfach still auf seinem Stuhl sitzen geblieben wäre. Soltei senior musste allen Einfluss geltend machen, damit Frank Schröder auf der Schule bleiben konnte.

Eigentlich war Frank doch immer selbst schuld gewesen. Genau wie damals im Zoo. Für ein paar verreckte Tiere war er bereit, sich sein Leben ruinieren zu lassen. Der Zoo wäre versichert gewesen, kein Hahn hätte nach einem Schuldigen gekräht. Aber nein, Frank Schröder ließ den Moralapostel raushängen, die armen Tiere, ich muss sie retten. Und, hatte er es geschafft? Nein. Er hätte also ebenso gut abhauen können, so wie Soltei es getan hatte. Stattdessen nahm er auch noch die Schuld für die blöden Pinguine auf sich. Obwohl das nun wirklich Sache der Giraffen war! Wofür sollte er ihn eigentlich entschädigen? Für seine eigene Dämlichkeit?! Je länger Soltei darüber nachdachte, desto absurder fand er die Idee, Frank Schröder könnte Geld von ihm fordern.

* * *

Es klopfte. Silvio Dorn war da.

»Guten Tag, Herr Dorn, nehmen Sie Platz.«

Dorn setzte sich.

»Und haben Sie sich schon eingelebt?«

»Ja, danke. Ich vermisse allerdings die anderen Patienten. Es ist etwas langweilig mit dem einzelnen Herrn da oben. Besonders gesprächig ist er nicht.«

Offensichtlich hatte Dorn noch gar nicht erkannt, mit wem er da oben das exklusive Restaurant teilte.

»Ach, Sie haben sich noch gar nicht mit Herrn Bachel austauschen können?«, fragte Soltei überrascht.

»Bertram Bachel?«, fragte Dorn zurück.

Professor Soltei nickte kurz und begann, die üblichen Fragen zu stellen. »Welche Beschwerden haben Sie denn zurzeit?«

Dorn erzählte von seiner Halswirbelsäule wie von einer widerspenstigen Freundin. Soltei bat ihn, den Oberkörper frei zu machen.

Dorn dachte an den Mann im Restaurant. So also sah ein berühmter Pianist aus. Er hätte ihn nicht erkannt. Zu lange hatte er sich nicht mehr ernsthaft mit Musik befasst, schon gar nicht mit Klassik. Seine Schüler waren anspruchslos und er selbst übte lieber das einhändige Öffnen von BHs und Sektflaschen als das Geigespielen. Sein Geigenspiel lag im Grunde genommen seit 20 Jahren brach. Ab und an begleitete er seinen Kneipenwirt Lucio zu dessen schrecklichem Gesang, in der Hoffnung, nicht jedes Bier bezahlen zu müssen. Und meistens waren die Gäste betrunken genug, um am Ende der Darbietung milden Applaus zu spenden.

»Sie sind ja quasi Kollegen«, sagte Soltei und drückte auf Dorns Rücken herum.

»Das ist etwas übertrieben, Herr Professor. Meine besten Zeiten liegen hinter mir«, wehrte Dorn ab.

»Nun mal nicht so bescheiden«, mahnte Soltei ihn in einem etwas ärgerlichen Ton. Immerhin bewohnte der Mann eine Suite die tagtäglich 1500 Euro kostete.

»Ich bitte Sie, wer mit Pavarotti und Karajan spielt, kann kein drittklassiger Stehgeiger sein.«

Dorn schluckte. Pavarotti, Karajan ... wie kam Professor Soltei nur darauf? Er hatte niemals mit Karajan, geschweige denn mit Pavarotti zu tun gehabt. Als Junge hatte er an einem Karajan-Wettbewerb teilgenommen. Aber das konnte der Professor nicht meinen.

»Damit haben Sie Frau Schön sehr beeindruckt«, sagte Soltei und setzte sein Stethoskop auf.

Jetzt wurde Dorn einiges klar. Marlies Schön hatte geplaudert. Aber das war ihr Problem. Er hatte nicht gelogen. Vielleicht hatte er hier und da geschwiegen. Aber direkt gelogen ... nein. Deswegen auch der Umzug in den Südflügel, das Gourmetrestaurant, die Einzelbedienung, der Whirlpool, nicht zu vergessen die komfortablen Zimmer. Silvio Dorn musste innerlich schmunzeln.

»Ich hoffe, Sie fühlen sich wohl bei uns«, sagte Soltei.

»Danke, alles vorzüglich«, antwortete Dorn und stieg von der Liege.

»Selbstverständlich können Sie sich im Haus frei bewegen und essen, wo Sie wollen. Ich dachte nur, Sie wollten ausspannen und nicht so in der Öffentlichkeit stehen«, erläuterte Soltei.

»Ach, das macht mir eigentlich nichts aus.« Dorn neigte sich etwas vor und fügte leise hinzu: »Was wäre ich ohne meine Fans? Natürlich ist es manchmal lästig, wenn ich auf der Straße erkannt werde. Aber letztendlich tragen mich diese Menschen auch durch den Beruf, wenn nicht gar durch mein Leben.«

Innerlich bekam Dorn einen Lachanfall. Was war er nur für ein genialer Schauspieler. Professor Soltei nickte, was wären Musiker ohne ihre Fans, der Mann hatte recht. Das könnte doch ein gutes Argument sein, dachte er sich und fragte, ob es nicht eine wunderbare Idee wäre, wenn Dorn gemeinsam mit Bertram Bachel ein kleines Konzert geben würde. »Ein ganz kleines versteht sich: Die Fans lägen Ihnen zu Füßen.«

»Auf keinen Fall«, sagte Dorn bestimmt.

»Aber warum denn nicht?«, fragte Soltei.

»Für ein Konzert braucht man eine Zeit der Einkehr, der Ruhe, der Vorbereitung. Des Sich-Einfühlens in den Saal«, erwiderte Dorn bedächtig.

Immer diese Künstler, dachte Soltei. Alle wie kleine Diven.

»Außerdem kann ich mir beim besten Willen nicht vorstellen, dass Bertram Bachel zu einem solchen Auftritt bereit wäre. Also wirklich, Herr Professor, nichts gegen Ihren kleinen Kurort. Aber das ist doch keine Bühne für einen Pianisten vom Format eines Bertram Bachel!«

»Normalerweise würde ich Ihnen zustimmen, Herr Dorn. Aber Bertram Bachel ist quasi der Ziehsohn unserer Bürgermeisterfamilie«, sagte Soltei.

»Ach Gott«, entfuhr es Dorn.

»Denken Sie in Ruhe über alles nach. Ihr Spiel wäre ein unverhoffter Farbtupfer auf der Seele der Menschen.« Soltei war selbst überrascht, zu welchen poetischen Ausführungen er in der Lage war.

Er werde darüber nachdenken, meinte Dorn und zog sich wieder an.

»Und wie gesagt, Herr Dorn, Sie sind hier König im Haus. Sie können tun und lassen, was Sie wollen.« Das Telefon klingelte. »Was ist denn, Elsa?«, fragte Soltei unwirsch ins Telefon.

Frau Schön sei in der Sporthalle ohnmächtig geworden und liege jetzt im Schwesternzimmer, ob Frau Doktor Heitermann hinsolle oder er es selbst übernehmen möchte. Professor Soltei rechnete kurz. Privatpatientin, der 2,3fache Gebührensatz in einer Notfallsituation und das außerhalb der Sprechstunde, das rechnete sich.

»Ich bin gleich unten«, antwortete er, legte auf und verabschiedete sich von Dorn. »Entschuldigen Sie mich bitte, Herr Dorn. Ein Notfall. Meine Fans rufen mich anders«, sagte er mit der scherzhaften Betonung auf meine.

* * *

Soltei ging gemächlich die Treppe hinunter. Erst auf dem letzten Stück vor dem Schwesternzimmer beschleunigte er seinen Schritt. Er liebte es, wenn sein Arztkittel vor Eile flatterte. Die Patienten sprangen dann zur Seite, als sei er mit Blaulicht unterwegs. Sie wussten, wenn der Chef rennt, ist es wirklich eilig.

Als er eintraf, hatte Marlies schon längst wieder das Bewusstsein erlangt. Er neigte sich über sie. Harald Börner stand neben ihm. Er hatte Erste-Hilfe-Maßnahmen ergriffen und das getan, was die meisten Menschen instinktiv tun würden. Er hatte Marlies die Füße hochgehalten und schon weilte sie wieder unter den Lebenden. Er trat zur Seite, als sich der Klinikchef persönlich um die Patientin kümmern wollte. Ihre Vitalzeichen waren bestens. Der Puls war kräftig, der Blutdruck normgerecht und selbst die ursprüngliche Blässe war schon längst wieder aus ihrem Gesicht gewichen.

»Ach, Herr Professor, gut, dass Sie da sind«, hauchte Marlies ihm zu und griff nach seiner Hand.

»Meine liebe Frau Schön, was machen Sie denn für schlimme Sachen!«, rief Soltei und legte ihr fachmännisch zwei Finger an den Hals.

»Mir ist gar nicht gut«, klagte Marlies.

»Ich will ein EKG, ein EEG, eine Blutgasanalyse und ein Röntgenthorax, aber dalli!«

Die Schwestern sahen einander fassungslos an. Aber niemand sagte etwas, die Maschinerie setzte sich in Gang. Soltei legte ihr eine Sauerstoffsonde in die Nase, ohne die Sauerstoffzufuhr aufzudrehen. Marlies glaubte, dass ihr »der Sauerstoff richtig gut« tun würde. Soltei hingegen glaubte nicht daran, dass Marlies Sauerstoff benötigte. Aber für das Anlegen der Sauerstoffsonde gab es eine eigene Abrechnungsziffer. Dank der großen Aufmerksamkeit, die ihr zuteil wurde, begann Marlies sich richtig wohl zu fühlen. Doch als Soltei mit der Spritze ankam und sie ihr ohne Vorwarnung mit Wucht in die Leiste stieß, bekam sie weiche Knie. Als sich die Spritze mit Blut füllte, war Marlies heilfroh, dass sie bereits lag. So konnte sie nicht noch einmal umkippen.

»Dann wollen wir doch mal sehen, was Ihr Blut so macht«, sagte Soltei. Er wies die Schwestern an, einen Druckverband anzulegen. »Haben Sie das öfter?«, fragte er, ohne wirklich ihre Antwort abzuwarten. Soltei wandte sich von ihr ab, um das Blut in ein Gerät zu spritzen.

»Herr Professor Doktor Doktor Waldler stand da auch

schon vor einem Rätsel«, antwortete Marlies bedeutungsschwer. »Was glauben Sie, ist es was Ernstes?«

»Das kann man so noch nicht sagen. Wir legen ein transportables EKG an«, gab er zurück.

Marlies genoss die Situation sehr. Soltei war mit ihr allein beschäftigt, eine Krankenschwester überprüfte zum wiederholten Mal Puls und Blutdruck, eine andere legte einen riesigen Verband um ihre Leiste und eine Lernschwester stand am Fußende und durfte die Notfallversorgung hautnah miterleben. Im Hintergrund sah Marlies Harald Börner stehen, der allen hinterher exklusiv und auf das genaueste von diesem schweren Zwischenfall berichten konnte. Sie lächelte. Endlich kümmerte man sich wieder um sie.

Heute Abend konnte Marlies ihrem Mann von zwei Highlights berichten: der zauberhaften Begegnung mit Bertram Bachel und ihrem dramatischen Zusammenbruch in der Halle.

»Ihr Blut ist gut gesättigt mit Sauerstoff. Wir fahren Sie jetzt zum Röntgen«, sagte Soltei und legte ihr tröstend die Hand auf die Schulter.

Wie gut, dass mich der Herr Professor beatmet hat, dachte Marlies, so ist wenigstens genügend Sauerstoff in meinem Blut. Sie war ihm so dankbar.

Silvio Dorn war inzwischen auch unten angekommen und stand zufällig vor seinem Postfach, als Marlies mit dem zwar kleinen, aber laut piepsenden EKG-Monitor, einer Sauerstoffsonde in der Nase, einer Blutdruckmanschette um den solariumgebräunten Arm, umsäumt von zwei Krankenschwestern und Professor Soltei an ihm vorbeigefahren wurde. Silvio Dorn erschrak.

»Um Himmels willen, Frau Schön«, rief er und starrte sie an. Die Karawane stoppte. »Marlies, was machen Sie denn da?«, fragte er angesichts des medizinischen Trosses mit echtem Entsetzen.

»Es wird schon wieder werden«, hauchte Marlies ihm mit einer Leidensmine entgegen, die Stahl hätte erweichen können. Sie streckte ihm ihre freie Hand entgegen. Dorn streichelte sie fast zärtlich.

Professor Soltei registrierte Dorns sorgenvolles Gesicht und erkannte gleichzeitig Marlies' Freude über diese Sorge. Vielleicht könnte die Schön diesen affektierten Geiger zu einem Konzert überreden, dachte er.

»Wir dürfen keine Zeit verlieren«, drängte Soltei, der eher an seinen verspäteten Feierabend, denn an das Wohl seiner Patientin dachte. »Sie können ruhig mitkommen, Herr Dorn«, fügte er hinzu und fragte noch: »Das ist Ihnen doch recht, Frau Schön?« Marlies schwieg. Und die Art ihres Schweigens war eine klare Zustimmung.

Silvio Dorn wartete vor dem Röntgenraum. Als Professor Soltei herauskam, fragte er ihn besorgt: »Wie geht es ihr?«

Soltei tätschelte Dorn an der Schulter, als sei er ein naher Angehöriger von Marlies. »Sie hat das Schlimmste überstanden. Kein Anlass mehr zur Sorge.«

Am Abend erkundigte Dorn sich telefonisch bei Marlies nach ihrem Befinden. Was für eine Freude, seine Stimme zu hören. Man habe ihr nichts Genaues sagen können und warte noch auf Untersuchungsergebnisse. Auch sehe sie sich leider nicht in der Lage, am gemeinsamen Abendbrot teilzunehmen. Dorn sprach ihr beste Genesungswünsche aus und verabschiedete sich. Dann verließ er seine Suite und machte sich auf den Weg in den Speisesaal.

Auch wenn Marlies nun allein in ihrem Zimmer lag, war sie mit dem heutigen Tag rundum zufrieden. Diese Zufriedenheit wollte sie mit Eberhard teilen. Sie rief ihn an. Der Hörer wurde abgenommen, ohne dass sich jemand meldete.

»Hallöchen, ich bin es.«

»Wer ist ich?«, fragte eine Frauenstimme am anderen Ende.

Marlies sah auf das Display. Hatte sie sich verwählt? Nein, die Nummer stimmte. In ihr brach sich ein furchtbarer Verdacht Bahn.

»Was machen Sie an meinem Telefon?«, fragte sie unruhig.

Im Hintergrund hörte sie, wie ihr Mann rief, er komme gleich. Dann meldete er sich.

»Ja, Schön.«

»Eberhard?«

»Wer sonst?«, sagte er mit leicht aggressivem Ton.

»Eberhard, wer war das?«

»Wer war was?«, fragte er genervt.

»Eben am Telefon, die Frau«, sagte Marlies schwer schnaubend. Ihr Puls raste.

»Wer soll das schon gewesen sein?«, erwiderte Eberhard unfreundlich.

»Das will ich ja gerade von dir wissen!«, schrie sie hysterisch in den Hörer.

»Na Tatjana. Wen hast du sonst Mittwochabend erwartet!?«

Tatjana war ihre alte polnische Putzfrau.

»Ach so, ja«, sagte Marlies, »grüß sie ganz lieb von mir.«

Mit diesem Gesprächsauftakt war die gute Stimmung dahin. Marlies versuchte zu retten, was zu retten war.

»Stell dir mal vor, Liebling, wen ich heute getroffen habe. Da kommst du nie drauf.«

Eberhard schwieg.

»Bertram Bachel«, beantwortete Marlies sich ihre Frage selbst.

»Hm«, sagte Eberhard.

»Außerdem ging es mir gar nicht gut heute.«

»Hm«, wiederholte sich Eberhard.

»Und bei dir alles in Ordnung?«, fragte Marlies betont schwungvoll. Im Hintergrund schepperte etwas.

»Pass doch auf, Tatjana!«, rief Eberhard in den Raum. »Was hast du gefragt?«

»Ob bei dir alles in Ordnung ist, Schatz.«

»Ja, danke, hier ist alles bestens. Marlies, ich muss los.«

Mittwochabend traf er sich immer zum Squashspielen. Er hatte ursprünglich mit Marlies spielen wollen. Aber sie fand es unsinnig, Gummibälle gegen eine Wand zu dreschen, damit sie möglichst schnell wieder zurückkamen.

»Ach ja, stimmt, Schatz, heute ist ja Mittwoch. Dann viel Spaß. Ich melde mich wieder.«

»Ja, dir auch viel Spaß. Tschüs«, sagte Eberhard und hängte ein.

Marlies ärgerte sich, dass sie Tatjana nicht erkannt hatte. Wie dumm von ihr. Sie würde Eberhard morgen noch einmal anrufen und dann ausführlich von ihrem medizinischen Notfall erzählen. Vielleicht hatte sie bis dahin auch eine Diagnose. Hoffentlich mit möglichst vielen lateinischen Wörtern, das klang immer gut.

Die Notfallrettung von Marlies Schön hatte deutlich länger gedauert als erwartet. Als Professor Soltei in seinem Büro ankam, hatte Elsa schon Feierabend gemacht. Auf dem Schreibtisch lag ein Zettel. *Ihre Frau hat noch mal angerufen und gefragt, wo Sie bleiben. Habe ihr gesagt, hier sei ein Notfall.* Soltei trug noch Abrechnungsziffern in die Kartei seiner liebsten Privatpatientin ein. Er wollte schwarz auf weiß sehen, was er in den letzten beiden Stunden verdient hatte. »Klasse«, sagte er zu sich selbst und machte sich frohgelaunt auf den Weg nach Hause.

* * *

»Kieck mal eener schau«, sagte Charlotte Jaschke, die als Erste sah, wie Silvio Dorn den Speisesaal betrat.

Leitner drehte sich um und winkte Dorn zu. Auch Martha winkte ihm. Silvio Dorn freute sich über die nette Begrüßung.

»Wo haben Sie denn gesteckt?«, fragte Martha gespannt.

Dorn nahm schweigend Platz.

»Nun sagen Sie schon«, drängte Börner.

Auch der kulturelle Analphabet Leitner wollte es wissen. »Haben Sie mit dem Bachel gesprochen?«

Dorn faltete umständlich eine Serviette auf und legte sie sich an den Hals. Er betrachtete seine Finger, wie kleine Kunstwerke.

»Tja, mein Freund Bachel wollte sehen, wie es mir geht. Aber ich wollte lieber bei Ihnen sein.«

»Is dit och wahr?«, fragte Charlotte skeptisch.

»Ich schwöre es beim Augenlicht meiner Großmutter«, sagte Dorn mit einem charmanten Lächeln.

»Sehr schön«, sagte Herbert Leitner und fragte, ob Bachel eine Immobilie besitze.

»Eine?«, fragte Dorn zurück, »Etliche!«

»Prima. Wenn Ihr Freund die mal eingerüstet haben will, kann ich einen Vorzugspreis machen, knallhart kalkuliert«, sagte Leitner und reichte Dorn eine Visitenkarte. »Moment«, er nahm ihm die Karte wieder weg und schrieb eine Telefonnummer auf die Rückseite. »Das ist meine private Nummer. Der Herr Bachel kann mich auch da jederzeit anrufen«, erklärte Leitner und schob die Karte wieder rüber.

»Haben Sie nicht neulich erzählt, dass Sie seit Ihrem zweiten Herzinfarkt ruhiger leben?«, fragte Börner nachdenklich.

»Tu ich doch auch. Sie hätten mich mal vorher erleben

müssen«, entgegnete Herbert Leitner, der von seinem letzten Herzinfarkt wie von einer Trophäe erzählte. »Hier hat es reingezogen«, zeigte er auf seine linke Schulter. »Im Gegensatz zu sonst hat dieses Ziehen aber nicht mehr aufgehört. Da wusste ich, Herbert, jetzt ist die Kacke am Dampfen.«

»Was heißt das, ›im Gegensatz zu sonst‹, haben Sie diese Schmerzen etwa immer noch?«, fragte Börner mit einigem Entsetzen.

»Ja, aber bei weitem nicht mehr so schlimm. Ist schon viel besser geworden. Ich hoffe, die Pumpe hält noch eine Weile«, antwortete Leitner und trommelte sich wie ein Affe auf die Brust.

Wenn er so weitermacht, wird er bald den dritten Herzinfarkt erleiden, dachte Harald Börner. Dann würde man ihm einen Herzbypass geben und Leitner würde genauso weitermachen wie vorher, da war er sich sicher.

Herbert Leitner scherzte mit Charlotte Jaschke. Er berichtete ihr lautstark von seinem ersten Herzinfarkt, den er auf der Skipiste erlitten hatte.

»Ich bin dann noch in aller Ruhe runtergewedelt bis vor die Tür vom Krankenhaus. Mit den Skiern über der Schulter bin ich auf die Schwester zu und habe ihr gesagt, was Sache ist. Die dachte, ich mache einen Scherz. Dann bin ich umgefallen, in voller Skimontur. Ist das nicht zum Brüllen komisch?«

»Ick gloobe, dit is zum Brüllen irre«, sagte Charlotte trocken.

Herbert Leitner lachte. »Wofür zahle ich Krankenkassenbeiträge?!«

Dank der modernen Medizin würde Herbert Leitner auch noch seinen vierten Herzinfarkt überleben, dachte Harald Börner. Aufgrund seines jungen Alters könnte er sich sogar auf einen vorderen Platz der Transplantationsliste katapultieren. Vermutlich würde er dem Narkosearzt und dem Techniker der Herz-Lungen-Maschine noch ein »knallhart kalkuliertes Angebot« schreiben. Die Leute hatten keine Ahnung, wie dünn der Grad war, auf dem sie wandelten. Wenn der zweite Blutpfropfen nicht wieder im Herzen hängengeblieben wäre, sondern den Weg in Herbert Leitners Kopf gefunden hätte, wäre er jetzt ein Pflegefall.

Martha fragte, ob jemand etwas von Marlies Schön gehört habe.

»Was soll mit ihr sein?«, fragte Leitner. »Sie wird vor ihrem Schrank stehen und sich nicht entscheiden können, was sie anziehen soll.« Er lachte so unnatürlich laut, dass Martha sich schützend die Hand vors Ohr hielt.

»Vielleicht is se tot«, sagte Charlotte und leckte ihr Messer ab.

»Ach was, von so einem Treffer mit dem Ball stirbt man nicht«, erwiderte Harald Börner. Er habe Marlies ins Schwesternzimmer begleitet. »Was Ernstes ist es bestimmt nicht«, fügte er hinzu, der den ganzen Aufwand um Marlies' kleine Ohnmacht ohnehin nicht verstanden hatte. Er zweifelte sogar daran, dass sie überhaupt ohnmächtig gewesen war.

»Haben Sie sie nicht noch gesehen?«, wandte er sich an Dorn, der damit beschäftigt war, vorbeiziehenden Frauen auf den Hintern zu sehen. »Wen?«, fragte der traumverloren zurück.

»Marlies. Marlies Schön«, sagte Börner.

Jetzt wandte sich Dorn der Gesprächsrunde zu. »Ja, ich habe sie gesehen. Elend sah sie aus. Auf dieser Trage, mit dem Schlauch in der Nase, furchtbar.«

»Der Schlauch lag nicht in der Nase. Er lag nur an der Nase«, korrigierte Börner, dem diese intensive Patientenbetreuung nicht gefiel. Die Folge könnte sein, dass Marlies Schön dachte, sie sei ernstlich krank.

»Also ich fand, sie sah elend aus. Und dann noch das

Piepen die ganze Zeit, furchtbar.« Frau Schön habe ihm aber versichert, dass sie sich auf dem Wege der Besserung befinde. »Sie hofft, morgen wieder unter uns sein zu können. Eine tapfere Frau, nicht wahr?«

»Vielleicht is se och nur im Solarium einjeschlafen«, beendete Charlotte Jaschke das Thema und kam aufs Wesentliche. »Wie isn dit mit die Verdauung bei euch hier?« Alle legten ihr Besteck zur Seite. Charlotte ließ sich nicht beirren. »Also ick hätte nie jedacht, das dit mal so wichtich wird für mir, weil ...«

»Charlotte! Es mag ja für Sie wichtig sein. Aber mich interessiert Ihre Verdauung nicht sonderlich«, sagte Harald Börner mit Nachdruck. Er wollte sein Leberwurstbrot ohne die bildhafte Darstellung von Charlottes Darmendprodukt genießen.

»Ick sach ja nüscht mehr«, gab Charlotte beleidigt zurück. »Och wenn it für mir wichtich is«, fügte sie hinzu. Nach einem bösen Seitenblick von Börner war sie still.

Von außen klopfte Helmut Siedler an die Scheibe und bedeutete Martha, an den Eingang zu kommen. Sie stand auf und eilte zu ihm. Sie gaben sich die Hand.

»Guten Tag, Frau Horst. Falls Sie Lust haben, heute Abend ist ein Bezirksligaspiel. Wir könnten zusammen hinlaufen«, sagte Helmut Siedler. Er deutete mit dem Kopf in die Richtung einer Parkbank. »Um sieben Uhr?«

»Sehr gerne«, antwortete Martha.

»Gut, bis nachher«, sagte Helmut Siedler und verschwand rasch wieder.

Eigentlich war es dem Personal verboten, mit den Kurgästen Kontakte außerhalb des Kurbetriebs zu pflegen. Martha ahnte das. Als sie an den Tisch zurückkehrte, schilderte Herbert Leitner gerade die Umstände seines zweiten Herzinfarktes.

»Mitten in der Besprechung hatte ich auf einmal diesen

viehischen Schmerz im Arm. Hier fing es an.« Er tippte mit spitzem Finger auf seine Brust. »Dann zog es hier hoch«, er zeigte auf seine Schulter wie auf ein Mahnmal. Herbert Leitner machte eine bedeutungsschwere Pause, sah seinen Zuhörern nacheinander ins Gesicht und sagte dann triumphierend: »Das zog bis in den kleinen Finger rein!«

»Und Sie haben gleich gewusst, das ist ein Herzinfarkt?«, fragte Dorn beeindruckt.

»Aber klar! Ich kannte das ja schon von der Skipiste und dachte nur: Nicht schon wieder und vor allem nicht jetzt. Die ganzen Auftraggeber saßen an einem Tisch. Was macht das für einen Eindruck! Na ja, man kann es sich nicht immer aussuchen«, sagte Leitner und wischte sich Schweißperlen von der Stirn.

Die Auftraggeber, wie Herbert Leitner sie nannte, waren zwei Bankangestellte, ein Rechtsanwalt und ein Gerichtsvollzieher gewesen, die ihm den beruflichen Knock-out versetzen wollten, aber das wollte Herbert Leitner jetzt nicht weiter vertiefen.

»Rauchen Sie eigentlich?«, fragte Börner.

»Nach dem zweiten Herzinfarkt habe ich damit fast aufgehört. Ich weiß, mein Arzt sagt, besser wäre es, ganz aufzuhören ... aber ein Laster muss der Mensch doch haben«, erzählte Leitner und schlug unvermittelt Silvio Dorn auf die Schulter, der sich an seinem Bissen verschluckte.

»Mensch, Herr Leitner, wollen Sie sich eigentlich umbringen?«, fragte Börner, nachdem Silvio Dorn seinen Hustenanfall mit einem tiefen Seufzer abgeschlossen hatte.

»Wie umbringen? Ich will leben«, erwiderte Leitner überrascht.

»Sie verhalten sich aber wie ein Selbstmörder«, sagte Börner und verließ den Tisch.

Alle sahen ihm erstaunt hinterher. Außer Charlotte Jaschke.

»Wo er recht hat, hat er recht«, sagte sie und wünschte allen noch »jutet Jelingen«. Börner war hinausgegangen und hatte sich auf eine Parkbank gesetzt. Wo war die Medizin nur hingekommen?, fragte er sich. Ein Hausarzt, der seinem Patienten sagt, es wäre besser, wenn er nach zwei Herzinfarkten gar nicht rauchen würde. Im Grunde müsste er dem Leitner drohen. Noch eine Zigarette und Sie sind ein toter Mann. Ändern Sie Ihren Job, ändern Sie Ihre Lebensweise, schmeißen Sie Ihr Leben um, wenn Sie noch weiterleben wollen, aber hören Sie endlich auf, unsere Solidargemeinschaft zu belasten! Den nächsten Bypass zahlen Sie selbst, wäre auch eine schöne Variante. Harald Börner kam richtig in Schwung. Ein Gefängnis für schwererziehbare Patienten könnte man gründen. Die Wände tapeziert mit Fotosequenzen amputierter Raucherbeine und verfetteter Bauchdecken.

Während er gedanklich sein Patientengefängnis ausgestaltete, stand die kleine, dicke Martha neben ihm.

»Darf ich?«

Er sah sie an. Martha müsste nicht ins Gefängnis, dachte er fast schon entschuldigend für sein Gedankenspiel.

»Na klar, Martha, setzen Sie sich. Er ließ seinen Arm ausgestreckt auf der Rückenlehne der Bank liegen. »Was machen Sie hier, Martha?«

»Ich warte.«

»Auf was?«

»Vielleicht auf ein bisschen mehr unbeschwertes Leben«, antwortete Martha und war über diesen Satz selbst am meisten überrascht.

An einem der Fenster stand hinter der gräulichen Gardine Marlies Schön und beobachtete die Szene. Voller Neid fragte sie sich, was »diese Person« nur besitze, was sie nicht habe?! Er war bestimmt zehn Jahre jünger als sie. Warum legte er ihr den Arm um die Schulter?! Und wie sie ihn anblickte. Marlies stemmte ihre Hände in die Hüften. Das ist doch total ungerecht, dachte sie. Wer hat denn hier die super Kleidung und die tadellose Figur? Sicherlich nicht Martha. Man denke nur an diesen grauenvollen Trainingsanzug und ihren einfallslosen Badeanzug. Vielleicht bot sie den Männern Geld? Aber Martha sah nicht so aus, als ob sie Geld hätte. Sie verhielt sich auch nicht so. Beim Frühstück kratzte sie die Reste aus den Schüsseln, anstatt sich was Neues zu holen. Über braune Salatblätter beschwerte sie sich nicht, sondern sortierte sie einfach aus. Aus angestoßenem Obst schnitt sie die schlechten Stellen raus. Furchtbar, dachte Marlies.

Noch immer unterhielt sich Börner mit ihr. Worüber nur? Marlies platzte vor Neugier. Was hatte Martha dem Mann schon zu bieten außer ein Polster für Hungersnöte?, dachte Marlies bösartig. Sie konnte sich kaum beruhigen, als sie mitansehen musste, wie noch jemand neben Martha Platz nahm. O Gott, das war der Mann vom Ankunftstag, der ihr den Koffer hochgetragen hatte. Der war Frau Horst also auch verfallen. Marlies spürte, wie sich ihr der Hals zuschnürte.

»Guten Abend«, sagte Helmut Siedler.

»Darf ich vorstellen, das ist Helmut Siedler und das hier ist Harald Börner, mein Lebensretter«, sagte Martha.

Die beiden Männer gaben sich die Hand.

»Ihr Lebensretter?«, fragte Siedler verwundert und nahm Platz.

»Ach was«, wehrte Harald Börner ab.

»Doch, doch. Wenn Sie nicht gewesen wären, hätte ich wahrscheinlich Schwimmhäute an den Füßen.«

Martha stand von der Bank auf, sprang zweimal hoch

und machte dabei paddelnde Bewegungen mit den Händen. Aha, dachte Marlies, sie bietet den Männern Schläge an. Na ja, wer es braucht, bitte. Aber nicht mit ihr.

»Hoch und runter, sinken und springen. Das würde ich wahrscheinlich immer noch tun, wenn Herr Börner nicht gewesen wäre«, sagte Martha lachend. Die beiden Männer lachten mit. Martha setzte sich wieder zwischen die beiden.

»Aber es ist nie zu spät. Schwimmen kann man auch im hohen Alter lernen«, sagte Börner.

Martha drehte sich ihm zu: »Sagten Sie eben, im hohen Alter?«

Börner stutzte kurz und korrigierte sich dann lächelnd: »Also ich meine damit das spätere Jugendalter.«

»Verdammt späte Jugendalter«, ergänzte Helmut Siedler.

Martha schlug beiden Männern ansatzweise auf die Köpfe und sagte: »Man sind Sie doof.«

Alle drei lachten. Hab ich es nicht gesagt, dachte Marlies. Sie bietet den Männern sexuelle Perversionen an. Anders läuft da vermutlich nichts mehr. Aber lief denn bei ihr noch was? Eberhard war zurückhaltend geworden in den letzten Jahren. Sehr zurückhaltend. Oder war sie es geworden? Marlies überlegte, wann sie das letzte Mal mit Eberhard geschlafen hatte. Es fiel ihr nicht ein. Wenn sie zu Hause war, würde sie sich ihm wieder hingeben, dachte Marlies mit verschränkten Beinen.

»Aber keine Sorge«, sagte Martha, »Sie müssen mich bald nicht mehr retten. Ich lerne schwimmen.«

Helmut Siedler wollte sich wichtig machen und erklärte, dass er für Marthas Transport in den Nachbarort verantwortlich sei und zwar gerne. Dann sah er Martha an und fügte kaum hörbar hinzu: »Sehr gerne«.

»Warum denn im Nachbarort?«, erkundigte sich Börner. Die Klinik habe doch ein Schwimmbad.

Siedler erklärte ihm, dass Professor Soltei die Schwimmkurse auf Eis gelegt habe, weil die Klinik sie nicht mehr mit den Kostenträgern abrechnen könne. Frau Doktor Heitermann habe eine »undurchsichtige« Vereinbarung mit dem Bademeister vom Nachbarort und so fänden jetzt wieder Schwimmkurse für Erwachsene statt. Unter Professor Schiffer, dem alten Chef, sei das alles kein Problem gewesen. Der habe die Leute ab und an hingeschickt und den Schwimmlehrer aus irgendwelchen anderen Kassen bezahlt, weil er immer gesagt habe, Frank Schröder sei ein richtig guter Lehrer.

»Frank Schröder?«, fragte Börner.

»Das ist der Schwimmlehrer«, erklärte Martha, »und der ist wirklich richtig nett.«

Helmut Siedler drängte zum Aufbruch. »Wir müssen langsam los«, sagte er.

»Lassen Sie sich durch mich nicht aufhalten«, meinte Börner. »Wo geht es denn hin?«

»Zum Fußball«, antwortete Martha.

»Fußball?«, fragte Börner ungläubig mit Blick auf Martha.

»Sie haben ja keine Ahnung, was Frau Horst alles weiß«, sagte Helmut Siedler. »Sie können Sie alles fragen über die Bundesliga, Frau Horst weiß es.«

Börner schaute ungläubig und legte seine Stirn in Falten. »Sie nehmen mich auf den Arm, oder!«

»Fragen Sie ruhig«, sagte Martha.

»Wie war der Spitzname von Willi Lippens?«

»Ente. Nächste Frage.«

»Wer verlor in allerletzter Minute die Deutsche Meisterschaft, obwohl das Spiel schon zu Ende war?«

»Schalke 04. Weil die Bayern kurz vor Schluss in ihrem Spiel doch noch ein Tor geschossen haben.«

»Stimmt«, erwiderte Börner staunend.

Helmut Siedler wurde unruhig, er wollte nicht zu spät

kommen. Um das Gespräch nicht völlig abzuwürgen, sagte er: »Kommen Sie doch mit, Herr Börner.«

»Wohin denn?«, fragte Börner, der nur den Ort des Fußballplatzes wissen wollte.

Aber Martha verstand es mit Absicht falsch und antwortete übermütig: »Zum Bungeespringen.«

»Falsch«, meinte Helmut Siedler im Aufstehen. »Wir gehen zum Eisstockschießen.«

Alle drei lachten und Harald Börner sagte: »Man sind Sie beide doof.«

Die beiden Männer nahmen Martha in ihre Mitte und sie hakte sich bei beiden unter.

Marlies stöhnte hinter ihrer Gardine auf: »O nein, sie macht es mit beiden.«

Wo lebte sie nur, dass eine alte, dicke Frau zwei Männer an ihrer Seite hatte, während sie selbst, schlank, schön und ziemlich jung geblieben, allein in ihrem Satinanzug allabendlich die aschgraue Decke ihres Zimmers anstarrte?

* * *

Soltei bog mit seinem schwarzen Porsche schwungvoll auf den Kiesweg ein. Um Millimeter verfehlte er einen liebevoll bepflanzten Blumenkübel. Durch die hohe Geschwindigkeit und das abrupte Bremsen spritzten die Kieselsteine bis an die Eingangstür heran. Soltei fand diesen Kübel schrecklich. Er verhinderte, dass er eine freie Zufahrt auf sein Grundstück hatte. Diana Soltei war sich dagegen sicher, ohne den Blumenkübel hätte ihr Mann den Wagen bereits mehrfach im Hausflur abgestellt. Sie blickte aus dem Fenster und schüttelte den Kopf. Wie oft schon hatte sie Stefan gebeten, damit aufzuhören.

»Stefan, das ist doch gefährlich. Irgendwann landest du noch im Haus!«

»Ich kann mit meinem Haus machen, was ich will«, hatte er ihr zugerufen. Damit war die Diskussion beendet gewesen.

Diana öffnete ihm die Tür. Soltei erwartete ihr »Stefan, das geht so nicht«, entspannt ab. Dann könnte er ihr endlich wieder erklären, wer das hier alles bezahlt hatte! Aber Diana wirkte ungewohnt aufgeräumt und lächelte.

»Wir haben Besuch«, sagte sie und ging ins Wohnzimmer. »Wie konntest du mir nur all die Jahre einen so netten Freund verschweigen!«

Soltei musste sich am Regal festhalten. Ihm war schwindlig.

»Hallo, Steff, schön, dich zu sehen«, hörte er eine ihm wohlvertraute Stimme.

»Frank, was machst du denn hier? Das ist ja eine Überraschung!«

»Setz dich doch«, sagte Diana.

»Seit wann bist du denn hier?«, fragte Soltei und bewegte sich in Zeitlupe zum Tisch. »Seit heute Mittag.«

»Seit heute Mittag!«, entfuhr es Soltei entsetzt. »Warum hast du mir nicht Bescheid gesagt?«, wandte er sich vorwurfsvoll an seine Frau.

»Ich habe Elsa am Abend noch einmal angerufen. Sie meinte, du seist bei einem Notfall, sie würde dir einen Zettel hinlegen«, erwiderte Diana.

»Aber wir haben uns auch sehr gut ohne dich unterhalten«, sagte Frank Schröder und hob sein Glas. »Prost, alter Freund!«

»Sieh mal, Frank hat Fotos von euch mitgebracht.«

Sie hielt ihm die Fotos hin. Soltei hatte Mühe, seinen Blick darauf zu lenken. Diana begann, den Tisch abzuräumen. Das sah Frank ähnlich. Sentimental, wie er war, hatte er tatsächlich die ganzen alten Kinderbilder aufgehoben.

Frank betrachtete Soltei. Er hatte sich lange gefragt, was er fühlen würde, wenn er Steffen nach all den Jahren wiedersehen würde. Er war mit einem Gemisch von Wut und Genugtuung hierhergefahren. Endlich hatte er ihn gefunden. Aber jetzt, wo sie sich gegenübersaßen, empfand er nicht viel. Was ihn nun viel mehr beschäftigte als seine Geschichte mit Steffen Soltei, war, was Diana nur an seinem früheren Freund fand.

Er behandelte sie, wie er früher schon Frauen behandelt hatte. Abfällig, kaum dass er sie länger als vier Wochen kannte. Er lächelte Soltei an. Der hielt Franks Gegenwart kaum aus. Warum grinste der ihn an? Was hatte er in den vergangenen Stunden mit Diana besprochen? Wusste sie Bescheid? Sollte er ihr lieber alles sagen? Ging es sie überhaupt etwas an? Dieser Blick von Frank ist ein einziger Vorwurf, dachte Soltei. Er ertrug es nicht.

»Was wagst du es, in mein Leben einzudringen?«, zischte er ihn an.

Frank war überrascht von Solteis barschem Ton und schwieg.

»Sag schon, was willst du hier!? Alles kaputtmachen?!«

Frank Schröder begriff nicht, warum Soltei sich so aufregte. Er wollte ihm nicht sein Leben zerstören. Er wollte einfach sehen, wie er lebte. Vielleicht hatte er sogar gehofft, dass Steffen sich entschuldigen würde und sie noch einmal Freundschaft schließen konnten.

»Ich mach dich fertig«, sagte Soltei unvermittelt.

Jetzt wurde Frank wütend. »Das kannst du gar nicht mehr, Steffen. Du nicht!«

Soltei warf die Fotos achtlos auf den Tisch, einige fielen dabei zu Boden. »Und alles wegen so einer Kinderkacke«, sagte er abfällig.

Frank Schröder wurde immer wütender. Dann fragte er laut und deutlich: »Sag mal, Steffen, warum nennst du dich jetzt eigentlich Stefan?« Soltei sprang auf und warf sich auf Schröder. In dem Moment kam Diana ins Wohnzimmer zurück.

»Was habt ihr denn?«, fragte sie entsetzt.

»Altes Begrüßungsritual«, keuchte Frank und schlug Soltei freundschaftlich auf die Schulter.

Diana schüttelte den Kopf. Männer, dachte sie.

»Ihr müsst euch ja viel zu erzählen haben, nach all den Jahren«, meinte sie und stellte ein paar Knabbereien auf den Tisch.

»Hast du noch einen Kaffee für mich?«, fragte Frank.

»Na klar. Ich hol dir einen. Du auch?«, fragte sie wie nebenbei ihren Mann. Der schüttelte nur den Kopf. Sie waren also schon bis zum »du« gekommen, registrierte er missmutig.

»Warum so angespannt?«, fragte Frank Schröder.

»Wenn du Geld willst, kein Problem«, sagte Soltei ungeduldig.

Steffen empfand also doch so etwas wie Schuld, dachte Frank. Sonst würde er nicht versuchen, sich freizukaufen. Frank schwieg. Soltei hielt dieses Schweigen nicht aus. Er ging in die Küche zu Diana und schloss die Tür.

»Was denkst du dir eigentlich dabei, wildfremde Menschen einzuladen?«, fuhr er sie an.

»Ich habe ihn nicht eingeladen, er stand einfach vor der Tür und im Gegensatz zu dir ist er sehr höflich! Außerdem habe ich ja versucht, dich anzurufen!« Diana stellte die Kaffeetassen auf ein Tablett. »Ihr müsst ja wie Brüder gewesen sein. Und du hast mir nie etwas erzählt von ihm! Warum nicht?«

Inzwischen hatte sich Frank auf den Weg in die Küche gemacht. Er blieb vor der verschlossenen Tür stehen. Diese Tür war jedoch so dünn, dass sie kein Geheimnis verbergen konnte.

»Weil mir Frank Schröder schon immer scheißegal gewesen ist«, hörte er Steffen sagen. »Er hat sich wie eine Klette in unser Familienleben eingenistet. Mein Vater hat für ihn gesorgt wie für einen eigenen Sohn und Frank hat ihn nur ausgenutzt. Mein Vater hat dafür gesorgt, dass er nicht von der Schule flog. Er hätte diesem Nichtsnutz eine glänzende Zukunft finanziert, aber Frank wurde immer unverschämter.«

»Das kann ich mir gar nicht vorstellen«, sagte Diana ungläubig.

»Er tut nur so nett. Und weißt du, was ich glaube: Frank ist mal wieder pleite und deswegen taucht er jetzt hier auf. Warum sonst habe ich jahrelang nichts von ihm gehört?«

»Er wusste nicht, wo du bist, hat er mir gesagt«, versuchte Diana eine Erklärung.

»Unsinn. Du weißt doch selber am besten, wie berühmt ich bin.«

»Ich weiß nicht, ob berühmt das richtige Wort ist, Stefan«, erwiderte Diana nicht ohne Scherz in der Stimme. Aber Soltei ließ sich nicht von seinen Ausführungen abbringen. »Er will mich um Geld anbetteln, so wie er es früher immer getan hat. Dieser Schmarotzer! Er ist wie eine Kakerlake. Flink, wendig und zu nichts zu gebrauchen.«

»Das glaube ich einfach nicht, Stefan.«

Steffen, er heißt Steffen, dachte Frank Schröder, drehte sich um und verließ lautlos das Haus. Die Kinderbilder ließ er liegen.

»Was heißt hier, das glaube ich nicht?! Auf wessen Seite stehst du eigentlich, Diana?«, fuhr er sie, zwar flüsternd, aber dennoch aggressiv an.

»Ich wusste gar nicht, dass es darum geht, auf einer Seite zu stehen. Ich dachte, ein alter Freund besucht dich, das ist alles«, entgegnete Diana und zwängte sich mit dem Tablett an ihrem Mann vorbei. »Frank?«

Er war weg. Auf dem Tisch lag ein Zettel. »Muss leider los. See you later, alligator. Gruß, Frank.«

Diana nahm den Zettel in die Hand. »Was meint er mit, ›See you later, alligator‹?«

Soltei zuckte die Schulter. »Keine Ahnung.«

»War das nicht ein Popsong?«, fragte sie.

»Kann sein.«

* * *

Am Fußballplatz angekommen, brachte Helmut Siedler seine beiden Begleiter zur Mitte der kleinen Stehtribüne.

»Von hier sieht man am besten, ich bin gleich wieder da.« Er begrüßte einige Leute und besorgte Getränke.

»Was machen Sie eigentlich beruflich?«, fragte Martha.

»Können Sie etwas für sich behalten?«, wollte Börner wissen.

»Schwierig«, antwortete Martha. »Ich bin schließlich eine Frau.«

Börner lächelte und schwieg. Das Spiel wurde angepfiffen.

Nach ein paar Minuten fragte Martha: »Was machen Sie denn nun Geheimnisvolles. Kannibale?«

Börner schüttelte den Kopf.

»Bankräuber?«

»Nein.«

»Exorzist?«

»Nein.«

»Nun erlösen Sie mich schon, Herr Börner, was sind Sie von Beruf?«

»Aber Sie müssen schwören, es für sich zu behalten.«

»Wenn Sie es mir nur so verraten, dann schwöre ich«, sagte Martha und fügte nach einer kurzen Pause hinzu: »So gut ich eben kann.«

»Ich bin Arzt«, sagte Börner.

»Arzt? Und dann sind Sie krank?«, rief Martha überrascht aus.

Börner lachte. »Was machen Sie denn beruflich?«, fragte er Martha.

»Ich arbeite in einer Wäscherei und bessere Kleidung aus.«

»Und fehlt Ihnen nicht auch manchmal ein Knopf an der Jacke?«

Martha verstand erst nicht, was Börner ihr sagen wollte. Sie überlegte eine Weile. Dann antwortete sie: »Ja, aber den Knopf nähe ich selber wieder an.«

»Ich hätte es mir denken können«, sagte Börner. Als er Marthas fragenden Blick sah, erklärte er: »Das ist ein Kompliment.«

Martha hob drohend den Zeigefinger und erwiderte, das wolle sie so auch verstanden haben.

Inzwischen bahnte sich Helmut Siedler den Weg zurück mit seinen Getränken. Er hatte auf Verdacht zwei Bier und einen Becher Apfelsaft gekauft. Frauen tranken so ein süßes Zeug, dachte er. Martha nahm ihm wie selbstverständlich die beiden Biere ab. Das eine reichte sie Börner, das andere behielt sie für sich.

»Vielen Dank.« Sie erhob ihren Becher. »Auf den Sieg Ihrer Mannschaft.«

Helmut Siedler hob zögerlich seinen Apfelsaft und sagte nur. »Ja.«

Das Spiel war extrem langweilig. Man hätte die Tore zuhängen und den 16-Meter-Raum zur Spielwiese für Mütter mit Kleinkindern ausrufen können. Einmal landete ein verunglückter Pass bei Martha. Umstehende Männer machten Scherze.

»Das Runde muss zurück«, erklärte ihr ein angetrunkener Gast.

»Vorsicht, Mutti, mach ihn nicht kaputt«, scherzte ein anderer.

Martha drückte Helmut Siedler ihr Bier in die Hand und legte ihre Jacke ab. Dann jonglierte sie mit dem Ball, legte ihn sich elegant vom linken auf den rechten Fuß und drosch ihn beachtlich weit ins Feld zurück.

»Noch Fragen?«, sagte sie in Richtung der staunenden Männer.

Einige applaudierten ihr zögerlich. Helmut Siedler nahm vor Staunen versehentlich einen großen Schluck Bier aus Marthas Becher und meinte nur: »Wow.« Dann gab er ihr das Bier zurück.

Am Boden in Marthas Jacke klingelte ein Handy. Börner und Siedler sahen sie an. Martha starrte weiter auf das Spielfeld.

Nach einer Weile sagte Börner: »Martha, es klingelt.«

Martha antwortete nur, sie würde es hören, und machte keine Anstalten, den Anruf entgegenzunehmen. Dann verstummte das Handy. Nach einigen Minuten klingelte es erneut.

»Warum geht nicht endlich einer ran?«, fragte Martha. Sie nippte an ihrem Bier und sagte: »Die spielen wie mein Horst.«

Helmut Siedler reichte ihr die Jacke und half ihr auf die Sprünge: »Frau Horst, es klingelt bei Ihnen.«

Martha runzelte kurz die Stirn, dann rief sie: »Ach Gott, ich habe ja auch eins.«

Sie besaß eigentlich kein Handy und wollte auch gar keins besitzen. »Mit dem Quatsch fangen wir gar nicht erst an«, hatte sie immer gesagt. Sie war sicher, dass Handys »zur Volksverdummung« beitrugen. Anstatt sich vernünftig zu verabreden, so wie früher, telefonierte man jetzt vorher dreimal, um den Treffpunkt und die Zeit in letzter Minute noch mal zu ändern. Wenn man wollte, konnte man die

Begegnung auch noch fünf Minuten vorher ganz absagen. Jedes gemütliche Treffen stand unter der Knute des Handys. Wird es klingeln? Ist der Anruf wichtig? Meistens waren die Anrufe von einer Belanglosigkeit, wie sie kein Regisseur hätte erfinden können. »Welche Taste muss ich zum Abpumpen drücken?« »Wo liegt die Nagelfeile?« Manche Anrufe hatten Folgen, die im günstigsten Fall mit »Ich bin gleich wieder zurück« endeten. Wobei *gleich* ein sehr dehnbarer Begriff war.

Einmal hatte Martha erlebt, wie eine Frau aus der Wäscherei gerannt war, weil ihr Kind ohne Schlüssel, aber mit Handy im Regen vor der Wohnungstür stand und um Erlösung bettelte. Früher gab es eine Nachbarin, bei der das Kind klingelte und geduldig bei einer Tasse heißer Schokolade auf die Heimkehr der Eltern wartete. Heute gab es Handys.

Außerdem war man immer seltener genötigt, seine Probleme selbständig zu lösen. »Du, ich stehe hier am Bahnhof, holt ihr mich ab? Prima. Ich stehe an Gleis vier … vielleicht gehe ich inzwischen eine Kleinigkeit essen … ihr könnt ja anrufen, wenn ihr da seid.« Martha fragte sich, wie Menschen unter der Schnelligkeit des Handys Geduld lernen sollten. Eltern, Freunde, Feinde, alle waren jederzeit erreichbar. Furchtbar.

Martha vermutete, dass mit der Höhe der Handyrechnung der IQ des Handybesitzers sank. »Ich bin jetzt gegenüber vom Eingang und sehe dich nicht, spring doch mal hoch … ach, da bist du, gut, ich komme rüber.« »Wie viel Kilogramm Gehacktes sollte ich mitbringen, 200? Ach so, Gramm, ja, bis gleich.«

Noch schlimmer fand Martha es, wenn sie im Bus das langweilige Nachtleben eines ihr fremden Menschen mitanhören musste. »Bis halb drei Uhr war ich wach … ja, vielleicht war es der Espresso … oder der Cappuccino.«

Nein, das war alles nicht Marthas Welt. Aber Sabine Haferkamp hatte ihr das Handy mitgegeben, falls Horst die Sehnsucht packte.

»Wenn er die Möglichkeit hat, mich anzurufen, dann wird ihn garantiert die Sehnsucht packen«, hatte Martha noch versucht, das mobile Telefon in ihrer Tasche zu verhindern.

»Nur zur Vorsicht. Kann ja auch sein, dass du beim Spaziergang im Wald stürzt«, hatte Sabine gedrängt.

»Und dann? Hallo, liebe Feuerwehr, ich liege mitten im Wald, vor mir steht ein schnaubender Keiler, Hilfe!« Oder: »Liebe Feuerwehr, ich falle gerade vom Berg, aaaaahhhh.« Martha war seit fast 60 Jahren ohne große Probleme in der Lage gewesen, einen Fuß vor den anderen zu setzen. Doch sie hatte sich schließlich überreden lassen und nun hatte sie den Salat.

Martha zerrte das Handy aus der Jackentasche und hielt es Helmut Siedler hin. »Wo muss ich drücken?«

Helmut Siedler war überrascht von der Frage, blinzelte auf das Display und sagte: »Verdammt, ist das klein.«

Während er nach seiner Brille fingerte, übernahm Börner das Corpus Delicti. »Hier. Der grüne Hörer.« Er drückte für Martha und reichte ihr das Handy zurück.

»Hallo, Mutti! Ich bin es, dein Horst mit der Denkerstirn!«, schrie ihr Sohn am anderen Ende der Leitung.

Martha hörte noch, wie Sabine im Hintergrund sagte, er müsse nicht so schreien. Sie hatte es befürchtet.

»Geht es dir gut, mein Süßer?«, fragte Martha, was die umstehenden Männer zu entsprechenden Kommentaren hinriss. »Ja. Warte mal, Gerd Müller ist auch da.«

Das Handy wurde weitergereicht.

»Hallo, Chefin, hier ist Müller. Wie geht es dir?«

»Danke, Gerd, es geht mir gut. Gib mir noch mal Horst«, bat Martha.

»Moment.«

Im Hintergrund entstand Unruhe. Dann war Lance Armstrong am Telefon. Martha schwante Schreckliches.

»Hallo, Chefin, ich bin es, Armstrong.«

»Hallo, Lance, schön, dich auch zu hören. Sag mal, wer ist denn noch alles da?« Lance zählte den Rest der Mannschaft auf. Die arme Sabine, dachte Martha entsetzt. Aber Sabine trug es mit Fassung.

»Hallo, Martha, die Jungs haben eine Überraschung für dich, hör mal.«

Dann brüllten acht Jungs mit Down-Syndrom: »Der Theodor, der Theodor der steht bei uns im Fußballtor.«

Hübsch, dachte Martha. Horst kam wieder ans Handy. »Na, Mutti, wie waren wir?!«

»Toll. Ganz toll. Sag allen einen lieben Dank von mir.«

Im Hintergrund rief Lance Amstrong: »Wir vermissen dich!«

Völlig überraschend beschloss ausgerechnet jetzt die Heimmannschaft, den gegnerischen Strafraum zu betreten. Prompt fiel ein Tor. Horst hörte den Torjubel und fragte vorwurfsvoll, ob sie schon in Mailand sei.

»Mailand, wieso Mailand?«

Horst appellierte an Martha, ihr Versprechen nicht zu brechen, »sonst bringe ich mich um«.

Martha nahm derlei Drohungen gelassen auf. Horst wollte sich auch umbringen, wenn er kein viertes Nutellabrot am Morgen bekam.

»Welches Versprechen denn?«, fragte sie.

»Du hast gesagt, du gehst mit mir nach Mailand zum Spiel.«

Martha überlegte und konnte sich an ein solches Versprechen beim besten Willen nicht erinnern.

»Mama, ich habe eine neue Frage.«

»Aber mach es bitte kurz, Schatz«, mahnte Martha, vor

deren geistigem Auge eine Münze nach der anderen aus ihrer Haushaltskasse in das Handy wanderte.

»Wieso kurz, hast du einen anderen Typen bei dir?«

»Nein, Schatz, ich habe keinen anderen Typen bei mir«, rief Martha gereizt ins Handy. Die umstehenden Männer lachten höhnisch. Martha zeigte ihnen einen Vogel. »Wie ist die Frage, Horst?«

»Walter Herr, 71. Minute, Frank Sichel.«

Martha überlegte kurz. Aber ihr fiel nichts ein. Sie kannte weder Walter Herr noch Frank Sichel.

»Mama? Du weißt es nicht. Ich gewinne!«

»Wer hat da gegen wen gespielt?«, fragte sie ungeduldig.

»Mensch, Mama, das kann ich dir doch nicht sagen, dann weißt du es ja!«

Wo Horst recht hatte, hatte er recht. Dafür fiel Martha jetzt wieder ihr Versprechen ein.

»Ich habe nicht gesagt, ich gehe mit dir nach Mailand. Du wolltest ein Spiel sehen mit schwarz-rot gestreiften Trikots, die unter anderem der AC Mailand hat ... Hallo, Horst? Horst!!?«

»Hm«, tönte es kleinlaut am anderen Ende.

»Ich habe dir ein Spiel der Champions League versprochen und die Trikots sollen rot-schwarz sein. Von einer Reise nach Mailand war keine Rede!«

Horst lachte. »War einen Versuch wert.« Dann gab er das Handy an Oma Sabine weiter.

»Sind sie alle bei dir?«, fragte Martha vorsichtig nach.

»Ja. Aber mach dir keine Sorgen. Gleich ist ›Training‹ aus, dann werden sie abgeholt. Horst hat übrigens ein Foto von dir auf den Tisch gestellt. Damit du da bist. Jetzt wollten sie dich unbedingt überraschen.«

Die Überraschung war ihnen gelungen.

»Das ist lieb von ihnen. Sag ihnen bitte, dass sie mir fehlen.«

»Mach ich. Horst hat deine Postkarte unter dem Kopfkissen liegen und jeden Abend vor dem Zubettgehen liest er sie. Bei der Stelle »Kuss auf deine Denkerstirn« bricht er immer und immer wieder in glückliches Lachen aus.«

Das hatte sich Martha schon gedacht. »Gib ihm noch einen Kuss von mir«, sagte sie.

»Mach ich. Erhol dich gut«, sagte Sabine und hängte ein.

»Wo muss ich jetzt drücken?«, fragte Martha und hielt Helmut Siedler das Handy hin. Der hatte inzwischen seine Brille gefunden und antwortete großmütig: »Hier, roter Hörer.«

»Ihr Sohn heißt mit Vornamen auch Horst?«, fragte Börner überrascht.

Er sah aus, als ob er auf eine Antwort warten würde. Martha war die Frage unangenehm.

»Ja, er heißt Horst«, erwiderte sie schließlich.

Börner setzte nach. »Ihr Sohn heißt tatsächlich Horst Horst?!«

Martha sah hilflos zu Helmut Siedler. Während ihrer langen Autofahrt hatte sie ihm die Geschichte erzählt. Sie spürte wenig Lust, Harald Börner ebenfalls einzuweihen, irgendwie war ihr diese Namensgeschichte peinlich.

»Na und«, sagte schließlich Helmut Siedler, »muss sich der Junge nur einen Namen merken. Ist doch für einen Jungen mit Down-Syndrom ganz praktisch.«

Martha erschreckte sich über Siedlers Offenheit und sah ihn verdutzt an.

»Ihr Sohn hat das Down-Syndrom?«, fragte Börner, der sich sofort daran erinnerte, dass Martha sehr spät erst das zweite Kind bekommen hatte.

»Habe ich doch gesagt«, ergriff wieder Helmut Siedler das Wort. »Und ich habe Blutgruppe null, wie jeder Dorfhund«, erklärte er und wollte damit, wenn auch etwas umständlich, nur sagen, dass er ein Kind mit Down-Syndrom für normal hielt.

Martha verstand diese Nachricht. Als sie sich nach dem Fußballspiel verabschiedeten, drückte Helmut Siedler ihre Hand einen Moment zu lange, als dass es bedeutungslos hätte sein können.

»Und das mit Frank Herr und Walter Sichel kriegen wir auch noch raus«, sagte er beim Loslassen.

* * *

Stefan Soltei hatte kaum geschlafen. Er war übelster Laune, als er am Morgen in der Klinik ankam.

»Guten Morgen, Herr Professor«, begrüßte ihn Elsa. »Frau Schön ist schon da.« Sie goss ihm einen Kaffee ein.

»Schön?«

»Der Notfall von gestern.«

Soltei hatte nur einen Notfall gestern und der hieß Frank Schröder. Unwissend sah er Elsa an. Die schob ihren Oberkiefer so weit wie möglich vor und entblößte ihre Zähne. Dann machte sie eine Kopfbewegung Richtung Untersuchungsraum. Bei der demonstrierten Zahnstellung dämmerte es Soltei. Richtig, die unklare Ohnmacht nach harmlosem Ballkontakt.

Marlies Schön saß auf der vorderen Kante des Stuhles und klappte nervös ihre Tasche auf und zu. Professor Soltei war fahrig, unkonzentriert und nicht so charmant wie sonst.

»Ist Ihnen nicht gut, Herr Professor, Sie sehen so blass aus?«, fragte die Patientin den Arzt.

»Doch, doch es geht mir blendend. Wo waren wir stehengeblieben?«, wollte Soltei wissen, der keinen blassen Schimmer hatte, warum Marlies Schön überhaupt hier saß.

»Sie wollten mir sagen, was ich habe, Herr Professor. Haben Sie schon einen Verdacht, warum ich gestern im Koma gelegen habe?«

An ein Koma konnte sich Soltei wirklich nicht erinnern. Aber das war ihm im Moment egal. Er sichtete die Befunde vom gestrigen Tag. Die Laborwerte, das EEG, das EKG, die Blutgasanalyse, das Röntgenbild, alles war bestens. Aber sei es drum, er konnte jetzt keine langen Diskussionen mit einer hysterischen Patientin gebrauchen.

»Nun, Ihre medizinische Lage ist sicher eine ganz spezielle.«

Marlies lehnte sich vor, hielt die Hand ans Kinn und verlangte, der Herr Professor müsse ihr die Wahrheit sagen.

»Schonen Sie mich nicht. Ist es ernst?«

Sie ging ihm auf die Nerven. Ist es ernst? Seine Lage war ernst. Aber ihre doch nicht.

Soltei überlegte, was er ihr sagen könnte. Im Grunde genommen war Marlies Schön kerngesund. Was auch die zahllosen Krankenberichte bestätigten.

»Nun«, hob er erneut an, aber Marlies fiel ihm ins Wort.

»Es ist etwas Ernstes, ich sehe es Ihrem Gesicht an. Ich spüre das. Sagen Sie es mir!« Sie klimperte nervös mit den Augenlidern und den Armreifen.

»Nun, Marlies, ich darf Sie doch Marlies nennen?«

»Selbstverständlich, Herr Professor!«

»Also, Marlies, es ist so. Ihr Kopf wurde durch den Anstoß des Balles einer nicht unerheblichen Erschütterung ausgesetzt. Das erklärt den Schwindel und die Übelkeit. Das Gehirn ist quasi für einen Augenblick irritiert und sendet diffuse Signale aus.«

Dass ihr Hirn mitunter diffuse Signale aussendete, war Marlies schon vor der Ballberührung klar gewesen. Übelkeit und Schwindel hatte sie gestern eigentlich nicht verspürt, aber der Herr Professor würde schon wissen, was los war.

»Sie haben vermutlich eine leichte Gehirnerschütterung davongetragen.«

Marlies Schön ließ nicht locker. »Eine leichte? Wirklich nur eine leichte? Wenn es etwas Schlimmeres wäre, würden Sie es mir doch sagen. Ich bitte Sie, Herr Professor, es ist mein Leben, belügen Sie mich nicht.«

Wie Marlies so jammernd vor ihm saß, spürte Soltei eine ungeheure Macht in sich aufsteigen. Er war Herr über ein Leben, oder zumindest über die Stimmung, mit der dieses Leben weitergehen würde. Marlies starrte ihn erwartungsvoll an. Er hatte Macht über sie und es gab nichts, was er im Moment schöner fand. Endlich wieder die Zügel in der Hand haben, wunderbar.

Es gab keinen pathologischen Befund bei Marlies. Jedenfalls keinen, der sich aufgrund einer Blutuntersuchung, von Röntgenbildern oder anderen diagnostischen Geräten hätte feststellen lassen. Aber sie bettelte förmlich um eine Diagnose.

»Und«, fragte sie mit schreckgeweiteten Augen, »was ist es?«

»Vielleicht gibt es auch einen raumfordernden Prozess in Ihrem Kopf«, hörte Soltei sich nun selbst sagen. Von diesem Satz war er mindestens genauso überrascht wie Marlies Schön.

»Sie meinen einen Tumor? Krebs im Kopf?!« Sie zitterte am ganzen Körper, ihr spritzten die Tränen wie aus einem C-Rohr.

Er war wohl zu weit gegangen. Er versuchte, das Rad zurückzudrehen. »Man sollte nicht zu früh alles ausschließen«, sagte er. Marlies schnäuzte sich. »Ich gehe aber davon aus, dass Sie keinen Tumor im Kopf haben.«

»Das sagen Sie jetzt nur, um mich zu trösten, wie nett von Ihnen, Herr Professor«, schluchzte Marlies auf.

»Ich will Sie nicht trösten, Marlies, ich will nur …«

Sie fiel ihm ins Wort. »Dann glauben Sie also doch daran, dass ich einen Tumor im Kopf habe!«

Verdammt, was hatte er angerichtet. »Nein, Marlies. Sie haben keinen Tumor im Kopf.«

Marlies schnäuzte sich erneut »Na ja, ich wollte die Wahrheit wissen. Vielen Dank für Ihre Offenheit, Herr Professor.«

Soltei war mit seinem Latein am Ende.

»Wie lange habe ich noch zu leben, nach Ihrer Einschätzung?«, fragte sie und kramte nervös in ihrer Handtasche.

»Frau Schön.«

Wieder unterbrach sie ihn. Diesmal leicht hysterisch. »Ach, eben war ich noch Ihre Marlies und jetzt bin ich wieder Frau Schön.« Sie begann erneut herzzerreißend zu weinen. Zwischen den lautstarken Schluchzern brachte sie noch hervor: »Na ja, vor Todkranken will man sich schützen.«

Soltei hob abwehrend die Hand.

»Lassen Sie nur, Herr Professor, ich verstehe das. Sie können ja nicht mit jedem Patienten sterben. Das sind ja auch schlimme Erlebnisse für Sie. Ich meine, wenn Ihnen eine Patientin ans Herz gewachsen ist und Sie müssen ihr dann sagen, dass sie dem Tode geweiht ist, das ist bestimmt keine schöne Sache. Also, ich würde mit Ihnen weiß Gott nicht tauschen wollen.«

Elsa kam herein und staunte über den Zustand von Frau Schön. Gerade eben noch hatte sie mit ihr gescherzt und plötzlich saß sie vollkommen aufgelöst beim Professor am Schreibtisch.

»Was gibt es denn, Elsa?«

»Bürgermeister Humpe bittet um Rückruf. Und hier sind noch Röntgenaufnahmen von Frau Schön. Die lagen in der Ablage.«

Sie legte ihm einen Berg brauner Papiertüten hin. Von

der Menge her hätten es auch die Röntgenbilder der Fischer-Chöre sein können.

Dann fiel Soltei ein, wie er glaubte, genialer Schachzug ein. Er setzte sich neben Marlies Schön, nahm ihre Hand und sagte, er wolle noch eine Röntgenuntersuchung des Schädels anfertigen lassen, dann hätte man absolute Gewissheit.

Marlies nickte. »Aber rasch, wer weiß, wie viel Zeit mir noch bleibt«, sagte sie schluchzend.

Geschickt geleitete er Marlies hinaus ins Sekretariat. Er hatte schon genug Zeit mit ihr verplempert.

»Elsa, machen Sie doch bitte einen Termin für ein kraniales CT im Kreiskrankenhaus aus. Dringend«, wies er sie an, was Marlies in der Annahme, ihre Lebenszeit sei fast abgelaufen, bestärkte. Und kranial, wie sich das schon anhörte, dachte Marlies. Das klang in ihren Ohren wie: Der Kopf ist dahin. Dabei hieß kranial nichts weiter als: zum Schädel gehörend.

»Jawohl, Herr Professor«, antwortete Elsa und telefonierte mit dem Kreiskrankenhaus.

Soltei wandte sich wieder Marlies zu. »Sobald ich das Ergebnis habe, hören Sie von mir.« Er strich ihr über die Schulter. »Es wird schon werden, Marlies.«

Er notierte ins Krankenblatt: Umfassende verbale Krisenintervention bei Verdacht auf lebensbedrohliche Erkrankung, Aufklärungsgespräch (erhöhter Abrechnungssatz bei besonders komplizierter Befundlage).

Marlies taumelte in ihr Zimmer. Sie warf sich aufs Bett und dachte an ihren Sohn. Dann an Lasse Sündström. Es war einen Tag nach ihrem 20. Hochzeitstag passiert. Oder auch nicht, denn die Erinnerung an jenen Tag war bruchstückhaft. Eberhard war mit ihr nach Spanien geflogen. Für den Abend ihres Hochzeitstages hatte er einen Tisch in einer Taverne direkt am Meer reservieren lassen. Es war traumhaft, bis Eberhard zu ihr sagte, er wolle diesen Hochzeitstag zum Neuaufbruch nutzen. Seit Jahren schon würden sie nur noch nebeneinanderher leben. Sie müssten ihre Beziehung gemeinsam »neu definieren«.

Marlies lief es kalt den Rücken hinunter. »Hast du eine andere?«, fragte sie reflexartig.

»Nein.« Aber er brauche mehr Freiheit.

»Aber du kannst doch machen, was du willst, Ebi. Wer hat denn am Abend immer die Fernbedienung in der Hand? Das bist doch du!«

Er denke auch an andere Freiheiten.

»Also doch eine andere Frau«, sagte Marlies und riss dem sich nähernden Kellner voller Wut die Speisekarte aus der Hand.

»Nein. Hör mir doch bitte mal zu.« Er fühle sich von ihr »eingesperrt und überwacht«.

»Von mir? Ich mache mir nur Sorgen um dich«, erwiderte Marlies konsterniert.

»Ich weiß, du meinst das nicht so. Aber es kommt bei mir so an. Wenn ich eine Stunde später von der Arbeit heimkehre, muss ich dir Bescheid sagen.«

»Wie soll ich sonst das Essen planen! Hast du kein vernünftigeres Beispiel?«

Eberhard unternahm einen weiteren Versuch. »Du holst mich vom Sport ab. Meine Kumpels finden das komisch und mich nervt es.«

»Das mache ich doch nur, damit du ein Bier nach dem Sport trinken kannst«, erklärte Marlies.

»Aber ich trinke kein Bier nach dem Sport«, entgegnete Eberhard.

»Du könntest aber eins trinken, weil ich dich ja abhole.«

Es hatte keinen Sinn. Marlies hatte ihn nie verstanden und würde ihn auch niemals verstehen. Eberhard bestellte sein Essen und war für den Rest des Abends so, wie er immer war, einsilbig. Eine unheilvolle Stille war während des Essens zwischen ihnen entstanden. Da kamen drei Musiker und spielten spanische Liebeslieder an ihrem Tisch.

»Sieh nur, wie schön«, sagte Marlies und griff nach Eberhards Hand.

Aber er entzog sich ihr und bestellte noch ein Bier.

»Du fährst ja«, lallte er nach dem vierten Bier und fiel vom Stuhl. War das peinlich.

»Los, Señora kümmere dich um deinen Mann. Das machst du doch am liebsten!«, rief er laut. Als sie ihn wieder auf den Stuhl bugsierte, sagte er noch: »Danke, du Frau meiner Alpträume.«

Am nächsten Morgen hatte Eberhard Kopfschmerzen und ein schlechtes Gewissen, obwohl er sich nicht mehr an alle Einzelheiten erinnern konnte.

»Das mit gestern tut mir leid«, sagte er kleinlaut.

»Du hast nur ein bisschen zu viel getrunken«, beschwichtigte Marlies.

»Ich wollte etwas Grundsätzliches zwischen uns klären«, versuchte er das Gespräch noch einmal aufzunehmen.

Aber Marlies wehrte ab. »Das hast du gestern hinreichend getan und jetzt kein Wort mehr davon.«

»Wir sollten zu Hause in Ruhe über alles reden«, sagte Eberhard.

»Vielleicht«, antwortete Marlies kühl und setzte sich auf den Balkon.

Eberhard legte sich wieder ins Bett und schlief ein. Mittags schlich sich Marlies aus dem Hotelzimmer und schlenderte allein durch die Gassen des Ortes, um sich etwas Hübsches zu kaufen. Mit sechs Schuhtüten blieb sie an der Hotelbar hängen. Lasse Sündström saß neben ihr. »Probleme?«, sprach er sie direkt an.

»Wie kommen Sie denn da drauf?!«

»Wegen viel Schuhe.«

Marlies musste lachen und ließ sich auf einen Martini einladen.

»Ich Lasse. Lasse Sündström.«

»Ich Marlies. Marlies Schön.«

»Schöner Name. Skol«, sagte Lasse und gab ihr den nächsten Martini aus. Sie unterhielten sich, soweit es die Sprachbarriere zuließ. Lasse Sündström starrte ihr ungeniert in den Ausschnitt ihres bunten Sommerkleides. Über die zahlreichen Martinis und die Gedanken an den gestrigen Abend verlor Marlies ihre Zurückhaltung und lehnte sich an Lasse.

»Küss mich«, sagte sie.

Lasse kam der Bitte sofort nach. Dann bezahlte er, nahm die Schuhtüten und brachte Marlies auf sein Hotelzimmer. Nachdem Marlies sich ihres Kleides entledigt hatte, war sie sofort eingeschlafen. Was Lasse getan hatte, entzog sich ihrer Erinnerung. Als sie erwachte, war Lasse fort und Eberhard auf der Suche nach ihr.

»Wo warst du die ganze Zeit?«, fragte er sie vorwurfsvoll.

»Du wolltest doch unsere Beziehung neu definieren«, antwortete Marlies schnippisch und verschwand unter der Dusche. Das Schlimmste war, dass sie nicht einmal wusste, ob sie ein schlechtes Gewissen haben musste.

Aber jetzt, wo ihr Tod plötzlich so nah zu sein schien, hätte sie sich nur allzu gerne an eine rauschende Nacht mit Lasse Sündström erinnert. Was hatte sie schon vom Leben gehabt? Eberhard war der einzige Mann in ihrem Leben. Zumindest der einzige, an den sie sich erinnern konnte. Sollte das alles gewesen sein?

Marlies dachte an Silvio Dorn. Wie besorgt er gestern an ihrer Trage gestanden und sich am Abend nach ihrem Befinden erkundigt hatte. Vielleicht ließe sich das Versäumte mit ihm nachholen?

Sie machte sich, so gut sie es eben konnte, zurecht und ging in den Speisesaal. Den anderen fiel sofort auf, dass sie anders war als gestern.

»Was ist denn mit Ihnen los Marlies?«, fragte Herbert Leitner.

»Ach nichts«, erwiderte Marlies und sah Dorn erwartungsfroh an. Dorn lächelte Marlies kurz an, ging aber nicht weiter auf sie ein. Das verstimmte Marlies und sie sagte in die Runde hinein: »Ich habe nicht mehr lange zu leben … vielleicht.«

Jedes Gespräch erstarb.

Charlotte sah Marlies an und sagte seelenruhig: »Sterben müssen wir alle mal. Der eene früher, der andre später.« Dann erhob sie sich, wickelte zwei trockene Brötchen und vier verpackte Marmeladen in ihre Strickjacke und verließ den Speisesaal.

Herbert Leitner fand als Erster die Fassung wieder. »Das ist ja schrecklich«, meinte er.

Marlies nickte zaghaft. Man vermute einen Hirntumor bei ihr. Börner war erstaunt über die medizinische Entwicklung. »Wie kommt man denn auf einen Hirntumor?«, fragte er.

»Der Herr Professor hat es mir gerade gesagt … wegen gestern … wegen der Bewusstlosigkeit. Erst dachte er, es sei bloß eine Gehirnerschütterung, aber jetzt …«, Marlies schnäuzte in die Serviette, »… aber jetzt glaubt er an einen Hirntumor. Ich muss zu einer ganz speziellen Untersuchung.«

Börner runzelte die Stirn. »Aber warum denkt er denn gleich an einen Hirntumor?«, wiederholte er die Frage noch einmal.

»Wohl weil die anderen Befunde alle in Ordnung sind«, erklärte Marlies und goss sich mit zitternder Hand einen Kaffee ein.

Börner kam das Ganze abenteuerlich vor, aber er schwieg jetzt lieber.

Martha sagte, dass es ihr sehr leidtue. Silvio Dorn hatte bislang lediglich das Rühren in seiner Tasse eingestellt, gesagt hatte er aber nichts. Es scheint auch für ihn ein Schock zu sein, dachte Marlies.

»Machen Sie sich keine Sorgen um mich, Herr Dorn«, sagte sie mit Augenaufschlag zu ihm. Daraufhin fragte er, ob er irgendetwas für sie tun könne. Marlies ergriff die Gelegenheit am Schopf.

»Wenn Sie mich nachher auf einem Spaziergang begleiten könnten«, bat sie ihn.

Dorn nickte. »Gerne.«

* * *

Soltei rief Humpe an. »Guten Morgen, Bürgermeister. Sie wollten mich sprechen?«, fragte er geschäftlich.

»Gut, dass Sie anrufen, Soltei. Ich wollte Ihnen nur sagen, hier ist alles paletti.«

»Was ist paletti?«, fragte Soltei, dem dauernd eine verendende Giraffe durch die Gedanken lief.

»Der Bertram macht es … das Konzert. Er hat sich erst ziemlich geziert und wollte nicht. Aber ich habe das gedeichselt, Sie kennen mich ja«, sagte Humpe und lachte lauthals. »Es ist nur so, wie ich es schon gesagt habe. Er darf kein Solokonzert geben. Die Spieldauer darf 45 Minuten nicht überschreiten und er muss auf einem Steinway-Flügel spielen. Tonaufnahmen sind natürlich untersagt. War noch etwas?«, fragte Humpe sich selbst. Er murmelte noch einmal das eben Gesagte vor sich hin. Dann schloss er: »Nein, das war alles. Also, Sie brauchen nur Ihren Geiger zu überreden und fertig ist die Laube. Alles klar, Herr Professor?« Eigentlich war das weniger eine Frage denn eine

Feststellung. »Dolle Idee, die Sie da hatten. Ein Geiger und ein Pianist auf Weltniveau in unserem Ort. Klasse, Soltei. Einfach klasse. Über Termin und so sollten die beiden Musiker sich einigen«, fügte Humpe noch hinzu.

»Aber was ist, wenn der Herr Dorn nicht spielen will?«, warf Soltei ein.

»Wenn ich den Bachel zu einem Konzert überreden kann, dann werden Sie das ja wohl mit dem Geiger auch hinbekommen. War schließlich Ihre Idee«, sagte Humpe mit Nachdruck.

»Ja schon, aber ich habe bereits einmal mit ihm gesprochen und da hat er sich sehr reserviert gezeigt«, gab Soltei zurück.

»Ist doch klar. Ist halt ein Künstler, die wollen alle ein bisschen Honig ums Maul geschmiert bekommen. Ich verlasse mich auf Sie, Professor!«

»Aber«, unternahm Soltei einen weiteren Versuch, sich Gehör zu verschaffen.

»Nichts aber«, unterbrach ihn Humpe. »Die beiden geben ein Konzert. Punkt, aus, basta. Fast hätte ich es vergessen, Bachel will, dass die Einnahmen einem guten Zweck zufließen. Denken Sie sich was aus. Aber flott, flott.«

Damit hängte Humpe ein und Soltei hatte ein neues Problem.

»Elsa!«

Elsa zückte den Stift, um sich seine Anweisungen zu notieren. Steinway-Flügel, Bestuhlung, Karten, Cateringservice. Sie und Helmut Siedler würden sich drum kümmern müssen. Er habe keine Zeit dafür.

»Machen wir, Herr Professor«, antwortete Elsa und leitete alles Nötige in die Wege.

* * *

Marlies erhob sich vom Tisch. »Wollen wir los?«, fragte sie zu Dorn gewandt.

Der trank noch schnell einen Schluck, erhob sich dann wortlos und lief neben ihr her wie ein gehorsamer Pudel. »Marlies, das Ganze tut mir sehr leid für Sie«, sagte er im Gehen.

»Wenn ich eines im Leben gelernt habe, dann dass man die Hoffnung niemals aufgeben soll. Was meinen Sie, wie oft mir die Ärzte schon das Ende prophezeit haben?«, beschwichtige sie ihn.

»Wirklich?«

Sie nickte nur und blieb stehen.

»Ist Ihnen nicht gut?«, fragte Dorn besorgt.

»Es geht schon«, antwortete Marlies und setzte ihren Weg fort. »Glauben Sie an Gott?«, fragte sie unvermittelt.

»Eigentlich nein«, antwortete Dorn.

»Das ist auch gut so. Dann kann er Sie niemals enttäuschen«, sagte Marlies, als spräche sie vom Nachbarn in der Reihenhaussiedlung. »Wenn Gott will, dass ich sterbe, dann sterbe ich.«

»Mit Verlaub, Frau Schön. Aber man stirbt auf jeden Fall, unabhängig von Gott. Sonst könnte er ja ganz tolle Menschen ewig leben lassen. Oder?«

Marlies dachte lange nach, wusste aber nichts Passendes zu antworten. Schließlich sagte sie: »Gott gibt mir Kraft, auch diese Prüfung zu meistern.«

»Fall es einen Gott gibt, warum prüft er Sie so schwer, Marlies?«

Sie zuckte mit den Schultern. »Ich weiß es nicht … vielleicht habe ich Fehler im Leben gemacht«, seufzte sie und hätte so gerne Widerspruch gehört.

»Was, wenn Ihr Gott sich irrt?«, fragte Dorn.

»Gott irrt sich doch nicht«, erwiderte Marlies voller Überzeugung.

»Woher wollen Sie das wissen? Waren Sie bei seiner Ausbildung dabei? Vielleicht ist Gott ein Anfänger und er hat gar keine Ahnung vom Leben.«

Marlies wusste nichts mehr zu sagen außer: »Tja, dann weiß ich auch nicht.«

Sie liefen schweigend nebeneinanderher. Dorn ließ sie absichtlich etwas vorgehen, um ihre Figur genauer betrachten zu können. Reine Gewohnheit. Wenn sie nur nicht diese vorstehenden Zähne hätte und den Hirntumor, dachte er. Vielleicht wäre sie ein gutes Betthupferl für ihn geworden. Dann schimpfte er innerlich mit sich selbst. Was für ein verkommener, triebgesteuerter Mann er doch war. Marlies griff unvermittelt seine Hand.

»Herr Dorn«, sagte sie und blieb stehen. »Können Sie sich vorstellen, mit mir …«, sie wurde jäh unterbrochen.

»Halt, Frau Schön!!!« Es war Elsa.

»Ja?«

»Frau Schön, gleich kommt ein Taxi und bringt Sie zur Untersuchung ins Kreiskrankenhaus. Warten Sie bitte am Eingang.«

Marlies nickte. »Ja, ist gut«, rief sie Elsa zu. Dann wandte sie sich wieder an Dorn. »Sehen Sie, die können es kaum erwarten, mich zu untersuchen«, sagte sie scheinbar gelassen.

»Was wollten Sie mich gerade eben fragen?«, erkundigte sich Dorn. Sie liefen zurück zum Klinikeingang und kamen in Hörweite der anderen.

Marlies verließ der Mut. »Ach, nichts weiter.«

»Doch doch«, insistierte Dorn. »Sie haben mich gefragt, ob ich mir vorstellen könnte, mit Ihnen was?«

Das Taxi kam. »Sind Sie Frau Schön?«, fragte ein junger Mann auf dem Fahrersitz.

»Ja.« Sie wandte sich ihm zu.

Dorn blieb stehen. »Können Sie sich vorstellen, mich

ins Krankenhaus zu begleiten?«, fragte Marlies beim Einsteigen.

Warum nicht?, dachte Dorn und stieg ein. Im Fond meinte er, es würde schon werden. Marlies schluchzte auf und warf sich an seine Brust. Nach kurzem Zögern legte Dorn seinen Arm um sie.

In der Rettungsstelle des Kreiskrankenhauses begrüßte man Marlies so, wie man alle ankommenden Patienten begrüßte: einsilbig und mürrisch. Eine Krankenschwester, die in ihrem ersten Leben ein Regiment der amerikanischen Südstaatler in den Krieg geführt haben musste, sagte: »Setzen!« Sie füllte einige Formulare aus. »Schwanger?«

»Wer, ich?«

»Nein, der Mann neben Ihnen«, entgegnete die Schwester sarkastisch.

Silvio Dorn schüttelte den Kopf. »Wie reden Sie denn mit ihr!«

»Lass nur«, sagte Marlies, die es sich nicht mit dem Personal verscherzen wollte. Dorn ging vor die Tür. Marlies' Lebenserfahrung besagte, die meiste Macht in Krankenhäusern hatten nie die Chefärzte, sondern dicke, unfreundliche Schwestern mit elegantem Kurzhaarschnitt und bunter Polyesterbluse unter dem Kittel. Mit ihnen musste man sich gutstellen, wenn man am Ende nicht das Krankenzimmer mit einer desorientierten Hexe teilen wollte.

»Nein, ich bin nicht schwanger.«

Die Schwester füllte weiter die Formulare aus.

Marlies wollte die Atmosphäre verändern und erzählte, dass sie einen Sohn habe. »Der ist schon groß und sitzt, äh, geht seinen eigenen Weg. Mein Mann und ich sind nämlich seit über 20 Jahren verheiratet.«

»Mein Beileid«, erwiderte die Schwester knapp. Dann hielt sie Marlies einen Zettel hin. »Hier, unterschreiben!«

»Was ist das?«, fragte Marlies.

»Ein Formular«, kam es unfreundlich zurück.

»Ich bin privatversichert«, erklärte Marlies.

»Macht nichts«, sagte die Regimentsführerin und tippte mit ihrem Finger mehrfach auf die Stelle der Unterschrift.

Marlies zögerte.

»Wollen Sie nun in die Röhre, oder nicht?«, fragte die Schwester ungeduldig.

Marlies unterschrieb. Dann sollte sie in einem der vorderen Räume warten. Als sie um die Ecke bog, traf sie fast der Schlag. Der Raum war überfüllt, die Luft war stickig. An die Seite gequetscht, saß Silvio Dorn auf einem Kinderhocker. Als er Marlies sah, erhob er sich.

»Lassen Sie nur, Herr Dorn, ich kann auch hier draußen warten.«

Dorn stellte sich zu ihr in den Flur. Gelegentlich hörte man eine Tür schlagen oder ein spitzes Lachen der Krankenschwestern. Ab und an wurde ein Name durch den Flur gerufen.

Plötzlich flog die Eingangstür auf. Ein kräftiger kleiner Mann mit fingerdicken schwarzen Streifen unter den Augen stürmte in den Flur, an Marlies vorbei und direkt in ein leeres Untersuchungszimmer. Er trug einen Pelzmantel und Sandalen. Außerdem schleppte er eine riesige Werkzeugkiste mit sich. Er setzte sie mit einem scheppernden Geräusch auf dem Boden ab. Marlies und Dorn blickten der seltsamen Erscheinung erstaunt nach.

Der Mann schrie: »Ich bin krank. Sehr krank!«

Ein Arzt tauchte aus dem Nichts auf und redete beschwichtigend auf den Herren ein. »Einen kleinen Moment bitte«, sagte er.

Der Pelzmantelträger ließ sich nicht beirren. »Ich bin krank. Sehr krank!«, rief er erneut in unverminderter Lautstärke. »Wird's bald! Oder muss ich erst wieder die Säge rausholen?«, drohte er und trat mehrfach gegen seine Werkzeugkiste.

»Wir helfen Ihnen sofort, Herr Lose«, sagte der Arzt hektisch.

Inzwischen war auch eine Krankenschwester eingetroffen.

»Ach, Tag, Herr Lose, auch mal wieder da«, begrüßte sie den Mann. Herr Lose war offensichtlich bekannt hier. »Kommen Sie mal gleich mit«, sagte sie und öffnete eine Zwischentür.

Herr Lose meinte daraufhin nur: »Na also, es geht doch«, und hob seine Werkzeugkiste mit einem Grunzlaut an.

»Moment mal!«, rief Marlies voller Empörung in den Raum und trat näher. »Der Mann ist doch nach mir gekommen. Ich bin zuerst dran«, beschwerte sie sich. Der Arzt, die Krankenschwester und auch Herr Lose sahen Marlies erstaunt an.

»Immer schön der Reihe nach«, sagte Marlies unbeirrt und hob drohend den Zeigefinger. So ging man nicht mit Menschen um, die ihr Todesurteil erwarteten. »Also«, sagte Marlies fordernd.

Die Krankenschwester und der Arzt tauschten fassungslose Blicke aus. Herr Lose schnaubte. Er wuchtete die Werkzeugkiste auf einen Tisch und klappte sie auf. Im Handumdrehen hatte er eine kleine Kettensäge in der Hand.

»Ich bin krank«, sagte er, »sehr krank«, und sah mit leuchtenden Augen auf seine Kettensäge.

»Ich auch«, erwiderte Marlies unbeirrt und blieb in Reichweite der Kettensäge stehen.

»Gehen Sie nur vor, Her Lose«, sagte Silvio Dorn aus dem Hintergrund und trat dabei ins Zimmer ein. »Wir haben Zeit«, fügte er hinzu und lächelte, so gut er konnte, Herrn Lose zu. Dann zog er Marlies auf den Flur und schloss die Tür.

»Also Leute gibt es ja! Drängeln sich einfach vor«, schnauzte sie und lief im Flur auf und ab. Silvio Dorn wischte sich die Schweißperlen von der Stirn und lehnte sich an die Wand.

»Marlies Schön!«, rief jemand aus dem Zimmer der Regimentsführerin.

Marlies hastete zur Tür.

»Mitkommen.«

Silvio Dorn blieb im Flur der Rettungsstelle zurück. Die Schwester und Marlies durchschritten wortlos endlose menschenleere Flure. Kleine Lampen wussten die betonierten Flure nur unzureichend zu erleuchten. Hier und da standen Getränkeautomaten, an denen sich seit Jahren niemand mehr bedient hatte. Die Schwester blieb stehen und bedeutete Marlies mit einer Kopfbewegung, auf einer abgewetzten Sitzgruppe Platz zu nehmen. Dann verschwand sie hinter einer Tür, die einmal orange gewesen war. Jetzt erkannte man blankes Metall hinter der abblätternden Farbe. Neben der Sitzecke stand eine Grünpflanze, die um ihr Überleben kämpfte. Wie ich, dachte Marlies und begann die braunen Blätter von der Pflanze zu zupfen. Anschließend wusste sie nicht, wohin damit, und verstaute sie in ihrer Handtasche. Auf dem Tisch lag ein Werbeblatt. Matratzen zum halben Preis. Die Tür ging auf. Eine andere Krankenschwester kam heraus.

»Ausfüllen«, sagte sie nur und verschwand wieder. Vermutlich die Cousine der ersten Regimentsführerin. Die Zeit schien stillzustehen, kein Mensch weit und breit, kein Laut. Ab und an ein fernes Brummen. Marlies begann die Fliesen zu zählen. Sie kam bis 212, dann endlich ging die Tür auf. Im Hinausgehen zog sich ein Mann die Jacke an und verschwand. Danach war wieder Stille. Marlies fragte sich, was eine Tonnen-Taschenfederkern-Matratze sein sollte und warum diese in Gottes Namen 499 Euro kostete. Sie legte das Werbeblatt wieder auf den Tisch.

Schließlich war es so weit. Sie lag in der Röntgenröhre. Wie oft schon hatte sie hier dringelegen. Die bedrohliche Enge war fast wie ein zweites Zuhause für sie. Hier fühlte sie sich wohl. Ihr fiel Eberhard ein. Es wurde Zeit, dass er endlich die Wahrheit erfuhr über den Zustand seiner Frau. Dabei hatte Marlies schon so schöne Ideen gesammelt für die Heimkehr ihres Sohnes. Bei guter Führung würde er in drei Jahren, zwei Monaten und fünf Tagen entlassen. Jetzt war nicht einmal sicher, ob Marlies ihre Kur zu Ende bringen würde. Na ja, vielleicht bekam der Junge Hafturlaub für die Beerdigung seiner Mutter. Es würde schwer werden für ihn, aber auch er musste informiert werden. *Mein Schatz, ich werde sterben* … formulierte Marlies im Kopf. Nein, das ging nicht. Er war doch viel zu sensibel. Sie müsste es ihm schonend beibringen. Sie begann erneut. *Mein liebster Schatz, ich hätte dich so gerne noch einmal in meine Arme geschlossen und dir beim Schokoladenpuddingessen zugesehen. Aber ich werde bald sterben* … Eine Träne kullerte ihr übers Gesicht und blieb auf halbem Weg auf der Wange hängen. Es begann zu kitzeln. Marlies wollte die Träne abschütteln, als eine Stimme kreischte: »Nicht bewegen!« Ich will die letzte Röntgenaufnahme meines Lebens nicht verwackeln, dachte sie, schloss die Augen und bewegte sich keinen Millimeter mehr. Silvio Dorn lief draußen im Flur auf und ab. Röchelnde Menschen an deren Betträndern Beutel mit Urin und Blut hingen, wurden an ihm vorbeigefahren. Das Krankenhaus machte ihn nervös. Er begann, mit Frau Schön zu leiden. Hoffentlich irrte sich Professor Soltei, dachte er und wartete voller Sorge auf das Ergebnis.

Das schmale Brett ruckte und Marlies wurde wie von Geisterhand aus der Röhre geschoben. Ein Mann im weißen Kittel, von dem sie annahm, dass es ein Arzt war, trat auf sie zu.

»Sie können aufstehen, Frau Schön«, sagte er.

Marlies setzte sich auf und sah den Mann erwartungsvoll an.

»Und?«, fragte sie ihn direkt. »Ist es Krebs?«

»Krebs?«, fragte der Arzt mit großer Verwunderung zurück.

»Habe ich einen Tumor im Kopf?«

»Nein«, erwiderte der Arzt knapp und schrieb etwas auf.

Marlies wagte vorsichtig zu lächeln. »Und Sie sind sich auch ganz sicher?«

»Was ist schon sicher im Leben? Ganz sicher kann man sich nie sein«, entgegnete der Mann, aber einen Tumor im Kopf könne er zur Zeit beim besten Willen nicht entdecken.

»Danke, vielen Dank, vielen, vielen Dank für alles, Herr Doktor«, sagte Marlies und fragte, ob sie jetzt entlassen sei.

Der Arzt steckte seinen Zettel in einen Briefumschlag und gab ihn Marlies. »Der ist für den Arzt in der Kurklinik«, sagte er.

»Professor Soltei«, nannte Marlies den Namen, als handele es sich um einen weltbekannten Popstar.

Der Arzt verabschiedete sich knapp.

Marlies holte tief Luft. Professor Soltei war eben doch der Größte. Er hatte ja gleich erkannt, dass es kein Tumor sein würde. »Vermutlich ist es kein Tumor«, hatte er weitsichtig gesagt. Und um ganz sicher zu sein, hatte er ihr umgehend einen Termin in diesem Krankenhaus beschafft. So schnell, wie das alles gegangen war, mussten die eine Spezialabteilung für Gehirne haben, wunderbar. Entsprechend beschwingt trat sie in den tristen Krankenhausflur hinaus. Silvio Dorn stand mit dem Rücken zu ihr. Marlies ging auf ihn zu, riss ihn herum und umarmte ihn im Überschwang.

»Ich kann weiterleben«, sagte sie unter Tränen und zwang Dorn sekundenlang in die Umarmung.

»Marlies, das freut mich sehr für Sie«, sagte Dorn ehrlich.

»Ach, ich könnte die ganze Welt umarmen!«, rief Marlies und schnäuzte sich. Diesmal vor Freude.

Sie liefen zum Taxistand und ließen sich in die Kurklinik fahren. Beim Aussteigen fragte Dorn, was der Arzt eigentlich genau gesagt habe.

»Man könne sich nicht sicher sein. Aber zurzeit sehe er keinen Tumor. Natürlich müsse man das kontrollieren, um ganz sicherzugehen. Aber zurzeit könne ich mit dem Befund zufrieden sein. Ist das nicht herrlich, Herr Dorn?!«

Sie lief um den Wagen herum und fiel Dorn erneut um den Hals. Sie schien gewillt zu sein, ihn zu erwürgen.

»Marlies, Sie sind aber stürmisch!«

»Stürmisch und glücklich!« Sie gab ihm einen verschmitzten Schulmädchenkuss auf die Wange. »Huch, Entschuldigung, Herr Dorn, aber ich bin so glücklich!«

Professor Soltei hatte die Szene vom Flur aus beobachtet. Er fragte sich, ob die Schön was mit dem Dorn habe. Ihr Einfluss auf Dorn schien jedenfalls nicht unerheblich zu sein. Schon gestern hatte Dorn neben der Liege gestanden und sorgenvoll auf das Ergebnis der belanglosen Untersuchung gewartet. Vielleicht könnte die Schön Herrn Dorn tatsächlich überreden, bei dem Konzert mitzumachen. Soltei wandte sich zum Gehen.

Er sah nicht mehr, wie ein Fotograf auf das scheinbare Paar zutrat. Er mache aktuelle Fotos von der Klinik. Ob sie so nett sein könnten, sich einmal auf die Bank zu setzen? Marlies rückte ganz nah an Dorn heran und lächelte permanent in die Kamera.

»Ich kenne Sie doch irgendwoher«, sagte der Fotograf zu Dorn und schien zu überlegen. »Sind Sie nicht irgendein Geiger?«

Dorn hielt die Frage für ein Missverständnis und wollte

den Fotografen fragen, wie er darauf käme. Aber Marlies mischte sich sofort ein.

»Was heißt hier irgendein Geiger?! Sie sprechen mit Silvio Dorn! Der Mann hat die Konzertsäle der Welt in Ekstase versetzt!«

»Marlies«, sagte Dorn unwirsch und bedeutete ihr, den Mund zu halten.

»Herr Dorn, dürfte ich Sie einmal alleine ablichten?«, fragte der Fotograf, der gleichzeitig ein Bruder von Ambrosius Humpe war.

»Selbstverständlich«, sagte Marlies Schön, als seien sie bei einem offiziellen Pressetermin. Sie rückte unwesentlich von Dorn ab. Der Fotograf drückte auf den Auslöser, noch bevor Silvio Dorn den Wunsch ablehnen konnte.

»Vielen Dank, Herr Dorn.«

Marlies sah ihn mit glänzenden Augen an. Wie bescheiden Silvio Dorn doch war. Er schien ganz natürlich geblieben zu sein, trotz des ganzen Ruhms.

Bei Silvio Dorn untergehakt, betrat Marlies Schön den Speisesaal. Dorn ließ sie gewähren, immerhin war sie gerade dem Tod von der Schippe gesprungen. Außerdem begann es ihn zu erheitern, dass Marlies ihn tatsächlich für einen großen Geiger hielt.

»Und?«, fragte Martha sorgenvoll. »Ich hatte noch keine Gelegenheit, mit dem Professor persönlich zu sprechen. Aber der Spezialist im Krankenhaus hat mir versichert, dass derzeit mit meinem Gehirn alles in Ordnung sei.«

»Ach wat«, sagte Charlotte, wodurch Marlies sich zu weiteren Ausführungen genötigt sah. »Er hat aber auch gesagt, dass es keine absolute Sicherheit gibt. Deswegen muss ich regelmäßig zu Kontrolluntersuchungen gehen.«

»Na prima«, sagte Helmut Leitner und rieb sich die Hände. Dann könne er ja zur Feier des besonderen Tages einen Witz erzählen.

»Wenn es sein muss«, sagte Dorn und setzte sich.

»Liegt ein Mann im Krankenhaus, völlig in Verbände gehüllt, außer sein Ding da unten.« Leitner zeigte mit dem Finger auf seine Gürtelschnalle.

»Sein Gürtel?«, fragte Martha, nur um Leitner in Verlegenheit zu bringen.

»Mensch Martha … sein Ding da unten«, wiederholte Leitner hilflos.

»Schwanz«, half Charlotte ihm aus der peinlichen Situation.

»Genau«, erwiderte er, erleichtert, es nicht selbst benennen zu müssen. Dann fuhr er fort. »Zum Waschen geht eine junge Krankenschwester hin, kommt zurück zur Oberschwester und sagt: Der hat da auf seinem Ding da …«

»Schwanz«, sagte wieder Charlotte.

»Genau. Also da hat er Rumbalotte stehen. Die Oberschwester will das nicht glauben und geht selbst zu dem Patienten hin. Nach einer Weile kommt sie abgehetzt zurück und sagt …« Leitner musste schon jetzt über seinen eigenen Witz lachen. Unter Juchzen brachte er den Witz zu Ende: »Und sagt: ›Da steht nicht Rumbalotte, sondern Ruhm und Ehre der baltischen Flotte!‹«

Martha Horst, Charlotte Jaschke, Silvio Dorn und Leitner selbst brüllten los vor Vergnügen, auch Börner musste schmunzeln. Marlies verzog keine Miene.

Als sich alle wieder beruhigt hatten, fragte sie: »Woher weiß die Oberschwester das?«, woraufhin alle erneut in heilloses Gelächter ausbrachen.

Nachdem sich alle beruhigt hatten, fragte Charlotte Jaschke in Richtung Marlies Schön: »Und du bist sicher, dass mit dein Kopf allet jut is?«

»Die Ärzte gehen davon aus«, antwortete Marlies gequält.

»Das ist doch ein schöner Grund zum Feiern. Wie wäre

es mit einer Einladung ins Café Röber für uns?«, fragte Leitner.

Alle sahen Marlies erwartungsfroh an. So kostspielig hatte sie sich ihre Rückkehr ins Leben nicht vorgestellt. Andererseits war sie auch gerührt über die Freude, die Leitner angesichts ihrer Wiederauferstehung an den Tag legte.

»Also gut. Ich lade Sie heute Nachmittag zu Kaffee und Kuchen ein.«

»Bravo«, sagte Leitner, der auf Ablenkung vom Kuralltag hoffte.

* * *

Das Café Röber hatte jedem Modetrend jenseits der 70er Jahre erfolgreich widerstanden. Massivholzstühle mit dunkelgrünen Sitzflächen standen um runde, dunkelbraune Tische. Auf der Tischmitte stand ein rotes Veilchen aus Plastik. Der Übertopf war in dunkelgrünes Moosgummi eingeschlagen, passend zum Sitzbezug der Stühle. Die roten Veilchen standen auf gehäkelten Deckchen in den verschiedensten Farben. Die Decke des Raumes war mit Holz vertäfelt und an den Wänden hingen riesige Bilder in breiten, geschwungenen Rahmen. Es waren eindringliche Naturdarstellungen von Hirschen, Bächen und schneebedeckten Bergen. Wobei es schon vorkam, dass der Bach senkrecht von unten nach oben floss, auf den schneebedeckten Bergen ein Holunderbusch erblühte und der Hirsch mit roten Augen auf den Betrachter schielte. Zwischen den Bildern zeigte sich eine Mustertapete mit dunkelbraunen Rosen, um die sich vereinzelt grüne Blätter rankten.

Das Café Röber lebte von den Kurgästen und ihrer unstillbaren Gier nach Süßem. Hier sammelten sich die von ihrem Stoffwechsel und Diätassistenten geknechteten Diabetiker um die größten Torten. Und die mit Medikamenten gestärkten Herzpatienten tauschten das braune Wasser der Kurklinik gegen einen starken Mokka. Aber es gab auch trockene Brezeln und für Menschen wie Marlies Kaffee ohne Koffein.

Herbert Leitner rief die Bedienung mit schnippendem Finger und einem unüberhörbaren »Hallo, junge Frau« heran. Die »junge Frau« hatte das Renteneintrittsalter bereits hinter sich gelassen und stellte sich als die Großmutter von Inge, der männlichen Masseurin, heraus.

Nachdem sich Charlotte Jaschke noch einmal bei Marlies Schön versichert hatte, dass sie eingeladen sei, bestellte sie ein Kännchen Kaffee, ein Stück Pflaumenkuchen mit reichlich Sahne und eine Marzipanschnecke. »Und bringen Se mir oochn Saft, damit it besser rutscht.«

Harald Börner sah Charlotte Jaschke fassungslos an.

»Man, Sie kieken ja wie'n Doktor«, sagte sie.

»Glauben Sie im Ernst, dass das alles gut ist für Ihren Zucker?«

»Natürlich nich«, gab Charlotte zurück. »Aber der Mensch brauch och een Laster.«

Martha, die als Einzige wusste, dass Börner Arzt war, schmunzelte ihm schulterzuckend zu und bestellte ihrerseits eine Tasse Kaffee und ein Stück Obsttorte. Herbert Leitner nahm einen Espresso und sonst nichts.

»Sind Sie krank, Herr Leitner?«, fragte Silvio Dorn.

»Nee, der is zur Kur, weil er kernjesund is«, antwortete Charlotte Jaschke und alle lachten auf.

Marlies Schön versuchte Charlotte nicht anzusehen. Man konnte diese Person einfach nicht ernst nehmen. Sie war vorlaut, frech und ohne jedes Benehmen. Eben eine Berlinerin. Marlies bestellte »eine Brezel ohne Butter, einen Kaffee Haag ohne Milch und ein Glas Mineralwasser, mit wenig Sprudel bitte«.

»Wir haben nur ohne Sprudel oder mit Sprudel. Dazwischen gibt es nichts«, sagte Inges Oma ähnlich resolut, wie ihr Enkelkind die Massage ausführte.

»Dann eben ohne Sprudel«, antwortete Marlies rasch, um nicht noch Ärger zu bekommen. Sogleich verwickelte sie Herbert Leitner in ein Gespräch. »Was machen Sie denn am Wochenende?«

»Wenn ich das nur wüsste«, sagte Herbert Leitner und begann, jedem einen Bierdeckel hinzulegen. Ihm gruselte es vor dem Wochenende. Dann war in der Kurklinik »nichts los«. Einige Gäste bekamen Besuch, andere nahmen, wie er sich ausdrückte, »Hafturlaub« und die, die weder Besuch bekamen noch Hafturlaub nahmen, lagen apathisch in ihren Betten und erholten sich von den Anwendungen der Woche.

»Wollen wir nicht am Wochenende was zusammen machen?«, fragte er in die Runde.

»Ich habe gesehen, dass eine Wanderung zur Maria-Magdalenen-Kirche angeboten wird«, sagte Martha.

»Maria-Magdalenen-Kirche? Wo liegt die denn?«, fragte Börner. Niemand wusste es.

Eine junge Bedienung brachte die Getränke. Herbert Leitner sammelte die Bierdeckel wieder ein.

»Wissen Sie, wo die Maria-Magdalenen-Kirche liegt?«, fragte er die Bedienung.

»Ja. Die liegt vier Kilometer von hier. Sie ist erst vor wenigen Wochen wieder freigegeben worden nach dem Unglück«, erklärte die Bedienung und stellte dabei die Getränke auf den Tisch.

»Was denn für ein Unglück?«, fragte Börner und legte Martha, Charlotte und Marlies wieder einen Bierdeckel hin.

»Eines Morgens, vor ungefähr einem Jahr, war der Kircheneingang völlig zerstört und im Inneren waren die Kirchenbänke bis zum Altar nach vorne zusammengeschoben worden. Ein LKW muss auf gerader Strecke da reingerauscht sein. Man hat den Täter nie gefunden.« Sie stellte die Säfte und das Wasser ab.

»Erstaunlich, in so einem kleinen Ort. Da weiß doch jeder alles, oder?«, sagte Leitner und lächelte die Bedienung an.

»Herr Humpe, unser Bürgermeister, hat 10 000 Euro Belohnung ausgesetzt für Hinweise auf den Täter. Als nach einem halben Jahr die Ermittlungen eingestellt worden sind, hat er ein Dorffest veranstaltet. Die Einnahmen wurden für den Wiederaufbau gespendet. Und Herr Humpe hat am Ende sogar 5000 Euro gespendet, damit unsere schöne Kirche rasch wieder eröffnet werden konnte.«

»Und er wiedergewählt wird«, fügte Inges Oma ruppig hinzu, die mit dem Kuchen in Warteposition gestanden hatte. »Du bist hier zum Arbeiten und nicht zum Schwatzen«, fuhr sie die junge Bedienung an und schob sie vom Tisch weg.

»Also wie wäre es mit einer Wanderung zur Kirche?«, fragte Martha.

»Kirche«, sagte Dorn, als habe Martha einen schmutzigen Witz erzählt, »ohne mich.«

Marlies stimmte Dorn sofort zu. »Also Kirche ist nun wirklich nicht mehr aktuell, Martha. Die Menschen sind es leid, sich in die Hände eines Stümpers zu begeben«, führte Marlies aus.

Dorn war erstaunt. Hatte sie ihn nicht selbst gefragt, ob er an Gott glaubte?

Als sie Dorns ungläubiges Gesicht sah, fügte Marlies hinzu: »Ich habe auch nichts zu beichten.«

Charlotte Jaschke hingegen meinte, sie habe so viel zu beichten, da fiele der Pastor tot vom Stuhl.

Dorn erfreute sich offensichtlich an Charlottes Humor und sagte: »Wunderbar.«

Als er sah, wie Marlies Schön ihn böse von der Seite anblickte, erfror ihm das Lächeln auf den Lippen.

»Dann jibts noch'n Blockflötenkonzert«, sagte Charlotte Jaschke schmatzend.

Marlies seufzte auf. »Sie wollen einen berühmten Geiger wie unseren Herrn Dorn doch nicht allen Ernstes in ein Blockflötenkonzert schleppen?«, sagte sie echauffiert und versuchte Dorn wie zum Trost auf die Schulter zu klopfen.

»Dann kann er uns doch een fiedeln«, sagte Charlotte.

»Ich glaube, ein solcher Auftritt dürfte wohl weit unter seinem Niveau liegen«, entgegnete Marlies bestimmt, als sei sie Dorns Managerin.

»Wie wäre es mit einer privat organisierten Poolparty, so mit Stimmung, gute Laune und Essen?«, rief Leitner in die Runde und klopfte dabei so heftig auf den Tisch, dass alle ihre Tassen und Gläser reaktionsschnell vor dem Umfallen bewahren mussten.

»Poolparty in der Klinik? Der Pool hier ist doch mit zehn Leuten wegen Überfüllung geschlossen«, sagte Börner.

»Schade«, sagte Marlies, die sich schon in ihrem figurbetonten Badeanzug auf Silvio Dorn zulaufen sah.

»Aber es gibt in der Nähe ein Schwimmbad«, sagte Martha. Der Bademeister sei sehr nett.

O Gott, o Gott, dachte Marlies und stützte ihren Kopf auf die Hand. Jetzt kennt sie auch schon den Bademeister vom Nachbarort. Was war Martha Horst nur für eine verruchte Frau.

»Soll ich mich mal erkundigen?«, fragte Martha. Alle nickten.

»Ja, warum nicht? Geben Sie mir Bescheid und ich kümmere mich um den Rest«, sagte Herbert Leitner in froher

Erwartung, etwas organisieren zu können. Darin war er unschlagbar.

Als die Rechnung kam, zückte Marlies Schön ihre goldene Kreditkarte. Auf diesen Moment freute sie sich in den Restaurants immer besonders. Die goldene Karte bekam schließlich nicht jeder. Dazu war schon eine gewisse Bonität erforderlich. Und Eberhard konnte anhand der Abrechnung sehen, wie gut sie es sich ohne ihn gehen ließ. Kaffee und Kuchen für alle! Er warf ihr immer wieder vor, sie würde sich an ihn klammern. Ach was, sie brauchte ihn gar nicht. Sie kam auch wunderbar ohne ihn zurecht. Triumphierend legte sie die Kreditkarte auf die Rechnung. Jetzt konnten es alle sehen, die goldene Karte in Marlies' Händen, exklusiv.

»Die nehmen wir nicht«, sagte Inges Großmutter abfällig.

»Was, wie bitte?«, stammelte Marlies.

»Wie nehmen keine Kreditkarten«, wiederholte die Kellnerin ruhig.

»Ach!«

Es entstand eine unheilvolle Stille zwischen den beiden Damen.

Schließlich sagte die Kellnerin: »Was ist nun?«

»Ach so, ja. Moment mal«, sagte Marlies und fingerte nervös in ihrem fast leeren Portemonnaie herum.

Unauffällig sah sie zu Dorn hinüber. Der verstand ihren Blick richtig und drehte den Blechteller mit der Rechnung elegant zu sich.

»Ich übernehme das mal«, sagte er und beglich die Rechnung mit einem sehr großzügigen Trinkgeld.

Zum ersten Mal huschte ein Lächeln über das Gesicht der Kellnerin. Marlies schnappte nach Luft, als sie die Höhe des Trinkgeldes erkannte. Alle bedankten sich nun bei Dorn für die Einladung und die Gruppe machte sich auf den Weg zur Kurklinik.

»Das Geld können Sie mir später wiedergeben«, flüsterte Dorn Marlies gönnerhaft zu. Sie lächelte gequält.

* * *

Während die anderen direkt in die Kurklinik zurückkehrten, bog Martha vor dem Haus ab und ging zur Werkstatt von Helmut Siedler. Sie wollte gleich nach der Telefonnummer von Frank Schröder fragen.

Schon vor der Tür hörte sie das ohrenbetäubende Gezwitscher von Sittichen. Sie klopfte.

»Herein«, sagte eine Frauenstimme.

Am Schreibtisch saß eine junge Frau. Auf der Fensterbank stand ein Vogelkäfig. Daneben eine Grünpflanze, die auf der dem Käfig zugewandten Seite kein einziges intaktes Blatt mehr besaß. An der Wand hing ein Plakat in Lebensgröße, auf dem Donald Duck in einem unvorstellbaren Durcheinander zu sehen war. Drunter stand: Hier bin ich der Chef!

»Guten Tag, mein Name ist Horst, ich wollte eigentlich zu Herrn Siedler.«

»Guten Tag, ich bin Lena, seine Tochter.« Die junge Frau stand auf und gab ihr die Hand. »Kommen Sie doch rein. Mein Vater ist drüben im Kurhaus. Er muss irgendwas wegen dem Klavier nachsehen. Setzen Sie sich doch. Wollen Sie was trinken?«

»Nein, danke. Arbeiten Sie auch hier?«, fragte Martha.

»Nein. Ich wollte meinen Vater nur zum Essen abholen. Er hat heute Geburtstag.«

»Heute?!«

Lena nickte.

»Davon hat er mir gar nichts erzählt«, sagte Martha mit leichter Empörung in der Stimme.

»Hätte ich denn was erzählen sollen«, fragte Helmut

Siedler, der plötzlich hinter ihr stand. Sie gaben sich die Hand.

»Ja, weil, also … dann hätte ich Ihnen doch … also ich meine, vielleicht ein kleines Geschenk … oder so«, stammelte Martha ungewohnt unsicher.

»Das Geschenk können Sie ihm ja noch machen, indem Sie zum Essen mitkommen«, sagte Lena augenzwinkernd.

»Also ich weiß nicht recht«, erwiderte Martha zögerlich. Sie konnte doch unmöglich mit einem fremden Mann essen gehen. Oder?

Lena stieß ihren Vater unauffällig an. »Du würdest dich doch freuen, Papa, nicht wahr!«

»Ja, ich würde mich freuen, sehr freuen«, antwortete Helmut Siedler, nachdem Lena ihn ein zweites Mal angestoßen hatte, und zwar so heftig, dass er fast das Gleichgewicht verlor. Er müsse nur kurz in die Stadt fahren, wegen des Klaviers.

Lena stöhnte: »O nein, Papa. Du hast versprochen, um 17 Uhr ist Schluss!«

»Das liegt doch auf dem Weg, Lena.« Helmut Siedler gab seiner Tochter einen Kuss auf den Hinterkopf und sagte, sie solle keinen Ärger machen, er habe schließlich heute Geburtstag.

»Na gut«, gab Lena nach.

»Müssen Sie sich noch irgendwie umziehen?«, fragte Helmut Siedler Martha.

»Nein, ich bin so, wie ich bin«, erwiderte Martha und zupfte ein wenig am Kragen ihrer Bluse.

»Wirklich?«, fragte Helmut Siedler verwundert.

»Papa!«

»Ich mein doch nur, normalerweise müssen Frauen sich immer erst stundenlang zurechtmachen«, erklärte er.

»Ich bin eben nicht normal«, kicherte Martha.

»So war das nicht gemeint«, gab Helmut Siedler zurück.

»Na dann können wir doch los«, sagte Martha.

»Einen kleinen Moment dauert es noch.« Er müsse sich nur kurz zurechtmachen, meinte Helmut Siedler nun kleinlaut.

»Normalerweise kann man mit Männern immer gleich los«, sagte Lena daraufhin ironisch.

»Bin in zehn Minuten wieder da.« Er drehte sich noch mal um, blickte Lena über die Schulter und sagte, sie solle nicht immer an seinem Dienstcomputer im Internet surfen.

»Ich bestelle den Tisch noch schnell um, dann haben wir mehr Platz«, sagte sie und ließ ihre Finger über die Tastatur flitzen.

»Sie machen was?«, fragte Martha ungläubig. Lena erklärte ihr schwärmerisch die Tischbuchung im Internet.

»Haben die kein Telefon?«, fragte Martha überrascht. Sie war mit dem Internet so vertraut wie ein Kleinkind mit Katzenfutter.

Lena erläuterte Martha die Vorzüge des Internets: »Man kann sich hier gleich die Speisekarte ansehen, schauen Sie.«

Martha wandte ihr Gesicht ab. »Nein, das ist ja wie Spielergebnisse vor der Übertragung kennen!«, rief sie entsetzt.

»Na gut, dann etwas anderes. Schauen Sie, man findet alles, was man sucht. Hier zum Beispiel.« Sie gab den Namen der Klinik ein. »Und schon können Sie sehen, wie die Klinik liegt, wie viel Betten sie hat und was angeboten wird.«

»Das sehe ich doch auch, wenn ich da bin«, entgegnete Martha ungerührt. Sie war offensichtlich ein schwieriger Fall. Auf dem Bildschirm öffnete sich ein Fenster mit einem Foto von Professor Soltei. »Ach der ist auch da drin«, sagte Martha überrascht.

»Ja, aber diesen Widerling machen wir gleich wieder zu«, erwiderte Lena und schloss die Seite.

»Geben Sie doch mal Dorn ein. Silvio Dorn.«

Lena gab den Namen ein. Kein Treffer.

»Das kann nicht sein«, sagte Martha. »Der soll ganz berühmt sein. Daran sehen Sie, Lena, wie unsinnig das Internet ist.«

»Nein, nein. Wenn er auch nur ein bisschen bekannt ist, dann steht er hier drin. Was macht er denn?«, fragte Lena.

»Geiger. Er hat mit ganz bekannten Leuten und bei den Philharmonikern gespielt.«

Lena huschte über die Tastatur. Selbst bei der Ahnengalerie der Philharmoniker tauchte kein Silvio Dorn auf.

»Tut mir leid, Martha. Ein Silvio Dorn ist in der Musikwelt völlig unbekannt.«

»Na ja, vielleicht schreibt man den Namen ja auch anders«, räumte Martha verlegen ein. War nicht Bertram Bachel sein musikalischer Freund? »Geben Sie doch mal Bertram Bachel ein.«

»Der steht garantiert drin. Hier, 380 000 Treffer.« Lena drehte Martha den Bildschirm zu.

»So viel! Wer soll das alles lesen?«, fragte Martha fassungslos und schüttelte den Kopf.

In dem Moment kehrte Helmut Siedler zurück. »So, Schluss jetzt«, sagte er, klatschte in die Hände und forderte Lena auf, den Computer auszuschalten.

Der Gedanke an Silvio Dorn ließ Martha nicht mehr los. Sie brachte das Thema beim Essen noch einmal zur Sprache. »Wenn da wirklich alles drin steht im Internet, warum nicht der Dorn?«, fragte sie.

»Vielleicht ist er nur ein Hochstapler«, überlegte Lena.

»Ist er nicht«, sagte Helmut Siedler. »Ich verrate euch jetzt mal was. Vor ein paar Tagen ist der Bachel bei uns im Haus abgestiegen. Er soll mit dem Dorn ein Konzert geben. Der Dorn muss also geigen können.«

»Deswegen der Klavierladen«, stellte Martha detektivisch fest.

»Genau. Der Bachel darf nur auf einem Steinway-Flügel spielen und den habe ich bestellt.«

»Und wann findet das Konzert statt?«, fragte Lena und tupfte sich den Mund ab.

»Das ist noch geheim«, antwortete Siedler. »Aber sobald ich was weiß, seid ihr die Ersten, die es erfahrt. Prost, die Damen.« Er erhob sein Glas in bester Laune.

»Warum spielt ein berühmter Mann wie Bachel in so einem kleinen Kurort?«, fragte Martha, nachdem sie ihr Glas abgestellt hatte.

Siedler winkte ab. »Vermutlich hat Ambrosius ihn immer noch im Griff.«

»Ambrosius?«

»Ambrosius Humpe, unser Bürgermeister, und wenn er noch ein bisschen kleiner wäre, könnte man ihn für ein Stinktier halten«, erklärte Siedler gelassen und versuchte, ein Salatblatt mit der Gabel zu bändigen.

»Papa, also wirklich«, sagte Lena und schüttelte den Kopf über die derbe Ausdrucksweise ihres Vaters.

»Wenn es doch aber so ist«, entgegnete er und führte die Gabel mit dem Salatblatt zum Mund. Das Salatblatt wickelte sich wieder von der Gabel ab und hatte plötzlich die Größe einer Postkarte.

»Und warum hat Bürgermeister Humpe den Bertram Bachel im Griff?«, fragte Martha neugierig nach.

»Moment«, sagte Helmut Siedler und zwang das Salatblatt mit der Hand auf die Gabel, dann aß er es und legte das Besteck zur Seite. »Also, der Bertram hat das gemacht, was alle kleinen Jungs machen«, hob er an zu erzählen.

»Alle?«, fragte Lena augenzwinkernd.

Helmut Siedler streckte seiner Tochter scherzhaft die Zunge raus. Lena warf ihm die Serviette entgegen. Vom Nachbartisch kamen böse Blicke.

»Also«, setzte Helmut Siedler seine Erzählung fort, »der

Bertram hat sich als sechsjähriger Bube unter die Holztreppe der Oberschule gelegt und den Mädels unter den Rock geschaut. Die Mechthild, die kleine Schwester von unserem Bürgermeister, hat ihn dabei gesehen und ist gleich zu ihrem Onkel gerannt. Seines Zeichens Pfarrer. Und ich kann Ihnen sagen, vor Pfarrer Humpe hatten alle Angst. Selbst Hamster stellten ihr Liebesleben ein, sobald Pfarrer Humpe auch nur in die Nähe ihres Käfig kam.«

Martha kicherte.

»Sie haben ihn noch nicht kennengelernt, Martha! Jedenfalls hat der Pfarrer dem Bertram eine Predigt gehalten, sozusagen. Er habe gesündigt und sich beschmutzt und so weiter.«

Lena setzte die Geschichte fort: »Mechthild hat das auch ihrem Bruder Ambrosius erzählt.«

»Dem Bürgermeister?«

»Genau. Und der hatte nichts Besseres zu tun, als den armen Bertram in Angst und Schrecken zu versetzen. Regelrecht erpresst hat er ihn. Erst 10 Pfennig, dann 20 Pfennig, schließlich hat er seinen Füllfederhalter als Schweigegeld genommen. Und so ging es weiter. Außerdem hat er ihm immer wieder gesagt, dass sich Gott rächen würde für das, was Bertram getan hat.« Helmut Siedler goss den beiden Frauen Wein nach.

»Was war denn mit den Eltern von Bertram?«, fragte Martha gespannt.

»Die bekamen gar nicht mit, was sich da zwischen dem ältesten Humpe-Sohn und ihrem kleinen Jungen abspielte. Das waren einfache Leute«, sagte Lena.

Helmut Siedler räusperte sich: »So wie ich. Es ist nichts Schlimmes daran, ein Handwerk gelernt zu haben!«

Lena warf ihm einen Kuss zu.

»Die Mutter hat auf dem Markt Gemüse verkauft und der Vater war Schmied. Der Bertram war gefangen zwischen den Beschimpfungen durch Pfarrer Humpe und den Drohungen seines Neffen Ambrosius, die Sünde öffentlich zu machen. Der hat ihm gesagt, es hinge einzig und allein von seiner Familie ab, ob Bertram auf der Schule bleiben dürfe. Und Gott habe ein Auge auf ihn geworden und werde ihn strafen.«

»Hörte das irgendwann mal auf?«

»Ja«, antwortete Helmut Siedler. »Ich habe mit dem Ambrosius gesprochen und gesagt, er soll das lassen.«

Lena lachte. »Das Gespräch, wie Papa es nennt, endete für Ambrosius in der Jauchegrube«, erklärte sie.

»Er ist auch ein Stück weit gestolpert«, verteidigte sich Helmut Siedler.

»Das ist ja furchtbar«, sagte Martha belustigt.

»Das wirklich Furchtbare kommt erst noch«, nahm Helmut Siedler den Faden wieder auf. »Bertrams Vater war, wie gesagt, Schmied. Ein paar Monate nach der Geschichte mit den Mädels, hatte Bertrams Vater einen zu viel geladen.« Er machte eine Trinkbewegung mit der Hand. »Er hat nicht aufgepasst und sich an der Glut den Pullover entzündet. Bertram stand mit seiner Mutter daneben. Bertrams Mutter war völlig konsterniert, während ihr Mann anfing zu brennen. Der Vater rief dem Sohn zu: ›Der Eimer!‹ Bertram nahm den Eimer und schüttete den Inhalt in Richtung Vater. Er dachte, es sei Wasser.«

Atemlose Stille am Tisch. »Und?«, forderte Martha die Antwort.

»Es war Spiritus.«

Martha hielt sich die Hand vor ihren offenen Mund.

»Der Junge hat seinen Vater quasi erst richtig in Brand gesetzt. Ein paar Tage später war er tot«, beendete Lena die Erzählung.

Helmut Siedler fragte, ob Martha jetzt einen Schnaps wolle. Sie nickte. Nachdem Martha ihren Schnaps getrunken hatte, sagte sie, dass sie aber nicht verstünde, warum der Bürgermeister den Bachel noch immer im Griff habe.

»Das ist doch alles Jahrzehnte her, oder?«

»Ja«, erwiderte Lena, »aber der Humpe hat dem Bertram eingeredet, dass sein verbrannter Vater die Rache des lieben Gottes gewesen sei für die Sünde unter der Holztreppe.«

»Und das hat der Junge geglaubt?!«

»Bertram war sechs Jahre alt und völlig verstört. Seine Mutter sah ihn nicht mehr an und kam bald darauf in die Klapsmühle.«

»Er glaubte wirklich an die Sündengeschichte«, ergänzte Lena.

Martha schüttelte den Kopf. »Ich fasse es nicht. Der arme Junge.«

»Das können Sie laut sagen. Er hat einen ziemlichen Knacks weg. Jahrelang durfte ihn niemand anfassen, weil er gesündigt hatte. Er trug immer Handschuhe, außer am Klavier«, sagte Helmut Siedler und wischte sich den Mund mit der großen Stoffserviette ab, als trockne er sich das Gesicht. »Als klar wurde, dass der Bertram musikalisches Talent hat, haben sich die Humpes viel um ihn gekümmert. Der Junge hat nur noch für die Musik gelebt. Keine Freunde, keine Feiern, keine Hobbys. Und noch heute hat Bertram Angst vor dem Stinktier.«

»Papa!!!«

Helmut Siedler räusperte sich. »Entschuldigung. Ich meinte vor dem ungut riechenden Fellsäuger.«

Martha nahm den letzten Bissen von ihrem Teller. »Und das alles wegen ein paar Mädchenröcken«, fasste sie zusammen. Für einen Moment herrschte Stille am Tisch. Jeder hing seinen Gedanken nach. »Woher kennen Sie eigentlich die Geschichte mit der Treppe?«, fragte Martha auf einmal.

Helmut Siedler verschluckte sich, ohne dass er etwas aß oder trank. Er hüstelte mit hochrotem Kopf in die Serviette.

Lena begann zu lachen und sagte: »Weil er als Junge selbst unter der Treppe gelegen hat!«

»Lena!«

Die Ermahnung kam zu spät. Martha prustete los. Helmut Siedler schüttelte den Kopf, schließlich begann auch er zu lachen und räumte ein, er habe den Platz unter der Treppe minutenweise an Schulkameraden, unter anderem auch an Ambrosius Humpe, vermietet. Mit diesem Eingeständnis wollte er das Thema beendet wissen und lenkte das Gespräch auf Martha.

»Wie geht es eigentlich Ihrem Sohn«, erkundigte er sich bei ihr.

»Ich glaube, ganz gut. Sein Rätsel habe ich aber noch nicht gelöst. Walter Herr schießt in der 71. Minute ein Tor, der Torwart heißt Frank Sichel. Was soll das für ein Spiel gewesen sein?«

»Die kenne ich beide nicht«, stellte Helmut Siedler enttäuscht fest.

»Trösten Sie sich, Herr Siedler, ich auch nicht«, sagte Martha.

»Was wollten Sie eigentlich vorhin in meiner Werkstatt?«, fragte Helmut Siedler.

Martha hatte ihren »Auftrag« fast vergessen. Sie erzählte von der Idee einer Poolparty in dem Schwimmbad von Frank Schröder. Helmut Siedler sah kein Problem darin. Im Gegenteil.

»Der Frank freut sich, wenn er wieder mehr mit der Klinik zu tun hat.«

Er gab Martha Adresse und Telefonnummer. Beim Notieren der Telefonnummer sah er auf seine Uhr. »Heiliger Strohsack, gleich elf!«

Das versetzte Martha einen kleinen Stich. Musste Helmut Siedler nach Hause, womöglich zu einer kranken Frau?

»Müssen Sie nach Hause?«

»Ich? Martha, Sie fragen, ob ich nach Hause muss?!«

Sie nickte.

Dann sagte Helmut Siedler mit Nachdruck: »Sie müssen pünktlich in die Klinik zurück!«

Ach ja, Martha hatte während des Abends völlig vergessen, dass sie hier nur Gast war, so heimisch hatte sie sich mit Helmut und Lena Siedler am Tisch gefühlt. Helmut Siedler ging zum Kellner und bezahlte.

Während seiner Abwesenheit fasste Martha sich ein Herz und fragte Lena nach ihrer Mutter.

»Da gibt es eine ganz einfache und kurze Antwort drauf: Seit meiner Geburt weg«, antwortete Lena.

»Oh, das tut mir leid, Lena«, sagte Martha überrascht.

»Das muss Ihnen nicht leidtun. Ich hatte trotzdem eine tolle Mutter.«

Martha stutzte und zog die Augenbrauen hoch.

»Mein Vater«, antwortete Lena lachend.

Martha dachte an Lisa, ihre eigene Tochter. Was war da nicht alles falsch gelaufen. Gab es überhaupt Eltern, die schadlos durch die Pubertät ihrer Töchter kamen? Sie verließen das Restaurant. Lena verabschiedete sich und ging in die entgegengesetzte Richtung. Helmut und Martha machten sich auf den Weg zur Klinik.

»Darf ich Sie mal was Persönliches fragen, Herr Siedler?«

»Nur zu, ich rede auch ohne Anwalt«, erwiderte Helmut Siedler.

»Ich habe Ihnen neulich mein halbes Leben erzählt und von Ihnen weiß ich kaum etwas.«

»Tja, was wollen Sie denn wissen? Ob ich Briefmarken sammle? Ob ich eine Frau habe?«

Martha wurde rot.

Er half ihr aus der Patsche: »Nein, ich sammle weder Briefmarken, noch habe ich eine Frau.«

»Vielleicht hätten Sie eine Frau, wenn Sie Briefmarken sammeln würden«, entgegnete Martha.

Helmut Siedler musste lange überlegen, bis er den Witz verstand. Er erinnerte Martha an einen spätzündenden Silvesterknaller, der erst hochging, wenn niemand mehr damit rechnete. 100 Meter später brach Helmut Siedler plötzlich in Lachen aus.

»Der war gut, Frau Horst! Richtig gut!!! Wenn ich Briefmarken hätte, hätte ich vielleicht auch eine Frau! Klasse Witz.« Er holte tief Luft, um wieder zu Kräften zu kommen.

»Was ist mit Lenas Mutter?«

»Meine damalige Frau hat mir eines Morgens gesagt, dass sie dem Kind nicht gewachsen sei, und ist gegangen. In den Fernsehfilmen ist das immer so dramatisch mit Anschreien und Geschirrschmeißen. Bei uns war das ganz ruhig. Sie ging einfach durch die Tür und kam nie wieder.«

»Haben Sie sich weiter nichts gesagt?«

»Nein. Es war so unspektakulär, dass ich zwei Jahre gebraucht habe, um es wirklich zu kapieren.«

»Wissen Sie, was aus ihr geworden ist?«

»Nein. Wir haben uns ein Jahr später zur Scheidung wiedergesehen. Das war's.«

»Ist das nicht furchtbar für Sie gewesen?«, fragte Martha vorsichtig.

»Ich glaube, dass es nicht furchtbarer war als wie für sie. Sie standen plötzlich mit Horst alleine da, nicht wahr?«

Martha musste auf einmal lachen.

»Was ist daran so lustig?«, fragte Helmut Siedler, der meinte, wieder einen Witz verpasst zu haben.

»Sie haben ›als wie‹ gesagt.«

»Na und, was ist daran so lustig?«, fragte er.

»Erinnern Sie sich an die Frau, der Sie den Koffer aufs Zimmer getragen haben, Marlies Schön?«

»O ja. Sitzt die nicht bei Ihnen am Tisch?«

»Ja. Und sie hat mich neulich zurechtgewiesen und gesagt: ›Martha, sagen Sie nie wieder als wie, so etwas sagt man nicht!‹ Daraufhin hat Frau Jaschke gefragt, ob wir hier in der Schule seien.«

Helmut Siedler blieb kurz stehen, kratzte sich am Hinterkopf und sagte dann zu Martha: »Sagen Sie Frau Schön einen schönen Gruß von mir und im Mittelhochdeutschen ist die Kombination ›als wie‹ eine präpositive Deklinationsform des Adverbum beim Hochadel gewesen.«

»Was war das?«, fragte Martha völlig erstaunt.

»Keine Ahnung«, antwortete Helmut Siedler. »Klingt doch aber toll, oder?«

Jetzt lachte Martha herzhaft. Nachdem sie sich wieder beruhigt hatte, fragte sie Helmut Siedler, wie es ihm all die Jahre mit seiner Tochter gegangen sei.

»Gut. Sie hat befohlen und ich habe pariert. Wenn eine Frau am Horizont auftauchte, bekam Lena Bauchschmerzen und wenn sich die Frau vom Horizont bis in unsere Wohnung wagte, dann …«

Martha fiel ihm ins Wort: »… dann bekam die Frau Bauchschmerzen.«

»Genau, so war es.«

Sie liefen schweigend nebeneinanderher und hingen ihren Gedanken nach. Auf der gegenüberliegenden Straßenseite der Kurklinik verabschiedeten sie sich herzlich voneinander. Helmut Siedler sah ihr nach, bis sie, auf die Minute pünktlich, im Haus verschwunden war. Martha klopfte bei Herrn Leitner an die Tür.

»Tut mir leid, wenn ich Sie so spät noch störe, Herr Leitner.«

»Ach was, Sie stören doch nicht«, fiel Herbert Leitner ihr ins Wort.

»Haben Sie schon geschlafen?«

»Schlafen kann ich, wenn ich tot bin! Was gibt es denn?«

»Ich wollte Ihnen nur die Telefonnummer von dem Schwimmbad geben. Hier, Frank Schröder heißt der Mann.« Sie reichte ihm den Zettel.

»Vielen Dank, Martha, Sie sind eine Wucht! Ich kümmere mich um alles, danke!«

»Bis morgen, Herr Leitner«, sagte Martha und tanzte die Treppen hinauf in ihr Zimmer. Sie erfreute sich noch immer an dem Abend und warf sich mit einem lauten »juchhu« auf ihr Bett, wobei der Bettrahmen bedrohlich gegen die Wand donnerte und eine Wasserflasche vom Nachttisch fiel.

Nebenan schreckte Marlies Schön hoch. Nein, sie wollte gar nicht wissen, was die kleine dicke Frau nebenan gerade wieder trieb. Sodom und Gomorrha, dachte sie nur. Sie war jetzt mit Wichtigerem beschäftigt. Professor Soltei hatte sie nach dem Besuch im Café Röber abgefangen und ihr anvertraut, dass sie, Marlies Schön, die Einzige sei, die ihm helfen könne. Silvio Dorn müsse zu einem kleinen Konzert mit Bertram Bachel überredet werden.

»Sie haben Macht über Männer«, hatte Professor Soltei gesagt und ihr dabei tief in die Augen geblickt. Und was ein Professor sagte, stimmte.

* * *

Am Frühstückstisch herrschte ausgelassene Stimmung. Marlies Schön feierte noch immer ihre Wiedergeburt.

»Also, so gut wie letzte Nacht habe ich lange nicht geschlafen.«

Herbert Leitner war glücklich, weil er die Poolparty organisieren konnte. Charlotte Jaschke nahm zufrieden den Fehler einer Küchenfrau hin, durch den sie für den heutigen Tag zum Vollköstler wurde.

»Na, Martha, auch gut geschlafen?«, fragte Harald Börner ohne jeden Hintergedanken.

Marlies stieß einen spitzen Laut aus und schob ein »Na ja, da schweigen wir mal lieber drüber« hinterher.

Martha sah Marlies verwundert an, sagte aber nichts weiter.

»Dein Toast Hawaii vom Abend hat mir jut jeschmeckt«, sagte Charlotte Jaschke und lächelte Martha zu. »Von mir aus kannste öfter wegbleiben.«

Professor Soltei lief durch den Speisesaal. An einzelnen Tischen blieb er stehen und sprach mit den Kurgästen. Marlies Schön heftete ihren Blick auf Professor Soltei, als wollte sie ihn damit durchbohren. Als er ihr quer durch den halben Saal kurz zuwinkte, holte sie tief Luft und rief eine Idee zu laut: »Guten Morgen, mein lieber Herr Professor!« Sie stand auf.

»Was machen Sie denn da?«, fragte Harald Börner, dem Marlies beim Aufstehen fast das Müsli aus der Hand geschlagen hatte.

»Wat soll se schon machen? Die macht sich wichtich.«

In dem Moment rief Marlies noch »huhu« und winkte mit ihrer Serviette, obwohl Professor Soltei sich schon längst wieder abgewendet hatte. Sie setzte sich, zufrieden über das Körnchen Aufmerksamkeit. Hätte sie weiter vorne im Raum gesessen, hätte er bestimmt auch persönlich ein Wort mit ihr gewechselt. Da war sich Marlies sicher.

»Is och nur 'n Mensch«, sagte Charlotte und biss in ihr Brötchen aus dem rechts und links die Marmelade tropfte.

»Die Herren halten sich alle für was Besseres«, stimmte Herbert Leitner ein.

»Und viel Ahnung haben sie auch nicht«, ergänzte Börner.

Marlies schüttelte den Kopf: »Sie sehen das völlig falsch. Der Herr Professor Soltei ist ein außerordentlich fähiger und freundlicher, mir gegenüber sehr zuvorkommender Mann. Der weiß, wie man mit Menschen umgeht.« Damit wollte Marlies die endgültige Wahrheit gesagt haben und kein Wort mehr hören.

Aber Martha hielt sich nicht daran. »Also, ich weiß nicht. Neulich tauchte er bei Frau Doktor Heitermann auf und war sehr unfreundlich, richtig gemein.«

»Tja, wer weiß, was da vorher war«, sagte Marlies.

»Na und, deswegen muss man doch seine Mitarbeiter nicht vor den Augen der Patienten so zusammenfalten«, verteidigte Martha ihre Haltung.

»Ab und an ein öffentlicher Rüffel schadet nicht. Das rüttelte wach«, entgegnete Marlies.

Herbert Leitner stimmte ihr zu: »Richtig. Mit meinen Leuten ist das auch oft so. Da redet man sich den Mund fusselig und die kriegen nichts hin. Alles muss ich selber machen. Aber wenn man sie mal richtig zusammenscheißt, dann schnurrt der Betrieb wieder.«

»Und, wie oft wechseln bei Ihnen die Mitarbeiter?«, fragte Silvio Dorn, der auf autoritäres Gehabe noch immer außerordentlich empfindlich reagierte.

Leitner antwortete nicht.

»Die besten Konzerte geben entspannte Musiker, nicht die, die in Angst und Schrecken auf ihr Notenblatt sehen«, fuhr Dorn fort.

Das war Marlies' Stichwort. »Apropos Konzert, Silvio, ich darf Sie doch Silvio nennen«, sagte sie, ohne dass sie dies als Frage verstanden haben wollte. »Silvio, erzählen Sie uns mehr von sich, Ihrer Musik, Pavarotti, Bocelli, Menuhin ...«

Dorn zierte sich. »Ach, da gibt es eigentlich nicht viel zu erzählen«, erwiderte er und wollte sich wieder seinem Brötchen zuwenden.

»Aber Sie waren doch die Tage mit Bertram Bachel zusammen«, fiel ihm Martha fragend ins Wort, auf der Suche nach Beweisen für Dorns musikalisches Genie.

»Genau«, sagte Marlies. »Deswegen haben Sie uns hier unten so schmählich im Stich gelassen.«

»Ick fühlte mir von niemanden im Stich jelassen«, warf Charlotte schmatzend ein.

Marlies verdrehte die Augen.

»Vielleicht können Sie uns ja am Pool etwas vorgeigen«, erwachte Herbert Leitner aus seinen Aufzeichnungen. Ständig schrieb er, rechnete aus, strich durch und sortierte seine Zettel erneut.

»Nein«, antwortete Dorn. Die Geige würde das feuchte Klima nicht vertragen.

»Schade, sehr schade. Dann muss die Musik anders ins Bad«, sagte Herbert Leitner und wandte sich wieder seinen Aufzeichnungen zu.

»Silvio«, säuselte Marlies, »Sie wollten uns vom Leben als Musiker erzählen.«

Vom Nachbartisch sahen einige Frauen interessiert herüber.

»Ach bitte, erzählen Sie mal, wie es so ist. Schauen Sie sich auch das Sonntagskonzert an?«, fragte Martha, die es spannend fand, einen Musiker am Tisch zu haben.

»Sonntagskonzert?«, fragte Marlies entsetzt.

Dorn registrierte die immer größer werdende Zuschauerzahl um den Tisch mit Skepsis.

»Martha, Silvio sieht da nicht zu. Er hat es doch selbst jahrelang gespielt«, tönte Marlies eindeutig zu laut.

Dorn bemühte sich nicht sonderlich, diese Aussage zu korrigieren. »Na ja. Das Sonntagskonzert war nur eine frühe, eine sehr frühe Station in meinem Leben, nicht erwähnenswert, wirklich nicht«, sagte er und hob die Kaffeetasse mit weit abgespreiztem kleinem Finger.

»Sehen Sie nur, wie bescheiden er ist, ein wahrhaft großer Musiker«, sagte Marlies und versuchte Dorn über die Wange zu streichen, was er geschickt abwehrte, indem er sich stärker seiner Kaffeetasse zuneigte. Ein Staunen ging durch die Menge.

»Und Bertram Bachel ist sein Kollege«, sagte Martha, die jetzt auch mal einen Beitrag leisten wollte.

Die Folge war noch größeres Staunen bei den Umstehenden. Die meisten Kurgäste hatten gar nicht gewusst, dass Silvio Dorn ein bekannter Musiker sein sollte. Die Nachricht verbreitete sich wie Fußpilz. Schnell und geräuschlos.

Dorn spürte, dass ihn vor allem die Frauen nun anders ansahen. Sie grüßten mit gekonntem Augenaufschlag, die ein oder andere wollte ein Autogramm. Und er genoss es. Was sollte schon sein? In ein paar Wochen war er hier weg. Dann müsste er wieder diesen grässlichen Musikunterricht abhalten. Allein der Gedanke daran rief bei ihm einen unangenehmen Schmerz in der Halswirbelsäule hervor. Warum sollte er die Aufmerksamkeit nicht genießen? Er lief aufrecht, mit strahlendem Blick und zweideutigem Lächeln. Er ließ das Hemd einen Knopf weiter auf, um seine dichte Brustbehaarung ans Tageslicht zu befördern.

Bei der bevorstehenden Poolparty würde er der Star sein und Typen wie Börner und Leitner nur Staffage. Er musste nur noch zusehen, dass Marlies Schön ihn nicht zu sehr in Besitz nahm. Andauernd tauchte sie in seiner Nähe auf, als habe sie den Auftrag, ihn zu missionieren.

* * *

Der einzige Programmpunkt an diesem Morgen war eine Gruppenstunde bei Frau Scholz. Die öffnete gerade in einer winzigen Besenkammer ein kleines Fenster, drehte einen Eimer um und setzte sich darauf, um in Ruhe eine Zigarette zu rauchen. Es war der einzige Raum im Haus ohne Rauchmelder, wobei auch dieser einmal einen besessen hatte. Ein erzürnter Raucher hatte ihn zerstört. Vielleicht war es auch eine erzürnte Raucherin gewesen, die dem Rauchmelder mit einem gezielten Besenstilstoß den Garaus gemacht hatte.

Es klopfte an der Tür. Dreimal kurz, zweimal lang. Ein weiterer Raucher begehrte Einlass. Irene Scholz entriegelte die Tür. Es war Kai, der Physiotherapeut.

»Ich packe es einfach nicht«, begrüßte er Frau Scholz und ließ sich Feuer geben.

»Macht nichts«, erwiderte Irene und rückte ein Stück zur Seite. »Ich versuche gar nicht mehr aufzuhören.«

Kai runzelte die Stirn. Psychologen waren ihm eigentlich unheimlich. Irene aber fand er nur seltsam.

»Wie geht es Ihnen?«, fragte Kai und zog wie ein Kleinsäuger an seiner Zigarette.

Irene hatte ihm schon hundertmal das Du angeboten, aber sie strahlte eine natürliche Autorität aus, die ihm immer wieder das Sie in den Mund legte.

»Wie soll es mir schon gehen? Blendend! Der Wasserschaden in meinem Büro entwickelt sich zu einem Schwimmbadschaden, Soltei hat mein Auto zum zweiten Mal in diesem Monat abschleppen lassen und zum Rauchen muss ich mich hier einpferchen lassen. Noch Fragen?« Kai lachte. »Man lacht keine alte Frau aus«, mahnte sie ihn und gab ihm einen spaßhaften Klaps auf den Kopf. In der Tat, er hätte ihr großer Sohn sein können. Dennoch verbot sie sich nie einen gierigen Blick auf seinen durchtrainierten Körper. Was sollte schlimm daran sein? Etliche Greise nestelten mit gekrümmten Fingern an jungen Frauen herum. Man denke nur an Professor Schiffer, den alten Klinikchef. Schiffer hatte das Pech gehabt, seinen sexuellen Badespaß im Beisein zweier blutjunger Mädchen mit einem Herzinfarkt und letztendlich mit seiner Entlassung zu bezahlen.

»Wie geht es deiner Tochter?«, fragte Irene.

»Besser. Nächste Woche wird sie entlassen.«

Kais Tochter war die geborene Schauspielerin. Sie hatte einen harmlosen Sportunfall dazu genutzt, um sich von der Feuerwehr aus der Turnhalle abholen zu lassen. Sie wollte, dass ein ganz bestimmter Junge sie beim Abtransport gut sehen konnte, und war bei dem Versuch, sich in eine ideale Sitzposition zu bringen, so unglücklich von der Trage gestürzt, dass sie sich einen komplizierten Oberschenkelbruch zugezogen hatte.

»Das wird ihr eine Lehre sein«, sagte Kai.

»Hoffentlich«, ergänzte Irene, die Kais Tochter für ein verzogenes Früchtchen hielt. Sie ließ die Asche geschickt in ihre Hand fallen.

»Haben Sie die Neuen schon in der Gruppe gehabt?«, fragte Kai.

Irene nickte: »Einmal zur Maltherapie. Aber ich sage dir ganz ehrlich: In den letzten Monaten meines beruflichen Daseins könnte ich darauf gut und gerne verzichten.«

»Na, na, höre ich da etwa Verdruss?«

»Wenn du 30 Jahre lang in die seelischen Abgründe deiner Mitmenschen geschaut hättest, würdest du ähnlich denken. Was glaubst du eigentlich, wie viele Frauen ihren Männern einen tödlichen Autounfall an den Hals wünschen?«

»Meine Frau wünscht sich das bestimmt nicht. Die braucht mich!«

»Wieso, hat sie keinen Führerschein?«, fragte Irene ironisch.

»Sie liebt mich!«

»Ach so.« Irene nahm einen letzten kräftigen Zug und löschte die Zigarette auf der Bodenkachel. Die Kippe und die Asche beförderte sie routiniert aus dem kleinen Fenster. »Ich muss los«, sagte sie und verließ den provisorischen Raucherraum.

Alle saßen bereits im Gruppenraum. Irene wollte gerade die Tür schließen, als Herbert Leitner ihr plötzlich die Klinke aus der Hand riss und mit ein paar Zetteln in den Raum hetzte.

»Entschuldigung, ich musste noch einige Telefonate erledigen.«

»Herr Leitner, kommen Sie eigentlich überall zu spät?«, fragte Irene Scholz.

»Nicht überall«, antwortete Herbert Leitner gereizt und setzte sich betont breitbeinig in den Stuhl.

Einige kicherten. Irene Scholz blieb gelassen. Wie oft hatte sie diesen niveaulosen Satz schon von Männern in der Gruppentherapie gehört. Eigentlich hasste sie die Sitzungen in der Gruppe. Es dauerte seine Zeit, bis Menschen wirklich wichtige Dinge preisgaben, und noch länger dauerte es, bis die anderen bereit waren, diese Dinge vorbehaltlos aufzunehmen. Meistens war die Kurzeit dann schon längst beendet. Daher verfuhr Frau Scholz bei der Gruppentherapie nach dem Motto, so wenig Schaden wie möglich anzurichten. Sie unterband rasch alles, was nach psychischer Offenbarung aussah. Die Folge war, dass sich Frauen bis aufs Messer über Backrezepte stritten und Männer staunend ihre Werkstattrechnungen verglichen. Irene Scholz war sich sicher, dass ihre Gruppenstunden aus fachlicher Sicht schlechter waren als Buttermilch von der Heizung.

»Hat jemand etwas, was er gerne besprechen möchte?«, fragte sie in die Runde hinein und besah dabei misstrauisch Frau Körber, die ihr direkt gegenübersaß: dunkelblauer, knielanger Rock, weiße, grobgemusterte Strumpfhose, rosa Bluse mit goldener Ansteckbrosche und Haare, die aussahen, als hätten Generationen von schwäbischen Altbäuerinnen sie schon getragen. Ihre Füße hatte sie in rote Mokassins gezwängt. In der ersten Einzelstunde hatte Frau Körber geweint, nachdem Irene sie nur nach ihrem Familienstand gefragt hatte.

»Ich bin so gut wie verheiratet«, hatte Frau Körber hervorgebracht und dann Minuten gebraucht, um den zweiten Satz, »aber ich weiß nicht, wie ich es ihm sagen soll«, hervorzubringen. Dazu war Irene nichts mehr eingefallen. Keine Frage, keine Antwort, kein Trost, kein Krankheitsbild.

»Keiner kann mir helfen«, schluchzte Frau Körber plötzlich los und schnäuzte ins Taschentuch. Es klang, als würde ein Hamster husten. O Gott nein, dachte Irene, bitte nicht. Aber es war zu spät.

»Was haben Sie denn für ein Problem?«, fragte Marlies.

»Ich bin jetzt 34 Jahre alt«, jammerte Frau Körber und machte eine Pause, die vermuten ließ, dass ihre Aussage beendet war.

»Das war ich auch mal«, sagte eine andere Teilnehmerin.

»Aber ich bin immer noch nicht verheiratet!«

»Das muss ja furchtbar sein«, sagte Marlies Schön und ergänzte, dass sie »seit über 20 Jahren glücklich verheiratet« sei. Alle anderen schwiegen, was Marlies veranlasste weiterzureden. »Mein Mann und ich führen eine harmonische Ehe. Das erfordert viel Einfühlungsvermögen für den anderen, Geduld und Nachsicht. Allerdings kann man nicht immer nur darauf vertrauen, dass der andere sich irgendwann ändern wird.« Sie machte eine Kunstpause und sagte dann, man müsse auch selbst zur Änderung des anderen beitragen. Nach einer weiteren Pause fuhr sie sich oberflächlich durchs Haar und sagte dann: »Durch liebevolle Zuwendung wurde mein Mann wie Wachs in meinen Händen.«

Silvio Dorn spürte, wie sich ihm die Nackenhaare sträubten.

»Sitzen Sie deswegen nicht mit Ihrem Mann, sondern mit Ihrem Sohn am Strand?«, fragte Martha in Erinnerung der Malstunde.

Irene Scholz konnte nur mühsam ein Lächeln unterdrücken.

»War doch so, oder? Sie haben sich mit Ihrem Sohn am Strand gemalt. Von einem Mann war nichts zu sehen.«

Marlies bebte innerlich.

Martha war sich keiner Schuld bewusst und sagte, sie habe das Gefühl, irgendetwas stimme hier nicht. »Gibt es wirklich gar keine Probleme in Ihrer Ehe?«

Dann brach es aus Marlies heraus. »Seien Sie doch mal ganz still! Andauernd sieht man Sie mit fremden Männern durch die Gegend schleichen! Liebestolles Weib!«

»Wie bitte, was?«, entfuhr es Harald Börner, den diese Behauptung völlig überraschte. War er so blind gewesen, Martha nicht als den männermordenden Vamp zu erkennen?

Marlies schnippte herum und zeigte mit dem Finger auf Börner. »Sie brauchen hier gar nicht so süffisant zu grinsen! Sie sind doch neulich auch mit ihr losgezogen. Ich habe es genau gesehen!«

»Spionieren Sie mir etwa nach?«, fragte Harald Börner belustigt. Irene Scholz spürte, dass sie schon längst hätte eingreifen müssen. Aber sie ließ das Gespräch weiter laufen. Sie liebte es, freien Eintritt im absurden Theater zu haben.

»Vielleicht können Sie ihr ja bei der Finanzierung eines Studiums für ihren Sohn helfen.«

»Ich«, fragte Börner verwirrt. »Wieso denn ich?«

»Was glauben Sie, warum sie sich Ihnen so an den Hals wirft?!«

Martha schüttelte den Kopf und sagte, dass ihr Sohn nicht studieren werde.

»Das sagt sie doch jetzt nur, damit Sie ihr nicht auf die Schliche kommen«, tobte Marlies los, die glaubte, alles genau zu erkennen. Martha war alt und suchte einen Mann, der sie und ihren Sohn in der Rente finanzierte. Deswegen war sie zur Kur gekommen und Marlies hatte es als Einzige durchblickt. »Woher wollen Sie denn wissen, dass Ihr Sohn nicht studiert?«, fragte sie viel zu laut.

»Er hat das Down-Syndrom«, erklärte Martha.

»Kein Wunder, wenn man so spät noch ein Kind in die Welt setzt«, entgegnete Marlies.

»Er ist der Sohn der Geliebten meines verstorbenen Mannes«, sagte Martha ruhig und fügte hinzu, dass sie den Jungen anfangs in Stücke hätte reißen können. Das habe sich aber bald gegeben. »Was kann so ein kleiner Wurm für die Blödheit seines Vaters?«

Marlies saß mit offenem Mund da und musste mitansehen, wie der Raum begann, sich um sie herum zu drehen.

»Hat sie mich eben liebestolles Weib genannt?«, fragte Martha in die Runde.

Alle nickten außer Marlies, die sich an ihrem Stuhl festklammerte.

Charlotte Jaschke bohrte in der Nase, besah sich den Popel wie einen Diamanten, schnippte ihn in die Mitte des Sitzkreises und sagte dann: »Die ist doch bloß neidisch.« Anschließend wandte sie sich Marlies direkt zu und fügte hinzu: »Frigide, wa?«

Marlies konnte ihre Empörung kaum in Worte fassen. »Also das ist doch allerhand!«

»Wat du hier so absonderst, is allerhand!«

»Na ja, vielleicht meint sie es gar nicht so«, beschwichtigte Martha, die keinen Streit haben wollte.

»Doch, dit meint die so«, entgegnete Charlotte und wandte sich dann Frau Körber zu. »Wat war jetzt dein Problem?«

Frau Körber hatte dem Gespräch fasziniert gelauscht und darüber ihre eigenen Sorgen glatt vergessen. Sie überlege inzwischen, ob Sie überhaupt heiraten solle, sagte sie und gab an, heute keinen Gesprächsbedarf mehr zu haben. »Wenn ich Ihnen so zuhöre, scheint es besser zu sein, gar nicht zu heiraten«, meinte sie nur.

»Was soll es eigentlich bringen, wenn wildfremde Menschen in einer großen Runde von ihren Problemen erzählen?«, fragte Börner. Mit Seitenblick auf Marlies ergänzte er: »Oder von ihrer glücklichen Ehe.«

Irene Scholz schreckte hoch. Einer der wenigen kritischen Patienten meldete sich zu Wort. Nicht, dass Irene Scholz kritische Stimmen nicht mochte, im Gegenteil. Aber sie waren so selten, dass sie jedes Mal zusammenzuckte, wenn eine auftauchte. Die meisten Patienten gaben ihr Hirn an der Rezeption ab und nahmen es erst wieder bei Abfahrt zurück, sofern sie sich nach einem Kuraufenthalt noch daran erinnerten.

»Hallo, jemand zu Hause?«, fragte Börner nach und riss Frau Scholz aus ihren Gedanken.

»Ja doch. Wie finden die anderen diese Frage?«, lenkte sie die Frage auf die Gruppe zurück.

Die meisten zuckten mit den Schultern, einige starrten ihre Schuhe an, als sendeten sie bewegte Bilder.

»Ich finde die Frage nicht gut«, antwortete schließlich Marlies Schön. »Ich glaube, Herr Börner, will sich damit nur wieder interessant machen.«

»So«, sagte Frau Scholz und um das Gespräch in Gang zu halten, bat sie um nähere Ausführungen.

»Herr Börner ist doch nur neidisch, weil er nicht so viel Aufmerksamkeit bekommt wie Herr Dorn!«

»Das ist doch völliger Schwachsinn«, entfuhr es Harald Börner.

»Sehen Sie, gleich wird er laut«, hob Marlies den Zeigefinger.

»Ich wüsste, was da hilft«, sagte eine Patientin, die gekleidet war, als sei sie hauptberuflich Domina.

Marlies Schön nickte wie ein Spielzeughund auf der Hutablage eines Autos und sagte: »Jawohl!«

»Ich glaube nicht, dass Herr Börner neidisch auf mich ist«, versuchte Silvio Dorn die angespannte Atmosphäre zu entspannen.

»Silvio, ich darf Sie ja so nennen, also wirklich, Silvio, jetzt nehmen Sie den Börner nicht noch in Schutz!«

Börner machte eine abwehrende Handbewegung. Dann trat langes Schweigen ein. Frau Scholz fragte schließlich, ob jemand eine andere Frage habe. Herbert Leitner meldete sich zögerlich.

»Ja, bitte, Herr Leitner«, erteilte Frau Scholz ihm das Wort.

»Also ich weiß ja nicht, ob ich das hier so sagen kann«, druckste er herum.

»Nur zu, Herr Leitner«, ermunterte ihn Frau Scholz.

»Ich will hier wirklich keinen verschrecken«, fuhr er fort.

Was sollte er schon an großartigen Geheimnissen haben?, dachte Frau Scholz. Er hat die Steuer beschissen, Krankengeld kassiert und trotzdem gearbeitet, was sonst. Sie nickte ihm noch einmal aufmunternd zu.

Dann fasste Harald Börner sich ein Herz und sagte: »Hebt doch mal die Hand hoch: Wer will morgen mit zur Poolparty?«

Nachdem die erste Überraschung verflogen war, hoben

einige die Hände, andere fragten genauer nach Ablauf und Kosten. Die Zeit verstrich.

»Lassen Sie sich nur Zeit«, sagte Irene Scholz ruhig.

In 20 Minuten hatte sie Feierabend. So lange würde Herbert Leitner die Gruppe im Griff behalten. Er verteilte Aufgaben, organisierte Fahrgemeinschaften und gab eine präzise Wegbeschreibung, die er trotzdem wiederholen musste, weil das Knarren des schwarzen Knautschlackanzugs der Domina ganze Wörter von ihm verschluckt hatte.

»So, alles geklärt?«, fragte Frau Scholz kurz vor Ende der Stunde. Alle nickten zufrieden. Jeder wusste Bescheid, die meisten hatten eine Aufgabe, mit der sie sich den Samstag vertreiben konnten, und Herbert Leitner war der große Macher.

»Ich wünsche Ihnen ein angenehmes Wochenende.« Damit beendete Frau Scholz die Gruppensitzung und erhob sich.

Martha wartete an der Tür auf Charlotte Jaschke und sagte nur: »Danke.«

Charlotte Jaschke kniff ein Auge zu und hakte sich bei Martha ein. »Hab ick jerne jemacht.«

* * *

Stefan Soltei saß am Frühstückstisch und starrte in die Zeitung, ohne auch nur eine Zeile des gerade Gelesenen aufzunehmen. Immer wieder dachte er an Frank Schröder. Wie aus dem Nichts war er aufgetaucht. Was Soltei zu schaffen machte, war, dass er seit dem nichts mehr von ihm gehört hatte. Kein Anruf, nichts. Er wusste nicht, wo sich Frank Schröder aufhielt, wo er wohnte, und vor allem wusste er nicht, was er von ihm wollte. Am liebsten wäre Soltei gewesen, wenn Schröder rasch wieder verschwunden wäre.

Von ihm aus auch mit Hilfe eines Unfalles. Frank Schröder war wie ein böser Geist. Dauernd wähnte sich Soltei unter Beobachtung. Als es heute Morgen am Tor geklingelt hatte, war er zusammengefahren, als hätte ihn jemand mit einer Waffe bedroht. Diana wollte zum Gartentor gehen, aber er hatte sie angeschrien: »Mach nicht auf!« Sie hatte nur den Kopf geschüttelt und gesagt, es sei bloß der Zeitungsjunge.

»Woher willst du das denn wissen?«, fragte Soltei mit gehetztem Blick.

»Weil er immer samstags früh klingelt«, hatte sie erstaunt geantwortet und war dann doch zum Gartentor gegangen.

Misstrauisch hatte sich Soltei hinter die Gardine gestellt und die Szene vom Haus aus beobachtet. Es war der Zeitungsjunge und Diana gab ihm wie jeden Samstag Trinkgeld und eine kleine Tüte mit Süßigkeiten.

Einmal hatte sie den Zeitungsjungen ins Haus gebeten. Draußen war ein unsagbares Gewitter mit Sturmböen losgebrochen. Als sich der Sturm einigermaßen gelegt hatte, hatte Diana den Jungen mitsamt seinem Rad und den völlig unbrauchbaren Zeitungen zu seinem Stützpunkt gebracht. Als sie wieder zurückgekehrt war, hatte ihr Mann sie angefahren: »Warum machst du so etwas, Diana?«

»Stefan, der Junge war total durchgeweicht!«

»Das trocknet auch wieder. Und überhaupt, wo ist meine Zeitung?! Ich bezahle schließlich dafür.«

Daraufhin war Diana in dem Regen noch einmal losgezogen, hatte eine Zeitung im Laden gekauft und sie ihm vor die Füße geworfen. »Da hast du deine Scheißzeitung!«

»Danke«, hatte er gesagt und sie gelesen, als ob nichts gewesen sei. Aber heute fürchtete er sich sogar schon vor dem Zeitungsjungen und wusste nicht, was er unternehmen konnte, um seine innere Unruhe zu bändigen.

»Ich geh kurz rüber zum Einkaufen«, rief Diana ihm ins Wohnzimmer zu und ging.

Soltei setzte sich auf die Couch und starrte in den Garten. Das Telefon klingelte. Er überlegte. Wenn das jetzt Frank Schröder wäre, könnte er wenigstens ungestört mit ihm verhandeln. Soltei zögerte. Er würde ihm 20 000 Euro anbieten, in bar und sofort, dann wäre Ruhe. Vielleicht sollte er das Überraschungsmoment nutzen und ihm nur 10 000 Euro geben inklusive eines Vertrags, der Stillschweigen verlangte. Strafrechtlich konnte man Soltei ohnehin nichts mehr anhaben. Aber eine solche Geschichte würde seinem Ruf sehr schaden. Die Sache musste aus der Welt geschafft werden. 10 000 Euro und sein Stillschweigen. Er ging ans Telefon.

»Soltei.«

»Mensch, ich dachte schon, Sie sind nicht da, Professor«, sagte ein keuchender Humpe.

»Tag, Herr Bürgermeister, was kann ich für Sie tun?«

»Haben der Bertram und Ihr Geiger sich schon auf einen Termin geeinigt?«, kam Humpe gleich zum Thema.

»Nicht, dass ich wüsste«, erwiderte Soltei.

»Na dann legen wir mal einen fest, sonst dauert das alles zu lange. Der Bertram geht ja bald auf Welttournee und dann ist er wieder ewig nicht zu kriegen. Sonntag, der 14. ist ein gutes Datum«, sagte Humpe.

»Von mir aus«, antwortete Soltei.

»Wir müssen uns nur noch überlegen, wohin wir die Einnahmen spenden.«

Soltei schwieg. Mit Argusaugen sah er, wie ein ihm fremdes Auto langsam an seinem Haus vorbeifuhr. Da ist er, dachte er, entschuldigte sich kurz bei Humpe, warf den Hörer auf die Couch und schoss in den Garten, um Schröder zur Rede zur stellen. Auf halber Strecke war das Auto verschwunden. Er kehrte wieder zurück zum Telefon.

»Ich bin wieder dran«, sagte er etwas außer Atem. »Was hatten Sie gesagt, Herr Bürgermeister?«

»Wohin die Einnahmen gehen sollen.«

»Welche Einnahmen?«

»Na die vom Konzert, von Bachel und dem Dorn«, antwortete Humpe hörbar ungeduldig.

»Ach ja richtig«, sagte Soltei und sah auf die Schlagzeilen der Zeitung: *Polizei gelingt Schlag gegen Drogenring.* »Wie wäre es mit dem DropOut?« Das DropOut war eine erste Anlaufstelle für Jugendliche mit Drogenproblemen.

»Gute Idee«, erwiderte Humpe begeistert. »Das DropOut kennt jeder. Das gibt gute Schlagzeilen. Soltei, ich sage es ja immer wieder, Sie sind Ihr Geld wert«, fügte er zufrieden hinzu und wünschte noch ein schönes Wochenende.

»Ihnen auch, Herr Bürgermeister, bis dann.«

Soltei wollte gerade anfangen, den Artikel zu lesen, als es wieder klingelte. Er öffnete nicht. Es klingelte Sturm. Dann war endlich Ruhe. Er begann, den Artikel zu lesen. Nach einer Weile klopfte es an der Terrassentür. Soltei fuhr vor Schreck zusammen. Diana stand dort, behangen mit Einkaufstüten. Er zog die Tür zur Seite.

»Was soll das?«, fuhr er sie an. »Warum schließt du nicht selbst auf?!«

»Warum machst du mir nicht auf?«, entgegnete sie und schleppte die Tüten an ihm vorbei in die Küche.

»Du hast doch einen Schlüssel«, erwiderte er ungehalten.

»Eben nicht. Sonst würde ich ja wohl kaum klingeln«, rief Diana und packte die Waren aus.

»Sie macht mich wahnsinnig«, sagte er leise zu sich und widmete sich erneut der Zeitung.

»Ich muss noch mal los«, sagte Diana, nachdem sie alles verstaut hatte. »Wohin?«

»Ins Geschäft. Karins Tochter hat morgen Geburtstag. Dann kann sie noch in Ruhe was vorbereiten.«

»Ich darf dich daran erinnern, dass Karin *deine* Angestellte ist und nicht umgekehrt«, sagte Soltei schneidend.

»Dafür macht sie nächste Woche länger«, erklärte Diana.

»Wer das glaubt, wird selig«, kommentierte Soltei und ließ seine Frau grußlos ziehen.

Es war kein Zufall, dass Frank Schröder gegen Mittag Dianas Laden betrat.

»Hallo, Frank«, begrüßte sie ihn angenehm überrascht.

»Diana, wie geht's?«

»Danke, gut und dir?«

Frank neigte den Kopf erst nach rechts, nach links und zog die Schultern hoch. »Ich weiß nicht genau.«

Warum bist du so plötzlich gegangen?«

»Ich habe gelauscht und gehört, wie Steffen, äh Stefan, gesagt hat, ich sei nur ein Schmarotzer und bräuchte Geld. Er konnte früher schon sehr verletzend sein. Das wollte ich mir nicht weiter anhören und bin gegangen.«

Frank sprach ihr aus der Seele. Stefan konnte ein Widerling sein. Er hatte sich im letzten Jahr verändert. Seine frühere sporadische Unfreundlichkeit war längst Alltag geworden. Seine ironische Art war einem Zynismus gewichen, der Diana gelegentlich sogar ängstigte.

»Schade. Hättest du noch einen Moment länger gelauscht, hättest du auch gehört, dass ich gesagt habe, ich würde das nicht glauben.«

Frank Schröder lächelte. Er hatte es noch gehört und deswegen war er hier. Diana traute ihrem eigenen Mann nicht über den Weg, das hatte er sofort gespürt. Steffen hatte sie von oben herab behandelt wie eine Dienstbotin.

»Ich würde dir gerne etwas erzählen, Diana.«

»Komm doch heute Abend bei uns vorbei«, sagte sie und hängte einige Sachen auf die Stange.

Frank schüttelte den Kopf. »Nein, ich will dich allein treffen, ohne Stefan.«

Er sah ihr fest in die Augen. Sie konnte gar nicht nein treffen. Sie überlegte noch einen Moment, legte zwei Pullover ordentlich zusammen und antwortete dann:

»Gut, ich mache um 14 Uhr zu.« Eigentlich schloss sie den Laden samstags erst um 16 Uhr, aber es schien ihr, heute gab es Wichtigeres.

»Gut, ich hol dich nachher ab«, sagte Frank und winkte ihr zum Abschied zu. »Bis dann.«

»Bis nachher.«

Frank Schröder war unruhig. Er blieb im Ort und trank im Café Röber Unmengen an schwarzem Kaffee. Da drüben also residierte Steffen seit ungefähr einem Jahr, dachte er und rührte den Kaffee schwindlig. Das Gebäude passte zu ihm, funktional und kühl. Um Punkt 14 Uhr holte Frank Schröder die Frau des Professors ab und lud sie zum Essen ein. Sie waren beide nervös.

* * *

Am Abend des nächsten Tages war der Speisesaal wie leergefegt. Viele Kurgäste hatten sich der Poolparty angeschlossen und trafen sich nun vor dem Schwimmbad. Herbert Leitner hatte einen kleinen Stand aufgebaut, an dem er Begrüßungshäppchen und Säfte verteilte. Ein gutgelaunter Frank Schröder verkaufte am Eingang Lose in Form von Handgelenksbändchen. Jeder Teilnehmer hatte einen Gegenstand aus seinem Koffer bunt verpacken müssen und diese Päckchen sollten dann unter den Leuten verlost werden. Martha hatte ihre rosafarbene Duschhaube eingepackt, Herbert Leitner eine Zigarre. Marlies hatte sich nach langem Zögern entschlossen, eine ihrer älteren Blusen einzupacken, und Charlotte Jaschke den Bilderrahmen, aus dem ihr Hund Hotte sie die ganze Zeit angelächelt hatte. Jetzt stand nur noch das Foto von Hotte an die Lampe gelehnt und ihr verpackter Bilderrahmen wanderte mit all den anderen Sachen in einen großen Sack. Mit einer kleinen Rede begrüßte Frank Schröder die illustre Gesellschaft, wies sie in ein paar Grundsätze des Badebetriebes ein und wünschte allen viel Spaß.

»Den werden wir haben«, tönte Herbert Leitner und betrat als Erster die Vorhalle zum Schwimmbad.

Hier wartete schon eine Überraschung auf die Gäste. Eine Gruppe schwarzafrikanischer Trommler empfing sie. Marlies Schön schreckte zurück. Von Schwarzen hielt sie eigentlich gar nichts. Nicht, dass sie etwas gegen Ausländer hatte, aber diese dunklen Männer ängstigten sie. Bei Nacht sah man sie so schlecht, dachte Marlies. Silvio Dorn war begeistert von den Musikern und fing sofort an zu klatschen. Seine Beteiligung war wie ein geheimes Signal an die weiblichen Besucher. Sie fingen an zu klatschen und so rang sich schließlich auch Marlies Schön durch, wenigstens mit dem Fuß ein wenig auf- und abzuwippen. Ein Trommler knöpfte sich langsam sein Hemd auf. Zum Vorschein kam ein muskulöser Oberkörper. Marlies scheute sich, ihn direkt anzusehen. Aber das, was sie erkennen konnte, nötigte ihr Respekt ab. Wenn er doch nur nicht schwarz wäre, dachte sie. Einige Frauen juchzten vor Vergnügen und versuchten scherzhaft, den Trommler zu berühren. Nur Marlies hielt sich auffallend zurück. Die Frauen bildeten einen Kreis um den Musiker. Der stellte seine Trommel ab und begann zu tanzen. Pfeilschnell drehte er sich um und schwang seine Hüften direkt vor Marlies. Sie stand da wie ein Betonpfeiler. Mechanisch schlug sie ihre Hände aufeinander. Sie klatscht wie Horst, dachte Martha, nur langsamer. Schließlich hob Marlies abwehrend die Hand. Man wusste ja nie, was so ein Farbiger wollte. Er missdeutete ihre Handbewegung als Beginn eines Tanzes und griff nach ihrer Hand.

»Ich nix tanzen«, sagte sie schnell.

Das Trommeln und Klatschen der anderen war zu laut, er verstand sie nicht und tanzte weiter vor ihr.

»Du alleine tanzen, ich nix tanzen«, erklärte Marlies lauter.

Er zog sie in die Mitte des Kreises. Während er sich geschmeidig wie Schilfrohr wiegte, versprühte sie den Charme eines Rasenrandsteines.

Sie deutete mit der Hand auf ihn: »Du tanzen«, dann zeigte sie auf sich, »ich stehen. Ich nix tanzen!«

»Hast du ein Problem mit der deutschen Sprache?«, fragte der Farbige mit schwäbischem Akzent.

Dann ließ er von ihr ab und beendete die Tanzdarbietung mit dem vollständigen Entblößen seiner glänzenden Brust. Die Frauen applaudierten mit geweiteten Pupillen, die Männer nickten neidisch. Marlies war wie vom Donner gerührt. War ausgerechnet sie gerade von einem Asylbewerber gefragt worden, ob sie ein Problem mit der deutschen Sprache habe? Sie, die seit Jahren an der Volkshochschule die Kurse »Kreatives Schreiben« und »Rhetorik für den Alltag« heimsuchte? Gut, vielleicht war er gar kein Asylbewerber. Dann war er aber zumindest ein Wirtschaftsflüchtling, dachte Marlies und hoffte auf angenehmere Unterhaltung im Fortgang des Abends.

Nachdem sich alle bei den farbigen Musikern bedankt hatten, drang man weiter in die Räumlichkeiten vor. Marlies hatte sich hinter Silvio Dorn gedrängt. Zweimal trat sie ihm ungeschickt in die Hacken. Er nahm es gelassen. Sie klebte an ihm wie ein Magnet. Ein richtiger Knackarsch ist das, dachte sie und fragte sich, was für Unterhosen er wohl trug. Hoffentlich nicht die grässlichen Boxershorts, bei denen einem vor lauter Buntheit die Netzhaut platzte. Aber nein, Silvio Dorn trug sicher Calvin Klein. Sie musterte noch einmal den Hintern, Größe 7, in Schwarz. Marlies war überrascht über das, was ihr durch den Kopf ging. Seit wann interessierte sie sich für die Unterhosengröße wildfremder Männer? Plötzlich blieb Silvio Dorn stehen und Marlies prallte auf ihn, wie bei einem Auffahrunfall.

»Huch, Entschuldigung«, stammelte sie und richtete sie die Haare.

»Hier ist die Herrenkabine«, sagte Silvio Dorn und klopfte gegen ein Piktogramm für Männer.

Marlies sah auf und befand sich in einer Traube von Männern. »Ah ja.«

»Frauen sind da vorne«, sagte Harald Börner und drehte Marlies an den Schultern in die richtige Laufrichtung. Sie machte sich mit hochrotem Kopf auf den Weg in die Damenkabine.

Charlotte Jaschke hatte sich ihre Rosenbadekappe bereits aufgezwängt und führte eine Gruppe von Frauen zur Dusche. »Mir nach, Mädels, da wo ick bin, is vorne.«

Marlies zog sich alleine um. Ihr schwarzer, figurbetonter Badeanzug saß perfekt. Sie inspizierte ihre schwarzlackierten Fußnägel und ihre enthaarten Beine. Perfekt, dachte sie, lief betont arschwackelnd auf den Spiegel zu und strich sich dabei über die Taille.

»Vielleicht biste ja doch nich frigide«, sagte plötzlich Charlotte Jaschke lachend hinter ihr und holte noch ein Handtuch aus ihrem Schrank. Marlies packte ihre Sachen zusammen und bemühte sich, so zu tun, als sei nichts gewesen.

Martha war am Beckenrand angekommen und sah skeptisch auf den Grund. Frank Schröder stand auf der anderen Seite.

»Hallo, Frau Horst«, rief er und winkte ihr zu.

Sie winkte zurück. Er hob einen Schwimmgürtel in die Luft und Martha nickte. Zufällig stand Silvio Dorn neben Frank Schröder, der ihm den Schwimmgürtel abnahm und ihn Martha reichte.

»Ach, das ist aber nett von Ihnen, Herr Dorn«, sagte Martha.

»Ich finde es mutig, dass Sie den Schwimmgürtel anlegen. Haben Sie nicht Angst, dass man Sie auslacht?«, fragte Dorn.

»Ist doch besser, ausgelacht zu werden, als wie zu ersaufen«, antwortete Martha.

Dorn schmunzelte.

»Wussten Sie eigentlich, Herr Dorn, dass die Wortkombination ›als wie‹ im Mittelhochdeutschen die präpositive Deklinationsform des Adverbum beim Hochadel war?«

»Nein«, entfuhr es Dorn sichtlich überrascht.

»War auch nur ein Scherz«, sagte Martha und kniff ein Auge zu.

Silvio Dorn schlug sich an die Stirn. Er mochte Marthas Schlagfertigkeit und half ihr, den Schaumstoffring zu schließen. Er hatte sich gerade von Martha abgewandt, als Marlies Schön als Letzte aus der Dusche kam und direkt auf Martha traf.

»Martha, nein. Sie wollen doch nicht etwa damit Schwimmen?«

»Nein, ich gehe damit in die Oper.«

Martha und Dorn begaben sich zu den Bänken auf der anderen Seite des Beckens und ließen Marlies allein stehen. Auf ausdrückliche Anweisung von Herbert Leitner war noch niemand im Wasser. Alles wartete gespannt auf den nächsten Programmpunkt. Marlies hatte von der Anweisung nichts mitbekommen. Betont lässig betrat sie die erste Sprosse der großen Leiter ins Schwimmbecken. Silvio Dorn winkte ihr zu, um anzuzeigen, dass sie nicht ins Wasser sollte. Sie winkte zurück, fuhr sich mit der Hand lasziv durch die aufwendig gestylten Haare und betrat die nächste Stufe der Treppe. Na bitte, er sieht mir nach, stellte Marlies befriedigt fest. Langsam glitt sie ins Wasser und bewegte sich mit hochgerecktem Kopf durchs Becken. Sie sah aus wie ein blondierter Haubentaucher. Es wurde dunkel in der Halle. Das Letzte, was sie sah, war Harald Börner, der ihr vom Beckenrand zuwinkte. Na der kann mich mal gernhaben, ignorierte Marlies sein Winken. Mit Börner war sie fertig!

In ihrem Rücken am Beckenrand tauchte Frank Schröder auf und jonglierte mit Fackeln. Dabei lief er langsam ums Becken herum. Inzwischen war Marlies Schön fast in der Mitte des Beckens angekommen. Sie konnte die Hand kaum vor Augen sehen und spürte nur, dass irgendetwas im Wasser war. Lauter kleine runde Sachen. Je näher sie der Mitte kam, umso mehr wurden es. Harald Börner hatte Marlies beobachtet und als sie auf sein Winken nicht reagiert hatte, war er ihr hektisch hinterhergetaucht. Im letzten Moment griff er sie von hinten an den Beinen.

»Silvio?«, hatte Marlies zuversichtlich kichernd gefragt.

»Luft holen, Kopf runter!«, schrie Börner sie an und drückte Marlies unter Wasser.

Als er sie Sekunden später an der Längsseite des Beckens nach oben ließ, brannten in der Mitte des Wassers Hunderte von Schwimmkerzen. Frank Schröder hatte sie vom Rande aus feuerspuckend entzündet. Alles applaudierte.

»Sind Sie verrückt, meine Haare«, war vorerst alles, was Marlies sagen konnte. Neben den brennenden Kerzen sah sie mit ihren nassen Haaren wie eine verirrte Seerobbe aus.

Inzwischen war auch Frank Schröder bei ihr eingetroffen. Er stank nach Spiritus. »Ist Ihnen was passiert?«, fragte er sorgenvoll.

»Wie sehe ich jetzt nur aus?«, jammerte Marlies und hievte sich ungeschickt am Beckenrand aus dem Wasser, um sich in der Kabine wieder herzurichten.

Der erste Fön war eine Zumutung. Er hing zu hoch und so kam nur wenig Luft an. Ein anderer Fön hing so niedrig, dass die Haare verbrannten. Marlies hasste Schwimmbäder. Mit der typisch aalglatten Schwimmbad-Fönfrisur kehrte sie zurück. Auf dem Wasser schwammen nun einige Menschen auf Luftmatratzen. Dorn saß am Rand, die Füße im Wasser und sprach mit dem farbigen Trommler. Dieser Leitner hatte den Wirtschaftsflüchtling auch noch ins Bad gelassen, stellte Marlies kopfschüttelnd fest.

Es hatten sich kleine Gruppen gebildet. Aus den meisten drang fröhliches Gelächter. Man bediente sich an einem kleinen Buffet.

»Ach ist das schön hier«, sagte Martha und planschte im vorderen Bereich des Beckens.

Frank Schröder nahm sie wieder auf die Arme und zog sie sachte durchs Wasser.

»Ich mache Ihnen jetzt die Schwimmhilfe ab«, sagte er ganz ruhig und fingerte ihr den Schaumstoffgürtel von der üppigen Taille.

Missmutig beobachtete Marlies die Szene vom Beckenrand und nahm einen Schluck aus der Weinkaraffe.

»Na, wer wird denn den ganzen Wein alleine trinken?«, sagte Herbert Leitner und nahm ihr die Flasche weg. Marlies erwiderte nichts. »Was haben Sie denn eingepackt«, fragte Leitner.

»Überraschung«, antwortete Marlies, griff erneut nach der Weinkaraffe und wandte sich ab.

Mit Entsetzen sah sie, dass Silvio Dorn nun den Part von Frank Schröder übernommen hatte und Martha durch das Wasser führte. Marlies setzte die Karaffe an und trank sie in einem Zug aus. Zuerst verdoppelten sich die Kerzen, dann die Matratzen und schließlich saßen zwei Frank Schröders neben ihr.

»Na, alles klar?«, fragten die beiden Schröders mit Hall.

»Ich weiß nicht«, seufzte Marlies.

»Was fehlt Ihnen denn?«

Marlies redete nicht lange drumherum. »Ein richtiger Kerl«, lallte sie und zeigte auf Dorn, »aber so einer wie der da will mich ja nicht!« Sie wollte einen weiteren kräftigen Schluck nehmen, stellte aber unwirsch fest, dass die Karaffe leer war. »Scheiße, leer. Den ganzen Abend ignoriert mich Herr Dorn.« Sie gab Frank Schröder die leere Karaffe. »Von mir aus sollen die doch alle ersaufen«, sagte Marlies laut.

»Ist es wirklich so schlimm?«

»Es ist noch schlimmer als schlimm«, erwiderte sie und versuchte der beginnenden Tombola zu folgen. Die Stimmung erreichte zeitgleich mit Marlies' Übelkeit ihren Höhepunkt. Ausgerechnet der übergewichtige Herbert Leitner gewann ihre schmale Bluse und verwendete sie sogleich unter großem Gejohle der anderen als Kopftuch. Die Domina hatte Leitners Zigarre gewonnen und war nicht davon abzubringen, sie auch gleich anzuzünden. Marthas Duschhaube war bei einem glatzköpfigen Buchhalter gelandet und Charlotte Jaschkes Bilderrahmen fand ausgerechnet in Marlies Schön seinen neuen Besitzer. Der Aufbruch gestaltete sich hektisch. Alle hatten gedacht »Einschluss«, wie Herbert Leitner es nannte, sei um 23.30 Uhr. Falsch gedacht. 23.30 Uhr galt nur am Freitag und am Samstag. Sonntags mussten alle bis 23 Uhr zurück sein. In der Hektik blieben einige Dinge in den Kabinen liegen.

Beim letzten Rundgang fand Frank Schröder zwei Badeanzüge, Handtücher, eine Brille, drei einzelne Badelatschen und Spritzbesteck für Insulin. Alles in allem war es eine gelungene Veranstaltung gewesen. Wie überhaupt das gesamte Wochenende für ihn sehr positiv verlaufen war. Morgen würde Frank die vergessenen Sachen rüber zur Klinik fahren. Das war kein Umweg für ihn. Er hatte Martha versprochen, sie könne außer der Reihe zum Schwimmen kommen, nur müsse sie alleine zurückfahren. Auch konnte er Diana in ihrer Mittagspause besuchen. Sie würde sich freuen, da war er sich absolut sicher.

* * *

Bürgermeister Humpe saß Professor Soltei im Nacken. Er hatte an diesem Morgen in der Klinik angerufen und wieder gefragt, ob mit Dorn »endlich alles paletti« sei.

»So gut wie«, hatte Soltei geantwortet, um eine unerfreuliche Diskussion mit Humpe zu vermeiden. Jetzt musste er wirklich tätig werden. Er hatte sich entschlossen, Marlies Schön noch einmal zu sich kommen zu lassen. Sie war jedoch dank des gestrigen Weingelages nicht in Höchstform.

»Guten Morgen, Frau Schön, wie geht es Ihnen?«

Marlies versuchte sich möglichst elegant auf ihren Pfennigabsätzen zu bewegen, was ihr nur unzureichend gelang. Sie hatte einen Kater wie lange nicht. Die beiden Aspirin-Tabletten ließen noch auf ihre Wirkung warten.

»Danke, es geht mir blendend«, antwortete sie und knickte im selben Moment um. »Huch, wie ungeschickt von mir.«

Sie wollte sich wieder gerade hinstellen, als sie erneut umknickte. Ihr Absatz war abgebrochen. Sie bückte sich, um die Schuhe auszuziehen. Dabei wurde ihr schwindlig und sie fiel der Länge nach vor Solteis Schreibtisch hin. Der stand genervt von seinem Stuhl auf. Nicht schon wieder eine Ohnmacht, dachte er. Es gab für ihn jetzt Wichtigeres. Er blickte über den Schreibtisch.

»Frau Schön?«, fragte er von oben herab.

»Alles bestens«, winkte Marlies von unten zu ihm herauf. Mühsam hievte sie sich auf den Stuhl. »Dieser blöde Schuh«, schimpfte sie und rülpste. »Huch, haben wir ein Bäuerchen gemacht«, sagte Marlies zu sich selbst, als sei sie ein kleines Baby.

Ein unangenehmer Mischgeruch aus Alkohol und Zahncreme erreichte die Schreibtischseite von Professor Soltei. Der wedelte sich mit der Hand frische Luft unter die Nase. Inzwischen hatte Marlies ihr Lächeln wiedergefunden und strahlte ihn an.

»Was wollen Sie denn schon so früh von mir, Herr Professor?«

»Wie weit sind Sie mit Herrn Dorn gekommen?«, kam er gleich auf den Punkt.

Marlies war überrascht. Woher konnte der Herr Professor wissen, dass sie gewillt war, die vermutlich vergebene Nacht mit Lasse Sündström nun mit Silvio Dorn nachzuholen? Aufgrund einer nicht unerheblichen Menge an Restalkohol im Blut fragte sie sich jetzt, ob der Herr Professor einen solchen Gedanken im Röntgenbild ihres Kopfes sehen konnte. Das wäre ja ein dolles Ding, dachte sie und blickte Soltei schweigend an. Dann sagte sie zu Soltei, er sei ein Schlingel, erkannte aber bei der zweiten Silbe, dass sie dessen Lautgebung nicht gewachsen war. Es gelang ihr nicht sofort, das Wort zu verlassen.

»Schlingellllllll.«

Soltei wurde ungeduldig. »Haben Sie ihm schon gesagt, dass er unbedingt spielen muss?« Jetzt verstand Marlies, worauf Soltei hinauswollte. Es ging um das Konzert. Richtig. Sie hatte ja Macht über Männer. Wie konnte sie das nur vergessen!

»Ich habe das Thema schon mal angesprochen … am Rande.«

»Und wie hat er sich geäußert?«, bohrte Soltei nach.

»Relativ … äh …unverbindlich … positiv, würde ich es beschreiben.« Marlies unterdrückte einen erneuten Rülpser. Ihr Kopf dröhnte und sie hörte Solteis Stimme mit Hall.

»Es ist ja schließlich auch für einen guten Zweck, Zweck, Zweck.« Soltei deutete Marlies' Seufzen als Nachfrage. »Die Einnahmen gehen ans DropOut, DropOut, DropOut.« Der Hall wurde immer unterträglicher.

»Ist das eine Bonbonfirma?«, fragte Marlies.

»Nein, das DropOut ist eine Anlaufstelle für Jugendliche mit Drogenproblemen, Drogenproblemen, Drogenproblemen.«

Das gefiel Marlies nicht unbedingt, aber was sollte sie dazu schon sagen.

»Frau Schön, ich verlasse mich da ganz auf Ihren Einfluss, Einfluss, Einfluss.«

Marlies nickte vorsichtig, um ihren Kopf nicht unnötig zu noch stärkerem Schmerz zu animieren. »Herr Professor, Sie können sich da ganz auf mich verlassen. Silvio pickt mir schon fast die Körnchen aus der Hand«, brachte sie unter höchster Konzentration hervor.

»Das Konzert soll am Sonntag den 14. stattfinden, stattfinden, stattfinden«, sagte Soltei in der Manier eines Buchhalters.

»Der 14. am Sonntag«, sagte Marlies und starrte in die Luft, als würde sie einen imaginären Terminkalender überfliegen. »Kein Problem, das passt schon. Wenn Sie mich nur auch mal in den Südflügel lassen könnten. Das würde mir mein Vorhaben sehr erleichtern.« Soltei runzelte die Stirn. »Vielleicht wäre es gut, wenn ich auch mit Herrn Bachel persönlich spreche«, sagte Marlies, betört von der Vorstellung, mit Bachel dieselbe Raumluft atmen zu dürfen.

»Ich weiß nicht, ob das eine gute Idee ist, Frau Schön.

Herr Bachel hat seine Zusage schon gegeben. Ich glaube, es ist nicht nötig, dass Sie mit ihm reden. Außerdem, Bertram Bachel ist empfindlich, was Kontakte angeht. Er lebt sehr zurückgezogen.«

»Ach was.« Marlies machte eine wegwerfende Handbewegung und konnte einen erneuten Rülpser nicht mehr unterdrücken. »Ich habe mich doch neulich schon blendend mit ihm unterhalten. Am Fahrstuhl. Er hat mir auch gleich ein Autogramm gegeben. Herr Bachel ist mit mir vertraut.«

Soltei war sich unsicher. Aber in seinem momentanen Zustand mochte er sich nicht lange mit unnützen Fragen beschäftigen. Was sollte schon sein? Bachel konnte ja vor ihr flüchten, falls sie ihm zu nahe rücken würde. Und so wäre sie in Dorns Nähe und könnte ihm das Konzert schmackhaft machen.

»Na gut. Ich gebe Ihnen einen Schlüssel. Aber behalten Sie das für sich!«

Marlies kniff beiden Augen zu. »Ich bin verschwiegen wie ein Theater … äh, Grab! Ich bin ein Grab, wollte ich sagen, für Geheimnisse.«

Auf der Sprechanlage leuchtete eine Taste. Soltei drückte sie.

»Ich höre.«

»Herr Professor, in einer halben Stunde beginnt Ihr Vortrag und Sie wollten vorher noch mit Finnland telefonieren wegen der Vorlesung.«

»Ja, mach ich«, antwortete er und ließ die Taste wieder los. »So, liebe Frau Schön. Ich höre von Ihnen, sobald es Neues gibt.«

»Selbstverständlich.«

Wieder hielt sie ihm die Hand zum Kuss hin. Soltei schüttelte sie und zog seine Patientin zur Tür. Elsa staunte nicht schlecht, als Marlies Schön das Zimmer ohne Schuhe auf Perlonstrümpfen verließ. Was machte der Chef nur immer mit ihr?

* * *

Soltei war eingeladen worden, ein medizinisches Referat in Finnland zu halten. Drei Tage Finnland, dafür nahm er auch einen Kongress in Kauf, den er nur für die Dauer seines Referates besuchen würde. Er besprach mit dem Veranstalter einige Details der Anreise und die Höhe seines Salärs. Dann suchte er seine Unterlagen für den heutigen Vortrag im Haus zusammen. Alle vier Wochen hielt er den immer gleichen Vortrag und kam dennoch nicht ohne seine Aufzeichnungen aus. Eigentlich genoss er es, denn die Patienten hingen an seinen Lippen. Nicht, weil der Vortrag so grandios war, sondern weil der Herr Professor ihn hielt. Er liebte es, mit dem akademischen Titel angesprochen zu werden. Er hatte hart dafür gearbeitet und jetzt wollte er es auch genießen. Herr Professor, Doktor Soltei, herrlich. Es wurde immer mucksmäuschenstill, wenn er den Raum betrat. So auch heute.

Mit Spannung warteten die Patienten, bis er sich Ihnen zuwendete.

»Guten Tag, meine Herren, guten Tag, meine Damen. Sie gestatten, dass ich die Herren an erster Stelle nenne, wo sie doch sonst nichts im Leben zu melden haben.«

Es war immer der gleiche einleitende Satz und er wirkte. Einige Männer applaudierten, die Frauen kicherten.

»Ich stehe heute hier vor Ihnen, um einen Vortrag über das kostbarste Gut, die Gesundheit, zu halten. Und weil dieses Gut so unendlich kostbar ist, macht unsere Klinik keinen wesentlichen Unterschied zwischen Kassen- und Privatpatienten, alle sind herzlich eingeladen zuzuhören.«

Was so natürlich nicht stimmte. Die Kassen verlangten derartige Vorträge von Soltei.

Er fuhr fort: »Alle müssen das gleiche Recht auf Gesundheit haben, da werden Sie mir sicherlich zustimmen.«

Die AOK-Fraktion klatschte frenetisch. Die Gruppe der Ersatzkassenpatienten spendetet höflichen Beifall. Frau Schöns Hände ruhten verkrampft in ihrem Schoss. Gekonnt trug Soltei die immer gleichen Phrasen vor. Nach 20 Minuten trieb der Vortrag seinem dramaturgischen Höhepunkt entgegen. Stefan Soltei war entspannt, denn er wusste, gleich würden alle nicken und ihn in bester Erinnerung behalten.

»Wenn es uns nicht gelingt, unserem Körper mit Achtung zu begegnen, dann …« Alles sah ihn gebannt an. Soltei verlängerte die künstliche Pause, trat vor sein Pult und baute sich direkt vor seinen Zuhörern auf. »Dann«, es klopfte und die Tür in seinem Rücken ging auf.

Einige Zuhörer riefen: »Huhu!«, »Hallo!«, andere winkten freudig und eine Frau fragte: »Haben Sie meine Badelatschen dabei?«

Professor Soltei drehte sich irritiert um. Er fasste es nicht.

»Ach hallo, Steff, das tut mir leid. Ich wollte dich nicht stören«, sagte Frank Schröder und grinste breit.

»Frank, was machst du denn hier?«, fragte Soltei mit kaum verhohlenem Missmut.

»Ach, Sie kennen sich?«, fragte Herbert Leitner.

Frank Schröder trat mit einer Selbstverständlichkeit in den Raum, als sei es sein Wohnzimmer. Er schüttete den Inhalt einer bunten Badetasche auf Solteis Pult aus. Dabei erzählte er: »Ich war mit dem Herrn Professor auf einer Schule. Wir hatten richtig dollen Spaß, stimmt doch, Steff.« Frank trat auf Soltei zu.

Dem blieb nichts weiter übrig, als sich umarmen zu lassen. Er verzog säuerlich das Gesicht.

»Viele waren gestern zum Schwimmen bei mir. Und manche haben was liegenlassen.« Er deutete auf den bunten Haufen. »Du scheinst viele Einbeinige zu haben«, sagte er und untermalte seinen Satz, indem er mit zwei unterschiedlichen Badelatschen ins Publikum winkte. Alles lachte.

»Wie, die Leute waren bei dir schwimmen?« Soltei wusste von nichts.

Die Patienten berichteten freudig über den gestrigen Abend und die wunderbare Jongliereinlage von Herrn Schröder.

»Das war vielleicht ein Ding, richtig toll!«

»So was sollte man dauerhaft ins Kurprogramm nehmen«, sagte Helmut Leitner unter großem Jubel. Plötzlich brach eine Diskussion los über die Langeweile des Kuralltages. Professor Solteis Vortrag war vergessen.

»Ich muss denn mal wieder los«, verabschiedete sich Frank Schröder rasch und bedeutete Martha, dass er draußen auf sie warten würde.

Soltei blieb mit den unbequemen Fragen der Kurgäste allein.

* * *

Auf dem Weg zum Mittagstisch hakte sich Marlies bei Silvio Dorn einfach unter. »Silvio ich muss mit Ihnen reden.«

»Was ist denn?«, fragte er überrascht.

»Was halten Sie eigentlich von mir«, fragte sie.

Dorn sah sie erstaunt an. Was hielt er von ihr? Wenn er ehrlich war, dachte er: Die Frau muss mal richtig durchgevögelt werden, vielleicht wird sie dann locker. Aber das konnte er ihr doch unmöglich sagen. Oder? Wenn er es geschickt anging, könnte er vielleicht der Vollstrecker sein. Sie rannte ihm doch schon die ganze Zeit hinterher. Vielleicht würde sie auch endlich von ihm lassen, wenn er ihr gab, was sie wollte. Er unterstellte ihr den Wunsch nach hemmungslosem Sex. Viele Frauen sehnten sich doch nach einem Abenteuer, um die nächsten Jahre mit ihrem unrasierten, schnarchenden Mann ertragen zu können.

»Marlies, Sie sind eine attraktive Frau«, sagte er mit klarer und fester Stimme. »Würden Sie mir verraten, was sich eine reife Frau wie Sie heimlich wünscht?«

»Ich würde Sie gerne einmal mit Ihrem Instrument erleben«, sagte Marlies träumerisch.

»So, so, mit meinem Instrument«, wiederholte er und zog sie in einen Seitengang, wo er ihr unvermittelt einen Kuss gab. »An welches Instrument hast du dabei gedacht?« Er sah ihr die Verwunderung an. Vielleicht war er zu direkt vorgegangen. Zu schnell.

»Deine Geige, Silvio«, antwortete sie, froh, so schnell an die Erledigung ihres Auftrages zu gelangen.

Verdammt, dachte Silvio Dorn, seine Verführungskünste waren auch schon mal besser gewesen. Offensichtlich fühlte sie sich in die Enge getrieben. Er musste einen Gang zurückschalten und das konservative Programm fahren: den ganzen Zinnober – Blumen schenken, Kino, Essen gehen. Allerdings machte Marlies den Eindruck eines Schiffes, das schon lange im Trockendock lag. Vielleicht reichte bei ihr ein Essen im Kerzenschein.

»Darf ich dich heute Abend zum Essen einladen, 19 Uhr am Südflügel?«

Sie nickte selig. Eberhard machte sich keine Vorstellung davon, wie viel Macht sie tatsächlich über Männer haben konnte! Wenn er sie doch jetzt nur sehen könnte. Silvio Dorn mutierte neben ihr zum treuen Schoßhund, ergeben bis in den Tod. Sie verabschiedeten sich voneinander. Während Dorn seinem Kuralltag nachging, tat Marlies Schön den ganzen Tag nichts weiter, als sich zu fragen, welche Garderobe angemessen war, ob sie genügend Zahnseide hatte und ob Silvio Dorns Brustbehaarung bis zum Bauch reichte.

* * *

Helmut Siedler betrat den Laden von Diana Soltei gerade in dem Moment, als Frank Schröder ihr zärtlich über den Rücken strich. Die beiden stoben auseinander, als sei ein Moped zwischen sie gefahren.

»Tag, Herr Siedler, was führt Sie zu mir?«, begrüßte Diana ihn freundlich. Diana hatte Helmut Siedler auf der Weihnachtsfeier der Klinik kennengelernt. Frank und er nickten sich wortlos zu.

»Tag. Ich suche was für eine Frau. Eine Bluse, oder so.«

»Welche Größe denn?«

Helmut Siedler zeigte eine Körpergröße. »So hoch.« Dann hielt er die Hände etwa einen Meter auseinander »Und so breit.« Er sah skeptisch auf den Abstand seiner Hände. »Jedenfalls ungefähr«, schob er hinterher.

»Das ist etwas zu ungenau«, sagte Diana.

»Ja nun, genauer weiß ich nicht«, entgegnete Helmut Siedler etwas unwirsch.

»Vielleicht sollten Sie lieber ein Halstuch nehmen? Das passt immer«, schlug Diana vor.

»Gute Idee.«

Frank Schröder verabschiedete sich. Er wollte das Verkaufsgespräch nicht länger hemmen, denn er hatte eine Ahnung, für wen Helmut Siedler einkaufte. Fröhlich pfeifend verließ er den Laden.

»Netter Kerl, was«, sagte Helmut Siedler.

Diana Soltei antwortete, ohne rot zu werden: »Geht so.«

Sie zeigte Herrn Siedler einige Halstücher.

»Ziemlich bunt, oder?«, fragte er verunsichert.

Das Letzte, was er für eine Frau gekauft hatte, war ein Schwangerschaftstest und das lag mehr als 30 Jahre zurück. Er war entschlossen, keine weiteren 30 Jahre ins Land gehen zu lassen.

»Kommt drauf an. So ein Halstuch kann ja auch einen besonderen Akzent setzen, wenn die Dame ein einfarbiges Oberteil trägt«, erwiderte Diana.

»So, so«, sagte Helmut Siedler unsicher.

»Welche Farbe hat denn das Oberteil?«, fragte Diana nach.

Helmut Siedler überlegte. Als er Martha zum Schwimmbad gefahren hatte, hatte sie … er überlegte und überlegte. Verdammt, wenn er da schon gewusst hätte, dass er ihr ein Halstuch schenken wollte, dann hätte er natürlich genauer hingesehen. Aber eigentlich wollte er ihr ja auch einen Pullover schenken. Frau Soltei hatte ihm das mit dem Halstuch eingeredet.

»Ich weiß nicht«, stammelte er schließlich.

Sie blieb geduldig. »Schwierig, so ein Überraschungsgeschenk«, stellte Diana wertfrei fest.

»Sie sagen es. Wissen Sie was, Frau Soltei, dann nehme ich einfach noch ein Oberteil mit.«

Solche Kunden waren Diana die liebsten. Allerdings waren es normalerweise Frauen, die beim Kauf eines kleinen Halstuches gleich ihre gesamte Garderobe einer kritischen Bestandsaufnahme unterzogen.

»Dann hätten wir jetzt wieder das Problem mit der ungenauen Größenangabe«, sagte Diana vorsichtig.

Helmut Siedler hatte sich das Ganze einfacher vorgestellt. »Moment«, sagte er schließlich und verließ den Laden. Im Hinausgehen rief er: »Bin gleich zurück.«

Diana wartete gespannt auf seine Angebetete. Nach einer Weile kam er wieder, im Schlepptau die alte zahnlose Fischverkäuferin aus der Markthalle.

»Von der Größe her ungefähr so wie sie«, sagte er und schob die verstörte Marktfrau in die Mitte des Ladens. Die Intensität des Fischgeruches war beeindruckend.

»Aber ich brauche doch nichts«, wunderte sich die Frau.

»Sie sollen ja auch nur anprobieren«, erwiderte Helmut Siedler laut.

»Was soll ich?«, fragte die Fischfrau zurück und hielt sich die Hand ans Ohr.

»ANPROBIEREN!!!«

»Aber ich kaufe doch nichts!«, schrie die Schwerhörige zurück.

»Müssen Sie auch nicht!«, schrie Helmut Siedler.

»Aber wozu bin ich dann hier?!« Herrgott, die Sache wurde immer komplizierter.

Helmut Siedler erklärte ihr erneut, dass sie nur als Modell hier war. »Quasi als Double!«, schrie er.

»Wo rollt der Rubel?«, fragte die Marktfrau.

Schließlich zückte Helmut Siedler einen 5-Euro-Schein aus seinem Portemonnaie und gab ihn der Frau. Dann war Ruhe. Während Helmut Siedler mit der Fischfrau das Geschäftliche regelte, hatte Diana einige Oberteile ausgesucht. Bei einem handgemachten schwarzen Strickpullover aus Kaschmir nickte er. Den Pullover hatte Diana ihm eigentlich nicht zeigen wollen. Er lag zufällig noch auf der Theke. Die Fischverkäuferin sah in dem Pullover wie ein Fremdkörper aus.

»Den nehme ich«, sagte Helmut Siedler, ohne sich um den Preis zu kümmern.

Diana war sicher, dass der Hausmeister in die Kleiderstange beißen würde, sobald sie ihm den Preis nennen würde – 249 Euro. Sie überlegte. Das Double hatte inzwischen den Laden verlassen. Wenigstens wusste sie jetzt die Größe.

»Schauen Sie mal, Herr Siedler«. Sie zeigte ihm einen ähnlichen Pullover einer anderen Preisklasse. Der ist stofflich noch schöner, wenn es denn ein schwarzer sein soll.« Misstrauisch beäugte er den Pullover. »Hier, fühlen Sie mal«, sagte Diana.

Er berührte den Pullover, als ob er den Reifendruck am Fahrrad prüfen wollte.

»Der fusselt nicht so wie der andere«, stellte er zufrieden fest und stimmte dem Tausch schließlich zu. Erleichtert registrierte Helmut Siedler, dass zu dem schwarzen Oberteil »alles passt«. Bei der Auswahl des Halstuchs vertraute er Diana. »Aber nicht eins, was billig wirkt«, sagte er lediglich.

Diana war angerührt von der Mühe, die sich der Hausmeister mit dem Geschenk gab. Stefan hatte ihr immer nur Geld gegeben und gesagt: »Kauf dir was Schönes.« Selbst hatte er sich nie die Mühe gemacht, etwas für seine Frau zu finden.

»Soll ich es Ihnen einpacken, Herr Siedler?«

»Das mach ich allein«, sagte er selbstbewusst.

Siedler zahlte und verließ nun seinerseits fröhlich pfeifend den Laden. Schmerzhaft registrierte Diana, wie er vor der Tür die Tüte zusammenrollte und sie wie eine Zeitung unter seine mächtigen Arme klemmte.

* * *

Als Helmut Siedler vor der Klinik ankam, sah er Frank Schröder, der gerade im Begriff war, seinen Wagen aufzuschließen.

»Na, was Schönes gefunden?«, fragte der.

»Ich denke, ja.«

Die beiden Männer blieben auf dem Parkplatz stehen und unterhielten sich über die Leistung von Umwälzpumpen und phantasierten über den Ausgang der Fußballbundesliga.

»Bayern München sollte man verbieten«, sagte Frank Schröder. »Die gewinnen immer, ist doch langweilig.«

»Vielleicht reicht es ja, wenn sie den Stürmern ein Bein hochbinden«, erwiderte Helmut Siedler, der grundsätzlich nichts von Verboten hielt.

Schröder lachte und ergänzte, man könne dem Torwart auch die Augen zubinden. Jetzt lachten beide. Dann kam Martha. Helmut Siedler zerknüllte die ohnehin schon ramponierte Tüte noch mehr und versteckte sie notdürftig unter seiner Jacke.

»Hallöchen«, winkte Martha den beiden schon von ferne zu. In der Hand hielt sie ein Blatt Papier. »Lachen Sie über mich?«, fragte sie ohne Groll in der Stimme.

Die Männer schüttelten den Kopf. »Das würden wir doch niemals wagen«, antworteten beide im Chor.«

»Na, da haben Sie ja noch mal Glück gehabt.«

»Was haben Sie da?«, fragte Helmut Siedler, der merkte, wie ihm langsam die Plastiktüte unter der Jacke hervorrutschte.

»Das sind meine Jungs, sie haben mir geschrieben«, sagte sie und gab ihm das Blatt.

Die Fußballtruppe hatte ein Foto von sich gemacht und ihr geschickt. Jeder hatte, so gut es ging, etwas dazu geschrieben. »Liebe Chefin, wenn du mit Horst nach Mailand fährst, nimmst du mich mit?« Alle anderen hatten »Ich komme auch mit« geschrieben. Und Horst hatte hinzugefügt: »Ich habe nichts verraten«, was Martha nur schwer glauben mochte.

»Was meinen die Jungs mit Mailand?«, fragte Helmut Siedler.

»Horst will ein Champions-League-Spiel sehen und er bildet sich ein, dass ich mit ihm nach Mailand fahre.« Martha nahm das Blatt wieder an sich und sagte lachend: »Der Junge ist völlig verrückt geworden.«

»Wir müssen langsam los«, sagte Frank Schröder.

»Wohin denn?«, fragte Helmut Siedler.

»Frank nimmt mich mit zum Schwimmen«, erklärte Martha.

»Und wie kommen Sie zurück?«, fragte Siedler wie ein gestrenger Vater, dessen Tochter zum ersten Mal in die Disco will.

»Da fährt ein Bus.«

»Kommt ja gar nicht in Frage«, sagte Helmut Siedler. »Der zuckelt doch durch jedes Dorf, da sind Sie drei Stunden unterwegs.

»Das macht mir nichts aus. Ich habe ja Zeit«, erwiderte Martha und stieg in Schröders Auto.

Dickschädliges Weib, dachte Siedler und schob die Plastiktüte mit einer seltsamen Verrenkung wieder unter seine Jacke zurück. Er klopfte an die Scheibe. Da Martha im Auto keine Fensterkurbel fand, öffnete sie die Tür erneut.

»Ja?«

»Moment mal«, sagte Helmut Siedler, drängelte sich zwischen Tür und Autodach und schrieb etwas auf. Die Tüte rutschte wieder hervor. Siedler ging davon aus, dass Frauen ein Sich-Verlaufen-Gen besaßen. »Hier, stecken Sie das besser ein«, forderte er sie auf. »Meine Telefonnummer, falls Sie sich verlaufen.« Schließlich fragte er sie noch nach ihrem Handy.

»Irgendwo in der Schwimmtasche«, antwortete Martha.

»Dann hol raus, Mädchen«, forderte er sie auf. Sie gab es ihm. »Hier anschalten, Nummer wählen, grüne Taste drücken und warten. Verstanden?«, fragte er sie mit Nachdruck.

»Jawohl«, sagte Martha eingeschüchtert von seinem etwas rüden Ton.

Er warf zufrieden die Autotür zu. Na bitte, es geht doch, dachte Helmut Siedler. Er war wieder der Mann im Haus. Er winkte ihr zum Abschied hinterher, dabei rutschte die Plastiktüte endgültig unter seiner Jacke hervor und fiel auf den Boden.

* * *

Marlies Schön hielt es in der Dumpfheit ihres Zimmers nicht mehr aus. Sie ging in den Speisesaal und sah den anderen beim Essen zu.

»Keen Hunger?«

»Ich bin heute Abend zum Essen eingeladen«, sagte Marlies mit der Betonung auf ich.

»Na denn, jib mal dit Kompott her«, sagte Charlotte Jaschke und langte über den Tisch, um sich des Nachtisches zu bemächtigen. Nachdem ihr eine widerspenstige Pfirsichhälfte mehrfach vom Löffel gefallen war, nahm sie das Obst einfach in die Hand. »Willst du och wat?«, fragte sie Harald Börner, der die Pfirsichhälfte gedankenverloren betrachtete.

»Lassen Sie mal, danke nein«, erwiderte er.

Unter schlürfenden Geräuschen trat das Obst den Weg in Charlottes Magen-Darm-Trakt an. »Da hab ick mitm Stuhljang am wenigsten Probleme durch.«

Marlies schüttelte den Kopf. Wo war sie hier nur gelandet?

Herbert Leitner lachte. »Wenn das Ihre einzige Sorge ist, Charlotte, dann meinen Glückwunsch.«

»Ick hab noch andere Sorgen, aber die behalt ick für mir.«

Dafür war Marlies sehr dankbar. Denn sie konnte sich nicht vorstellen, dass Charlotte Probleme außerhalb ihre Darmes hatte.

Um Viertel vor sieben hielt Marlies nichts mehr auf ihrem Stuhl. »So, ich geh dann jetzt mal«, sagte sie und erhob sich.

»Zu unserem Geiger?«, fragte Herbert Leitner, scheinbar ohne Hintergedanken.

Marlies wurde rot. »Wie kommen Sie denn darauf?«

»Weil Herr Dorn fehlt, oder sehen Sie ihn hier irgendwo?« Herbert Leitner hob das Tischtuch, schaute unter den Tisch und rief: »Silviolein, bist du hier?« Er konnte den Blick nicht vom Boden wenden und hielt die Decke halb hoch. Unter ihrem Tisch hockte ein Hund und leckte seelenruhig eine Milchdose leer.

»Was ist los, Herr Leitner?«, fragte Martha.

»Sie glauben nicht, was ich hier sehe«, sagte Leitner und kroch mit hochrotem Kopf unter der Tischdecke hervor.

»Unsere Beene, wat sonst?«, erwiderte Charlotte und schlürfte an der nächsten Pfirsichhälfte herum.

»Da sitzt ein Hund.«

Alle hoben gleichzeitig die Tischdecke hoch. Als Harald Börners Gesicht erschien, sprang Max an ihm hoch und wedelte mit dem Schwanz. Der Hund erkannte ihn offensichtlich wieder.

»Na so was, was denken Sie sich dabei?«, fragte Marlies, die Hunde im Kurbetrieb für »höchst unhygienisch« hielt. »Wenn ich jetzt Flöhe kriege, dann …«

»… machen die sich auch gleich wieder aus dem Staub«, ergänzte Martha, deren Begeisterung für Marlies' Parfum sich sehr in Grenzen hielt.

»Also, das ist doch wirklich allerhand«, sagte Marlies. Sie stand abrupt auf und drehte sich weg.

Das erschreckte Max, der reflexartig versuchte, ihr ins Kleid zu beißen. Er erwischte einen kleinen Zipfel, ohne dass Marlies es bemerkte. Sie drehte sich um und ging. Mit jedem Schritt, den sie sich vom Tisch entfernte, wurde der feine Riss an ihrer Rückseite größer. Martha schaltete zuerst und riss die Verbindung zwischen Max und dem Kleid durch. Am Fahrstuhl hatte Marlies einen beachtlichen Schlitz im Kleid vorzuweisen unter der reizvolle Spitzenunterwäsche zu erkennen war.

Am Südflügel angekommen, lief sie vor der Milchglasscheibe mit den winzigen Klarglasstreifen auf und ab. Gleich würde Silvio sie abholen und in ein besonderes Restaurant führen. Wo würde er sie hinbringen? Sie liebte ausländische Küche. Außer Japaner. Sie ekelte sich vor rohem Fisch und wusste nie, ob die grünen Blätter Dekoration oder Nahrung waren. Vielleicht zum Spanier, das würde Silvio ähnlich sehen. Feurig, so wie er sie geküsst hatte. Ihr war regelrecht der Atem stehengeblieben und noch ehe sie sich versehen hatte, war die Einladung zum Essen dagewesen.

Sie spürte wieder diesen süßen Schauer des Verbotenen. Den ersten Schauer hatte ihr Eberhard versetzt. Wenn der sich auch nicht so süßlich angefühlt hatte. Eberhard hatte sie in der letzten Reihe des Kinos, auf dem Sperrsitz, geschwängert. Aber er hatte, nach einigem Hin und Her, zu seiner Verantwortung gestanden und sich bemüht, ein wunderbarer Vater zu werden. Als Marlies ihm dann erklärt hatte, dass er eine Gefahr für das Kind sei, hatte er sich in die Arbeit gestürzt. Rührend hatte er sich dann um alle finanziellen Angelegenheiten gekümmert und die junge Mutter und den Sohn bestens versorgt. Nach der Einschulung des Jungen war es schwierig mit ihm geworden. Nicht mit dem Jungen, sondern mit Eberhard. Er hatte ihr verboten, bei dem Jungen zu schlafen, obwohl er begonnen hatte einzunässen, und ihr untersagt, einmal pro Woche mit ihm zum Arzt zu gehen. »Die glauben doch, du hast einen Knall«, hatte er seinem Unmut Luft gemacht. Und als sie »vor lauter Liebe« ein zweites Kind wollte, hatte er sich sofort sterilisieren lassen, ohne vorher auch nur ein Wort darüber mit ihr zu wechseln. Sie war in Tränen ausgebrochen, als sie von dem Eingriff erfahren hatte, und er hatte diese hässlichen Worte benutzt, die seither zwischen ihnen standen wie eine unbeleuchtete Straßenabsperrung. »Ich stehe kein zweites Mal als Depp zur Verfügung! Such dir einen anderen Blödmann!« Aber auch das hatte sie Eberhard verziehen. Vermutlich hatte er nur einen schlechten Arbeitstag gehabt und wollte sie mit seinen Sorgen nicht unnötig belasten.

* * *

Marlies lief im Flur auf und ab. Sicherlich war Silvio Dorn zugewandter, leidenschaftlicher. Bei der Brustbehaarung musste ihm das Testosteron doch bis in die Ohrläppchen geschossen sein, dachte Marlies. Nach seinem Kuss im Flur hatte sie zum ersten Mal daran gedacht, Eberhard zu verlassen. Sie war so versunken in ihre Gedanken, dass sie nicht bemerkte, dass Dorn bereits an der Tür stand.

»Guten Abend, Marlies. Komm rein«, sagte er und gab ihr einen Handkuss.

Endlich einmal ein Mann, der wusste, wie eine Frau behandelt werden wollte, dachte Marlies und trat ein. Er ließ sie vorgehen und war sich nicht sicher, ob der Schlitz im Kleid so gewollt war. Aber er ließ ihre schwarze Reizunterwäsche gerne auf sich wirken. Sie ist willig, dachte er und wagte zu glauben, dass er noch heute Abend an sein Ziel kommen werde.

Sie betraten seine Räumlichkeiten. Marlies verstand zunächst nicht, warum Dorn hier wohnte und nicht sie.

»Ist das groß«, sagte sie und schritt durch das Zimmer.

Silvio Dorn musste noch viel berühmter sein, als sie bisher gedacht hatte. Warum sonst sollte man ihn im puren

Luxus wohnen lassen? Ihre Freundinnen aus dem Bauch-Peine-Po-Kurs würden platzen vor Neid, wenn sie erzählte, wie nah sie diesem Star gekommen war. Erst jetzt sah Marlies, dass es ein zweites Zimmer gab. Fast genauso groß wie der Raum, über den sie schon jetzt staunte. »Kann ich mal Ihr Bad benutzen?«, fragte Sie wie ein Schulmädchen.

»Wir waren doch schon beim du«, korrigierte Silvio sie und führte sie zur Tür des Bades. »Hier entlang, Marlies. Frische Handtücher liegen an der Badewanne.«

Sie betrat das Bad, schloss die Tür und betete, dass der Raum ein Fenster habe. Zwei großzügige Spiegel boten beste Möglichkeiten, sich von allen Seiten zu betrachten. O nein, was ist denn das?, fragte Marlies sich voller Grausen, als sie im Spiegel den Riss in ihrem Kleid sah. Das darf doch nicht wahr sein. Sie fing an, im Bad nach Abhilfe zu wühlen. Stecknadel, Sicherheitsnadel, Nähzeug, irgendetwas. Aber sie fand nur eine leere Champagnerflasche, Kerzen und Kondome. Noch nie hatten sie und Eberhard Kondome benutzt. Sie war plötzlich aufgeregt und besah sich den Pariser in ihrer Hand. In der Packung fand sie die Gebrauchsanweisung. *Achten Sie beim Überrollen des Penis darauf, dass das Reservoir an der Spitze keine Luft enthält.* Daneben war eine Zeichnung. Welches Reservoir?, fragte sich Marlies und riss die Verpackung eines Präservatives auf. Angewidert hielt sie das Gummimützchen in der Hand, griff sich die Kerze und begann, das Kondom abzurollen. In dem Moment klopfte es an die Tür.

»Marlies? Alles in Ordnung bei dir?«

Vor Schreck glitt ihr die Kerze aus der Hand und rollte unter das freischwebende Klo. »Ich komme sofort«, sagte sie hektisch und versuchte die Kerze wieder hervorzufingern. Vergeblich. Beim Bücken sah sie im Spiegel erneut den Riss in ihrem Kleid. Sie war den Tränen nahe. Warum passierte das ausgerechnet ihr?

»Marlies«, rief Silvio ein zweites Mal. »Das Essen ist gleich fertig.«

»Ja! Gleich.« Wieso war das Essen gleich fertig? Woher wollte Silvio das wissen?

»Wir müssen wirklich los, Marlies«, drängte er.

»Ich komme!« Sie warf ein Gästehandtuch auf die Kerze mit dem abgerollten Kondom und hoffte, später eine Gelegenheit zu haben, das Corpus Delicti zu entsorgen. Vor lauter Aufregung hatte sie vergessen, das zu tun, weswegen sie ursprünglich das Klo betreten hatte.

»Hallo, da bin ich wieder.«

»Komm, Marlies.«

Silvio Dorn hakte sie unter und lief mit ihr den Flur entlang. Ihre Blase spannte unangenehm, ihr Darm drängte. Jeder Schritt verursachte einen ziehenden Schmerz im Unterbauch. Hoffentlich war das Restaurant nicht zu weit weg. Silvio öffnete eine Tür und sie befanden sich in einer Art Restaurant. Die Suppe wurde gerade auf den Tisch gestellt, ein junges Ding entzündete eine Kerze und sah Marlies missmutig von oben bis unten an. Dorn bot ihr stilgerecht den Stuhl an, dann gab er ihr erneut einen Handkuss. Ihre Hand roch unangenehm und sie schmeckte seltsam. Wonach schmeckte diese Hand nur?, fragte sich Silvio. Gummi, dachte er. Aber das konnte doch gar nicht sein. Etwas irritiert setzte er sich, schlug die Serviette auf und begann mit dem Essen. Marlies sah sich um.

»Suchst du was?« Sie hielt es nicht mehr aus.

»Eine Toilette«, erwiderte sie hastig.

Das Staunen in Dorns Augen war unübersehbar. Er deutete ihr die Richtung an: »Da hinten, neben dem Tresen, rechtsherum.« Marlies sprang auf und hetzte zum Klo. Als sie wiederkam, war sie entspannt und Silvio mit seiner Suppe fertig.

So langsam begriff Marlies, dass er sie nicht ausführen,

sondern hier mit ihr essen würde. Auch gut, dachte sie. Sie hatte einen Auftrag und den konnte sie ebenso gut hier erfüllen. Es galt, ein Konzert der beiden Meister Dorn und Bachel zu organisieren.

»Wie geht es dir?«, fragte Dorn.

»Blendend, einfach blendend. Und dir?«

»Danke, gut.«

»Arbeitest du an einer neuen Tournee?«, fragte sie vertrauensvoll.

Dorn lachte und schüttelte vehement den Kopf. »Nein, bestimmt nicht.«

»Das ist aber schade, Silvio. Sehr schade.«

Dorn zuckte mit den Schultern. »Ach was. Meine besten Zeiten sind vorbei«, antwortete er und reichte dem Kellner seinen leeren Teller.

»So etwas darfst du nicht einmal denken«, entgegnete Marlies mit ernsthafter Entrüstung. Es gab immer einen Weg, fand sie. Sie tupfte sich den Mund mit der Serviette ab. Dabei roch sie an ihren Fingern. Der Geruch des Gummis war noch immer da. Ekelhaft, dachte sie und fuhr fort.

»Manchmal muss man einfach etwas tun, dann verschwindet das Lampenfieber auch wieder.«

»Ich habe kein Lampenfieber«, erwiderte Dorn, dem das Thema anfing auf die Nerven zu gehen.

»Mir kannst du dich ruhig anvertrauen«, sagte Marlies leise, lehnte sich über den Tisch und ergänzte, sie sei verschwiegen wie ein Grab.

Der Hauptgang kam. Vielleicht war es doch ein Fehler gewesen, sich mit ihr einzulassen, dachte Dorn. Aber sie hatte eine gute Figur und himmelte ihn an, das hatte er längst bemerkt. Sie war glücklich verheiratet, würde in 40 Jahren neben ihrem Mann ruhen und auf dem Grabstein würde stehen: Gemeinsam bis zuletzt. Vermutlich würde

Marlies nicht einmal ein schlechtes Gewissen ihrem Mann gegenüber haben, sondern sich belebt fühlen. Also los, Silvio, sagte Dorn zu sich selbst, greif sie dir.

»Lass uns das Thema wechseln«, sagte er und schenkte Sekt nach.

»Aber ich muss mit dir über etwas reden«, erwiderte Marlies leicht jammernd.

»Psst!« Er schob ihr eine Gabel Trüffel in den Mund. »Später«, sagte er, griff ihre Hand und begann sie zu streicheln.

Marlies wurde heiß, sehr heiß. »Ach Silvio«, hauchte sie. »Ich habe so etwas noch nie gemacht.«

»Was, von fremden Männern Gabeln gegessen?«

Sie lachte und machte eine abwertende Handbewegung dabei.

»Es ist kein Betrug«, sagte Silvio, der Marlies die Sorgen vom Gesicht ablesen konnte. »Es kann der Genuss eines wunderbaren Augenblickes werden«, fügte er hinzu.

Marlies schmachtete dahin. Silvio hatte ja so recht. Der Hauptgang neigte sich dem Ende zu.

»Komm«, sagte Silvio Dorn und erhob sich.

»Was ist mit dem Dessert?«, wollte Marlies wissen. Die dümmste Frage in einem solchen Moment.

»Ich bin dein Dessert«, antwortete Silvio, lächelte und nahm ihre Hand. »Komm, steh auf.«

Marlies stolperte ihm hinterher. Als sie sein Zimmer betraten, wurde Marlies schwindlig. Sie musste sich an der Wand festhalten.

»Was hast du?«

»Nichts weiter«, sagte sie und tastete sich an der Wand zum Sofa vor.

»Warte, ich hole dir ein Glas Wasser.« Er ging ins Bad.

Marlies rief noch: »Nein danke«, aber es war zu spät.

Silvio stand im Bad und sein Blick fiel sofort auf das

Handtuch unter dem Klo. Er hob es hoch und starrte auf die kondomberollte Kerze. Aha, daher der Gummigeruch an ihren Fingern! Mit dem Stil der Klobürste holte er die Kerze hervor. Dann goss er ein Glas Wasser ein. In der einen Hand das Wasser, in der anderen die Kerze, trat er auf Marlies zu.

»Hast du geübt?«, fragte er grinsend.

Marlies verdrehte die Augen. War das peinlich. Am liebsten wäre sie rausgerannt und sofort abgereist. Sie trank das Wasser und hielt sich an dem leeren Glas fest wie ein Ertrinkender an einer Planke auf offenem Meer.

»Hast du Angst?«, fragte Dorn.

Marlies nickte heftig, sagte aber: »Nein. Woher denn?«

Er legte Musik auf, dimmte das Licht weit herunter und knöpfte sich selbst das Hemd auf. Ganz langsam. Marlies suchte einen Fixpunkt in der Tiefe des Raumes. Dorn griff ihr zärtlich ans Kinn.

»Sieh mich an, Marlies«, forderte er sie auf.

Sie sah ihn an und seufzte. Als er seinen Gürtel öffnete, dachte sie an Weihnachten. Silvio Dorn entledigte sich geschickt seiner gesamten Bekleidung und trug sie zum Bett.

»Marlies«, sagte er ganz ruhig zu ihr.

»Ja«, hauchte sie erwartungsvoll.

»Könntest du das Glas jetzt mal wegstellen?«

»Ja, natürlich«, antwortete sie und dachte, das Glas musste ein Fremder in ihrer Hand abgestellt haben. Sie wusste überhaupt nicht, wohin mit ihren Händen. Als sie endlich nackt im Bett lagen, sprang Marlies wieder auf.

»Moment, Schatz«, sagte sie und lächelte. Sie tippelte ins Bad und kam mit einem Badelaken wieder. »Rutsch mal ein Stück rüber«, forderte sie ihn auf.

Er rollte sich auf die äußerste Kante des Bettes und sah ihr staunend zu. Frohen Mutes legte Marlies das Handtuch ins Bett und strich es gerade. »So«, sagte sie und legte sich auf das Badelaken.

»Was soll das?«, fragte er.

»Damit es nachher nicht so schmutzig ist«, erwiderte sie.

Dorn verstand die Welt nicht mehr. So spießig hatte er sie nicht erwartet. Sie griff zum Lichtschalter, er hielt ihre Hand fest. Das nicht auch noch, dachte er.

»Na gut«, sagte Marlies und kniff die Augen zu, als läge sie unter der australischen Mittagssonne. Für Marlies wurde es eine berauschende Nacht und für Silvio eine von vielen belanglosen Nächten.

Am nächsten Morgen erwachte Marlies zuerst. Sie wand sich aus dem Bett und huschte ins Bad. Der Blick in den Spiegel war ein Blick ins Grauen. Sie duschte, richtete ihre Haare, so gut es eben ging, und schlüpfte wieder unter die Bettdecke. Silvio war eigentlich schon wach, er stellte sich aber schlafend, als ihm bewusst wurde, wer da noch immer neben ihm lag. Marlies betrachtete ihn. Er hatte mehr Haare auf der Brust als Eberhard auf dem Kopf und war ein richtiger Mann, dachte sie. Sie schämte sich für den schmalbrüstigen Eberhard und strich Silvio eine Haarsträhne aus der Stirn. Könnte sie mit ihm glücklich werden?

* * *

»Silvio, dein Frühstück ist da«, rief plötzlich eine Frauenstimme. Dorn sprang aus dem Bett und stürmte, nackt wie er war, dem Zimmermädchen entgegen. Er schloss die Verbindungstür. Der wird aber schnell wach, dachte Marlies und versuchte, etwas von dem Gespräch zu verstehen. Doch sie hörte nur einzelne Worte. Durch die Milchglasscheibe ahnte sie aber, dass Dorn sehr nah am Zimmermädchen stand. Als er wieder kam, schmiss sie sich auf das Bett zurück und tat, als wäre sie noch einmal eingeschlafen. Er küsste sie an den Füßen und arbeitete sich langsam zu ihrem Hals hoch. Als sein Kopf unter der Decke hervorkam, hatte er verschmierten Lippenstift auf der Wange.

Marlies setzte sich auf. Neben dem Bett stand ein Frühstückstablett mit einer Zeitung. Das Frühstück war nur für eine Person.

»Silvio, ich muss jetzt mit dir reden«, sagte Marlies.

»Nachher«, erwiderte Dorn und griff sich die Zeitung.

»Es ist aber wirklich wichtig«, drängte Marlies.

Dorn begann Marlies als lästig zu empfinden. Sie gab einfach nicht nach.

»Was ist denn?«, fragte er desinteressiert.

»Also, es geht um Folgendes, mein Schatz.« Dorn schlug die Zeitung auf. Marlies redete weiter. »Wir wissen doch alle, dass du ein begnadeter Geiger bist und Bertram Bachel ganz ordentlich Klavier spielt.«

»Das glaube ich nicht«, sagte Dorn plötzlich und zeigte Marlies die Zeitung. *Klinikchef mit Herz ermöglicht kulturelle Sensation. Bertram Bachel und Silvio Dorn geben Konzert.* Drunter ein Bild von Dorn, wie er auf einer Bank vor der Kurklinik saß, und ein Bild von Bachel an einem Flügel. Jetzt war ihm klar, warum er plötzlich die Dachsuite bekommen hatte und man ihm jeden Wunsch erfüllte. Gleichzeitig war ihm bewusst, dass es ihm an Übung und Können fehlte, um sich mit Bachel auf die Bühne zu wagen. Das war, als sollte Svenia, seine erste Geliebte, die sich für viel Geld zu seinem Geigenspiel entkleidet hatte, mit Nurejew in der Mailänder Skala Schwanensee tanzen.

Marlies las den kurzen Artikel und sagte dann, das sei doch sehr schön. Gleichzeitig war sie verärgert, dass der blöde Fotograf nicht das Foto genommen hatte, auf dem sie direkt neben Dorn saß.

»Freust du dich?«, fragte Marlies.

»Freuen!?« Dorn sprang aus dem Bett, zog seine Unterhose Größe 7 von Calvin Klein an und ging aus dem Zimmer über den Flur zu Bachels Räumen. Er klopfte an und wollte eintreten, ohne ein Herein abzuwarten. Die Tür war aber von innen verschlossen. Dorn trommelte dagegen. Der verschreckte Bachel öffnete, ebenfalls in Unterhose, die Tür.

»Was ist denn?« Silvio Dorn hielt ihm die Zeitung hin. »Was soll das?!«

Bachel nahm die Zeitung mit spitzen Fingern in die Hand und überflog den Artikel. »Ja, ich weiß. Wir müssen das Programm noch besprechen«, sagte er mit zitternder Stimme.

»Was heißt hier Programm besprechen. Ich spiele überhaupt nicht«, schimpfte Dorn los.

»Wie, Sie spielen nicht?«

»Ich gebe kein Konzert mit Ihnen!«

Bachel sah Dorn lange an und sagte keinen Ton.

»Was ist, haben Sie die Sprache verloren?«, fragte Dorn und trat vom Flur ins Zimmer ein.

Bachel zuckte zurück. »Bitte nicht anfassen«, sagte er ängstlich.

»Bin ich schwul oder was?«, tobte Dorn los, trat aber gleichzeitig einen Schritt von Bachel weg.

Der fasste sich wieder. »Natürlich spielen Sie mit mir«, sagte er äußerlich ruhig, innerlich aber ziemlich aufgewühlt.

Bachel musste dieses Konzert geben, schon allein wegen Humpe, der ihm gedroht hatte, seine Sünden der Vergangenheit im Dorf öffentlich zu machen und ihn als Mörder seines Vaters zu outen. Er durfte aber keine Solokonzerte geben und musste mit dem Geiger zusammenarbeiten, ob es ihm nun gefiel oder nicht. Und jetzt, wo alles schon öffentlich war, konnte er erst recht keinen Rückzieher machen. Zumal es sich um ein Benefizkonzert handelte. Sein Ruf würde unter einer Absage leiden, das ging nicht.

»Ich spiele nicht mit Ihnen«, wiederholte Dorn.

Inzwischen war auch Marlies Schön über den Flur gehuscht. Lediglich bekleidet mit einem Hemd von Dorn, das sie sich nur umgeworfen hatte und vorne notdürftig mit den Händen zuhielt. Als sie halbnackt ins Zimmer von Bachel kam, schrie er auf.

»O nein! Nicht Sie schon wieder. Herr Dorn, bitte helfen Sie mir.«

»Herr Bachel, guten Morgen. Welch eine Freude, Sie hier zu sehen«, sagte Marlies und lief ihm hinterher.

»Bitte nicht wieder berühren!«, schrie Bachel nun verzweifelt. Dorn hielt Marlies zurück und drückte sie auf einen Stuhl.

»Ich bin verschwiegen wie ein Grab«, sagte sie und besah sich ihre Fingernägel, als ob auch sie Pianistin sei.

»Also, was ist jetzt mit dem Konzert?«, fragte Bachel rasch.

»Was soll sein? Ich spiele nicht!«

»Aber Silviolein«, mischte sich Marlies ein.

Auf Silviolein reagierte Dorn allergisch. »Nenn mich nicht Silviolein!!!«

Bachel stand noch immer blass in der Ecke, Dorn zitterte vor Wut und verließ türknallend das Zimmer. Was waren diese Künstler auch schwierig, dachte Marlies.

»Machen Sie sich mal keine Sorgen, Herr Bachel. Ich regele das schon«, sagte sie und neigte sich vertrauensvoll in dessen Richtung.

»Ich bitte Sie darum. Dieses Konzert muss stattfinden«, sagte er und schloss sich im Bad ein.

Dorn rauschte in sein Zimmer zurück. Auf dem Weg dahin kam ihm Professor Soltei entgegen. Das Personal hatte ihn informiert, dass Bachel und Dorn eine lautstarke Auseinandersetzung hätten. Soltei folgte Dorn in sein Zimmer.

»Gibt es Probleme, Herr Dorn?«

»Haben Sie heute schon Zeitung gelesen?!«

Professor Soltei schüttelte den Kopf. Er hatte weiß Gott andere Sorgen!

»Moment.«

Dorn ging wieder hinaus und stürmte zu Bachel. Er nahm die Zeitung vom Tisch und hörte noch im Hinausgehen, wie Marlies dem armen Bachel halbnackt vor der Badezimmertür stehend erklärte, dass sie glücklich verheiratet sei. Er warf Soltei die Zeitung mit dem Artikel hin.

»Und, wo ist das Problem? Sie sind ein berühmter Geiger, Herr Bachel ein berühmter Pianist. Warum sollten Sie dem Kurort nicht einen kleinen Gefallen tun? Außerdem haben wir Sie fürstlich bewirtet. Haben Sie nicht alles erhalten, was Sie wollten?«

»Ich habe es nicht bestellt.«

»Aber genutzt. Ich kann Ihnen versichern, dass die bisherigen Kosten Ihrer Unterbringung Ihr Jahresgehalt durchaus übersteigen dürften.«

Dorn setzte sich und überlegte. »Ich habe nichts unterschrieben«, wiederholte er.

»O doch. In der Aufnahmeverhandlung steht eindeutig drin, erbrachte Leistungen, die über die Kassenabrechnung hinausgehen, sind vom Gast selbst zu tragen. Und das haben Sie, wie alle anderen Kurgäste, unterschrieben. Also, was ist jetzt, zahlen Sie oder spielen Sie?«, fragte Soltei unwirsch.

»Raus!«, schrie Dorn.

»Ich sage Elsa dann, sie soll die Rechnung fertig machen«, sagte Soltei hochgradig angespannt und verließ das Zimmer.

Im Flur kam ihm flatternd Marlies Schön entgegen. Die hatte ihm gerade noch gefehlt.

»Na, Frau Schön, wie weit sind Sie denn mit Ihren Überredungskünsten?«, fragte er ironisch.

»Fast am Ziel«, antwortete Marlies mit Augenaufschlag.

»Ich glaube eher, dass Herr Dorn an sein Ziel gekommen ist«, erwiderte Soltei abfällig und ging.

Als Marlies ins Zimmer trat, telefonierte Dorn offensichtlich mit einem Anwalt. Am Ende des Gespräches war die Rechtslage klar. Es gab nur eine rechtliche Antwort: zahlen. Solteis Aufforderung, stattdessen zu spielen, war Erpressung, aber ohne Zeugen nicht zu beweisen. Was sollte Dorn nun tun? Er hatte tatsächlich am Tage der Aufnahme unterschrieben, dass er alle Kosten, die nicht durch seine Krankenkasse abgedeckt waren, tragen würde. Wie konnte er nur so verrückt sein?

Es klopfte an der Tür, Bachel stand mit einem Stapel Noten da.

»Herr Bachel, was kostet Sie ein Tag hier oben?«

Bachel zuckte mit den Schultern. »Ich weiß es nicht. Über Geld mache ich mir keine Gedanken. Hier, sehen Sie sich die Noten an. Ich habe freien Zutritt zum Klavier im Kurhaus.«

»Aber ich habe meine Geige nicht dabei«, warf Dorn einen letzten Rettungsanker aus.

»Herrgott, ich spiele ja auch nicht auf meinem Klavier. Jetzt stellen Sie sich nicht so an! Sie bekommen schon eine ordentliche Geige!«

Bachel wurde langsam sauer. Er meinte es tatsächlich ernst mit dem Konzert. Er erklärte ein paar Sachen zu den Noten und hielt sie Dorn hin. Paganini, auch das noch, schwerer ging es nicht. Widerwillig nahm Dorn die Noten an sich.

Nachdem Bachel die Tür von außen geschlossen hatte, stand Marlies auf und schob den Bademantel an der Tür zur Seite. Dahinter hing eine Preisliste.

»Musst du über solchen finanziellen Kleinkram, tatsächlich nachdenken?«, fragte Marlies und biss in einen Apfel. Dann wäre es vermutlich besser, wenn sie vorerst bei Eberhard bliebe, dachte sie. Dorn blinzelte zur Tür und erkannte, dass der Übernachtungspreis vierstellig war. Das reichte ihm.

Das Einzige, was Dorn möglicherweise helfen konnte, war eine Absage des Konzertes durch Bachel. Der wollte aber offensichtlich unbedingt spielen. In Dorns Kopf arbeitete es mächtig. Warum könnte Bachel ein Konzert absagen? Aus gesundheitlichen Gründen. Gierig dachte Dorn an dessen zarte Finger. Die Verletzung eines Fingers genügt, sagte er sich. Er rief Bachel über dem Flur nach und vereinbarte mit ihm einen Termin.

»Morgen früh acht Uhr im Kurhaus.«

»Ich werde da sein«, sagte Bachel.

»Ich auch«, sagte Marlies aus dem Hintergrund, sprang hoch und winkte Bachel hinterher, der hastig seine Tür von innen verriegelte. »Na siehst du, mein Schatz, es geht doch alles«, sagte sie zu Dorn und gab ihm einen Kuss auf die Stirn.

Ein Konzert würde stattfinden. Das hatte Marlies doch wunderbar hinbekommen. Mit diesem Triumph im Rücken störte es sie auch nicht weiter, dass Silviolein sie als Nächstes aus dem Zimmer warf.

»Dir habe ich das alles zu verdanken?«, fragte Dorn wutschnaubend.

Sie antwortete in völliger Verkennung seiner Stimmung: »Ja! Ist das nicht wunderbar, Silviolein?«

Daraufhin riss er die Tür auf und sagte: »Du hast 30 Sekunden Zeit!«

Marlies ging mit dem sicheren Gefühl, dass Silviolein sich später freuen würde, wenn die erste Überraschung sich gelegt hatte. Sie strahlte vor sich hin. Endlich angekommen im Erwachsenenleben. Leidenschaft, Betrug und trotzdem eine Schrankwand im Haus.

* * *

Nachdem Marlies sich umgezogen hatte, ging sie direkt zu Professor Soltei. Die gute Nachricht wollte sie Soltei selbst überbringen. Schwungvoll öffnete sie die Tür zum Vorzimmer.

»Guten Morgen, Elsa, melden Sie mich bitte dem Herrn Professor.«

Elsa, die sich eben einem Wutausbruch Solteis gegenüber gesehen hatte, zweifelte, ob ihr Chef ausgerechnet jetzt Marlies Schön sehen wollte. »Dieses Zahnmonster versaut mir alles«, hatte er getobt. Dorn habe sich geweigert, das Konzert zu geben, eher wolle er bezahlen, Elsa solle sofort die Rechnung schreiben, eine saftige dazu! Und dann würde er, Soltei, ihn höchstpersönlich rausschmeißen. »Danach mache ich die Schön zur Schnecke«, hatte er weiter getobt. Er wollte sie am liebsten »vierteilen«. Und Bertram Bachel wollte er »Chilischoten in den Arsch blasen«. Warum seine Wut auch Bertram Bachel traf, war Elsa nicht klar. Aber wenn Soltei einmal richtig in Fahrt war, gab es kein Halten mehr.

Sein Ausbruch lag erst wenige Minuten zurück, so dass Elsa Marlies anriet, später wiederzukommen. Aber die ließ sich nicht beirren.

»Es ist wirklich sehr dringend«, sagte sie und machte einen Schritt in Richtung Tür.

»Nein, Frau Schön, bitte gehen Sie da nicht rein.« Elsa war ernstlich um die Unversehrtheit von Frau Schön besorgt. »Ich frage an, Moment.«

Soltei lief in seinem Büro auf und ab, als erwartete er einen zweiten Urknall. Er hatte sich noch immer nicht beruhigt. Wenn das Konzert platzte, würde er dastehen wie der Depp. Vorbei wäre es mit seinem Platz im Gemeinderat. Das Konzert musste abgesagt werden, nur wie? Vielleicht durch eine plötzliche Erkrankung von … er überlegte. Von wem? Bachel kam eigentlich nicht in Frage, weil er ein paar Tage später auf Welttournee ging. Also musste Dorn erkranken. Nur woran? Am liebsten würde ich ihm Lepra anhexen, sagte Soltei zu sich selbst. Die Sprechanlage ging.

»Ich bin für niemanden zu sprechen«, tobte er los.

Im Hintergrund hörte er eine Frauenstimme, die sagte: »Für mich ist der Herr Professor bestimmt zu sprechen.«

Da ging die Tür auf, Elsa rief noch, sie solle das nicht tun, aber es war zu spät. Elsa blieb auf der Türschwelle in sicherer Entfernung stehen. Als Professor Soltei Marlies sah, war er sprachlos. Das wagte sie nicht, jetzt hier in seinem Zimmer aufzutauchen! Er glaubte an eine Fata Morgana. Ausgerechnet Marlies Schön.

»Guten Morgen, mein lieber Herr Professor. Sie haben ja schon gesehen, ich habe alles unternommen, um Ihnen behilflich zu sein. Und was soll ich Ihnen sagen?« Genüsslich setzte Marlies sich in den Chefsessel, drehte sich einmal hin und einmal her.

Elsa hielt die Luft an. Soltei stand kurz davor, seine Fassung komplett zu verlieren.

Marlies zupfte an ein paar Haarsträhnen herum, dann sagte sie: »Es ist vollbracht. Herr Dorn wird spielen. Und, was sagen Sie dazu?!«

Soltei kniff die Augen bis auf einen kleinen Schlitz zusammen. War das jetzt die Wahrheit? Er war misstrauisch.

»Da verschlägt es Ihnen die Sprache, was?«, sagte Marlies, erhob sich aus dem Chefsessel und setzte sich auf den ihr zustehenden Stuhl.

»Wie haben Sie das geschafft?«, fragte Soltei und bewegte sich langsam auf seinen Sessel zu.

»Sie werden verstehen, Herr Professor, dass ich keine Details preisgeben kann«, antwortete Marlies milde lächelnd, als habe Dorn ihr ein sexuelles Geheimnis anvertraut. »Aber ich kann Ihnen sagen, dass sich Herr Bachel und Herr Dorn morgen früh um acht Uhr zur ersten Probe treffen. Das Programm haben sie bereits besprochen, ich war dabei. Sie haben sich auf Panini verständigt.«

»Panini?«, fragte Soltei nach, dessen Misstrauenspegel sofort wieder nach oben schoss.

»Der Italiener«, ergänzte Marlies.

»Paganini!«

»Sag ich doch.«

Elsa stand noch immer in der Tür. Sie hatte mit dem Schlimmsten gerechnet. Jetzt wandte sich Soltei plötzlich an sie. »Was stehen Sie da so rum, Elsa, haben Sie nichts zu tun?!«

»Doch, doch«, erwiderte Elsa und schloss die Tür.

»Und das ist sicher?«, fragte Soltei bei Marlies nach.

»Wenn ich es Ihnen doch sage«, erklärte sie mit Betonung auf *ich* und fuhr fort: »Ich habe gedacht, Sie würden sich bei mir bedanken.« Sie hatte sich eine freudige Reaktion von Soltei, vielleicht sogar eine Umarmung vorgestellt.

»Danke«, brachte Soltei schließlich erschöpft hervor. Seine Nerven waren nicht mehr die besten, seit Frank Schröder in seinem Leben wieder aufgetaucht war. Er spürte aber, dass er Marlies zu Dank verpflichtet war. »Entschuldigen Sie, Marlies, ich bin einfach überarbeitet. Aber ich versichere Ihnen, Sie werden beim Konzert in der ersten Reihe sitzen und Ihr Name wird dem Bürgermeister auf ewig im Gedächtnis bleiben.«

Das war doch schon mal ein Anfang, dachte Marlies zufrieden. Vielleicht würden ja Soltei oder Dorn oder Bachel, oder auch alle drei, sogar ihren Namen erwähnen. Mit diesem Gefühl fiel es ihr leicht, Dorn in Ruhe zu lassen, und sich auf den Weg in den Speisesaal zu machen.

* * *

Die Zeitung lag bereits auf dem Tisch.

»Haben Sie schon gelesen, der Dorn und Bertram Bachel geben zusammen ein Konzert«, begrüßte Herbert Leitner Marlies.

»Ich weiß. Ich habe es schließlich organisiert«, erwiderte Marlies von oben herab.

»Sie?«, fragte Leitner erstaunt. Er ärgerte sich, dass nicht ihm ein solcher Coup gelungen war.

»Ja, ich«, sagte Marlies und wollte sich Kaffee eingießen. Die Kanne war leer. Martha sprang auf, um neuen zu besorgen.

»Dit kann se och alleene«, versuchte Charlotte Martha aufzuhalten, vergebens.

»Na immerhin hat man auch einen guten Anlass gefunden für das Konzert«, sagte Harald Börner.

»So, wat denn?«, fragte Charlotte Jaschke, die den Zeitungsartikel nur überflogen hatte.

»Es ist eine Wohltätigkeitsveranstaltung für drogenabhängige Jugendliche.«

Dieses Thema war Marlies jetzt gar nicht recht. »Es ist doch egal, für wen gespielt wird. Hauptsache, es wird gespielt«, sagte sie mit Nachdruck.

»Das sehe ich nicht so«, entgegnete Harald Börner, dem Marlies' Oberflächlichkeit auf die Nerven fiel. »Für diese Jugendlichen wird viel zu wenig getan. Sie gelten als kriminell, weil sie alles Mögliche anstellen, um an Geld für Drogen zu kommen. Sie werden zu Monstern, weil sie die Drogen brauchen, nicht weil sie anderen Schaden zufügen wollen.«

»Deswegen muss man doch nicht gleich Menschen überfallen«, warf Herbert Leitner ein, der seine Ausführungen mit »die gehören ins Arbeitslager« ergänzte.

»Unsinn. Die Jugendlichen brauchen Hilfe. Die Dealer gehören in ein Arbeitslager. Irgendwelche skrupellosen Gangster verdienen am Verkauf der Drogen und die Kinder landen in der Gosse«, kommentierte Martha, die zwischenzeitlich mit dem frischen Kaffee an den Tisch zurückgekehrt war.

»Eijentlich muss man die Händler von ihre Eier befreien, damit se ihr Erbjut nich ine Jegend streuen können«, sagte Charlotte und sah Marlies eher zufällig in die Augen.

»Genau«, pflichtete ihr Börner bei, der früher als Notarzt in einer Großstadt so manchem kindlichen Drogenopfer das Laken übers Gesicht hatte ziehen müssen.

Marlies sah ihren Sohn vor sich. Kastratenstimme, seiner Männlichkeit beraubt. Vorbei der Traum vom Enkelkind.

»Was können denn die Händler dafür, wenn charakterschwache Menschen sie immer wieder um Drogen anbetteln?«, entfuhr es Marlies.

Selbst Herbert Leitner war erstaunt über diesen Einwurf. »Wie bitte?«, fragte er.

»Ich meine, wer weiß, warum die Dealer das machen«, fügte Marlies hinzu, als habe sie damit alles erklärt.

»Weil ihre Eltern sich nie wirklich um sie gekümmert haben. Das sind oft auf hohem materiellen Niveau verwahrloste Kreaturen«, sagte Börner. Er setzte sogar noch eins drauf: »Oder völlig verwöhnte Kinder, denen Mutti alles abgenommen hat. Die treffen dann auf die Wirklichkeit des Lebens und sind nicht in der Lage, auf normalem Wege klarzukommen. Die Leidtragenden sind unreife Kinder und Jugendliche, denen das Blaue vom Himmel versprochen wird. Kauf die Droge und es geht dir besser, heißt es da«, erklärte Börner.

»Hören Sie doch auf, Börner, Sie Besserwisser. Gibt es eigentlich irgendetwas, was Sie nicht wissen?«, konterte Marlies sarkastisch.

»Meine Exfrau ist Kinderärztin. Die könnte Ihnen da einiges erzählen. Sie hatte ein 16-jähriges Mädchen. Mit 13 wurde sie angefixt, mit 14 prostituierte sie sich, um den Stoff bezahlen zu können, und dann –«

Marlies hielt es nicht aus und fiel ihm ins Wort. »Hören Sie endlich auf, Börner, das ist ja widerlich!«, schrie sie. Plötzlich war ihre gute Stimmung verflogen. Keiner wusste, warum.

»Wat isn mit dir los?«, fragte Charlotte irritiert.

»Ich habe nichts! Rein gar nichts!« Marlies zitterte und kämpfte mit den Tränen.

Börner erkannte, dass sie zu hyperventilieren begann. In spätestens einer Minute würde sie zusammenklappen. Um Marlies abzulenken, erhob er lautstark seine Teetasse: »Auf die wunderbare Initiatorin eines herrlichen Konzertgenusses. Vielen, vielen Dank, liebe Frau Schön!«

Alle stießen mit an und Marlies war Börner dankbar, dass er das Thema endlich gewechselt hatte.

* * *

Helmut Siedler machte sich im Kurhaus zu schaffen. An seiner Seite Bertram Bachel und Bürgermeister Humpe. Es ging um den richtigen Standort des Flügels, um die Beleuchtung und die Anordnung der Sitzplätze. Siedler hörte, wie Bachel zu Humpe sagte, dass dieses Konzert eine absolute Ausnahme bleiben müsse.

»Das werden wir dann schon sehen«, erwiderte Humpe und gab Siedler die nächste Anweisung. »Die Ehrengäste setzen wir hierhin«, sagte er und machte eine ausladende Handbewegung vor einer der Stuhlreihen.

Dann wandte er sich wieder an Bachel und sagte leise, aber für Siedler doch noch hörbar, er habe so viel Sünde auf sich geladen, dass er dafür sein Leben lang werde Buße tun müssen.

»Aber ich war damals fünf«, stammelte Bachel.

»Als du deinen Vater umgebracht hast, warst du fast sechs Jahre alt«, entgegnete Humpe gelassen.

»Kannst du nicht endlich aufhören mit dieser Geschichte von damals? Bitte!«

Humpe wandte sich grinsend ab. »Herr Siedler, könnten Sie die Lampe versetzen und auf den Sitz hier leuchten lassen?«

Helmut Siedler nickte, ja, das würde gehen.

»Gut«, antwortete Humpe zufrieden. »Dann sitze ich genau hier«, und setzte sich.

Bachel stand vor ihm. »Mein Management hat mir Druck gemacht. Ich darf so etwas nicht noch einmal wiederholen, versteh mich doch bitte.«

»Der Kurort braucht ab und zu einen Aufwecker. Stell dich nicht so an. Und bedenke, was meine Familie alles für dich getan hat! Ohne uns wärst du ein Nichts! Dafür wirst du deinem alten Heimatort ja wohl die Ehre erweisen können. Was ist mit Weihnachten?«

Bachel wurde blass. Weihnachten ging auf gar keinen Fall, da füllte er die großen Konzertsäle der Welt. »Das geht wirklich nicht«, stammelte er.

»Wir werden sehen«, erwiderte Humpe erneut und ließ den verstörten Bachel einfach stehen. »Herr Siedler, ich verlasse mich auf Sie. Wenn Sie noch etwas brauchen, sagen Sie am besten dem Professor Bescheid. Aber sehen Sie zu, dass Sie nicht wieder das Teuerste vom Teuersten nehmen!«

Was hieß hier Teuerste vom Teuersten nehmen? Siedler kaufte immer so preiswert wie möglich ein. Er sparte Materialkosten, wo er nur konnte, und verwendete alles, was ging, ein zweites Mal. Seine Werkstatt war inzwischen ein kleines Ersatzteillager geworden. Für alle Fälle. Als letztens in einem Zimmer die Klemme für den Klorollenhalter fehlte, hatte er auch diese vorrätig gehabt. Also was erzählte Humpe da für einen Unsinn?

»Billiger geht's nicht«, verteidigte er sich.

»So, so. Und was war neulich mit dem vergoldeten Sieb der Mischbatterie?«, fragte Humpe und ärgerte sich sofort, dass er das Thema überhaupt angesprochen hatte. Das war dumm von ihm. Siedler war bekannt als Mister Sparsam. Ausgerechnet bei ihm auf die Preisschraube zu drücken war ungeschickt, außerdem wusste Humpe doch selbst sehr genau, wie es zu den teuren Einkäufen kam.

»Vergessen Sie es, Siedler«, sagte er und wollte das Thema damit erledigt haben.

Aber Helmut Siedler ließ nicht locker. »Mit was für einer Mischbatterie?«, stutzte er.

»Na ja, Schwamm drüber. Der Professor hat Sie nicht verraten. Im Gegenteil, er hat Sie sogar in Schutz genommen für Ihren Fehler und die Gemeinde hat die Mischbatterie voll bezahlt. Also in Zukunft passen Sie besser auf, Siedler.«

Helmut Siedler hatte keine Ahnung, wovon Humpe die ganze Zeit sprach. Er hatte eine ganz normale Mischbatterie gekauft und sie sich vor ein paar Tagen von Elsa bezahlen lassen, wenn er sich richtig erinnerte, waren es 109 Euro gewesen. Auch das wie immer ein Sonderangebot. Ihm kam ein Verdacht.

»Was hatte die Mischbatterie noch mal gekostet?«, fragte er Humpe. Jetzt musste der Bürgermeister bei seiner Wahrheit bleiben. »Das kann ich Ihnen genau sagen: 509 Euro.«

»Was? 509 Euro!!!«

»Sehen Sie Siedler, jetzt sind Sie selbst überrascht.«

»Das kann nicht sein«, sagte Siedler mit Nachdruck.

»Sie haben Sie doch selber gekauft«, gab Humpe zurück.

»Haben Sie die Rechnung?«

Humpe schüttelte den Kopf. Die Klinik sammelte die Quittungen und einmal im Quartal wurden sie beglichen. Dann wanderten sie als bezahlt wieder in die Klinik.

Da fälschte jemand Helmut Siedlers Abrechnungen. Elsa würde so etwas niemals tun, dahinter konnte nur Soltei stecken. Humpe verließ den Saal.

Siedler hörte noch, wie er sagte: »Das wird ein Riesending hier!«

Helmut Siedler ging zu Bertram Bachel. Für ihn war er all die Jahre der kleine Junge geblieben, dem das Leben übel mitgespielt hatte.

»Na, Bertram, wie geht es dir?«, fragte er ihn.

»Ach, ich weiß nicht … dieses Konzert hier … Humpe … mir ist das alles zu viel. Ich wollte mich ausruhen und Humpe hatte mir hoch und heilig geschworen, dass er mich in Ruhe lässt.«

»Sag ihm doch, dass du nicht spielen willst.«

»Das geht nicht«, erwiderte Bachel, stand abrupt auf und wurde sachlich. »Das Klavier sollte etwas weiter hier stehen und der Geiger hier.«

Bachel war, trotz seines Weltruhms, offenbar unfähig, sich gegen den mächtigen Humpe durchzusetzen. Er tat Helmut Siedler leid. Plötzlich bog Marlies Schön um die Ecke. Bertram Bachel hatte keine Chance, vor ihr zu flüchten. Sie trat von hinten an ihn heran.

»Mein Lieber Herr Bachel, wie geht es Ihnen?«, fragte sie und hielt ihm ihre Hand zum Handkuss entgegen.

Bachel starrte auf die Hand, als bringe sie den Tod. Er rührte sich nicht. Marlies zog sie zurück und begab sich auf die Bühne.

»Nein, ist das alles aufregend. Hier also findet es statt!« Sie prüfte mit dem Finger ein Gesteck aus Plastikblumen das einsam am Bühnenrand stand. »Na ja, Sie werden hier wischen müssen«, sagte sie an Helmut Siedler gewandt.

Der sah Marlies an, als sei sie ein grünes Männchen. »Sonst noch einen Wunsch?«, fragte Helmut Siedler voller Ironie und konnte ein Lachen nur mühevoll unterdrücken. Er bemerkte aus dem Augenwinkel, wie sich Bachel aus dem Saal stahl.

»Vielleicht sollte man andere Vorhänge schneidern lassen«, dachte sie laut. Marlies ging auf die Vorhänge zu, prüfte sie und kam schließlich zu dem Schluss, dass eine frische Farbe dem ganzen Raum guttun würde. »Vielleicht ein freundliches Gelb, dann könnten Sie die Vorhänge so lassen.« Sie schob den Vorhang zur Seite. »Also die Fenster müssen auf jeden Fall geputzt werden, sehen Sie nur.«

Marlies hob den Vorhang noch höher und drehte sich zu dem Platz, an dem eben noch Helmut Siedler gesessen hatte. Er war weg. Ebenso Bertram Bachel. Marlies sah sie durch das Fenster auf der anderen Seite des Kurparks in Richtung Klinik gehen. Sie fand, heutzutage sei einfach kein Verlass mehr aufs Personal. Dann machte auch sie sich auf den Weg zurück zur Klinik, um Silviolein Bericht über den Zustand des Konzertsaales zu erstatten.

* * *

Helmut Siedler ging zu Elsa, um Max abzuholen. Der Chef war nicht da.

»Sagen Sie mal, Elsa, können Sie sich noch erinnern an meine letzte Materialrechnung?«

Elsa schüttelte den Kopf. »Was ist denn damit?«, fragte sie.

»Kann ich die Rechnung noch mal sehen?«

Elsa zerrte einen Ordner aus dem Regal und blätterte darin. »Hier. Eine Lötlampe: 39 Euro.« Sie stutzte, blätterte hin, blätterte zurück und sagte dann: »Komisch. Ich dachte, da war noch eine. Was wollten Sie denn wissen, Herr Siedler?« Sie klappte den Ordner zu und stellte ihn zurück.

»Ach, nichts weiter. Ich wollte nur wissen, was die Lötlampe gekostet hat. Ich dachte, ich hätte sie zu teuer gekauft«, wich Helmut Siedler der Frage aus.

»Sie kaufen doch immer preiswert ein, Herr Siedler, da machen Sie sich mal keine Gedanken. Ihr Budget ist bei weitem nicht ausgeschöpft. Ich sage Ihnen dann schon Bescheid.«

Elsa öffnete Solteis Zimmer und Max schoss auf Helmut Siedler zu. Als Siedler mit Max in seiner Werkstatt eintraf, war er sich sicher, dass Professor Soltei in die eigene Tasche wirtschaftete. Zerstreut betrat er sein Büro, grüßte seine Tochter Lena kurz, die an seinem Schreibtisch saß und versuchte, ihre Kette mit einer Rohrzange zu reparieren.

»Was wird das?«, fragte er mit skeptischem Blick.

»Der Verschluss ist schief«, antwortete Lena und hantierte umständlich mit der Rohrzange herum.

»Wenn du da weiter mit der Riesenzange dran rummachst, ist er bald nicht mehr schief, sondern kaputt«, sagte er und nahm ihr die Kette aus der Hand.

»Das hat Martha auch schon gesagt.«

Erst jetzt sah Helmut Siedler, dass auch Martha Horst in seinem Büro saß. Seine Stimmung hellte sich kurz auf.

»Tag Frau Horst, na, fliehen Sie vor den verrückten Kurgästen?«

Martha lachte. »Ich hoffe, ich störe nicht.«

»Nein! Sie stören doch nicht. Hast du Frau Horst keinen Kaffee angeboten?«, fragte er Lena ruppig und begann selbst, Kaffee zu kochen.

»Das ist doch nicht nötig, Herr Siedler. Ich wollte Sie

nur kurz fragen, ob Sie wissen, wann und wie man an Karten für das Konzert kommt.«

»Was weiß ich«, erwiderte er leicht unwirsch. »Ich nehme an, über die Kurverwaltung. Kann aber auch sein, dass Elsa das macht.«

Martha spürte sofort, dass Helmut Siedler schlechtgelaunt war.

»Haben Sie Ärger?«, fragte sie ihn direkt.

»Wieso?«, wollte Siedler wissen.

»Das ist keine Antwort auf die Frage«, mischte sich Lena ein, der auch aufgefallen war, dass ihr Vater irgendwie ärgerlich war. »Du sollst dich nicht immer so über den Soltei aufregen«, sagte sie, da sie wusste, dass ihr Vater mit dem Führungsstil des neuen Chefs Probleme hatte.

»Wie kommst du auf Soltei?«, fragte er.

»Was soll es sonst sein?«, gab Lena zurück.

Helmut Siedler schwieg und vertiefte sich in den Kettenverschluss.

»Bin ich es?«, fragte Martha plötzlich aus dem Hintergrund.

Die Frage weckte Helmut Siedler plötzlich auf. »Nein!!! Um Himmels willen, Martha, nein. Es hat überhaupt nichts mit Ihnen zu tun. Wirklich.«

Was war er nur für ein Trottel. Er freute sich doch, dass sie da war, und fand Klassik plötzlich ganz toll. Gleich nach Fußball.

Auf einmal sah er seine Felle davonschwimmen. Er war den Umgang mit einer Frau nicht gewohnt und benahm sich unmöglich. Er wollte retten, was noch zu retten war, riss in seiner Panik die unterste Schublade seines Schreibtisches auf und holte die Tüte aus der Boutique von Diana Soltei hervor.

»Ich habe ein kleines Geschenk für Sie«, sagte er und gab Martha die Tüte.

»Danke«, antwortete sie völlig überrascht.

Lena pfiff anerkennend durch die Zähne. Martha holte das schwarze Oberteil aus der Tüte.

»Mensch Papa«, sagte Lena und schüttelte den Kopf. »Das ist ja völlig zerknittert.«

»Oh«, erwiderte Helmut Siedler.

»Das macht doch gar nichts«, sagte Martha und hielt sich das Oberteil an.

»Und, passt es?«, fragte Helmut Siedler sorgenvoll.

»Bestimmt«, erwiderte Martha und war ganz gerührt.

»Ich habe auch noch was dazu«, sagte er und holte das Halstuch hervor, das er schon eingepackt hatte.

Martha nahm das Päckchen. Helmut Siedler musste es selbst fabriziert haben. So schief konnten nur Männer Geschenke einpacken. Vorsichtig wickelte sie es aus. Es war ein wunderbares Halstuch.

So viel Geschmack hätte Lena ihrem Vater nie zugetraut. »Wow«, brachte sie nur hervor und klopfte ihm anerkennend auf die Schulter.

»Vielen Dank, Herr Siedler«, sagte Martha und gab ihm einen zaghaften Kuss auf die Wange.

Helmut Siedler strahlte, seine Augen leuchteten.

»Verraten Sie uns jetzt, was Sie so bedrückt hat?«, fragte Martha fast schon zärtlich.

Das fand er inzwischen gar nicht mehr wichtig, aber er erzählte es dennoch. »Ich gebe meine Materialrechnungen immer bei Elsa, der Chefsekretärin, ab und die zahlt mir das Geld aus. Dann werden die Rechnungen gesammelt und am Ende des Quartals bei der Gemeinde eingereicht. Wenn sie beglichen sind, kommen sie wieder zurück in die Klinik. Eine meiner Rechnungen betrug 109 Euro, ist aber bei der Gemeinde mit 509 Euro angekommen und hier nicht mehr eingetroffen.«

»Wie denn das?«, fragte Lena.

»Ich denke, weil Soltei die fälscht. Da achtet doch keiner genau drauf, wenn der Herr Professor eine Rechnung abgibt.« Er erzählte, wie er auf den Verdacht gekommen war.

»Du meinst, Humpe weiß davon nichts?«

Siedler schüttelt den Kopf. »Ich glaube nicht, sonst hätte er mich doch nicht angemahnt wegen der hohen Rechnung. Oder?«

»Stimmt«, sagte Martha. »Man sägt nicht an dem Ast, auf dem man sitzt … normalerweise.«

Siedler überlegte. »Als ich nachgefragt habe, wollte Humpe allerdings auch nichts mehr hören und auf einmal war er gegangen, ohne sich zu verabschieden.«

»Aber was wollen Sie machen? Eigentlich kann es Ihnen doch egal sein«, sagte Martha.

»Egal kann mir das nicht sein! Man unterstellt mir in der Gemeinde, ich sei zu blöde, um preiswert einzukaufen, und daran verdient der Soltei!«

»Aber Papa, du hörst doch sowieso bald auf, warum willst du dich aufregen?«

»Vielleicht will ich mich gar nicht aufregen, sondern Geld damit verdienen«, meinte Helmut Siedler und sagte, er müsse jetzt mit Max raus.

»Wie, du willst Geld damit verdienen? Papa?!« Er antwortete nicht. »Papa, mach keinen Blödsinn!«, rief Lena ihm hinterher. Aber sie wusste, es war sinnlos. Ihr Vater tat sowieso, was er wollte.

Martha ging ihm nach. Helmut Siedler war gerade in sein Auto gestiegen. Als er Martha sah, hielt er kurz inne. Sie öffnete die Beifahrertür.

»Nehmen Sie mich mit, Herr Siedler?«

»Na klar«, sagte er lächelnd.

* * *

Sie fuhren in ein weiter entferntes Waldstück und führten Max aus. Ein anderes Pärchen schien ebenfalls die Ferne zu bevorzugen. Die beiden beobachteten, wie Diana Soltei und Frank Schröder engumschlungen den Waldweg entlangliefen.

»Ob die was miteinander haben?«, fragte Helmut Siedler verwundert.

»Ach was, denen ist nur schwindlig, deswegen halten sie sich gegenseitig fest«, sagte Martha und verdrehte die Augen.

»Komisch, ich habe Frank neulich schon in ihrer Boutique getroffen. Da habe ich noch gedacht, was macht ein Mann in einer Damenboutique?«

Martha schüttelte nur den Kopf. Als sie sahen, wie Frank Schröder Diana Soltei küsste, drohte auch bei Helmut Siedler der Groschen zu fallen.

»Na das war jetzt aber eindeutig, oder?«, fragte Martha ironisch.

»Sieht ganz so aus«, erwiderte Helmut Siedler ernst und machte sich seine eigenen Gedanken. Sie liefen eine Weile nebeneinanderher. »Was machen Sie eigentlich nach der Kur?«, fragte Helmut Siedler unvermittelt.

»Was soll ich schon machen? Arbeiten gehen, Schulden beim Finanzamt abtragen, auf eine Reise mit Horst und acht Trainingsanzüge für meine Jungs sparen. Das ist mein Leben.«

»Wie hoch sind denn Ihre Schulden beim Finanzamt?«

»Jetzt noch genau 17000 Euro.«

Helmut Siedler schluckte. »Und wie teuer sind die Trainingsanzüge?«

»Die Anzüge, die die Jungs haben wollen, kosten 300 Euro.«

»Macht zusammen 17300 Euro«, stellte Helmut Siedler

sachlich fest. »Wie lange müssen Sie dafür sparen bzw. das abzahlen, Martha?«

»Wenn alles gut läuft, bis ich 81 bin«, antwortete sie.

»Oh, das tut mir leid«, sagte Helmut Siedler.

»Mir auch«, sagte Martha und lachte.

»Na ja, vielleicht klappt es ja mit den Trainingsanzügen etwas früher«, meinte Siedler und hakte Martha unter. Das tat er so ungeschickt, dass sie fast umfielen. »Huch, Entschuldigung«, sagte er.

Sie tätschelte seine Hand und erwiderte: »Alles bestens.«

* * *

Frank Schröder hielt sich vor Lachen schon den Bauch. »Das ist nicht wahr, Diana!«

»Doch, wenn ich es dir sage. Es war Samstagabend und er musste bis Montag früh so liegen bleiben. Dann konnte ich in den Heimwerkermarkt fahren und einen Bolzenschneider besorgen. Ich wäre ja zum Nachbarn gegangen, aber das wollte Stefan auf keinen Fall. Er hatte Angst, dass der mitkommt und ihn am Bett gefesselt vorfindet.«

»Und hat sich der Schlüssel für die Handschellen später noch gefunden?«

Diana antwortete, sie habe eigentlich die ganze Zeit gewusst, wo der Schlüssel war. »Aber ich hatte keine Lust auf solche Spiele und da habe ich eben …«

»… den Schlüssel versteckt!« Frank lachte erneut.

»Danach wollte Stefan so etwas nie mehr. Vielleicht hätte ich damals Humpe, den Leiter der Feuerwehr und die Psychologin aus der Klinik herbeitelefonieren sollen, dann wäre er schon längst erledigt.« Diana sah Frank an.

Er nahm sie fest in die Arme. »Wir schaffen uns was Neues, du wirst sehen.« Dann küsste er sie voller Leidenschaft.

Nachdem sie ein Stück schweigend nebeneinanderher gelaufen waren, sagte Diana, dass keiner ahne, was für ein Schwein ihr Mann sei. »Ich weiß, dass die Gemeinde den Mitarbeitern eine Sondergratifikation gezahlt hat, wegen der guten Einnahmen.«

»Und?«

»Stefan hat nur die Hälfte ausgezahlt, weil er meinte, er habe die Hauptarbeit geleistet und der Löwenanteil stünde ihm zu.«

»Das sieht ihm ähnlich. Weißt du, wie hoch die Summe war?«

Diana zuckte mit den Schultern. »Keine Ahnung, aber das kann ich herausfinden.«

»Mach das. Vielleicht können wir dafür sorgen, dass die Leute ihr Geld noch bekommen.«

»Und eine großzügige Spende für den Zoo soll er leisten«, fügte Diana hinzu.

»Besonders für die Giraffen und Pinguine«, ergänzte Frank lachend.

Sie küssten sich erneut. Frank war extra ein Stück aus dem Landkreis rausgefahren, damit niemand Bekanntes sie gemeinsam sah. Denn eins war klar: Wenn Stefan Soltei Wind von der Sache bekam, würde er alles tun, um ihre Pläne zu durchkreuzen.

»Und du bist dir sicher, dass er vor dem Konzert nach Finnland fliegt?«

»Ganz sicher. Er hat schon das Flugticket und die Reservierung vom Hotel. Ein kurzer Vortrag und schon hat er drei Tage Urlaub in Finnland umsonst. So etwas lässt Stefan sich nicht entgehen.« Sie blieb stehen und sah Frank an. »Wir müssen das nicht tun.«

Er strich ihr die Haare aus dem Gesicht. »Ich weiß, Diana. Aber solange Stefan hier ist, können wir nicht bleiben. Er wird uns hassen und sein Hass bleibt nicht folgenlos.«

Diana nickte. Sie wäre viel lieber vor Ort geblieben. Sie hatte sich eine kleine Existenz aufgebaut, einige nette Leute kennengelernt und fühlte sich verantwortlich für Karin, ihre Angestellte. Auch Frank Schröder wäre lieber am Ort geblieben. Die Arbeit im Schwimmbad machte ihm Spaß, er hatte sein Auskommen. Aber mit Stefan Soltei den Aufenthaltsort zu teilen war aussichtslos. Er hatte zu viel Einfluss auf Humpe und das würde ihnen das Leben schwermachen.

»Wir machen es jetzt wie besprochen.« Frank sah ihr in die Augen. »Ich liebe dich«, sagte er.

»Ich dich auch.«

Während sie sich ein drittes Mal voller Leidenschaft küssten, hob Martha gerade den widerspenstigen Max ins Auto. »Der könnte mal zum Psychologen«, sagte sie und schnallte sich an.

* * *

»Wat ick noch will?«, fragte Charlotte Jaschke und sah Frau Doktor Heitermann lange an. »Dass Hotte jut versorgt wird.«

»Also, falls Ihnen noch etwas anderes einfällt, egal was, lassen Sie es mich wissen.«

Charlotte nickte. »Is doch och schön, dass man mir noch mal hat fahren lassen. Die hätten ja och sagen können: Lohnt nich mehr!«

Die Ärztin hörte die Lunge ab und klopfte auf Charlottes Rücken herum.

»Wat soll eijentlich immer dit jeklopfe?«, fragte sie und erhob sich von der Liege. »Vertreibung der Holzwürmer, oder wat?«

Frau Doktor Heitermann lachte. Das hatte sie noch nie gehört: Vertreibung der Holzwürmer. Ein Ingenieur hatte mal gefragt, ob sie damit die Statik der Wirbelsäule überprüfe, und ein Metzger glaubte, sie könne hören, wie tief das Fett sitze.

»Ich höre am Klang, ob die Lunge frei ist.« Sie setzte sich vor Charlotte auf die Liege, sah ihr ins Gesicht und sagte: »Wenn man am Kopf klopft, kann man bei Männern auch die Größe des Hohlraumes bestimmen.« Jetzt lachte Charlotte. Dann wurde die Ärztin ernst. »Sie sollten einige Einzelgespräche mit unserer Psychologin, Frau Scholz, führen.«

»Um Jottes willen!« Die Gruppensitzung neulich habe ihr vollkommen ausgereicht.

»Aber ein Einzelgespräch ist was anderes«, beschwor die Ärztin Charlotte.

Die schüttelte nur den Kopf: »Nee.«

»Aber es kostet Sie doch nichts«, drängte Frau Doktor Heitermann.

»Doch, dit kostet mir Zeit. Zeit, die ick nich mehr habe. Außerdem hab ick ja keen Knall, ick bin nur zu fett und ick hab Krebs.« Charlotte setzte sich wieder auf die Liege. »Wat soll die mir schon helfen? Wenn ick tot bin, bin ick tot. Und Sie haben selbst doch jesagt, dit mit dem Sterben tut nich weh.«

»Na gut.« Die Ärztin gab Charlotte einen Klaps auf die Schulter. »Sie sind ja schon groß und müssen wissen, was Sie wollen. Wenn was ist, melden Sie sich.«

An der Tür drehte sich Charlotte um. »Wissen Sie, wat dit jute am Krebs is?«

»Nein. Was soll das sein?«

»Der Zucker kann mir mal jerne haben. Ick esse, wat mir jefällt.«

Die Ärztin schüttelte schmunzelnd den Kopf. Charlotte schloss die Tür und machte sich auf den Weg zum Mittagessen. Die Einzige, die schon am Tisch saß, war Marlies

Schön. Oh, mein Lieblingsopfer, dachte Charlotte und setzte sich schwungvoll mit der Frage »Na fühlste dir gebumsfiedelt?«, hin. Marlies schüttelte nur den Kopf.

»Frau Jaschke, was ich Ihnen schon die ganze Zeit sagen will«, holte sie aus, um eine längere Rede zu halten.

»Lass stecken, Mädel, dir hör ick sowieso nich zu«, erwiderte Charlotte. Dann prüfte sie mit dem Finger die Suppenterrine auf ihre Temperatur.

Börner und Leitner kamen gemeinsam an den Tisch. Sie hatten gerade eine Einführung ins Tai Chi hinter sich gebracht und waren noch immer am Diskutieren.

»Ich weigere mich, ein Baum zu sein, das ist doch Unsinn«, sagte Herbert Leitner beim Hinsetzen. Dabei nickte er Charlotte und Marlies flüchtig zu.

»Mahlzeit, die Damen«, sagte Harald Börner und nahm ebenfalls Platz. Dann wandte er sich wieder dem Bauunternehmer zu. »Herr Leitner, es geht doch nicht darum, dass Sie ein Baum sind. Sie sollen einfach nur fühlen, wie der Wind durch die Krone streicht, und sich dabei sanft hin- und herwiegen.«

»Sie reden schon wie der Vorturner. Vielleicht ist das ja ansteckend.«

»Wo kommen Sie denn her?«, fragte Marlies interessiert.

»Wir waren beim Tai Chi, das ist eigentlich eine Kampfkunst«, erklärte Börner.

»Ja«, ergänzte Leitner. »Man kämpft die ganze Zeit darum, nicht umzufallen … von wegen ich bin ein Storch und so.«

Marlies verstand nichts. »Sie sind ein Storch?«

Mit Blick auf Börner erwiderte Leitner: »Ich soll mich zumindest so fühlen wie einer. Oder ich soll mich fühlen wie eine Krähe, die in die Morgensonne fliegt. Kräh, kräh«, ahmte er den Vogel nach.

Börner sparte sich weitere Erklärungen und wartete aufs Essen.

»Und was haben Sie gemacht?«, fragte Leitner Marlies.

»Ich habe organisatorische Dinge geregelt für das Konzert. Herr Dorn hat mich quasi als Eventmanagerin engagiert.«

»Als wat?«

»Ich soll das bevorstehende Konzertereignis vorbereiten … helfend und begleitend vorbereiten.«

»Dann sag dit doch och. Eventmanagerin … weeß doch keener, wat dit sein soll.«

»Sie wissen das nicht«, entgegnete Marlies spitz mit Betonung auf Sie.

In dem Moment kam Martha an den Tisch gehetzt.

»Weeßt du, wat ne Eventmanagerin is?«, fragte Charlotte ohne Vorrede.

»Eine was?«, fragte Martha, die durch den Lärm des doppelstöckigen Servierwagens, auf dem die Teller hüpften, nur die Hälfte verstanden hatte.

»Siehst du, die weeß it och nich«, sagte Charlotte zufrieden.

Marlies schlug ihre Serviette auf und gab zurück: »Das sagt doch erst mal gar nichts aus.«

Charlotte stand auf und rief in den Saal, wer hier wüsste, was eine Eventmanagerin sei.

Marlies wurde rot. »Es reicht«, sagte sie ernst und griff über den Tisch nach Charlottes Ärmel, um sie zum Setzen zu zwingen. Die ließ sich grinsend auf den Stuhl fallen. Marlies hatte von der ersten Sekunde an gewusst, dass Charlotte Jaschke ein furchtbarer Mensch war. Jede Minute an ihrer Seite brachte neue Beweise dafür.

Eine Bedienung stellte Schüsseln mit Essen auf dem Tisch ab und unvermittelt trat Ruhe im Speisesaal ein. Dann sah alles zum Eingangsbereich, man hörte ein Raunen und schließlich Applaus. Die Bedienung stand nun genau vor Marlies, die sich strecken musste, um zu sehen, was los war.

Silvio Dorn hatte den Speisesaal betreten. Sie wollte ihm entgegengehen, aber sie war zwischen der Wand und diesem blöden Essenswagen eingeklemmt. Schließlich blieb sie auf ihrem Stuhl und wartete, bis Silviolein den Tisch erreicht hatte. Während er sich neben sie setzte und dabei noch einmal in den Saal winkte, gab sie ihm einen ungeschickten Kuss auf den Jackenärmel.

»Hallo, Silvio Schatz«, sagte sie unüberhörbar.

Der ignorierte sie. So gut es eben ging.

»Ich habe die Räumlichkeiten überprüft und den Hausmeister angewiesen, einige Dinge zu ändern. Willst du wissen, was?«

Dorn wandte ihr den Rücken zu.

»Möchtest du wissen, was ich ihm gesagt habe?«, wiederholte Marlies, nun nicht mehr ganz so laut.

Dorn begann, die Bedienung in ein Gespräch zu verwickeln.

»Na ja, es reicht ja auch, wenn du es nachher erfährst. Belaste dich jetzt bloß nicht mit Nebensächlichkeiten, Schatz«, sagte Marlies und nahm die Kartoffeln mit so viel Schwung aus der Schüssel, dass sie auf dem Tisch landeten.

»Huch, so stürmisch heute«, bemerkte Leitner und warf ihr mit der Hand die Kartoffeln auf den Teller.

Am Tisch drehte sich alles um Dorn.

»Wissen Sie schon, wie das mit den Karten läuft«, fragte Leitner den Stargeiger.

»Leider nein. Aber das weiß bestimmt …«

Charlotte fiel ihm ins Wort: »… deine Eventmanagerin.«

Alle am Tisch lachten, außer Marlies.

Dann wandte sich Börner an Martha. »Wo waren Sie eigentlich heute Vormittag?«

»Spazieren.«

»Allein?«, fragte Dorn.

»Nein«, antwortete Martha und lächelte zufrieden ausgerechnet in Richtung Dorn.

In Marlies arbeitete es. Diese kleine dicke Frau war doch wohl nicht mit ihrem Silvio unterwegs, während sie sich um sein Konzert kümmerte? Darüber musste sie mit Silvio aber mal reden. Während sie über das Unvorstellbare nachdachte, spürte sie einen bohrenden Schmerz hinter ihrem Auge, der ihr im Laufe des Nachmittages unaufhaltsam über die halbe Schädeldecke kroch. Das Letzte, was Marlies an diesem Tag tat, war, Eberhard anzurufen, um sich bei ihm Trost abzuholen.

»Hallo, mein Schatz, es geht mir gar nicht gut«, hauchte sie in den Hörer.

»Dafür geht es mir umso besser«, erwiderte Eberhard schwungvoll. »Ich sehe alles viel klarer, seit du weg bist.«

»Wie soll ich denn das verstehen?«, fragte Marlies.

»Wir müssen miteinander reden. Möglichst bald«, sagte Eberhard.

»Aber Ebi, den gleichen Unsinn hast du schon einmal versucht. Weiß du noch, unser Hochzeitstag in Spanien?«

»Ja, ich weiß«, antwortete Eberhard. Dann schwieg er.

»Du brauchst dir um mich keine Sorgen zu machen, Ebi«, sagte Marlies.

»Ich mache mir keine Sorgen um dich«, erwiderte Eberhard. »Ich mache mir Sorgen um mich.«

»Vielleicht solltest du auch mal zur Kur fahren, Schatz. Man trifft hier wunderbare Menschen. Jedenfalls einige. Rate mal, mit wem ich hier …«

»… Bertram Bachel«, fiel Eberhard ihr unwirsch ins Wort. »Stimmt! Woher weißt du das?«

»Du hast es mir selber erzählt.«

Marlies runzelte die Stirn, soweit es ihre Migräne zuließ. Vielleicht kriege ich jetzt schon Alzheimer, dachte sie. Wenn sie wieder zu Hause war, würde sie gleich einen Test durchführen lassen.

»Marlies, ich komme dich am Wochenende besuchen«, sagte Eberhard bestimmt.

»Wen, mich?«, fragte sie vollkommen überrascht.

»Wen sonst?!«

»Aber Professor Doktor Doktor Waldler hat gesagt, es sei gut, wenn wir uns ein paar Wochen mal nicht sehen würden«, versuchte Marlies seinen Besuch abzuwenden.

»Das ist mir vollkommen egal, was dein Professor sagt. Ich komme und damit Ende.« Eberhard hängte ein.

So hatte sie ihn ja noch nie erlebt. Was war nur los mit Ebi? Ob er wohl auch in die Wechseljahre kam?, fragte sich Marlies ernsthaft und dämmerte über diesen Gedanken ein.

* * *

Nach dem Mittagessen machten sich Herbert Leitner und Harald Börner gemeinsam auf den Weg zur Kasse. Hier sollten sie ihre Zuzahlung für den Kuraufenthalt leisten. Die Kasse befand sich auf der anderen Seite des Gebäudes im Keller.

»Wenn ich gewusst hätte, wie weit das weg ist, hätte ich mir ein Lunchpaket mitgenommen«, sagte Börner.

»Sie haben doch gerade Mittag gegessen«, sagte Leitner überrascht.

»War nur ein Scherz!«

»Ach so.«

In einem muffigen und schlechtbeleuchteten Kellergang fanden die beiden Männer die Kasse. Leitner klopfte an und öffnete im nächsten Moment schwungvoll die Tür.

»Hallihallo, schöne Dame, der Herr Börner und der

Herr Leitner begehren, Ihr Geld loszuwerden, dürften wir nähertreten?« Börner verdrehte nur die Augen und nahm im Flur Platz.

»Tür zu! Sie werden aufgerufen!«, kreischte eine Frauenstimme aus dem Zimmer.

»Schon gut, schon gut. Ich bin ganz ruhig«, meinte Leitner und zog sich zurück, als sei ihm ein Raubtier begegnet. »Die hat ja eine Laune«, sagte er und setzte sich neben Börner.

Sie starrten auf die Tür zur Kasse. Von außen hatte jemand mit Filzstift daraufgeschrieben: WARTEN, bis der Zonk ruft.

Von ferne hörte man Stimmen, sah aber nichts.

»Haben Sie das auch gehört?«, fragte Leitner irritiert.

Börner nickte. Die Stimmen kamen näher.

»So ein kleiner Becher Sahne hat noch nie jemandem geschadet«, sagte eine helle Stimme.

»Genau«, antwortete eine andere Stimme.

»Mein Arzt hat immer gesagt, essen Sie alles, aber in Maßen«, sagte die helle Stimme wieder.

Börner und Leitner sahen nach rechts. Am Ende des Flures watschelten vier Frauen hintereinanderher. Aufgrund ihrer erheblichen körperlichen Ausmaße konnten sie nicht nebeneinander gehen.

»Also ich habe mich gestern für diese Tortur hier im Café Röber mit einen richtig schönen Sahnewindbeutel belohnt.«

»Na, du traust dich ja was«, sagte die Dame am hinteren Ende der Schlange.

»Na ja«, erwiderte die Windbeutelvernichterin. »Dafür habe ich den ganzen Tag auf Obst verzichtet. Banane stopft ja auch viel zu sehr.«

Dann waren die Damen am Ziel angekommen. Ein paar Türen von der Kasse entfernt befand sich die Lehrküche, in die sie nun Einzug hielten, ohne die beiden Männer registriert zu haben.

»Man, waren das Apparate«, sagte Leitner staunend.

»Sie sind ja auch nicht gerade vollschlank«, bemerkte Börner trocken.

»Ja, aber so wie die sehe ich nicht aus«, verteidigte sich Leitner. »Die kaufen ihre Kleider nicht nach Größe, sondern nach Ballen«, fügte er hinzu und machte eine Handbewegung, als wollte er den Umfang einer Litfasssäule anzeigen.

Börner belustigte die Vorstellung und er sagte schmunzelnd: »Ich hätte gerne zwei Ballen von dem roten Cordstoff da.«

Die Tür zur Lehrküche war nur angelehnt. Geschirr klapperte, Töpfe wurden bewegt. Die Gespräche wurden fortgesetzt.

»Was habe ich nicht schon alles gemacht, um abzunehmen! Reistage, Obsttage, Fastentage, Eiertage, Gemüsetage. Sogar mit einer Schokoladendiät habe ich es probiert!«

Leitner runzelte die Stirn und sah Börner an. »Hat die eben Schokoladendiät gesagt?«, fragte er flüsternd.

Börner nickte und machte eine Wischbewegung mit der flachen Hand vor seinem Gesicht.

»Ich habe schon mal eine Hormontherapie gemacht«, sagte eine auffallend dunkle Stimme.

»Zum Abnehmen?«, fragte die Vorrednerin erstaunt.
»Auch. Ich habe männliche Hormone bekommen, damit ich mich mehr bewege, aktiver werde.«

»Heißt das auch mehr Sex?«, fragte die helle Stimme gespannt.

»Ach, na ja, das muss nicht sein«, antwortete die dunkle Stimme abwehrend.

Börner schüttelte heftig den Kopf und schloss dabei die Augen.

»Meine Schwiegertochter schwört ja auf Soja«, fuhr sie fort.

Leitner hatte es nicht richtig verstanden. »Wie, die schwört auf Sonja?«, tuschelte er verwirrt.

»Soja«, flüsterte Börner zurück.

»Ach so.«

»Igitt Soja«, sagte die helle Stimme. »Ganz schlimm sind diese Sojabällchen. Da muss ich immer 20 Stück von essen, bevor ich überhaupt was merke, und viel Senf muss rauf, sonst kriegt man diese Kugeln nicht runter. Da genehmige ich mir lieber zwei gescheite Frikadellen im Brötchen, habe ich länger was von.«

Aus dem Hintergrund hörte man Zustimmung. »Genau.«

»Ein Laster muss der Mensch ja haben«, sagte die Frau mit der auffallend dunklen Stimme und fügte hinzu, sie sei schon froh, wenn sie es hier schaffte, ihre 130 Kilo zu halten.

Nun kam eine gertenschlanke junge Frau den Flur entlanggefedert. Sie nickte kurz den beiden Männern zu, verschwand in der Lehrküche und schloss die Tür.

»Das war die Diätassistentin«, sagte Börner.

»Meinen Sie? So dürr, wie die war?«, fragte Leitner ungläubig.

»Eben drum.«

Es war still im Flur. Ab und an hörte man das Rauschen einer Wasserleitung. Börner ging in Gedanken die Tai-Chi-Übungen durch.

Leitner wurde unruhig. »Mein Gott, was dauert das denn so lange hier?«, brubbelte er vor sich hin.

»Haben Sie noch einen Termin?«

»Nein. Aber die Warterei macht einen ganz irre.«

»Es dauert, so lange es eben dauert«, erwiderte Börner und erhob sich, um Tai Chi zu machen.

»Ach nicht doch«, sagte Leitner und vergrub sein Gesicht in den Händen.

Börner stand breitbeinig im Flur, ließ sich in eine angedeutete Kniebeuge sinken, holte tief Luft und streckte sich wieder.

»Kommen Sie schon, Leitner, es sieht Sie doch keiner. Machen Sie schon mit. Wecken Sie erst mal Ihr Chi.«

»Ich würde lieber den ›Zonk‹ da drin wecken«, meckerte Leitner.

»Was ist los, Leitner, haben Sie doch noch einen Termin heute?«

Leitner antwortete nicht und begann, im Flur auf- und abzulaufen.

»Ganz ruhig einatmen und wieder ausatmen«, sagte Börner langsam.

Leitner blieb kurz stehen, atmete dreimal schnell und zugleich tief ein und sagte dann: »Mir wird schwindlig.«

»Sie sind es nicht gewohnt, tief zu atmen, das ist alles.«

Jetzt wurde es Herbert Leitner zu bunt. »Was soll das heißen, ich bin es nicht gewohnt zu atmen? Ich mache den ganzen Tag nichts anderes. Ein- und Ausatmen. Sonst wäre ich wohl kaum noch da!«

Er setzte sich, während Börner mit den Übungen fortfuhr. Schließlich ging in seinem Rücken die Tür auf.

»Ist Ihnen nicht gut?«, fragte die Frau missmutig.

Börner war gerade dabei, Wolken von rechts nach links und wieder zurückzuschieben.

»Er spielt den Wetterfrosch«, erklärte Leitner, drängte sich an Börner vorbei und folgte der Frau kopfschüttelnd ins Zimmer.

Anschließend war Börner dran. Auf dem Schreibtisch sah er Leitners Visitenkarten liegen. »Haben Sie ein Haus?«, fragte er scherzhaft.

»Das hat mich Ihr Kollege auch schon gefragt!«

Börner bezahlte und verließ die Kellerräume. Auf dem Weg nach oben traf er auf Leitner, der keuchend an einer Treppe lehnte.

»Was ist los?«, fragte er ihn.

»Sie mit Ihrer Scheißatmerei«, sagte Leitner und setzte seinen Weg neben Börner fort. »Da muss einem ja komisch von werden!«

* * *

Kurz vor dem Hauptflur wurde Herbert Leitner von einem Klinikarzt angehalten.

»Herr Leitner, wo waren Sie denn? Ich suche Sie schon die ganze Zeit«, sagte der Arzt vorwurfsvoll. »Ich war im Keller und habe meine Spende an die Krankenkasse entrichtet«, versuchte Leitner einen Scherz.

Der Arzt überging den Witz. »Ich muss mit Ihnen reden.«

Herbert Leitner wollte noch fragen, wann, als ihn der Arzt bereits an die Seite drängte.

»Ihre Blutwerte sind da und sie sind schlecht. Ach, was rede ich, schlecht. Sie sind katastrophal«, sagte der Arzt gehetzt.

»Was ist da schlecht?«, fragte Leitner erstaunt.

»Die CK, das ist die Creatin-Kinase. Die CKmb steht noch aus. Haben Sie sich irgendwo schwer gestoßen?«

Leitner zuckte mit den Schultern. Was hieß schwer gestoßen? Vorgestern war er gegen eine Schranktür gerannt. War das schwer gestoßen? Als Leitner keine Antwort gab, fuhr der Arzt fort.

»Ich hatte Ihnen heute Morgen schon gesagt, dass mir Ihr EKG nicht gefällt, deswegen ja auch die Blutentnahme.«

»Ihnen hat mein EKG nicht gefallen? Heute Morgen

haben Sie doch noch gesagt, es ginge so. Also was denn nun?«

»Wenn die Blutwerte in Ordnung wären, dann ginge es so, vielleicht. Aber jetzt sieht es eben schlecht aus.«

Herbert Leitner lehnte sich an die Wand. Ihm standen Schweißperlen auf der Stirn. »Was heißt das, es sieht schlecht aus?«

Eine Gruppe heiterer Frauen passierte den Flur und unterhielten sich über eine Hautpflegecreme.

»Herr Leitner, bei Ihrer Vorgeschichte wissen Sie doch ganz genau, was das heißt. Mit einer ST-Senkung und einem R-Verlust im EKG ist nicht zu spaßen, von Ihren diastolischen Druckverhältnissen wollen wir gar nicht erst reden.«

Herbert Leitner verstand kein Wort. Was war eine ST-Senkung und welches R hatte er verloren?

Der Piper des Arztes ging. Er sah darauf, sagte: »Ach Scheiße«, und blätterte in irgendwelchen Unterlagen. »Müssen Sie nachts wieder Wasser lassen?«, fragte er Leitner.

Eine brünette Frau aus der Hautpflegecreme-Gruppe blieb stehen und wartete interessiert auf Leitners Antwort.

»Ja. Aber ich dachte, dass ist meine Prostata, wie Sie mir gesagt haben«, erwiderte Leitner leise.

»Nein, das ist nicht nur Ihre Prostata«, sagte der Arzt für alle Umstehenden gut hörbar, wandte sich zum Gehen und rief noch, man müsse sich unbedingt genauer unterhalten. »Melden Sie sich in Zimmer vier.«

»Wann denn?«, rief Herbert Leitner dem davonstürmenden Arzt hinterher.

Er war verstört und sah hilfesuchend zu Harald Börner. Der drängte sich zwischen Leitner und die brünette Frau und zog Leitner auf den Stuhl an einem offenen Fenster.

»Haben Sie verstanden, was mir der Arzt gerade gesagt hat?«

»Na ja …«, Börner fehlten die Worte.

Dem Patienten im Flur einer Kurklinik zwischen gackernden Weibern und hin- und herflitzendem Küchenpersonal zu sagen, dass er einen Herzinfarkt gehabt hatte, schlug dem Fass den Boden aus.

Leitner schien die Nachricht bereits zu ahnen. »Hat der Doktor etwa gerade gesagt, dass ich wieder einen Herzinfarkt hatte?«, erkundigte er sich mit hochrotem Kopf.

»Erst mal hat er gesagt, dass Sie sich nicht aufregen sollen«, versuchte Börner ihn zu beruhigen. Er hielt willkürlich einen anderen Patienten im Strom der Menge fest. »Holen Sie bitte Frau Doktor Heitermann her. Ihr Zimmer ist hinter dem Schwesternzimmer rechts, rasch«, sagte er und deutete auf Leitner.

»Mach ich«, antwortete der Kurgast und schlenderte los.

Leitner starrte aus dem Fenster. »Aber das kann doch gar nicht sein«, sagte er, »ich fühle mich pudelwohl. Jedenfalls bis eben.« Börner ließ ihn erzählen. »Das kann doch gar nicht sein«, wiederholte Leitner immer und immer wieder. Dann griff er sich an die Brust.

»Ist Ihnen nicht gut?«, fragte Börner besorgt.

»Geht schon«, antwortete Herbert Leitner, um im nächsten Moment in sich selbst zusammenzusacken.

»Herr Leitner? Hallo, Herr Leitner, hören Sie mich noch?«

»Ich bin ja nicht taub«, sagte er mit schwacher Stimme, dann begann er zu röcheln.

Harald Börner griff sich einen der Essenswagen, stellte die Teller auf den Boden, hievte Leitner auf den Wagen und fuhr ihn zum Schwesternzimmer. Quer über dem Essenswagen liegend, verlor Leitner endgültig das Bewusstsein.

»Was machen Sie da?«, herrschte Professor Soltei das

seltsame Duo an, als er zufällig den Flur kreuzte. Er vermutete einen Dummejungenstreich. »Das ist ein Essenswagen, wenn das das Lebensmittelamt mitbekommt!«

Börner riss Solteis Hand an den Essenswagen. »Der ist bewusstlos, vielleicht Infarkt«, erklärte er ruhig.

Soltei warf einen kurzen Blick auf Leitner. »Mist«, sagte er knapp und schrie den Weg zum Dienstzimmer frei. Dort wuchteten sie gemeinsam Leitners leblosen Leib auf eine Liege. Während Soltei hektisch den Medikamentenschrank durchwühlte, legte Börner Leitner eine Nadel in die Vene, maß den Blutdruck und spritzte Medikamente.

»Ich hab es«, rief Soltei triumphierend und kam mit Nitro-Spray.

»Nicht doch«, wehrte Börner ab, »der ist doch mit dem Druck schon völlig im Keller. Intubieren Sie ihn lieber.«

Soltei griff das sogenannte Intubationsbesteck, um dem Patienten einen Schlauch in die Luftröhre zu schieben. Er schlug das Laryngoskop auf, das quasi als Führungsschiene für den Beatmungsschlauch diente. Ihm begann die Hand zu zittern.

»Nun machen Sie schon«, drängte Börner.

»Das habe ich seit Jahren nicht gemacht«, sagte Soltei und wurde blass.

Das war genau der Grund, warum Börner den Leuten immer abriet, sich vom Chef behandeln zu lassen. Sie waren einfach raus aus der Praxis. Fuhren nur noch durch die Gegend, hielten schlaue Vorträge und kassierten. Börner wollte gerade die Herzmassage abbrechen, um die Intubation selbst vorzunehmen, als Frau Doktor Heitermann ins Zimmer gerannt kam.

»Wo waren Sie die ganze Zeit?«, schrie Soltei sie an.

Frau Doktor Heitermann nahm ihm das Laryngoskop ab, schob ihn wortlos zur Seite und führte dem Patienten einen Schlauch in die Luftröhre. »Hier, pumpen Sie mal«, sagte Sie und drückte Soltei den schwarzen Beutel zur Beatmung in die Hand.

»Ich mach ja schon«, sagte Soltei und besah sich Börner. Der Mann war zum Glück auch Arzt, stellte er befriedigt fest. »Das hat Folgen, Heitermann! Sie hatten Dienst, wo waren Sie?«

Frau Doktor Heitermann telefonierte einen Rettungswagen herbei. Soltei selbst begleitete den Transport bis auf die Intensivstation des Kreiskrankenhauses.

»Hallo, Herr Professor Soltei«, begrüßte ihn ein Arzt auf der Intensivstation.

»Frau Doktor Heitermann hat schon angekündigt, dass der Chef höchstselbst kommt.«

Soltei fiel der Name des Arztes partout nicht ein. Er hatte schon immer Probleme gehabt, sich Namen zu merken, aber in letzter Zeit war es besonders schlimm. Er überlegte weiter. Hieß er Reiche, Seiche oder gar Leiche? Nein, ein Arzt auf der kardiologischen Intensivstation hieß nicht Leiche.

»Tag, Herr Kollege«, erwiderte er nur und nickte ihm über die Trage hinweg zu.

Die Pfleger betteten Leitner um.

»Gibt es irgendwelche Unterlagen?«, fragte eine Krankenschwester.

»Ja hier«, antwortete Soltei und übergab ihr eine leere Patientenkarte, auf der lediglich stand: Leitner, 89 kg, 170 cm.

»Oh«, sagte die Krankenschwester, »haben Sie kein EKG mit?«

Soltei überlegte noch immer, vielleicht hieß der Arzt doch Leiche? »Was wollten Sie?«, wandte er sich an die Krankenschwester, die wartend vor ihm stand.

Sie wedelte mit der leeren Patientenkartei. »Haben Sie sonst nichts weiter bei von dem Patienten?«

Soltei griff in seinen Arztkittel. »Doch, hier. Das letzte EKG.« Er übergab ihr einen mehrfach geknickten EKG-Streifen. Damit machte sie sich auf den Weg.

Der Arzt untersuchte Herbert Leitner und schüttelte schließlich den Kopf. »Mal sehen, ob er durchkommt. Überm Berg ist er nicht.«

Sie verließen das Zimmer. Ruhig gab er im Flur einige Anweisungen ans Personal.

»Wie läuft es denn sonst so in der Klinik?«, fragte der Arzt und lehnte sich an die Wand.

»Danke, gut. Und selbst?«, erwiderte Soltei unbeholfen.

»Für die erste Woche läuft es ganz gut. Für die nächsten vier Monate haben Sie es hier mit mir zu tun. Ich habe mich noch gar nicht vorgestellt. Mein Name ist Rose, wie die Blume.«

Sie gaben einander die Hand.

»Bei Ihnen ist ja richtig was los. Stimmt es, dass Bertram Bachel mit einem Geiger ein Konzert gibt?«, fragte Doktor Rose.

Soltei war angenehm überrascht, dass sich das Ereignis bis ins Kreiskrankenhaus herumgesprochen hatte. »Ja, das stimmt«, antwortete er betont lässig.

»Wann findet es statt?«, fragte Rose neugierig.

»Am Sonntag.«

»Sonntag«, wiederholte Rose. »Da habe ich frei!«

»Wollen Sie eine Karte?«, fragte Soltei.

»Gerne«, erwiderte Rose freudig.

Soltei zückte seine Visitenkarte und hielt sie ihm hin. »Rufen Sie meine Sekretärin an. Die verkauft die Karten.«

Enttäuscht nahm Doktor Rose die Visitenkarte in die Hand.

»Das müssen Sie verstehen, Herr Kollege. Es ist ein Benefizkonzert«, erklärte Soltei.

»Ach so, na denn«, sagte Rose und wandte sich zum Gehen. »Ich muss wieder an die Arbeit.«

»Rufen Sie mich an, wenn Sie wissen, was mit Leitner ist?«

»Wenn ich Zeit habe, vielleicht«, antwortete Rose und ging. Bornierter Affe, dachte Soltei und verließ das Krankenhaus.

* * *

Harald Börner und Frau Doktor Heitermann waren im Dienstzimmer zurückgeblieben.

»Kommen Sie, Börner, wir gehen einen trinken«, sagte sie und schob ihn in ihr Arztzimmer.

Sie zog eine Schublade auf und schenkte zwei Schnäpse ein. Harald Börner wehrte zunächst ab.

»Nun seien Sie nicht päpstlicher als der Papst«, sagte die Ärztin und schob ihm ein Glas rüber. »Sie haben sich doch auch erschrocken, oder?«

Börner nickte, nahm das Glas und trank es in einem Zug aus.

»Zum Glück waren Sie dabei. Der Chef ist zu lange raus aus dem Geschäft. Hockt da oben in seinem Elfenbeinturm und macht nur noch Privatpatienten. Am liebsten die Gesunden. Ansonsten hält er schlaue Vorträge in aller Welt und lässt sich bejubeln. Von der Praxis hat er keine Ahnung mehr.«

»Das habe ich gemerkt«, sagte Börner und hielt sein Glas für einen zweiten Schnaps hin.

»Na sehen Sie, es geht doch«, sagte Heitermann und schenkte zufrieden nach. »Ich sag ja den Leuten immer: Meiden Sie Chefärzte. Die sind oft nur noch theoretisch tätig. Zur Not können sie sich mit einem Skalpell ein Scheibe Brot abschneiden.«

Börner nickte zustimmend. Frau Doktor Heitermann dachte wie er.

»Aber der Soltei muss mal richtig gut gewesen sein. In seinem Zimmer hängt eine Auszeichnung aus seiner amerikanischen Zeit. Er wird auch immer noch zu so edlen Kongressen eingeladen. In ein paar Tagen fliegt er nach Finnland«, sagte die Ärztin und legte die Schnapsflasche in den Schreibtisch zurück.

»Und Sie? Ihre Sinnkrise schon überstanden?«

»Ich weiß nicht genau. Aber ich glaube, es wäre besser für mich, wieder mit Patienten zu arbeiten, anstatt mich hinter Aktenbergen zu verkriechen.«

»Davon bin ich überzeugt. Sie gehören nicht an den Schreibtisch. Allerdings müssen Sie sich vorher klarmachen, dass auch an der Basis der bürokratische Wahnsinn ausgebrochen ist. Sehen Sie mal.« Frau Doktor Heitermann stand auf und öffnete eine ein Meter hohe und 50 Zentimeter breite Schrankseite. »Das hier sind Formulare der gesetzlichen Krankenkassen.« Sie öffnete die nächste, ähnlich große Schranktür. »Das sind Formulare der Gemeinde.« Sie ging zu einem weiteren Schrank, ungefähr doppelt so groß wie der eben geöffnete. Er war mit einem Vorhängeschloss gesichert. Sie suchte den Schlüssel. Als sie ihn fand, schloss sie auf und schlug beide Flügeltüren zur Seite. Berge von geknickten, zerknüllten, bunten Formularen waren zu sehen. »Und das hier«, sie zeigte mit der Hand langsam von unten nach oben, »das hier sind die Formulare, die ich im Laufe der letzten Jahre hätte ausfüllen müssen. Ist das nicht irre?!«

Börner kam aus dem Staunen nicht mehr heraus. Er schätzte den Umfang der Papiere auf einen vollen Altpapiercontainer.

Es klopfte an die Tür. Hastig schloss die Ärztin den Schrank, setzte sich und rief: »Herein!«

Elsa stand in der Tür. »Oh, ich wollte nicht stören, Frau Doktor. Ich dachte, Sie haben Pause.«

Elsa wollte sich schon wieder abwenden, als Frau Doktor Heitermann sagte: »Sie stören mich nie, Elsa. Kommen Sie rein. Darf ich vorstellen: Harald Börner. Eigentlich ein Patient. Uneigentlich ein wunderbarer Arzt und Ersthelfer.«

»Ich habe schon gehört. Ist ja ein dolles Ding. Da wird der Chef aber wieder schlechte Laune haben«, sagte Elsa und gab Börner die Hand.

»Was wollen Sie denn, Elsa?«, fragte die Ärztin.

»Eigentlich bin ich wegen Herrn Siedler hier. Der geht doch in Rente.«

»Jetzt schon?«, fragte die Ärztin überrascht. »Ich dachte, Frau Scholz geht als Nächstes.«

»Nein, Frau Scholz hat noch anderthalb Jahre abzusitzen«, antwortete Elsa kichernd. »Aber Herr Siedler geht in sechs Monaten. Er hat noch so viel Urlaub und Überstunden, dass er nicht mehr lange bleiben muss, es sei denn, er lässt es sich auszahlen. Da dachte ich mir, fang lieber rechtzeitig an zu sammeln. Ich weiß nur nicht, was man ihm schenken kann.«

»Irgendwas mit Fußball wäre gut«, mischte sich Harald Börner ein.

»Fußball?«, fragten die beiden Frauen gleichzeitig. »Ja, er ist Fußballfan. Er hat mich neulich auf den Fußballplatz mitgenommen.«

»Stimmt«, sagte Elsa. »Da hat er doch auch einen der Sittiche beerdigt.«

»Er hat was?«, fragte Börner.

»Herr Siedler hat drei Sittiche aus der Klinik gekauft.«

»Gleich drei?«, staunte Börner.

»Ja, er hat sie Tick, Trick und Track genannt.«

»Ist er Mickey-Mouse-Fan?«

»Kann sein. Anfangs hat er sich furchtbar aufgeregt und

gesagt, das Gepiepe würde ihm den letzten Nerv rauben. Doch als Trick dann starb, war Herr Siedler traurig und wollte ihn richtig beerdigen. Allerdings nicht auf dem Klinikgelände, weil der Herr Professor die Tiere ja gar nicht mehr haben wollte. Ich glaube, seine Tochter hatte dann die Idee und nun ruht Sittich Trick unterm Elfmeterpunkt vom Platz an der alten Dorfstraße.«

Frau Doktor Heitermann zückte ihr Portemonnaie, legte Elsa einen Schein in die Kasse und sagte: »Wenn wir wissen, wie viel Geld wir zusammenkriegen, dann überlegen wir, was er bekommt.«

»Ja gut«, antwortete Elsa und wandte sich zum Gehen.

»Halt, warten Sie mal«, sagte Harald Börner und fingerte in seinen Taschen nach Geld. Er fand nichts. »Können Sie mir zehn Euro leihen?«, fragte er Frau Doktor Heitermann.

Sie gab ihm wortlos den Schein.

»Hier«, sagte Harald Börner und steckte den Schein Elsa zu. »Sehen Sie es als anonyme Spende an. Ein fußballbegeisterter Hausmeister, der seinen Sittich unterm Elfmeterpunkt beerdigt, wunderbar. Da will ich auch was zugeben.«

* * *

Soltei ließ sich am Hintereingang der Kurklinik absetzen. Er wollte nicht gesehen werden. Nicht, weil er sich etwas vorzuwerfen hätte. Er hatte Herbert Leitner souverän im Krankenhaus abgeliefert und es sah so aus, als könnte er durchkommen. Professor Soltei war aufgewühlt. Er fühlte sich wie eine Ente, die beim Brotfressen von einem Hund aufgescheucht wird und nicht mehr weiß, ob sie sich dem Brot gefahrlos wieder nähern kann. Er war auf der Hut. Frank Schröder hatte noch immer nichts von sich hören lassen. Warum nur? Wo steckte er? Vermutlich wollte er ihn mürbe machen und diese Taktik trug bereits erste Früchte. Soltei war gereizt, schreckhaft und im Bett produzierte er einen Hänger nach dem anderen. Wenn er durch die Klinik lief, wandte er ständig den Blick nach rechts und links, wie ein Verfolgter.

Einmal hatte er geträumt, Frank Schröder sei zum Bürgermeister gewählt worden und damit sein direkter Vorgesetzter geworden. Schweißgebadet war er erwacht und hatte nicht mehr einschlafen können. In seiner eigenen Klinik fühlte er sich wie auf Feindesland. Er musste dringend etwas unternehmen.

Als Soltei sein Büro erreichte, war Elsa nicht da. Typisch, kaum ist der Chef nicht da, macht jeder, was er will, dachte er und wollte sich einen Kaffee holen. Doch die Kanne in der Kaffeemaschine war leer. Voller Wut schleuderte er sie auf die Platte der Kaffeemaschine zurück. Dabei zerbrach das Glas und Soltei hielt nur noch den Plastikgriff in der Hand.

»Auch das noch.«

Er legte den Griff neben die Kaffeemaschine. Jetzt sah er die Thermoskanne. Sie war, wie immer, gefüllt. Er goss sich eine Tasse Kaffee ein und dachte, ich muss unbedingt ausspannen. Die Tage in Finnland würden ihm guttun. Wenigstens war das mit dem Konzert geregelt. So konnte er in Ruhe fahren und sich dort zwischen Elchen und Bier eine passende Rede zum Konzert einfallen lassen. Siedler und Humpe würden schon alles vorbereiten. Dieser bornierte Dorn hatte sich endlich bereit erklärt mitzumachen. Warum nur musste man den Leuten immer erst drohen, bevor sie taten, was man wollte?, fragte sich Soltei, stellte die Kaffeetasse ab und ließ sich auf seine Couch fallen. Dabei stieß er sich den Kopf an der Wand an. Na prima, dachte er und befühlte seinen Hinterkopf nach einer Wunde.

Wie schnell konnte man sich das Genick brechen, war sein nächster Gedanke. Dann schienen ihm die Sicherungen durchzubrennen. Vielleicht könnte Frank Schröder einen tragischen Unfall erleiden, bevor er diese elende Geschichte aus dem Zoo verbreitete. Soltei schloss die Augen und fuhr in Gedanken die Landstraßen nach einer günstigen Stelle ab. An der alten Ziegelei unterschätzten viele Autofahrer die Kurve. Besonders Besucher pflegten die mit 40 km/h ausgeschilderte Kurve mit 80 km/h anzusteuern. Mehrmals im Jahr mussten die Leitplanken an der Stelle erneuert werden.

Die Frage war nur, hatte Frank Schröder bereits jemandem davon erzählt, gab es Mitwisser? Diana? Immerhin war er mehrere Stunden mit ihr alleine gewesen. Aber Diana war in den letzten Tagen ausgesprochen nett zu ihm gewesen. Sie widersprach nicht, tat, was man ihr sagte, und nervte ihn nicht mit unwichtigen Telefonanrufen. Sie schien verliebt in ihn zu sein, wie am ersten Tag. Sie hatte sich sogar angeboten, ihn zum Flughafen zu bringen, wenn er nach Finnland flog. Und das, obwohl sie den weiten Weg dorthin verabscheute. Nein, Diana wusste nichts, da war er sich sicher. Vielleicht war es noch nicht zu spät, alles in seinem Sinne zu regeln. Er hörte, wie Elsa das Vorzimmer betrat.

»Huch, was ist denn hier passiert?«, sagte sie.

»Huch, was ist denn hier passiert?«, äffte Soltei sie leise nach.

Den Plastikgriff der Kanne in der Hand, kam sie in sein Zimmer. »Herr Professor, waren Sie das?«

»Ziehen Sie mir die Scheißkanne doch vom Gehalt ab«, entgegnete er, drehte ihr von seiner Couch aus den Rücken zu und gab sich weiter seinen Tagträumen hin. Er spürte, dass sie noch im Zimmer war. »Ist was?«, fragte er, weiterhin mit dem Rücken zu ihr.

»Ich sammle für Herrn Siedler.«

»Wieso?«

»Er geht in Rente. Herr Siedler ist immerhin 30 Jahre bei uns gewesen.«

»Ja und? Was habe ich damit zu tun?«, fragte Soltei unwirsch und sah Elsa über die Schulter hinweg an.

»Ich wollte fragen, ob Sie auch was beisteuern«, erwiderte sie.

Soltei erhob sich wortlos von seiner Couch, ging zu seiner Jacke, griff in die Außentasche, packte einen Kaugummi aus und antwortete: »Gut, ich unterschreibe auch auf einer Karte.« Dann legte er sich wieder auf die Couch.

Elsa schloss kopfschüttelnd die Tür. Der Chef wurde von Tag zu Tag garstiger.

* * *

In der Nacht erwachte Marlies Schön aus ihrem Migräneschlaf. Es war drei Uhr. Sie dachte an das Telefongespräch mit ihrem Mann. Es passte ihr eigentlich nicht, dass Eberhard kommen wollte. Aber vielleicht könnte sie ihren Mann vor der Klinik abpassen, mit ihm spazieren gehen und ihn dann wieder nach Hause schicken. Allerdings könnte er dann nicht erleben, welchen herausragenden Status sie sich in der kurzen Zeit erworben hatte. Die Frauen beneideten sie um ihre exquisite Garderobe und ihre Figur.

Und: Sie hatte tatsächlich Macht über Männer. Marlies räkelte sich im Bett, schnalzte mit der Zunge und sagte zu sich selbst: Über einen habe ich ganz besondere Macht! Aber davon muss Eberhard ja nichts erfahren, dachte sie. Allerdings machte sie sich Gedanken über die Verschwiegenheit ihrer Mitpatienten. Was war zum Beispiel mit dieser Frau Jaschke? Würde sie den Mund halten? Vielleicht ließ sie sich mit einem Meter Negerküsse bestechen. Und das kleine dicke Marthalein war ja auch nicht gerade ein Ausbund an Taktgefühl! Aber die sollte mal ganz still sein. Sie legte schließlich die Männer hier reihenweise flach. Börner würde ganz sicher den Mund halten. Der schien sich ohnehin für nichts besonders zu interessieren. Und Herbert Leitner? Er hatte doch nur seine Gerüste und die Firma im Kopf. Nein, Herbert Leitner würde schweigen, sofern er überhaupt mitbekommen hatte, dass sich Silvio Dorn Hals über Kopf in sie verliebt hatte. Leitner wäre still wie ein Toter.

Aber was war mit Silvio? Mit ihm müsste sie natürlich reden. Er müsste seine Leidenschaft für sie eben einige Stunden unterdrücken, auch wenn es ihm schwerfallen würde. In fünf Stunden würde ihr Silvio seine erste Probe haben. Im Schlepptau diesen Möchtegernpianisten Bachel. Dieses halbe verschreckte Hemd. Kaum dass Marlies in seiner Nähe war, zuckte Bachel hysterisch zurück. Der bildete sich doch nicht allen Ernstes ein, dass sie etwas von ihm wollte. Das hatte eine wie sie nun wirklich nicht nötig.

Sie war mit Silvio Dorn liiert, das war wunderbar. Und mit Eberhard verheiratet, das war nicht ganz so wunderbar. Wenn Ebi nicht wäre, ich würde mit Silvio bis ans Ende der Welt gehen, dachte sie. Er ist so ganz anders. So männlich, fast ein bisschen archaisch. Lächelnd dachte Marlies an die Szene, als er sie aus seinem Zimmer geworfen hatte. Hatte er da nicht diesen Blick des erfolgreichen Jägers ausgesandt? Gut, er schien ein wenig verstimmt zu sein, aber bis zur Probe würde er sich beruhigt haben. Silviolein würde schon noch merken, welches Glück er mit ihr an seiner Seite erfahren konnte. »Er hat noch das animalische Element in sich«, seufzte Marlies zufrieden und begann, ihre Garderobe für den Morgen zu ordnen.

* * *

Silvio Dorn hatte kaum geschlafen. Die erste Probe heute musste auch gleich die letzte sein. Er würde sich so nah wie möglich an die Tastatur stellen. Er würde einige Lockerungsübungen am Flügel machen und bei einer dieser Übungen würde er unglücklich stolpern, den Tastaturdeckel zuschlagen und zack. Vorbei das Konzert. Was aber, wenn Bachel es schaffte, rechtzeitig seine Finger hervorzuziehen? Doch plötzlich dämmerte Dorn eine andere Frage. Was, wenn Bachel keinen der Finger mehr hervorziehen konnte? Zehn gebrochene Finger wären das Ende seiner Karriere. In Dorn regte sich ein schlechtes Gewissen. Das konnte er nicht tun. Bachel stand kurz vor dem Beginn einer Welttournee. Vielleicht sollte er sich doch besser selbst verletzen.

Dorn holte sein Taschenmesser aus dem Nachttisch, klappte es auf und streckte den linken Zeigefinger aus. Er legte das Messer an und … es ging nicht. Er brachte es nicht übers Herz. Je länger er auf das Messer über seinem Finger sah, umso größer wurde die Angst vor dem Schmerz. Los, sei ein Kerl, ein Schnitt und alles ist erledigt! Aber das würde ihm Professor Soltei niemals glauben. Was, wenn er doch die Rechnung für seine luxuriöse Unterkunft bekam? Unmöglich. Dorn klappte das Messer zusammen und warf es erleichtert in die Schublade zurück. Bachel musste schuld sein, nur so wurde ein Schuh daraus. Ein Mann von seiner Qualität hatte garantiert eine Berufsunfähigkeitsversicherung, beruhigte sich Dorn. Er würde Bachel von der Knechtschaft des Spielbetriebes befreien. Das wäre es!

Es war kurz vor acht Uhr. Als Dorn auf den Flur trat, schloss Bachel gerade seine Zimmertür.

»Guten Morgen«, sagte er.

»Guten Morgen, Herr Bachel. Gut geschlafen?«

Bachel nickte kurz. Dann musterte er Dorn.

»Ist was?«, fragte der unsicher.

»Können Sie es auswendig?«

»Was?«

»Die Stücke«, antwortete Bachel.

Jetzt fiel Dorn auf, dass er gar keine Noten bei sich hatte. Er drehte sich wortlos um, ging in sein Zimmer und kehrte mit dem Notenstapel unter dem Arm zurück. Dann machten sie sich auf den Weg ins Kurhaus.

* * *

Marlies war seit Viertel vor acht Uhr im Kursaal. Sie inspizierte den Raum. Rückte hier einen Stuhl, zog da am Vorhang und fuhr zärtlich mit den Fingern über den Notenständer. Ein ihr fremder Mann betrat den Raum mit einem Geigenkasten in der Hand.

»Ist das die Geige für Herrn Dorn?«, fragte Marlies.

»Ja. Ist Herr Dorn noch nicht da?«

»Nein. Er kommt gleich. Sie können das Instrument mir geben«, sagte sie und lief dem Mann entgegen. Der zögerte und umarmte den Geigenkasten zum Schutz vor ihrer ausgestreckten Hand. Marlies spürte sein Misstrauen. »Mein Name ist Schön, Marlies Schön. Guten Morgen. Ich bin die Managerin von Herrn Dorn. Wo soll ich quittieren?«, fragte sie selbstsicher.

»Ach so«, sagte der Mann. »Ich dachte, Sie wären nur ein Kurgast. Entschuldigung.« Er übergab ihr den Geigenkasten.

»Das macht doch nichts«, antwortete Marlies großmütig. »Wir lassen die Geige von Professor Soltei einschließen. Ist das recht?«

»Selbstverständlich, Frau Schön«, erwiderte der Mann und verließ nach einem angedeuteten Diener den Saal.

Wenige Minuten danach kamen Bachel und Dorn herein. Marlies nahm an den beiden Männern ein Zurückweichen wahr, als sie ihrer ansichtig wurden.

»Marlies!«, rief Dorn mehr überrascht, denn erfreut.

»O Gott«, sagte Bertram Bachel und blieb wie angewurzelt an der Saaltür stehen. »Tun Sie was, Herr Dorn«, sagte er aufgeregt und spürte, wie hektische Flecken seinen Körper bevölkerten.

»Das geht leider nicht, Marlies. Du kannst bei der Probe nicht dabei sein!«

»Aber schau, Schatz, ich habe deine Geige.« Sie ging zu ihm. Bachel sprang zur Seite, hastete auf die Bühne zum Flügel und beobachtete das Ganze aus sicherer Entfernung. Dorn nahm ihr den Geigenkasten ab.

»Trotzdem, Marlies, es geht nicht.«

»Ich bin auch ganz still, Silviolein«, zwinkerte Marlies ihm zu, drehte sich um und wollte sich wieder in die Mitte des Saales setzen.

»Du sollst mich nicht immer Silviolein nennen!«, schrie er.

Ach, wie sie das an ihm liebte, wenn er wütend wurde. Animalisch eben, dachte sie wieder und zog sich aus der Mitte des Raumes auf die eine Seite zurück. So sah sie Bachel nur von hinten. Aber für Marlies war ohnehin nur wichtig, Silvio in voller Schönheit betrachten zu können.

Bachel hatte bereits die Noten sortiert und machte Fingerübungen. Nun gut, dachte Dorn. Es soll aussehen wie ein Unfall. Da wäre es sogar von Vorteil, wenn er einen Zeugen hatte. Marlies würde für ihn alles beschwören. Er ließ sie also dort hinten sitzen und betrat die Bühne.

Dorn ließ den Geigenkasten geschlossen und machte ein paar Kniebeugen am Klavier. Bachel runzelte die Stirn. Vorsichtig drehte er sich nach Marlies Schön um. Sie winkte ihm zu – »huhu«. Reflexartig winkte er zurück und wandte sich rasch wieder der Tastatur zu. Marlies hatte seine Geste als Heranwinken verstanden, kam näher und stellte sich lautlos direkt hinter Bachel. Sie lächelte glücklich und legte ihm im Überschwang die Hände auf die Schultern. Bachel schrie, als sei ihm der Leibhaftige auf der Tastatur erschienen. Er sprang panisch zur Seite und Marlies stolperte über den Klavierhocker auf den Flügel. Ihr Aufprall war gewaltig. Silvio Dorn war mit einer seiner Kniebeugen gerade in der Abwärtsbewegung, als er sah, wie sich die Stütze des Flügeldeckels löste und der Deckel mit einem unguten Geräusch auf seine Finger fiel.

»O Gott, vergib mir, ich habe gesündigt«, sagte Bachel und bekreuzigte sich in Zeitlupe.

Silvio Dorn sagte gar nichts. Er blickte auf den Spalt zwischen Deckel und Kante, in dem acht seiner Finger verschwunden waren. Marlies fasste sich als Erste und hob mühsam den Flügeldeckel von Dorns Fingern. Als sie das, was von seinen Endgliedmaßen noch zu erkennen war, sah, ließ sie den Deckel vor Schreck erneut fallen und erbrach sich in ihre Handtasche. Jetzt schrie Dorn wie ein verendendes Tier. Er hörte erst auf, als ihm der von Bachel herbeigerufene Notarzt eine Spritze gab.

* * *

Soltei traute seinen Ohren nicht, als er erfuhr, was passiert war. »Das glaube ich einfach nicht! Das muss ich selber sehen.« Er schwang sich in seinen Porsche und fuhr unter Missachtung der Straßenverkehrsordnung zum Kreiskrankenhaus. Als er die Rettungsstelle betrat, war Bürgermeister Humpe schon da. »Und, wie geht es dem Dorn?«, fragte Soltei.

Humpe hob die Schultern. »Sie sagen mir nichts, obwohl ich der Bürgermeister bin! Diese verdammte Schweigepflicht, auf wessen Mist ist dieses Gesetz eigentlich gewachsen!!!?«

»Moment, das haben wir gleich«, erwiderte Soltei und legte seinen Namen bei der Krankenschwester in die Waagschale.

Schließlich tauchte Doktor Bernd Bender, ein schweigsamer Handchirurg auf und gab einsilbig Auskunft. Er warf die Röntgenbilder an den Schirm. Sechs Finger waren im Fingermittelglied gebrochen, die beiden kleinen Finger im Fingerendglied zertrümmert. Am rechten Daumen waren die Bänder und Sehnen gerissen. Der linke Daumen war wie durch ein Wunder unversehrt geblieben.

»Das wird eine komplizierte Operation«, sagte Dr. Bender. »Wollen Sie zusehen, Herr Kollege?«

Professor Soltei lehnte dankend ab. Ihm hatte bereits ein kurzer Blick auf das Röntgenbild genügt, um zu wissen, dass das Konzert ohne Dorn stattfinden würde.

Humpe lief wie ein Tiger im Flur der Rettungsstelle auf und ab. »Und, kann er spielen?«, fragte er Soltei.

»Ja«, antwortete er. Humpe schlug vor Freude in die Hände. »Gott sei Dank.«

Dann ergänzte Soltei seinen Satz: »Ja, er kann spielen. Allerdings nur mit dem Gedanken, seine Karriere zu beenden.«

»Nein!«

»Doch. Mit etwas Glück wird er später in einer Behindertenwerkstatt Arbeit finden«, ergänzte Soltei ironisch. Humpe setzte sich.

»Gibt es hier Schnaps?«, fragte er.

»Bürgermeister, das ist hier ein Krankenhaus und keine Gastwirtschaft«, sagte Soltei mit Nachdruck.

Humpe tupfte sich mit seinem Hemdsärmel den Schweiß von der Stirn.

»Und nun?«, fragte Soltei, dessen Denken seit Stunden nur noch um die Kurve an der alten Ziegelei kreiste.

»Das hat der Bachel doch mit Absicht gemacht«, dröhnte Humpe. »Na, dem werde ich was erzählen! Dann muss er eben allein auftreten.«

»Ich dachte, das darf er nicht«, sagte Soltei überrascht.

»Darf er ja auch nicht. Sein Vertrag schließt Solokonzerte außerhalb des üblichen Spielbetriebes kategorisch aus. Aber was sollen wir machen? Die kommen doch alle sowieso nur wegen dem Bachel. Was glauben Sie, wie viele Anfragen für Karten wir schon haben. Der Ministerpräsident hat sich angekündigt und die Gattin vom Kulturstaatsminister kommt mit ihrer Tochter.«

»Aber Dorn kann nicht. Selbst wenn er wollte«, sagte Soltei sarkastisch.

»Lassen Sie mich mal machen. Das Konzert wird stattfinden. Ich rede mit Bachel. Kommen Sie, Professor, wir fahren gleich zu ihm. Ich nehme Sie mit.«

Es klang wie eine Drohung. Soltei war froh, mit dem eigenen Wagen da zu sein. Vor Humpes Fahrkünsten hatte er gehörigen Respekt, um nicht zu sagen Angst.

* * *

Helmut Siedler hatte die Stütze wieder aufgestellt. Bertram Bachel saß zusammengekauert in der ersten Reihe.

»Ich verstehe überhaupt nicht, wie das wegrutschen konnte«, sagte Helmut Siedler, nahm seine Schiebermütze in die Hand und kratzte sich am Hinterkopf.

Bachel erhob sich mühsam von seinem Platz und ging auf die Bühne, als würde er ein Seuchenschutzgebiet betreten. Ängstlich blickte er immer wieder hinter sich. »Die Frau ist wie eine Furie auf die Tastatur gesprungen. Es war so schrecklich«, winselte Bachel und trat an den Flügel heran. Er war noch immer unter Schock. »Hier hat der arme Mann gestanden.« Er zeigte auf die Stelle, an der Dorn vor wenigen Stunden die Beweglichkeit seiner Finger so schmerzhaft eingebüßt hatte. Eine kleine Spur geronnen Blutes zeichnete sich noch an der Kante ab. »Ist das nicht alles furchtbar?« Bachel war den Tränen nah.

Helmut Siedler versuchte, Bachel zu beruhigen. »Wer weiß, ob seine Karriere nicht schon längst vorbei war. Komm, Bertram, ich bringe dich rüber.«

Sie wollten das Kurhaus gerade verlassen, als eine Schar von Reportern den Gang entlangkam. Die Nachricht hatte sich offensichtlich schnell herumgesprochen.

»Um Himmels willen, das nicht auch noch«, sagte Bachel und begann sofort wieder zu zittern.

Siedler warf Bachel geistesgegenwärtig seine blaue Arbeitsjacke um und drückte ihm seine Schiebermütze auf den Kopf. »Los, frech kommt weiter!« Dann zerrte er Bachel an seine Seite und ging mit ihm zügig auf die Reporter zu. »Wenn Sie den Klavierspieler suchen, der rennt gerade dahinten raus.« Er zeigte auf eine Tür am Ende des Ganges. Die Reporter liefen los.

Siedler brachte Bachel sicher auf sein Zimmer. Dort lauerte bereits Humpe auf ihn. Durch die Tür hörte Siedler den Streit mit an.

»Du wirst spielen!«

»Aber ich darf allein nicht und das weißt du«, flehte Bachel.

Humpe blieb hart. »Hast du die Reporter da drüben gesehen?«, er zeigte zum Kurhaus. »Die interessieren sich bestimmt rasend für deine Geschichte. Ein Vatermörder und ein Schwein schon in der Schule! Na, soll ich rausgehen und es ihnen erzählen?!«

Bachel entgegnete etwas, was Siedler nicht verstehen konnte. Er sprach zu leise.

»Dann bring dich doch um, du feiger Hund!«, schrie Humpe und riss die Tür auf. »Du spielst! Sonst mach ich dich fertig.«

Siedler quetschte sich in eine Nische und ließ den Bürgermeister an sich vorbeiziehen. Dann ging er zu Bachel, der weinend auf seinem Bett saß.

»Helmut, bitte helfen Sie mir«, schluchzte Bachel und warf sich vor Siedlers Füße auf die Knie.

Helmut Siedler griff ihm unter die Arme und hob ihn wieder auf die Beine. Zum ersten Mal seit Jahren duldete Bertram Bachel die Berührung eines anderen Menschen. Siedler nahm ihn auf seinen Schoß und tröstete ihn, so gut es eben ging.

»Mensch, Bertram, das mit deinem Vater war ein Unfall! Der Humpe ist nur ein schwachsinniger Säufer.«

»Das weiß ich doch«, schluchzte Bachel.

»Na siehst du«, sagte Siedler.

»Aber es hilft mir nicht weiter«, jammerte Bachel.

»Mensch, Junge, jetzt heul doch nicht so. Du machst mich ja ganz nass«, sagte Siedler hilflos und versuchte sich aus der Umklammerung Bachels zu lösen.

»Halten Sie mich fest, bitte«, jammerte Bachel weiter. »Bitte, bitte!«

Helmut Siedler hielt Bachel weiter fest. »Aber so kannst du nicht weiterleben, so auf meinem Schoß, meine ich.«

Bachel schluchzte wieder auf und fragte: »Was soll ich denn machen?!«

Siedler zuckte nur mit den Schultern. Er begann Bachel zu wiegen wie ein kleines Kind. Schließlich schlief er in seinen Armen ein. Siedler legte ihn im Bett ab und deckte ihn zu.

* * *

Marlies Schön saß an Silvio Dorns Bett. Bis auf seinen linken Daumen waren alle Finger in dicke Verbände gehüllt. Bisher war kein Wort zwischen ihnen gefallen.

Dann rang sich Marlies durch und fragte: »Brauchst du die Ente?«

Er schwieg. Nein, Silvio Dorn würde nicht vor Marlies' Augen in einen überdimensionierten Plastikbecher pinkeln. Mühevoll erhob er sich. Sie schlug die Decke weg und versuchte ihn unterzuhaken.

»Fass mich nicht an!«

Er ging auf die Toilette, musste aber rasch feststellen, dass er unfähig war, das Klopapier zu benutzen. Er schlug vor Verzweiflung mit dem Kopf gegen die Wand.

Marlies kam sofort. »Brauchst du Hilfe, Schatz?«, fragte sie vorsichtig und blickte auf das Häufchen Elend hinunter. Dorn sagte nichts, sondern deutete mit dem Kopf auf das Klopapier. Marlies wusste, was zu tun war. Es machte ihr nichts aus. Schließlich war sie Mutter und kannte sich aus mit solchen Dingen.

»Ich werde immer für dich da sein, Silvio«, sagte sie und wusch sich die Hände.

»Nein!!! Bitte, Marlies, nein!«, rief Dorn mit einem hysterischem Lachen in der Stimme.

»Wenn der Herr Bachel nicht so aufgesprungen wäre … willst du ihn eigentlich verklagen?«

»Nein.«

Sie trocknete sich die Hände ab, schloss die Klotür und schüttelte ihm das Bett auf. Als Dorn sich hingelegt hatte, trat ein langes Schweigen ein. Draußen war es dunkel.

Die Nachtschwester fragte nach den letzten Wünschen und sagte zu Marlies: »Frau Dorn, Sie können sich nebenan ins Bett legen. Es kommt heute Nacht kein Patient mehr.«

Marlies freute sich über diese kleine Verwechslung, Dorn versetzte es einen Schlag auf den Kopf. Der Schmerz des imaginären Schlages war gewaltig. Er kniff ein Auge zusammen.

»Was hast du?«, fragte Marlies besorgt.

»Kopfschmerzen.«

»Hinter dem Auge?«, fragte Marlies und blickte ihn interessiert an.

Dorn nickte und spürte, wie sich der Schmerz über eine Gesichtshälfte ausbreitete und dann rasch über den Kopf wandelte.

»Mir wird übel«, sagte er nach einer Weile und suchte ein geeignetes Gefäß.

»Oh, oh«, meinte Marlies mit Kennerblick. »Das ist bestimmt eine Migräne.« Fast jubelnd fügte sie hinzu: »Da bin ich Fachfrau für! Moment.« Sie drehte die Lampe von Dorn weg, holte einen kalten Lappen und besorgte eine Nierenschale bei der Nachtschwester. »Meinem Mann ist übel«, erklärte sie.

»Das kann noch von der Narkose sein«, erwiderte die Schwester.

Marlies schüttelte den Kopf, sie wusste es besser: »Er hat Migräne.«

Zwei Liebende, die ein Leid teilten, was gab es Romantischeres? Nachdem Dorn endlich eingeschlafen war, verließ Marlies das Krankenhaus und machte sich auf den Weg in die Kurklinik. Eberhard wollte morgen kommen und dafür musste sie sich umziehen, frisch machen und die ganze Aufregung verdauen.

* * *

Als Helmut Siedler in seine Werkstatt zurückkehrte, lag auf seinem Schreibtisch ein kleines Päckchen. Daneben eine Postkarte.

Lieber Herr Siedler,

vielen Dank für den schönen Nachmittag. Leider reise ich bald schon ab. Ich würde mich sehr freuen, wenn Sie sich ent-

schließen könnten, meinen Sohn und mich einmal zu besuchen. Herzliche Grüße, Martha Horst.

P.S.: Viele Grüße auch an Ihre Tochter Lena und sagen Sie ihr danke. Sie weiß schon, wofür.

Lena hatte Martha zu dieser Karte überredet.

»Dein Vater ist sehr nett«, hatte Martha gesagt, »nur manchmal etwas brubbelig.«

»Papa ist ein richtig toller Kerl, er verbirgt es nur ganz gerne«, hatte Lena geantwortet.

»Glaubst du, er würde sich freuen, von mir noch einmal zu hören?«

»Ich glaube, er wäre enttäuscht, nichts mehr zu hören«, sagte Lena lächelnd.

Nun saß Martha in ihrem Zimmer und war aufgeregt wie seit Jahren nicht. Sie hatte richtig Angst vor der Begegnung. Was er wohl von ihr dachte?

Helmut Siedler öffnete das Päckchen. Es war ein Fußballquartett. Doch statt 32 Karten hatte es 36. Vier selbstgemachte Karten lagen dazwischen, mit Passbildern von Martha und folgender Beschreibung.

Spielposition: Wäscherei

Tore: keine

Transferwert: minus 17000 Euro

Aktuelle Mannschaft: 1. FC Lilora

Helmut Siedler besah sich die Karten genau. Jetzt oder nie, sagte er sich und entwarf einen (zweiten) tollkühnen Plan.

* * *

Als Marlies ihr Zimmer betrat, lag ein Telegramm auf dem Tisch. *Komme morgen früh STOP Eberhard.* Das sah ihm ähnlich. Für *Gruss* oder *Kuss dein Eberhard* war er zu geizig. Was sollte schon sein? Er würde die Herdplatte durchgebrannt haben, eine Beule ins Auto gefahren haben oder wieder durch ihr Rosenbeet getrampelt sein. Alles Belanglosigkeiten vor dem Hintergrund dieses tragischen Unfalles, dessen Zeugin sie geworden war. Vielleicht war es sogar ganz gut, dass Eberhard morgen kam. Dann könnte sie ihm endlich einmal sagen, was er alles falsch gemacht hatte in ihrem Leben.

* * *

Am nächsten Abend fuhr Diana ihren Mann zum Flughafen. »Du siehst müde aus, mein Schatz«, sagte sie und öffnete den Kofferraum.

Er hob seinen Koffer raus. Die letzte Zeit hatte er schlecht geschlafen.

»Ich hoffe, Humpe gelingt es tatsächlich, Bachel zu einem Solokonzert zu überreden«, sagte er und nahm sein Flugticket aus der Jackentasche.

»Soll ich dir Bescheid sagen?«, fragte Diana und schloss das Auto ab.

Er nickte. Wahrscheinlich war es gut, wenn er vorher erfuhr, was los war. »Ja. Frag Elsa, die weiß immer alles. SMS genügt.«

Diana nickte. »Mach ich.«

Er wollte sie am Auto verabschieden, aber Diana bestand darauf, ihn bis zum Abflugschalter zu bringen. Als er seine Bordkarte in der Hand hielt, gab sie ihm einen Kuss und sagte: »Erhol dich gut, Stefan.«

Sie wartete, bis sich die Glasschiebetür hinter ihm geschlossen hatte. Er winkte ihr noch einmal zu. Wie gut, dass ich Diana habe, dachte Soltei und bestieg erschöpft den Abendflieger nach Helsinki.

Von der Besucherterrasse aus, beobachtete Diana Soltei den Start der Maschine in den nächtlichen Sternenhimmel. Dann schrieb sie eine SMS: »Die Kuh ist auf dem Eis.«

* * *

Frank Schröder las die SMS und betrat die Klinik über den Heizungskeller. Rasch fand er das Büro von Professor Soltei. Diana hatte recht gehabt, der Schlüssel lag auf einem der Bilderrahmen im Flur. Er öffnete die Tür zum Vorzimmer und leuchtete mit der Taschenlampe hinein. Leise schloss er die Tür. Dann verschwand er im Raum des Chefs. Hier also residierte Steffen. Aber das würde sich schon bald ändern, dachte Frank Schröder mit Genugtuung. Er tastete sich zum Schreibtisch vor, setzte sich und klappte den Laptop auf. Während er den Computer hochfahren ließ, zog er eine der Schubladen auf. Der Computer fragte nach dem Passwort. DIANA. Die Benutzeroberfläche öffnete sich. WILLKOMMEN. SIE HABEN POST.

Gerade als Frank Schröder sich über die Tastatur beugen wollte, hörte er an der Tür ein Geräusch. Er schlug den Laptop halb zu, knipste seine Taschenlampe aus und starrte mit weit aufgerissenen Augen auf die sich langsam öffnende Tür. Vor Schreck konnte er sich nicht mehr in Sicherheit bringen. Er wunderte sich, wie behutsam die Tür aufging. Dann erkannte er die Umrisse eines kräftigen Mannes. Es konnte nicht Steffen sein. Warum sollte der auch nachts mit einer Taschenlampe in sein eigenes Büro schleichen? Schröder wusste nicht, ob ihn diese Erkenntnis erleichtern oder ängstigen sollte. Er hielt den Atem an. Der Lichtkegel der Taschenlampe glitt an ihm vorbei zu den Rollläden. Eine Hand griff hinter die Gardine. Die Rollläden senkten sich und der Mann mit der Taschenlampe tastete sich zum Schreibtischstuhl. Als Frank Schröder eine Hand auf seinem Kopf spürte, schrie er auf. Der Fremde schrie auch auf, die Taschenlampe fiel zu Boden. Dann war es dunkel. Im Hintergrund sirrten die sich schließenden Rollläden.

»Frank, sind Sie das?«

»Herr Siedler! Mensch, haben Sie mich erschreckt!!!« Frank Schröder knipste seine Taschenlampe an. »Was machen Sie denn hier?!«

»Das Gleiche könnte ich Sie auch fragen«, entgegnete Helmut Siedler und tastete auf dem Boden nach seiner Taschenlampe. Ihm standen Schweißperlen auf der Stirn.

»Warten Sie, ich helfe Ihnen«, sagte Frank Schröder und leuchtete den Boden ab. Beide knieten sich nieder und hockten schließlich unter dem Schreibtisch.

»Hier, ich hab sie«, sagte Frank und gab Helmut Siedler seine Taschenlampe.

Dann sahen sie sich fragend an. Helmut Siedler begann zu erzählen. »Der Chef bescheißt die Gemeinde. Er fingiert Handwerkerrechnungen und rundet bei Materialrechnungen äußerst großzügig zu seinen Gunsten auf. Aus 109 Euro macht er zum Beispiel 509 Euro. Ich habe nur noch das Werbeprospekt. Sehen Sie hier: Mischbatterie 109,- Euro.«

Helmut Siedler reichte ihm den zerknitterten Prospekt. Frank hatte Mühe, bei der Beleuchtung etwas zu erkennen.

»Moment«, sagte Helmut Siedler, stand auf und schaltete das Deckenlicht an.

Frank Schröder erschrak und rief: »Nicht doch!«

»Keine Panik, die Rollläden sind dicht, habe ich selber eingebaut«, erwiderte Helmut Siedler gelassen.

Schröder kroch unter dem Schreibtisch hervor.

»Ich dachte, es wäre gut, wenn ich wenigstens ein paar fingierte Rechnungen finden würde«, erklärte Siedler.

»Und dann?«, fragte Frank Schröder und setzte sich auf den Stuhl.

»Dann erpresse ich den Herrn Professor«, antwortete Helmut Siedler so selbstverständlich, als kaufte er ein Pfund Tomaten im Supermarkt. »Ich brauche 17300 Euro von ihm.«

Frank Schröder staunte. Über die Ruhe, mit der Helmut Siedler redete, und die Summe, die er benannt hatte. »Warum denn ausgerechnet 17300?«

»17000 Euro schuldet Frau Horst dem Finanzamt und 300 Euro kostet ein Satz Trainingsanzüge für ihre Fußballmannschaft.«

»Martha Horst?« Helmut Siedler nickte nur und erzählte Frank Schröder alles, was er über seine große Liebe wusste.

»Und was sagt Frau Horst zu dem Ganzen?«

»Immerhin hat Sie mich gefragt, ob ich sie und ihren Sohn mal besuchen komme.«

»Und was sonst noch?«, fragte Frank Schröder.

»Nichts weiter.«

»Nichts? Was sagt Sie denn zu Ihrer Aktion hier?«

»Sie weiß nichts davon. Noch nicht. Man muss die Frauen ja nicht unnötig beunruhigen.«

»Herr Siedler, Sie riskieren Kopf und Kragen für eine Frau und sie weiß gar nichts davon?!«

»Exakt. Wenn es schiefgeht, muss sie sich keine Gedanken machen. So, genug von mir erzählt. Jetzt sind Sie an der Reihe«, sagte Helmut Siedler bestimmt und sah sein Gegenüber auffordernd an.

»Ich habe ein Verhältnis mit der Frau vom Chef«, sagte Frank Schröder, als würde er eine Bombe platzen lassen.

»Ich weiß«, antwortete Helmut Siedler gelangweilt. »Ich habe Sie neulich im Wald gesehen. In einer … nun, ich will mal sagen höchst verfänglichen Situation.«

»Wie verfänglich?«, stutzte Frank Schröder über die Formulierung.

»Nun, ich bin ja nicht blind oder blöde«, erklärte Helmut Siedler. »Sie haben ihr ja fast kostenfrei ein Piercing auf die Zunge gebissen!«

Frank Schröder lachte. »Na ja, wir wollen zusammen neu anfangen. Aber ihr Mann hat einen so fiesen Ehevertrag aufgesetzt, dass ihr bei einer Scheidung nichts bleibt. Absolut nichts.«

»Allein dafür, dass sie mit dem Ekel verheiratet war, müsste sie eine Entschädigung bekommen«, sagte Siedler.

»Ja. Aber sie bekommt nichts.« Frank Schröder hob einige Papiere hoch. »Wussten Sie eigentlich, dass die Gemeinde eine Sondergratifikation für die Mitarbeiter gewährt hat?«

»Die Gemeinde? Nein, Soltei hat jedem vor ein paar Monaten 50 Euro zugesteckt. Er hat gesagt, das sei seine persönliche Anerkennung unserer Arbeit, das müsse aber unter uns bleiben.«

»Dieses Schwein«, sagte Schröder und klärte Siedler über die Wahrheit auf.

»Der ist ja noch schlimmer, als ich dachte. Wo lässt der eigentlich das ganze Geld?«, wollte Siedler wissen.

»Er besitzt ein Aktienkonto und ich will die Hälfte davon auf Dianas Konto transferieren. Die Kontonummer hab ich. Aber ich brauche die TAN-Nummern.«

Helmut Siedler nickte zum Safe. »Da drin?«

»Vermutlich«, antwortete Frank Schröder.

»Darf man fragen, wie viel auf seinem Aktienkonto ist?«

»Keine Ahnung«, erwiderte Schröder.

»Dann schauen wir doch mal nach«, sagte Siedler und zog den Laptop zu sich.

»Aber wir müssen erst mal die Zugangsdaten finden«, sagte Schröder.

Helmut Siedler machte eine beschwichtigende Handbewegung und hob den Laptop an. Darunter klebten Passwörter und Geheimnummern.

»Mache ich auch immer so, sonst kann ich mir nichts merken.«

Als Frank Schröder die Kontoseite las, musste er sich erst mal setzen. »Fast eine Million Euro! Das ist ja viel mehr, als Diana erwartet hat. Wo hat der nur so viel Geld her?!«

»Ist doch egal. Ich überweise mir davon jetzt die 17 300 Euro, dann können Sie den Rest machen.« Schröder sah Siedler an wie ein Schüler seinen Lehrer. Dann sagte Helmut Siedler: »Scheiße!«

»Was ist?«

»Man kann kein Geld auf ein anderes Konto übertragen. Es geht nur auf ein Konto, das Soltei vorher festgelegt hat. Was machen wir jetzt?«, fragte Helmut Siedler und kratzte sich an der Stirn.

In der Zwischenzeit hatte Frank Schröder den Safe geöffnet. »Von Diana«, erklärte er mit Blick auf den Safeschlüssel.

Er zog unter anderem Solteis Approbationsurkunde aus den Vereinigten Staaten hervor. »Mister Steven Soltei«, las er griesgrämig. »Ich habe es doch geahnt. Er hat einfach aus Steffen Steven gemacht und aus Steven dann Stefan.«

Helmut Siedler verstand nur Bahnhof. »Steffen, Steven, dunkel ist Ihrer Rede Sinn, Frank.«

Daraufhin erzählte Frank Schröder eine Kurzfassung der damaligen Ereignisse.

»Die armen Pinguine«, sagte Helmut Siedler.

Frank verzog grimmig das Gesicht.

»Sie sind auch arm dran gewesen«, schob Helmut Siedler nach, als er Franks Gesichtsausdruck sah. »Das ist ein fieser Hund. Einfach abgehauen. Deswegen auch das Studium in den USA, hier wäre er ja erst einmal im Gefängnis gelandet!«

Frank Schröder nickte und starrte auf die Approbationsurkunde.

»Ich finde, dafür sollten Sie sich auch ein bisschen Geld von ihm nehmen, als Entschädigung. Und dem Zoo steht ebenfalls was zu.« Helmut Siedler wühlte weiter im Safe. »Das ist ja unser Bürgermeister«, sagte er und legte ein paar Polaroidfotos auf den Tisch. Vor dem Altar der Marienkapelle saß Bürgermeister Humpich in einem Auto. »Dann ist der in die Kapelle gerast!«

Frank Schröder verstand nichts.

»Eines Morgens war die Kapelle ziemlich zerstört. Offensichtlich war ein Autofahrer da reingerauscht. So hoch, wie der Schaden war, hat man immer vermutet, dass es ein LKW gewesen sein muss. Humpe hat sich damals hingestellt und eine irrsinnige Belohnung für die Ergreifung des Täters ausgesetzt.«

»Offensichtlich war er es selbst. Nur wer hat die Fotos gemacht?«

»Na, in wessen Safe liegen die Fotos denn?«, fragte Helmut Siedler wie ein Oberlehrer. »Soltei selbst!«

»Das war, ein paar Tage nachdem Soltei hier angefangen hatte. Vermutlich hat Humpe ihn angerufen und Soltei ist hingefahren und hat ihm geholfen«, erklärte Siedler.

»Und für diese kleine Dienstleistung deckt Humpe alles, was Soltei hier anrichtet.«

»Vermutlich.« Helmut Siedler freute sich und legte die Bilder auf den Kopierer. »Das ist ja ein schönes Ding!«

Anschließend begann Siedler die Papiere zusammenzuschieben und wollte alles gerade wieder in den Safe legen, als Frank Schröder plötzlich rief: »Halt! Zeigen Sie noch mal.«

»Was ist denn?«

»Schreibt man Approbation nicht mit zwei P?«

Helmut Siedler zuckte die Schultern. »Im Englischen

vielleicht nur mit einem. Moment.« Er ging völlig unaufgeregt ins Vorzimmer und kam mit einem englischen Wörterbuch zurück.

Frank Schröder zappelte am Tisch herum. »Und?«, fragte er ungeduldig.

Zu allem Überfluss holte Helmut Siedler seelenruhig seine Brille hervor. »Moment.«

Am liebsten hätte Schröder ihm das Wörterbuch aus der Hand gerissen. »Nun sagen Sie schon«, mahnte er Siedler zur Eile.

»Approbate, approbation, approbatory. Alles mit doppeltem P.«

Er sah auf die Urkunde. APROBATION. Beiden blieb der Atem stehen.

Sie sahen sich an und dann fragten sie gleichzeitig: »Eine Fälschung?«

Sie besahen sich die Ernennung zum Professor aus Briexton City.

»Ich glaube, die ist echt«, sagte Frank Schröder. Er hatte schon einmal eine solche amerikanische Ernennungsurkunde gesehen.

»Das haben wir gleich«, sagte Helmut Siedler immer noch völlig ruhig und warf die Suchmaschine im PC an. Während Frank Schröder still vor sich hin überlegte, bearbeitete Siedler den PC. Dann pfiff er zweimal. »Tja, was soll ich Ihnen sagen?«, fragte er.

»Na, was schon«, antwortete Frank Schröder, der nun seinerseits ganz ruhig geworden war.

»Briexton City hat gar keine Universität. Hier, sehen Sie.«

Frank Schröder wandte sich gespannt dem Bildschirm zu. »Bingo!«

Der Rest war schnell herausgefunden. Stefan alias Steffen Soltei hatte tatsächlich in den USA Medizin studiert, war aber über das vierte Semester nicht hinausgekommen. Nachzulesen in den Jahrbüchern der einzelnen Fachbereiche amerikanischer Universitäten. Er hatte das Fach gewechselt, weitere vier Semester Grafikdesign studiert und sich dann offensichtlich selbst zum Doktor der Medizin und später sogar zum Professor ernannt.

»Wahnsinn«, sagte Helmut Siedler, der erst jetzt langsam begriff, auf was sie da gestoßen waren. »Und was fangen wir jetzt damit an?«, fragte er.

Frank Schröder rieb sich die Hände und sagte: »Plan V.«

»Plan V?«

»Vertreibung. Wir jagen ihn zum Teufel.«

Frank Schröder erhob sich, machte Kopien, legte die Sachen zurück in den Safe, schaffte oberflächlich Ordnung und hakte Helmut Siedler unter, um mit ihm die Klinik zu verlassen.

»Aber was ist jetzt mit meinen Quittungen?«, fragte Helmut Siedler ungläubig.

»Vergessen Sie Ihre Quittungen. Ich habe eine viel bessere Idee«, erwiderte Frank Schröder gutgelaunt.

»Wie erpressen ihn mit den Fotos aus der Kapelle?«, fragte Helmut Siedler verunsichert.

»Mit den Fotos können Sie machen, was Sie wollen. Ich weiß was noch Besseres!«

Die beiden Männer verließen gemeinsam die Kurklinik und Frank Schröder machte Helmut Siedler einen Vorschlag.

Siedler überlegte nur kurz. Dann sagte er: »Ich bin dabei!«

* * *

Am Mittagstisch herrschte keine gute Stimmung. Herbert Leitner lag noch immer auf der Intensivstation. Silvio Dorn sollte am Nachmittag entlassen und direkt nach Hause gebracht werden. Sein Kuraufenthalt war beendet. Martha saß bereits auf gepackten Koffern. Einerseits freute sie sich auf zu Hause, andererseits trauerte sie der schönen Zeit mit Helmut Siedler hinterher und glaubte nicht recht daran, dass er sie und Horst besuchen kommen würde. Harald Börner stand ebenfalls kurz vor der Abreise, wollte aber lieber bleiben.

Marlies fühlte sich seltsam und litt unter Schwindelattacken. »Ich habe irgendwie das Gefühl, die Erde dreht sich«, sagte sie.

»Tut sie doch auch«, erwiderte Harald Börner.

Martha schmunzelte und warf ein: »Manche Leute glauben aber, die Welt drehe sich nur um sie.«

»Was wollen Sie denn damit sagen?«, fragte Marlies bissig zurück.

»Ach nichts«, erwiderte Martha und nahm sich von der Suppe.

»Ick hab Verlängerung jekricht«, sagte Charlotte und schlürfte wie immer die Suppe direkt vom Teller.

Dann stand plötzlich Eberhard Schön am Tisch. »Hallo, Marlies«, sagte er sehr sachlich. »Ich muss mit dir reden.«

»Ebi!« Marlies hatte ihn völlig vergessen. »Schön, dich zu sehen, Liebling.«

»Setzen Sie sich doch ruhig«, sagte Harald Börner und bot Eberhard Schön einen der beiden freien Plätze am Tisch an.

»Uns sind zwei Leute quasi abhanden gekommen. Da können Sie sich ordentlich satt essen«, ergänzte Martha, schob ihm einen Teller hin und machte Anstalten, dem Besucher einen Teller Suppe zu geben.

»Na gut«, sagte Eberhard und setzte sich.

Marlies sah Eberhard an, dass etwas nicht stimmte.

»Sonst alles so weit in Ordnung?«, fragte sie ihn, mehr zur eigenen Beruhigung, denn um wirklich eine Antwort zu erhalten.

»Ja«, antwortete Eberhard nur und machte sich an der Suppe zu schaffen.

»Wie geht es dir?«, fragte Marlies weiter.

»Gut.«

Da Eberhard so einsilbig war und die anderen drei sich miteinander beschäftigten, stellte Marlies ihm Frage um Frage. Schließlich rutschte ihr heraus: »Und was macht unser Sohn?«

Eberhard schaute kurz hoch. Marlies war entsetzt über ihre eigene Frage und hoffte, dass niemand sie gehört hatte.

»Was soll dein Herr Sohn schon machen? Er sitzt immer noch«, antwortete Eberhard klar und deutlich.

Plötzlich war eine gespannte Aufmerksamkeit am Tisch. Alle blickten auf das Ehepaar.

»Der sitzt?«, wiederholte Börner fragend.

»Ja, in Holland im Gefängnis. Hat meine Frau Ihnen das nicht erzählt? Seit er wegen Drogenhandel verurteilt worden ist, ist sie dauernd krank. Deswegen doch auch die Kur.«

Er sah seine Frau an. Die saß mit hochrotem Kopf da, starrte auf den Teller und schien sich am liebsten in eine Erbse verwandeln zu wollen.

»Ich dachte, der ist Kaufmann«, brach Martha das Schweigen.

Eberhard Schön lachte. Mit viel Phantasie könne man das so nennen, sagte er und nahm sich einen Nachschlag.

»Sind Se ooch so musikalisch wie Herr Dorn?«, kam die nächste Frage.

Marlies verschluckte sich und schnappte theatralisch nach Luft.

»Wer ist Dorn?«, fragte Eberhard.

»Ach ham Se dem Jatten nüscht erzählt?«, fragte Charlotte und grinste schelmisch ihren leeren Teller an.

»Komm, wir gehen auf mein Zimmer«, sagte Marlies kleinlaut.

»Aber wieso denn, es ist doch ganz interessant hier«, erwiderte Eberhard. »Also, wer ist Dorn?«

»Ein Geiger«, antwortete Marlies sachlich.

»Seit wann interessierst du dich für Geige?«

»Schon lange!«

»Ach was. Du gehst doch seit Jahren nicht mehr ins Konzert und hast die teuren Abonnementkarten alle verfallen lassen«, sagte Eberhard emotionslos.

Marlies zupfte nervös an ihren Haaren.

»Was wolltest du mir eigentlich sagen? Warum bist du hier?«, versuchte sie das Thema zu wechseln.

»Nicht hier«, sagte Eberhard nun, »lass uns auf dein Zimmer gehen.«

Jetzt war Marlies beleidigt. Sie habe keine Geheimnisse, vor niemandem, er könne ruhig offen reden.

»Aber Marlies, vielleicht wäre es besser …«

Kein vielleicht, sie könne jeder Wahrheit ins Auge sehen, schnitt sie ihm das Wort ab.

»Also, was gibt es?«

Jetzt war sowieso schon alles egal. Sollten die anderen ruhig hören, wie hilflos er ohne sie im Haushalt war. Dass sie noch immer für ihn kochte, weil er nicht mal in der Lage war, sich ein Ei zu braten, hatte sie bislang verschwiegen, weil ihr das unangenehm war. Dass er ihr die Hämorrhoidencreme auftragen musste, weil sie sich nicht mehr so weit drehen konnte, sollten ruhig alle wissen. Wenn man lange zusammen war, dann tat man so etwas eben, aus Liebe. Womöglich hatte er Schulden gemacht, von denen sie nichts wusste. Aber davon ging ja die Welt nicht unter. Was es auch war, es würde ihre Ehe nicht auflösen, dazu hatten sie schon zu viel gemeinsam ausgestanden.

»Also, was ist nun, Liebling?«, fragte sie ungeduldig.

Eberhard legte das Besteck beiseite, holte tief Luft und sagte: »Ich trenne mich von dir.«

Nach einem kurzen Moment der Stille begann Marlies zu kichern. Dieses Kichern klang nach geistiger Umnachtung und wurde immer lauter.

»Marlies, bitte nicht wieder ein Anfall«, sagte Eberhard und legte ihr beschwichtigend die Hand auf den Arm.

Börner bedeutete Martha und Charlotte aufzustehen, um das Ehepaar allein zu lassen. Charlotte Jaschke war nur mit leichter Gewaltanwendung vom Tisch zu zerren.

»Immer wenn it spannend wird, soll ick jehen«, meckerte sie zunächst, fügte sich aber dann doch und entfernte sich mit den anderen.

Noch im vorderen Flur hörte man das Ehepaar Schön streiten.

»Du hast wohl auch Drogen genommen!«, schrie sie ihn an. »Wie heißt die Schlampe?«, war der nächste Wortfetzen, der in die Vorhalle drang.

»Das ist alles, was dir dazu einfällt?«, fragte Eberhard.

»Habe ich dir nicht alles gegeben, meine Liebe, meinen Schutz?!«, jammerte Marlies.

»Deinen Schutz? Du hast mich an allem gehindert! Wenn ich mit Kumpels zum Fußball wollte, hast du mir gedroht, ihnen von meiner Vorhautverengung zu erzählen. So sah dein Schutz aus!«

»Aber ich habe es doch nur gut gemeint«, schluchzte Marlies.

»Mit dir selber hast du es gut gemeint. Nur mit dir selbst!«

Zügig ging Marlies aus dem Saal, vorbei an einer gaffenden Menge. Hier konnte sie sich nicht mehr sehen lassen.

Sie packte eilends ihre Sachen, nahm den Schlüssel zum Südflügel und verschanzte sich in Silvio Dorns Zimmer. Eberhard verließ erhobenen Hauptes den Speisesaal und fühlte sich befreit.

* * *

Soltei kehrte gerade rechtzeitig aus Finnland zurück, um dem Konzert beiwohnen zu können. Diana hatte zwar vergessen, ihm Bescheid zu sagen, aber jetzt schien doch noch alles gut zu werden. Schnell warf er seine Reisetasche ins Büro und hastete dann hinüber in den Kursaal.

»Wo bleiben Sie denn so lange?«, fuhr Humpe ihn an.

»Der Flug hatte Verspätung«, sagte Soltei und setzte sich neben Diana, der er einen flüchtigen Kuss gab. »Und sonst hier alles so weit klar? Wo ist Bachel?«

»Das sehen Sie doch«, antwortete Humpe selbstzufrieden.

Der Saal war überfüllt. Rechts saß der Ministerpräsident, links die Frau des Kultusministers mit ihrer Tochter. Es herrschte gespannte Ruhe. Vor der Bühne knieten einige Pressevertreter.

»Bachel steht hinter der Bühne und kann es kaum erwarten zu spielen«, sagte Humpe süffisant.

»Wirklich?«, fragte Soltei überrascht.

»Ja, ja. Ich habe vor einer Viertelstunde mit ihm gesprochen. Er hat gesagt, es würde ihn mit großer Freude erfüllen, dass er mir noch einmal einen solchen Gefallen im Leben tun könnte. Richtig gestrahlt hat der Bachel!«

Diana konnte nur mit Mühe ein Lachen unterdrücken. Aus den hinteren Reihen wurde ein Brief nach vorne gereicht. Darauf stand: Bürgermeister Humpe PERSÖNLICH. Gerade als das Licht gedämpft wurde, erreichte der Brief Humpe. Er sah nur flüchtig auf den Umschlag und erhob sich, um seine Rede zu halten. Da noch Unruhe herrschte, öffnete er den zugereichten Umschlag. Alles, was er danach noch sagen konnte, war: »Ich freue mich, dass Sie erschienen sind.« Dann brach er seine Rede ab und schob Professor Soltei vor.

Etwas überrumpelt brauchte der einen Moment, um seinen Redetext zu finden. Humpe setzte sich und starrte immer wieder auf das Blatt Papier.

Als Soltei mit seiner Rede geendet hatte, gab es höflichen Applaus. In den Applaus hinein hörte man ein seltsames Geräusch hinter dem Vorhang. Es klang nach etwas Handwerklichem. Kurz darauf ertönte das seltsame Geräusch ein zweites Mal. Es hatte offensichtlich etwas mit dem Klavier zu tun.

»Das ist nur Bachel«, sagte Soltei beruhigend zu Diana, die schon nach dem ersten Geräusch vor Schreck zusammengezuckt war.

Das Licht ging aus. Die grünen Notausgangsleuchten taten ihren Dienst, langsam schob sich der Vorhang von links nach rechts zur Seite. Zuerst sah man den Klavierhocker, dann die Tastatur des Flügels. Ein Raunen ging durch die Menge. Der Flügeldeckel war geschlossen. Zum Publikum gewandt hing ein Laken herunter, jeweils mit einer Axt rechts und links am Flügel befestigt. Damit war das seltsame Geräusch erklärt. Auf dem Laken stand: »Freiheit für den Künstler.«

Unruhe kam ins Publikum, das Licht wurde angeschaltet.

»Was soll das?«, fragte Soltei in Richtung des bleichen Bürgermeisters.

Humpe schob ihm den anonymen Brief zu. »Da, sehen Sie.«

Soltei öffnete den Brief, dann blickte er auf die Kopie. Humpe im Auto vor dem Altar der Kapelle. Darunter stand: Freiheit für Bachel! Er selbst hatte das Foto damals gemacht. Es war eine Laune gewesen. Wann konnte man den Bürgermeister schon mal so fotografieren und wer weiß, wozu das künftig noch gut sein sollte. Soltei hatte einfach abgedrückt und die Fotos in seinen Safe getan. Aber wie um Himmels willen kam dieses Bild jetzt hierher? Er wandte sich zu Diana. Die war verschwunden. Humpe fasste sich und versuchte die Konzertgäste zu beruhigen, indem er »Freibier für alle« ausgab.

Soltei verließ in dem Durcheinander unauffällig den Kursaal. Im Südflügel war Ruhe. Bachels Zimmer war leer. Abgehauen, auf dem Tisch lag ein Zettel: *Rechnung bitte an Bürgermeister Humpe, danke, Gruß Bachel.*

* * *

Soltei war völlig übermüdet. Tag und Nacht war es hell gewesen in Finnland, er hatte kaum schlafen können. Er ging in sein Büro, warf sich in den Chefsessel, streifte die Schuhe ab und legte seine Füße auf den Schreibtisch. Irgendetwas stimmte hier nicht. Nur was? Elsa brachte ihm die private Post, wie immer in letzter Zeit ungeöffnet. Automatisch griff Stefan Soltei zu seinem Brieföffner. Er griff ins Leere. Der Brieföffner lag an einer anderen Stelle des Schreibtisches. Er hasste es, wenn die Putzfrau Veränderungen vornahm. Er öffnete den ersten Brief, nichts Besonderes, und warf ihn blind in den Mülleimer. Das zerknüllte Papier fiel auf den Boden. Der Mülleimer stand auf der anderen Seite. Jetzt reichte es ihm.

»Elsa!«

»Ja?«

»Die Putzfrau hat wieder alles verschoben!«

»Die Putzfrau war gar nicht da«, erwiderte Elsa gleichgültig und ging wieder hinaus.

Soltei stutzte kurz, schüttelte den Kopf und klappte seinen Laptop auf. Er sah sofort, dass jemand auf seinem PC im Internet gewesen war, und rief die zuletzt geöffneten Seiten auf. Sein Aktiendepot, amerikanische Universitäten, ein Suchservice für Städte. Zuletzt gesuchte Stadt: Briexton City. Soltei stockte der Atem. Sein Herz raste. Mit zitternden Händen öffnete er den Safe. Kleine Sterne tanzten vor seinen Augen. Sein Reisepass war weg. »See you later, alligator«, stand auf einem Zettel.

* * *

Soltei stand vor dem Safe, als hätte man ihm die Füße auf dem Boden festgenagelt. Aus dem Fenster sah er, wie ein Zimmermädchen Silvio Dorn den Koffer zum Taxi trug. Seine Hände waren in Gips. Den gesunden linken Daumen bohrte er seiner Kofferträgerin amateurhaft in den Hintern. Dahinter schleppte Marlies Schön ihren schweren Samsonite-Koffer. Beide stiegen in das Taxi ein.

»Du wirst sehen, Silviolein, wir werden es sehr schön haben«, sagte Marlies zuversichtlich.

Silviolein war sich da nicht so sicher. Er begriff überhaupt nicht, wie er in diese Lage hatte kommen können. Er hatte ihr mit keiner Silbe irgendetwas versprochen, warum um Himmels willen saß sie schon wieder neben ihm?

»Marlies, ich glaube, wir müssen eins klarstellen«, unternahm er einen Versuch, ihr zu entkommen.

»Das können wir doch nachher bei dir alles tun«, sagte Marlies und bedeutete dem Fahrer loszufahren. »Ich stehe dir zur Seite, wenigstens bis du das Schlimmste überstanden hast.«

An der Einfahrt zur Klinik standen einige Frauen und jubelten Dorn ein letztes Mal zu. Der Taxifahrer musste anhalten.

»Tschau, Tiger«, hauchte eine Frau aus der Gruppentherapie in den Fond des Wagens und kniff Dorn in die Wange. Eine andere Frau steckte Dorn ein Zettelchen zu, auf dem ein Herz gemalt war.

Gott, wie kindisch, dachte Marlies. »So, jetzt ist es aber gut«, sagte sie, »wir müssen los. Fahren Sie weiter!«

* * *

Soltei versuchte seine Frau zu erreichen. »Der gewünschte Gesprächsteilnehmer ist zurzeit nicht erreichbar. *The person you are calling …*« Er schmiss das Telefon auf die Couch. Verdammt. Diese kleine Stewardess wollte ihm allen Ernstes am Zeug flicken?! Während in Professor Soltei eine unglaubliche Wut aufstieg, klopfte Elsa.

»Herr Schröder ist da«, sagte sie und führte ihn gleich herein.

»Guten Morgen, mein Freund«, begrüßte Schröder ihn.

Soltei drehte sich blitzschnell um.

»Dich Ratte habe ich schon erwartet!«, schrie er wutschnaubend.

»Huch, hast du schlecht geschlafen?«, fragte Frank und flegelte sich in den Sessel.

Soltei griff den Sessel an der Lehne und drehte ihn zu sich.

»Du bist so ein Schwein, Schröder!«, schrie er ihn an.

»Und ich werde gleich zu einem Monster«, erwiderte Frank Schröder seelenruhig, erhob sich aus dem Sessel und zog einige Zettel heraus. »Setz dich, Steffen«, forderte er Soltei auf und drückte ihn nun seinerseits in den Sessel. »Du überweist jetzt 150 000 Euro auf das Konto von Diana.«

Soltei atmete innerlich auf. Wenn das alles war, gerne. Damit kam er glimpflicher davon als erwartet. Frank

Schröder war eben doch ein Loser. Er hatte sich offensichtlich in Diana verknallt. Sollte er sie haben, das war ihm jetzt völlig egal. Er war sogar froh, wenn er diese Boutiquetante mit ihrem Sozialarbeitergehabe endlich los war. Gelassen tätigte Soltei die Überweisung, Frank sah ihm dabei genau auf die Finger.

»Und jetzt überweist du auf das Konto von DropOut 10 000 Euro. Hier ist die Kontonummer.«

»Bist du verrückt! Wir haben nicht mal die Hälfte eingenommen und das wollen die Leute jetzt auch noch wiederhaben. Hast du überhaupt eine Ahnung, was sich da drüben abgespielt hat!!?«

Frank nickte nur. »Los mach schon«, forderte er ihn auf.

Widerwillig veranlasste Soltei auch diese Überweisung. Wenn er einigermaßen rauskam aus der ganzen Sache hier, würde er die 10 000 Euro als private Spende von der Steuer absetzen können. Schröder war einfach zu dumm, er tat ihm damit nur einen Gefallen. Denn er würde schon dafür sorgen, dass diese großzügige Privatspende unter seinem Namen an die Öffentlichkeit gelangte. »War es das jetzt?«

Frank hielt ihm einen weiteren Zettel unter die Nase.

»Von wem ist das Konto?«, fragte Soltei misstrauisch.

»Von Siedler. 600 000 Euro wandern da jetzt rauf.«

»Aber sicher nicht von mir«, sagte Soltei rasch und klappte seinen PC zu. Er zeigte Schröder einen Vogel. »Du bist ja völlig übergeschnappt, Frank. Dafür müsste ich ganze Aktienpakete verkaufen. Niemals!«

Frank Schröder ging gelassen zur Tür und ließ Helmut Siedler herein. Bei Soltei stieg der Blutdruck ins Unermessliche.

»Dass Sie da mitmachen, hätte ich mir ja denken können. Sie elender Nichtsnutz! Sie fettes Hausmeisterschwein!«

Helmut Siedler winkte mit dem Reisepass. »Wo ich doch so ein Lieber bin«, sagte er und steckte den Pass wieder ein.

»Also, was ist jetzt?«, fragte Frank.

»Ihr werdet in der Hölle schmoren, alle beide!«, schrie Soltei außer sich vor Wut und fügte hinzu: »Ich lasse mich nicht erpressen, wegen ein paar Scheißgiraffen. Ich bring euch hinter Gitter. Alle!!!«

»Ach ja, ausgerechnet Sie wollen alle hinter Gitter bringen?« Helmut Siedler zeigte auf den Reisepass in seiner Tasche.

»Glauben Sie im Ernst, Siedler, ich bin nicht in der Lage, mir einen neuen Pass zu besorgen?«, fragte Soltei mit blutunterlaufenen Augen.

»Nicht innerhalb von 24 Stunden«, sagte Frank Schröder und legte die Kopie der APROBATION hin, auf der mit rotem Stift ein zweites P eingefügt war. »Mehr Zeit wird dir nicht bleiben, wenn wir hier fertig sind. Vorher sprichst du noch mit Humpe.«

»Humpe? Was soll ich mit dem Säufer besprechen? Dass hier zwei Verbrecher ein bewährtes System unterlaufen?«, schrie Soltei.

»Nein. Dass du aus gesundheitlichen Gründen sofort aufhörst und in Frau Doktor Heitermann unbedingt deine Nachfolgerin sehen willst.«

Humpe hatte großen Einfluss auf den Landrat und wenn er Frau Doktor Heitermann als Nachfolgerin empfahl, dann würde sie die Stelle auch bekommen.

»Die Heitermann? Ich lach mich kaputt. Die kann ja nicht mal ihren eigenen Haushalt führen«, sagte Soltei und schlug sich auf die Schenkel.

»Du doch auch nicht«, entgegnete Frank Schröder trocken und hielt ihm erneut den Zettel mit Siedlers Kontonummer unter die Nase. Soltei tätigte schließlich auch diese Überweisung und fragte dabei: »Und was wird aus mir? Soll ich die Bäderabteilung leiten?«

»Nein. Das macht Herr Schröder selbst«, erklärte Helmut Siedler fröhlich.

Soltei sprang auf und versuchte Frank Schröder zu würgen. Der hatte mit einem solchen Angriff nicht gerechnet und war auch körperlich unterlegen.

»Bist du wahnsinnig, Steffen, lass mich los, Steffen! Hilfe, der bringt mich um.«

Helmut Siedler schob seelenruhig den Reispass in die oberste Tasche seiner Latzhose.

»Siedler, helfen Sie mir«, röchelte Frank Schröder.

Gemächlich machte Helmut Sieder den Reißverschluss der Tasche zu und trat dann von hinten an Professor Soltei heran. Er pflückte ihn einhändig von Frank Schröder ab, der sich den Hals hielt. Anschließend hob er Professor Soltei auf die Liege und fesselte seine Beine mit Teppichklebeband daran.

»Sie haben 24 Stunden Zeit, das Land zu verlassen. Danach geht eine Kopie dieses Ordners an die Polizei.«

Helmut Siedler warf Soltei einen Ordner zu. Er blätterte ihn hektisch durch. Die beiden Ratten waren tatsächlich am Safe gewesen. Er fasste es nicht. Ein dusseliger Hausmeister und ein Weichei machten ihm hier den Garaus.

»Das ist Diebstahl. Ihr seid hier eingebrochen!«

»Was sind wir nur für böse Buben«, sagte Helmut Siedler und warf Frank Schröder einen Blick zu. Schröder nickte und daraufhin verließ Siedler das Zimmer.

»Was habt ihr jetzt noch vor? Wollt ihr mich steinigen?!«

Wortlos drückte Frank Schröder seinen früheren Schulkameraden auf die Liege zurück und warf ihm eine Decke über die an der Liege festgeklebten Beine.

»Bleib liegen Steffen, es tut deiner Gesundheit nicht gut, wenn du dich so aufregst.«

»Was heißt das? Ich bin kerngesund.«

»Bist du nicht. Du bist todkrank«, erwiderte Schröder mit Nachdruck.

»So ein Schwachsinn!«

Es klopfte und Helmut Siedler trat mit Bürgermeister Humpe ein.

Der lief direkt auf Soltei zu. »Mein lieber Herr Professor. Da quälen Sie sich so lange mit Ihrer Entscheidung herum, das wäre doch nicht nötig gewesen.« Der Bürgermeister zuckte mit den Schultern, als wisse er im Text nicht weiter. Helmut Siedler hielt das Originalfoto, Humpe im Auto vor dem Altar der Kapelle, in die Luft. Sofort nahm Humpe den Faden wieder auf. »Die wenige Zeit, die Ihnen noch bleibt, wollen Sie anders nutzen als mit Arbeit. Das verstehen wir doch alle. Der Gemeinderat lässt Sie daher aufs herzlichste grüßen. Sie bekommen selbstverständlich noch einmal ihr Gehalt und können mit sofortiger Wirkung die Klinik verlassen.«

Humpe setzte sich und fragte, ob er jetzt einen Schnaps haben könne. Siedler stellte dem Bürgermeister gleich die ganze Flasche hin.

»Danke. Vielen Dank. Sehr nett von Ihnen. Einen wirklich netten Hausmeister haben Sie da«, sagte Humpe gequält zu Soltei und nahm einen kräftigen Schluck. Dann schwieg der Bürgermeister.

»Wollten Sie den Herrn Professor nicht noch etwas fragen«, hakte Siedler nach.

»Ach ja richtig«, sagte Humpe zerstreut und nahm noch einen Schluck. »Der Herr Landrat hätte gerne gewusst, wen Sie sich denn als Ihren Nachfolger wünschen, Herr Professor?«

Soltei biss sich auf die Unterlippe.

»Nur heraus mit der Sprache. Wer soll es sein?«, fragte Helmut Siedler.

Soltei schwieg. Humpe nahm den nächsten Schluck.

»Zieren Sie sich nicht so«, wurde Humpe langsam ungeduldig. »Sie müssen es sagen. Es geht hier nicht nur um Sie, Herr Professor!«

Helmut Siedler wedelte mit dem Foto, dem Reisepass und dem Ordner und sah Soltei auffordernd an.

»Frau Doktor Heitermann«, flüsterte Soltei schließlich gequält.

»Heitermann, Heitermann … Ist das nicht die Frau, die sich im Park immer von ihrem Hund ausführen lässt?« Humpe lachte wie immer am lautesten über seinen Witz.

Elsa brachte Kaffee. Humpe blieb bei seiner Schnapsflasche.

»Wenn Sie meinen, Herr Professor, dass das eine gute Wahl ist, warum nicht. Bisher war ja alles, was Sie vorgeschlagen haben, Gold wert. Im wahrsten Sinne des Wortes, haha. War es das?«, fragte Humpe mit Sorgenfalten in Richtung Helmut Siedler und Frank Schröder.

Beide nickten. Soltei sah Humpe giftig an.

»Nu schauen Sie nicht so traurig, Herr Professor, auch die schönste Zusammenarbeit endet mal. Die Medizin macht heute schnelle Fortschritte. Wer weiß, vielleicht gibt es noch Rettung für Sie.« Er stand auf, umarmte Soltei ungeschickt und sagte: »Ich wünsche Ihnen, dass Sie in der Ferne diese Hilfe finden werden. Wenn möglich, in sehr weiter Ferne. Meine besten Wünsche begleiten Sie.« Dann ging Humpe, um sich den Fragen der Journalisten im Kurhaus zu stellen.

Elsa buchte online einen Flug für Professor Soltei. »Auch ich wünsche Ihnen nur das Beste«, sagte sie breit grinsend, legte das Ticket auf den Schreibtisch, schnitt ihm das Klebeband an den Beinen durch und ging eilig hinaus, um die Mitarbeiter von der neuen Entwicklung im Haus zu unterrichten.

* * *

Vier Wochen später

In ihrer Eigenschaft als neue Klinikleiterin stellte Frau Doktor Heitermann Harald Börner als Assistenzarzt ein. Außerdem gelang es ihr, den Gemeinderat von der Notwendigkeit eines zweiten Klinikhundes mit Namen Hotte zu überzeugen.

* * *

Acht Wochen später

Steffen Soltei hatte Arbeit in einem amerikanischen Schnellrestaurant gefunden. Im Fernsehen wurde ein Fußballspiel der Champions League übertragen. Scheißeuropa, dachte er und streute gehäckselte Salatblätter über den Cheeseburger.

AC Mailand spielte gegen den FC Bayern München. Die Kamera schwenkte über die Zuschauer. Auf der Ehrentribüne des Giuseppe-Meazza-Stadions sah Soltei Helmut Siedler mit einer kleinen dicklichen Frau im Arm sitzen. Um sie herum acht Jungs mit Down-Syndrom in neuen Trainingsanzügen, die ihrer Freude kaum Herr werden konnten.

* * *

Sechs Monate später

Martha hielt die Leiter fest. Helmut Siedler setzte den Schraubenzieher an und befestigte das Schild über dem Eingang. Es waren helle Räume. Das ganze Haus strahlte Wärme und Fröhlichkeit aus. Als Helmut Siedler von der Leiter gestiegen war, gab Martha ihm einen Kuss. Hannelore Bogener, Marthas ehemalige Chefin, und Sabine Haferkamp kamen mit gefüllten Sektgläsern heraus. Sie stießen an und besahen sich erwartungsfroh ihre neue Wirkungsstätte.

Näh mich e.V.
Ausbildungszentrum für Menschen mit Behinderung

* * *

PS: Hinweise auf die Identität des anonymen Spenders über einen unerwartet hohen Betrag an den Zoo von Borstelwedel nimmt der Verlag dankend an.